LE SIEUR DIEU

FRANZ-OLIVIER GIESBERT

LE SIEUR DIEU

roman

LE GRAND LIVRE DU MOIS

CHAPITRE PREMIER

Au commencement était le silence. Il fait toujours peur quand il revient. L'homme se sent seul et abandonné. On dirait la fin du monde.

C'était un de ces moments-là.

Les oiseaux s'étaient tus. Les arbres ne disaient plus rien. Les ruisseaux se faisaient tout petits, dans leur lit de pierres : à peine les entendait-on. La terre avait soudain cessé de chanter la vie. Elle laissait parler le cri.

Thomas Pourcelet transpirait à grosses gouttes. Ce n'était pas à cause du silence, mais à cause du cri. Malgré son embonpoint et ses larges épaules, il avait toujours froid aux yeux et vivait un purgatoire qui n'en finissait pas.

Il pouvait endurer les pires souffrances. Mais il ne supportait pas la douleur des autres, quand elle s'époumonait. Le cœur lui battait, les fesses lui faisaient taf taf et il attrapait la chair de poule, avec des secousses jusque dans la moelle des os.

Ce cri-là, il savait que c'est la mort qui parle.

Car elle parle. On l'entendait très distinctement dans ce cri, sur la route de Champeau ; un bruit de l'autre monde, avec de la haine et de l'épouvante. Il provenait d'une touffe d'arbres, qui s'élevait d'un creux de la montagne, tout près de la forêt qui dévalait jusqu'au village. Le maître de Thomas Pourcelet lui indiqua d'un geste qu'il fallait s'arrêter. Il s'exécuta, le cœur battant.

Le maître descendit de son bidet, un vieux canasson édenté, et en attacha la bride à la branche d'un petit chêne. Thomas Pourcelet l'imita.

« On va aller voir ce qui se passe, lui glissa son maître à l'oreille.

— Je sais ce qui se passe. »

Le valet en était sûr et le lui dit.

« On va vérifier », répondit l'autre.

Comme les gens qui n'arrêtent pas de sourire, le maître était d'un naturel insouciant. Il fallait toujours penser à tout pour lui.

« Et si les loups attaquaient nos chevaux ? demanda le valet.

— C'est un risque à prendre. Mais nos bêtes sont à découvert. Les loups ne sortent jamais des bois. Sauf quand ils sont obligés. »

Le maître prit la direction du bouquet d'arbres, un gros bâton à la main. Il respirait très fort, comme quand il était heureux. Le soir, qui commençait à tomber, libérait les parfums qui s'étaient cachés dans la journée, pour fuir le soleil. Ils rendaient l'air doux, un mélange de thym, de lavande et de résine de pin, d'où se détachait parfois une senteur de sucre cuit.

Il s'appelait Jehan Dieu de La Viguerie. C'était un homme d'une quarantaine d'années, qui paraissait la trentaine, avec des cheveux châtains, une barbe légère de plusieurs jours et un regard d'enfant ; un regard qui donnait le sentiment de rester partout où il passait, pour y laisser de l'innocence.

Il se disait maître chirurgien par opposition aux barbiers chirurgiens qui, en ce temps-là, n'étaient bons qu'à couper ou à découper. Il était aussi aventurier et, quand il le fallait, redresseur de torts. Il se piquait de bien connaître la médecine, même s'il n'avait pas le droit de l'exercer. Il lui arrivait, en plus, de vendre des livres. Le travail ne lui faisait pas peur et, malgré une constitution apparemment fragile, il excellait aussi bien à chevaucher les continents qu'à réparer les charpentes des églises.

On aurait dit une femme dans un corps de soldat ; quelqu'un de tranquille et d'aimant, avec plein de force dans le torse et dans les bras. Un père et une mère en même temps, comme tous les grands hommes.

Jehan Dieu de La Viguerie s'immobilisa soudain. Il pointa son doigt vers la touffe d'arbres, en bas, à droite. Le soir commençait à effacer les reliefs, mais Thomas Pourcelet put distinguer une meute de loups qui s'acharnait sur un sanglier dans un ballet de crocs, de cris, de poils et de sang.

« C'est bien ce que je pensais », murmura Thomas Pourcelet.

Il avait de la fierté dans la voix, mais n'en menait pas large. Le spectacle lui glaçait le sang. Un loup avait planté ses crocs dans le cuissot gauche du sanglier ; un autre s'en prenait à l'oreille, un troisième au boutoir, mais la bête noire tenait bon, tout poil hérissé, la gueule béante. Un bloc. Elle tournait en rond, comme pour échapper aux assaillants, en crachant sa colère et en couinant sa souffrance. Et tout d'un coup, quand on ne s'y attendait pas, elle attaquait, en lançant contre la meute ses défenses courbées comme des sabres.

Un des loups avait été blessé. Il boitillait à quelques pas de là, en se tordant et en gémissant. Il faisait de la peine.

Les sangliers sont comme les gens de la montagne, dans le Luberon ou ailleurs. Ils ne baissent jamais les armes. C'est pourquoi les loups doivent souvent les manger vivants. Celui-là n'était déjà plus qu'un magma sanglant, mais se comportait comme s'il était immortel. Il n'y a pas de meilleure façon de tenir, dans la vie.

« Ils ne nous ont pas repérés, souffla Jehan Dieu de La Viguerie. Quand ils tuent, ils n'entendent plus rien.

— Comme les soldats. »

Le maître prit son arquebuse et tira sur les loups, sans viser, à l'aveuglette. Ils déguerpirent sur-le-champ. Les loups qui ont vu l'homme sont comme l'homme qui a vu les loups. Ils filent sans rien dire. Le sanglier resta en plan un moment, ahuri, les écoutes dressées. Il les regardait. On aurait pu croire qu'il les remerciait.

Mais les bêtes, pas plus que les hommes, ne savent dire merci. Ce n'était pas pour mériter leur gratitude que le maître et son valet venaient à leur rescousse, aux unes et aux autres. Ils voulaient se sauver eux-mêmes.

Quand la bête noire se décida, enfin, à détaler, Jehan Dieu de La Viguerie dit d'une voix forte, comme s'il voulait que la forêt l'entende : « Je crois l'avoir déjà rencontré, celui-là.

— N'est-ce pas celui qui rôdait, hier, autour des latrines de la maison ?

— Non. Si je l'ai rencontré, c'est dans une autre vie. »

Thomas Pourcelet soupira, imperceptiblement. Il n'aimait pas que son maître parlât ainsi. C'était dangereux. Jehan Dieu de La Viguerie voyait partout d'anciennes connaissances, dans les chats, les corbeaux, les grenouilles ou les vieilles femmes. Parfois même dans les pierres de la montagne. C'était une sorte de maladie qu'il avait attrapée dans un de ses voyages, de l'autre côté de la terre.

CHAPITRE 2

Le vent grondait dans les pins. Ils tremblaient comme s'ils avaient froid. Mais l'air était tiède. Du ciel coulait un bonheur qui imprégnait tout, même les pensées des deux hommes.

C'était une de ces nuits qui n'arrivent pas à tomber, quand il fait tout le temps jour. A cette heure, la peur montait de partout, des mamelons de la montagne jusqu'au fond de la vallée ; la peur du noir, celle qui court sous les feuillages, derrière les murs, autour des bastides.

Maintenant que les loups étaient partis, ce soir-là était un soir sans peur.

Un bout de hameau dormait au pied de la montagne : Champeau. Le maître et son valet s'arrêtèrent devant la deuxième maison. Les volets étaient fermés, mais la porte était ouverte et, alors qu'ils descendaient de cheval, une grosse dame en noir, coiffée d'un fichu, sortit de l'ombre où elle guettait leur arrivée.

« C'est ici, dit-elle.

Comment va-t-elle ? demanda son maître.

— Mal. Elle ne respire plus. »

Marguerite Baudure avait les bras ballants et la démarche lourde des fatalistes. Il y a des gens qui ont de la chance ; ils s'attendent toujours au pire et ne sont donc jamais déçus. Elle était ainsi.

Elle emmena le maître et son valet jusqu'à la chambre. Edmée, sa fille, gisait sur un petit lit autour duquel veillaient le père et deux ombres courbées qui décampèrent à leur arrivée. L'air grouillait de mouches. L'odeur de la viande les avait fait venir de tout le pays.

Jehan Dieu de La Viguerie posa son arquebuse et son grand sac de cuir d'où il sortit, avant même d'examiner la petite, ses instruments habituels, scalpels et lancettes pour couper, bandages et compresses pour panser. Mais il ne se pressait pas. Il savait que la petite était morte.

Un gros chiffon obstruait la plaie qui ouvrait le haut du ventre d'Edmée.

« C'est moi qui l'ai mis là, dit le père. Pour empêcher le sang de couler. Ai-je bien fait ? »

Le maître ne répondit pas. Il retira le chiffon. Le sang de la plaie était sec et noir.

« Une bassine d'eau », ordonna-t-il.

Quand elle lui fut apportée, le maître se lava les mains avant de les enfoncer l'une après l'autre dans le ventre de la petite. Il tripatouilla les chairs avec minutie d'abord, puis avec une frénésie grandissante qui trahissait son angoisse, comme s'il manquait quelque chose.

« Elle n'a plus de foie », finit-il par laisser tomber.

La mère s'approcha du corps et demanda d'une voix tremblante :

« Mais qu'est-il arrivé à son foie ?

— On l'a arraché.

— On peut vivre sans foie ?

— Non. Cela ne s'est jamais vu.

— Elle va mourir, alors ?

— Je crains que ce ne soit déjà fait. »

Les Baudure se mirent à pleurer en même temps, mais sans larmes. Ils avaient le chagrin sec et silencieux des gens qui vivent sur les pierres. A la longue, ils finissent par se ressembler. Les malheurs ne font que passer sur eux ; ils ne s'arrêtent jamais.

Ils regardaient fixement la petite. Elle avait un air de jésus, malgré sa plaie béante et la grosse crotte de sang qui pendait à son nez. A douze ans, elle était presque désirable.

Marguerite Baudure murmura en reniflant :

« Y aurait qu'un vaudois pour faire ça. »

Le maître secoua la tête :

« Sans doute a-t-elle été attaquée par un renard ou un chien errant.

— Non, c'est un vaudois, ou un loup.

— Un vaudois n'a rien à faire d'un foie et un loup ne se serait pas contenté de ça.

— Il a peut-être été dérangé.

— Si vous le voulez bien, je vais examiner la petite de plus près. »

Après s'être de nouveau lavé les mains, puis les bras, il retira le drap qui recouvrait les jambes d'Edmée et enfonça son index dans l'entre-deux, là où les hommes viennent perdre leur souffle.

C'est ce qu'on appelle le calibistrix ; le sourire que les femmes gardent caché en elles. On voyait tout de suite que Jehan Dieu de La Viguerie était un expert de l'organe.

Les Baudure avaient l'air atterrés. Quand le maître eut bien tourné son doigt dans le jardin de la fillette, il le renifla, puis le lécha. Comme il n'était apparemment pas sûr de son diagnostic, il renouvela l'opération à deux reprises.

« Votre fille a été violée, murmura-t-il. Il y a du sang et du sperme.

— On lui a ouvert l'écaille ? demanda la mère.

— C'est précisément ce que je viens de dire. »

Thomas Pourcelet se pencha à son tour sur le calibistrix. La chose avait souffert. Elle en était émouvante ; un abricot bien fendu, qui saignait sa nostalgie, un abricot de vierge.

« Je vous l'avais bien dit, protesta Marguerite Baudure. Y a qu'un vaudois pour faire ça.

— N'accusez pas sans preuves.

— Les preuves, c'est eux. Il suffit de les regarder. Ils ont la mort dans les yeux. »

Le maître commença à ranger ses instruments et, quand il eut fini, déclara :

« Je vais prévenir les autorités. Ce sont elles qui nous diront, le moment venu, ce qui s'est vraiment passé. »

Mais Marguerite Baudure le savait déjà. Elle secoua la tête, avec une expression butée :

« C'est un vaudois qui a tué la petite. Je le sais. Je suis la mère. Je ne comprends pas pourquoi vous protégez ces gens-là.

— Je suis catholique et j'aime les pauvres, tous les pauvres, même les pauvres de Lyon. »

Elle haussa les épaules. Il prit l'air contrarié :

« Il faut rentrer, maintenant. Il est tard. »

Sur le chemin du retour, Jehan Dieu de La Viguerie ne pipa mot. C'était un de ces moments où il faisait son escargot, comme il disait. Il rentrait au-dedans de lui et on ne pouvait plus rien en tirer. Son valet ne se hasarda pas à lui adresser la parole. Il savait que le maître ne lui aurait même pas répondu.

Quand ils furent arrivés à la bastide, Jehan Dieu de La Viguerie demanda à son valet de préparer sa tisane : une demi-mesure d'avoine, une poignée de chicorée sauvage, qu'il fallait faire bouillir pendant plus d'une heure avec une demi-once de cristal minéral et un quarteron de miel, avant de filtrer le tout à travers un linge. Les amateurs disent que ce breuvage dégage le ventre, donne de la force et rend gai. Il faut en prendre deux verres au lever, puis au coucher. Ce soir-là, le maître en but quatre d'affilée.

*
* *

Il se sentait mal, en dépit de la tisane. C'était à cause du crime. C'était aussi à cause du choc qu'il avait reçu en examinant le petit corps.

La rumeur disait que Marguerite Baudure était sa demi-sœur : le père du sieur Dieu avait longtemps couru le guilledou et la mère de Marguerite garçonnait beaucoup. Entre fesses tondues, ils s'étaient bien entendus, à une certaine époque.

Le sieur Dieu avait toujours nié que cette pauvre chose brûlée par le soleil pût être sa parente. Elle était trop insignifiante. Mais après avoir regardé de près le cadavre de la petite fille, il lui avait trouvé un air de famille.

Souvent, il faut la mort pour saisir la vérité des gens.

CHAPITRE 3

Jehan Dieu de La Viguerie n'a pas laissé son nom dans la postérité. Mais c'est normal. Il ne s'en est pas occupé. Il est rare que la gloire tombe du ciel. Il faut aller la chercher. C'est un travail à plein temps. Il avait trop à faire.

Il a bien écrit une dizaine de rapports en chirurgie, sous forme d'actes authentiques et publiés, destinés à moisir dans les archives des cours de justice de Provence et du Comtat Venaissin. Mais ils ont disparu. Il a bien rédigé des notes pour un livre. Mais elles ont été perdues. Il n'a rien laissé, pas même sa propre demeure, qui avait été construite d'après ses plans. Elle fut épargnée par l'Inquisition mais le feu l'a ravagée, un jour d'été, au XVIIIe siècle, ne laissant que les murs comme des os. Depuis, le temps a roulé sa meule et il ne reste plus de sa maison qu'un improbable carrelage de pierres, recouvert d'un tapis herbeux, tout près de la Durance, à quelques pas du pont de Mallemort.

L'Histoire n'étant pas écrite par les vaincus, elle a fait la part trop belle, comme d'habitude, aux puissants du moment, qui semèrent la souffrance pour récolter l'obéissance : le cardinal Farnèse, légat d'Avignon, Jean Maynier, baron d'Oppède et premier président du Parlement de Provence, le pape Paul III, François Ier, roi de France, et tant d'autres. En toute bonne conscience, ils ont envoyé au royaume des taupes des gens qui voulaient vivre leur foi en dehors de l'Eglise. Ils prétendaient suivre à la lettre l'Ancien Testament : « Sans effusion de sang, il n'y a pas de rémission des péchés. »

Il y a eu beaucoup de sang et encore plus de péchés.

Depuis, le souvenir d'un grand malheur n'a jamais cessé de

hanter le pays. Il pantelle sous les pierres de la montagne. Il saigne dans ses chairs broussailleuses. Il s'écoule des nuées de la vallée. Il parle dans le vent qui court entre les arbres.

Cette région aurait sans doute été damnée à jamais s'il ne s'était trouvé, au-dedans d'elle, des hommes comme Jehan Dieu de La Viguerie.

Ils ont sauvé son âme.

*
* *

Quand Jehan Dieu de La Viguerie fut monté dans sa chambre, la bougie à la main, il s'assit à son bureau pour écrire. Il ne dormait jamais plus de trois ou quatre heures par nuit. Il lui fallait s'occuper. C'est pourquoi il noircissait des pages et des pages, pendant que les chouettes vivaient leur jour.

Il commença par rédiger le rapport qu'il adresserait, le lendemain, au lieutenant-criminel :

« Rapporté par moi, Jehan Dieu de La Viguerie, médecin et chirurgien du Roi, que ce jourd'hui 16 avril 1545, je me suis transporté à Champeau pour visiter Edmée Baudure, fille de René Baudure, habitant audit lieu. Je l'ai trouvée morte, le haut du ventre ouvert, et dépouillée de son foie. Ayant examiné les parties naturelles au doigt et à l'œil, j'ai trouvé l'os pubis rompu, les nymphes démises, la dame du milieu retirée, le guilboquet fendu, le bord des grandes lèvres pelé, le lippion recoquillé et le guilhevard élargi. J'ai également trouvé de la semence au-dedans d'elle.

Fait le jour et an que dessus. »

En écrivant ça, il avait les yeux mouillés. Tel était le sieur Dieu : crâne, stoïque et sensible. Souvent, les braves sont des sentimentaux. Ils n'ont peur de rien, mais pleurent pour rien. C'était son cas, même si, en l'espèce, son chagrin valait la peine.

Ce monde-là n'était pas fait pour lui. Le sieur Dieu n'arrivait pas à lui imposer l'espèce de morale qui l'habitait. Il refusait la politique du moindre mal. Il ne supportait ni la haine ni l'envie ni la cruauté des hommes. C'est pourquoi il était toujours ici et ailleurs en même temps.

Mais il savait bien que ce n'était pas mieux ailleurs. Il le savait depuis qu'il était allé au bout du monde, jusque dans l'empire des yeux qui clignent. Il y était parti chercher des œufs de ver à soie pour le compte de Melchior de Bellemère, un marchand d'Avignon.

Il faut toujours que le monde tourne autour de quelque chose. En ce temps-là, il tournait autour de la soie. Il n'y en avait plus que pour elle, sous toutes ses formes : satins de Milan, velours de Florence ou damas, tramés d'or. Melchior de Bellemère avait décidé de révolutionner cette mode en important une nouvelle race de vers chinois. Ils étaient continuellement en guerre entre eux, les marchands soyeux. Il leur fallait toujours mieux. Plus grand, plus gros, plus fort.

Le sieur Dieu n'avait pas parcouru le monde pour enrichir Melchior de Bellemère, cette créature dodue à quadruple menton, qui ne jurait que par François Ier, amoureux de la soie et bienfaiteur des tisserands. Il n'avait accepté cette mission que pour porter la bonne parole à travers la terre.

Il avait voulu évangéliser le monde et c'est le monde qui l'avait évangélisé. Il était revenu de son voyage sans les œufs, qui s'étaient gâtés en chemin, mais avec plein de croyances nouvelles. Il n'était plus lui ni même un autre. Il n'était plus personne. Il était nulle part et partout, le sieur Dieu. Il était même tout le monde à la fois : à force de vivre dans l'infini, il s'était mélangé à lui. Ses yeux étaient comme deux étoiles au fond d'un abîme. C'est pourquoi ils faisaient si peur, parfois.

CHAPITRE 4

Quelques jours plus tôt, Richard Pantaléon avait été arrêté dans sa bastide de L'Isle-sur-la-Sorgue à la suite d'une dénonciation anonyme. Dieu sait qui l'avait accusé de se livrer à un trafic de mobilier d'église et de livres hérétiques.

Il y a plus de corbeaux parmi les hommes que d'hommes parmi les corbeaux. Contrairement à la plupart des espèces, ces bêtes-là se multiplient toujours par mauvais temps. C'était le cas. Rien que de vivre, on courait le risque d'être dénoncé.

Richard Pantaléon avait de quoi, c'est-à-dire un beau cheval, une jolie femme, des habits de soie et un domaine qui s'étendait sur plusieurs lieues à la ronde. Mais ce n'était pas assez. Il lui fallait plus. Il faisait donc commerce de tout. La police du Pape, dépêchée dans sa bastide, y avait découvert des candélabres, des baldaquins, des reliquaires, des prie-Dieu, des vases sacrés, ainsi que plusieurs ouvrages de Maître Eckhart, Jan Hus, Luc de Prague, Marguerite Porète ou Gerardo da Borgo Sann Donnino. Sans oublier une vingtaine de bibles d'Olivétan, la Bible des vaudois, en langue vulgaire.

Comme Richard Pantaléon avait le bras long, Nicolas Riqueteau, l'inquisiteur d'Avignon, le traita avec égards. L'accusé eut droit au « mur large », donc à la prison sans chaîne, avec droit de visite. On lui avait épargné le « mur étroit », c'est-à-dire le cachot avec son « pain de douleur » et son « eau d'angoisse ».

Bien entendu, Richard Pantaléon avait réponse à tout. Il raconta à l'inquisiteur qu'il avait récupéré le mobilier d'église auprès d'une bande de pillards qui écumaient la région. Il assura qu'il n'avait jamais eu d'autre intention que de rendre le tout aux autorités ecclésiastiques. Il prétendit que les livres hérétiques lui avaient été prêtés par le sieur Dieu, qu'il présenta comme un compagnon de route des vaudois ; un drôle qui déclarait avoir personnellement connu Mani, Jésus ou Bouddha.

Le père Riqueteau n'y croyait pas. Il ne croyait que rarement les accusés qui, pour se blanchir, n'hésitaient pas à salir tout le monde, parfois même parents et enfants. Tandis que Richard Pantaléon égrenait ses balivernes, l'inquisiteur laissait tomber de temps en temps, pour signifier qu'il écoutait :

« En êtes-vous sûr ? »

Chaque fois qu'il disait ça, une affreuse odeur se répandait dans la pièce. Cet homme adorait l'ail. Il en mangeait une gousse avant chaque repas et, deux ou trois fois par semaine, il se badigeonnait d'ail le ventre, les bras et les jambes. C'est pour ça qu'il n'avait ni vers, ni polypes, ni fièvres, ni insomnies.

L'ail fortifie et purifie. Grâce à lui, le père Riqueteau pouvait se consacrer totalement à son office. Il ne sentait pas bon, mais il était toujours bien portant.

La foi n'a pas d'odeur.

Le père Riqueteau était dominicain. Il paraît que ni les dominicains ni les franciscains ne sont des moines, sous prétexte qu'ils ne vivraient pas à l'écart du monde. Bêterie.

Tous les hommes sont des moines, plus ou moins, et les religieux davantage encore. Le père Riqueteau était donc un moine, comme tous les serviteurs du Seigneur. Il ne fallait pas se fier aux apparences. Même quand il était ici, il restait ailleurs.

C'était une de ces fins de journée où le soleil laisse ses cheveux défaits partout. Une lumière rose avec des reflets jaunes inondait l'appartement de l'inquisiteur, au deuxième étage du Palais des Papes, en Avignon. Elle donnait des couleurs aux murs et aux visages. A celui de Richard Pantaléon, surtout. Il resplendissait.

Richard Pantaléon était un bel homme, mais il le savait trop. C'était sa limite. Il y avait chez lui quelque chose de maniéré et d'arrogant qui déplaisait au père Riqueteau, cette chose informe et flageolante que la nature n'avait pas gâtée. Le moine n'arrivait même pas à le regarder, pendant que l'autre déversait son fiel sur le sieur Dieu.

« Je n'aurais jamais dû faire ce voyage avec lui, dit Richard Pantaléon. On ne l'a même pas fini ensemble. Cet homme n'a aucune morale. »

Le père Riqueteau écarquilla vaguement les yeux, en fixant le carrelage :

« En êtes-vous sûr ?

— Comme je vous le dis. J'ai voyagé avec lui de l'autre côté du monde : c'était un enfer. On s'arrêtait partout. Il cherchait à comprendre toutes les religions, et Dieu sait si l'homme en a inventé de fausses. »

Il baissa la voix, pour indiquer qu'il se livrait à une confidence de la plus haute importance :

« Je peux même vous révéler qu'il est revenu avec des livres et des objets qui se rapportent à ces religions.

— En êtes-vous sûr ?

— Il suffit d'aller vérifier chez lui. Vous verrez que je ne mens pas. »

Le moine se leva. Il n'était qu'un ventre avec deux petits yeux au-dessus.

« Nous aviserons plus tard, dit-il. Ces jours-ci, j'ai beaucoup à faire. Nous allons purifier le pays. *Sufficit diei malitia sua.*

— Je vous aiderai, mon père. »

Nicolas Riqueteau aima l'humilité de son ton et daigna, enfin, regarder Richard Pantaléon. Il fut déçu. L'autre avait toujours le même air avantageux.

« Je vous libère ce soir, dit le moine en détournant les yeux. Mais auparavant, je voudrais que vous abjuriez publiquement. »

Sur quoi, le père Riqueteau convoqua une dizaine de moines du Palais, pour qu'ils assistent à l'abjuration *de levi* de Richard Pantaléon. L'heure du dîner approchait. Il n'était pas question de traîner. Ce n'était au demeurant qu'une simple formalité : la suspicion contre l'accusé était « faible » et non « forte » ni « violente », pour reprendre le vocabulaire du Tribunal de l'Inquisition.

Richard Pantaléon abjura tout ce qui lui était demandé en touchant de la main le livre des quatre évangiles. Il répéta consciencieusement les formules d'usage, que lui soufflait le père Riqueteau. Il soupira de soulagement quand l'inquisiteur lut la sentence qu'il avait griffonnée en toute hâte sur une feuille. C'était une purgation canonique, autrement dit pas grand-chose. Elle devait se dérouler là où la rumeur l'avait diffamé. Il était condamné à se présenter dans trois semaines devant l'inquisiteur, en l'église de L'Isle-sur-la-Sorgue, avec dix croyants de son rang qui devaient se porter garants de sa foi.

« Merci, murmura Richard Pantaléon.

— Vous pouvez aller, répondit l'inquisiteur, pressé de le voir débarrasser les pavés du Palais papal. *Superexaltat misericordia judicium.* »

Ce soir-là, Richard Pantaléon ne rentra pas chez lui, à L'Isle-sur-la-Sorgue. Il était trop tard. Il prit une chambre dans une auberge d'Avignon et passa la nuit, couché sur le lit, à observer la lueur de sa bougie qui dansait sur le plafond. Il était au bout du rouleau, mais n'arrivait pas à dormir. Il ruminait sans arrêt la dernière phrase de la sentence du père Riqueteau :

« Tu as expié, mais si tu donnais encore matière à suspicion, tu serais considéré comme relaps et donc livré au bras séculier pour être exécuté. »

Sa vie ne tenait donc plus qu'à un fil et ce fil était aussi ténu que restait grande l'aptitude des hommes à la calomnie. S'il refusait toujours de prêter serment, rien ne prouvait pour autant qu'il fût un adepte des hérésies manichéenne ou vaudoise, comme on l'en accusait. Il ne ratait jamais une messe. Il avait toujours sauvé les apparences. A défaut d'avoir identifié son diffamateur, il connaissait au moins la cause de ses ennuis : Jehan Dieu de La Viguerie qui lui avait mis tant d'idées étranges dans la tête, en lui ouvrant les yeux sur le monde. S'il ne l'avait pas rencontré, le sieur Pantaléon n'aurait jamais été tenté par les hérésies.

CHAPITRE 5

Son rapport en chirurgie terminé, le sieur Dieu s'était remis à l'écriture de ce qu'il appelait le livre de ses vies, où il racontait ses souvenirs, du temps où, à l'en croire, son esprit était ailleurs, au-dedans d'un jujubier, d'une vache ou d'une courge. C'était un amas de feuilles volantes mal classées au-dessus duquel était écrit en lettres majuscules, sur un papier cartonné :

À BRÛLER APRÈS MA MORT

Quand le sieur Dieu eut fini son chapitre, vers trois heures du matin, il était tout rouge des idées qui avaient bouillonné en lui, comme du vin chaud. Avant d'aller se coucher, il lut à voix basse ce qu'il avait écrit, ainsi qu'il le faisait toujours, pour vérifier la musique des mots.

Le jujubier de Mani
(an 277 de notre ère)

Il y a très longtemps qu'il n'a pas plu. Des mois, peut-être. Bien sûr, pour l'extérieur, c'est-à-dire les insectes, je dois donner le change. Sinon, ils viendraient sans attendre me boulotter vivant ou pondre leurs sales œufs dans ma pauvre carcasse. Mais je commence à m'inquiéter. Au-dedans de moi, mes chairs se racornissent et se ratatinent. Elles crient leur soif, avec les gémissements affreux des cordes trop tendues. Encore heureux que le vent ne se mette à me tordre et à me mordre avec ses dents. Là où j'ai élu domicile, tout contre le mur de la prison, il ne passe guère qu'en courant d'air, si j'ose dire. Il n'est pas méchant et ça vaut mieux. Je ne supporterais pas. Je crois que je craquerais.

Rassurez-vous, je n'ai pas l'intention de m'apitoyer sur mon sort d'arbuste. Je sais me défendre. Je suis hérissé d'épines et j'ai eu l'insigne honneur, par l'entremise de l'un de mes congénères, de fournir la couronne du Christ, même si les acacias prétendent le contraire. Il méritait bien ça, après tout ce qu'on lui a fait. Je ne dirai pas que les piquants lui ont donné du plaisir, mais ils lui ont porté bonheur. Je suis un signe de la Providence. Ceux qui savent coupent une branche de jujubier pour la mettre entre les mains des nouveau-nés. Ils en font ainsi des petits veinards pour la vie. Les mêmes, ou d'autres, raffolent des fruits rouges que je porte chaque année, comme des perles. Ils ne sont pas très bons, mais il y a de l'immortalité dans leur jus. C'est logique. Moi-même, je me sens éternel.

Il ne pourrait en dire autant, le pauvre prisonnier que j'aperçois, par la fenêtre, au fond de sa cellule. Car je vois, contrairement à ce que vous pouvez penser. Je vois même très bien, comme toutes les plantes. Vous me direz que je n'ai que ça à faire. C'est vrai. Mais j'en profite pour me remplir du petit bout de monde que Dieu m'a donné. L'homme, lui, est trop pressé ; il passe toujours à côté de tout. Il est vrai qu'il n'a que deux yeux. Moi, j'en ai plein. Ce sont mes feuilles. Elles sont aussi mes oreilles et mes doigts. Regardez-moi. Ai-je l'air malheureux ? Sûrement pas. Ne puis-je avoir droit, comme n'importe quel imbécile, à mon petit ego ? A l'évidence. Ne trouvez-vous pas inique que l'on ne me considère pas encore comme un être à part entière ? Alors, tout va bien.

Je vous ai déjà dit que les jujubiers portent chance. Ils en ont aussi. Le hasard m'a si bien placé, devant cette fenêtre à barreaux, que j'ai pu en apprendre de belles sur le prisonnier en question. C'est un grand homme. Il se dit Envoyé du Ciel et se situe dans la lignée d'Adam, Seth, Hénoch, Bouddha, Zoroastre, Jésus et Paul. Il prétend aussi qu'il est le Paraclet annoncé par le Christ. Moi, je veux bien. En voilà au moins un qui nous a compris, nous les plantes, les bêtes et autres victimes de l'espèce humaine. Il s'appelle Mani. Il a fondé sa propre religion à partir de toutes les autres. Il doit être écorché incessamment sous peu, selon les règles de l'art en vigueur dans le royaume de Perse. Les hommes n'aiment pas les prophètes. Parfois, ils les laissent divaguer tout seuls dans leur coin. Mais chaque fois qu'ils le peuvent, ils les tuent pour l'exemple. Que voulez-vous, ils font peur. Celui-là tout particulièrement. Il est couvert de chaînes, comme si l'on craignait que son corps ne s'envole avec son âme. Il en a trois aux mains, trois aux pieds et une au cou. Il ne peut même pas bouger la tête.

Il est mal en point, après toutes les tortures qui lui ont été infligées. Il ne s'avoue pas vaincu pour autant. Les prophètes sont toujours sûrs d'avoir raison. C'est leur faiblesse. C'est aussi leur force. Quand son geôlier persan vient lui apporter sa pitance, celui-là ne peut s'empêcher de lui faire l'article. Sans succès, mais n'importe. Ces gens-là ne se lassent jamais. Je ne connais pas grand-chose du monde qui m'entoure, en dehors de ce que le vent veut bien me raconter, mais je dois dire que Mani m'a convaincu. Il n'y a rien de beau comme la vérité que l'on va chercher au fond de nous, jusque dans cet au-delà qui nous habite tous, pour la révéler au grand jour. C'était une évidence qui gisait en nous et qui soudain se réveille. Elle s'impose alors pour toujours.

Mani ne peut pas se tromper. Il le dit souvent à ses visiteurs qui viennent lui demander de faire amende honorable afin qu'il meure en paix avec lui-même le jour de son exécution. Il toussote, c'est la seule façon de rigoler quand on n'a plus la force de rien, et il assure qu'il n'a que faire de l'incompréhension des sourds et des aveugles. D'abord, il a reçu deux fois les révélations de l'ange du Très-Haut, qui s'est dérangé tout exprès de son ciel pour le visiter. Pas une fois, deux fois. Ensuite, il s'appuie sur toutes les connaissances scientifiques que combattent d'ordinaire les prophètes. Il rend ses appels au nom de la Raison et non de la Passion, comme le Christ. Enfin, il est le seul à avoir trouvé l'explication de la nostalgie qui nous étreint tous, comme s'il nous manquait toujours quelque chose, dans cet univers en panne d'harmonie. J'oserai dire que sa démonstration est logique : si notre monde n'est qu'un grand tas de souffrances, c'est parce qu'il ne fait pas la part du Bien et du Mal, de l'Esprit et de la Matière, du Spirituel et du Charnel, de la Lumière et des Ténèbres. Tout est mélangé, sur notre pauvre terre, et les contraires se déchirent en nous, dans un combat qui dure depuis la nuit des temps. Nous sommes donc en exil ici-bas. Rien que de vivre, on se damne, plus ou moins.

Si j'ai bien compris, la tragédie était déjà inscrite dans la Genèse. En ce temps-là le Père de la Grandeur qui gouverne le pays du Bien, au nord de l'univers, déclara la guerre au Prince des Ténèbres qui règne sur l'empire du Mal, au sud. Mais il fut vaincu et perdit cinq fils dans l'opération : l'air, le vent, la lumière, l'eau et le feu. Au passage, il laissa aussi un peu de son âme dans les Ténèbres. C'est ainsi que fut créé le monde. Par une victoire du Diable.

Autant que je puisse en juger, tout le génie de Mani est d'avoir posé le problème du Diable, donc du Mal. Hier, je l'ai entendu dire à l'un de ses visiteurs, un homme maigre et sévère qui se présenta comme un prêtre chrétien :

« Vous ne m'empêcherez pas de croire que le Diable puisse, un jour, avoir l'avantage.

— Il n'ira jamais bien loin, a bougonné le prêtre. Dieu veille.

— Détrompez-vous. Ici-bas, le Diable est presque l'égal de Dieu. S'il lui est encore inférieur, c'est à cause de la fascination que le Bien exerce sur lui. Mais elle n'aura plus lieu d'être quand il aura tout dévoré.

— Il ne dévorera jamais tout. Dieu l'arrêtera avant. Après tout, le Diable n'est que sa créature.

— Voilà l'erreur. Dieu n'a pas enfanté le Diable. Sinon, il lui serait consubstantiel. Il ne l'a pas créé non plus. Sinon, le Très-Haut serait le Père du Mal, ce que je ne saurais croire. A moins qu'il se soit trompé, en l'inventant, mais il ne se trompe jamais. L'existence du Mal est bien la preuve qu'il y a, en ce monde, un autre principe créateur que Dieu. »

Il lui a rivé son clou, Mani. Mieux vaut ne pas discuter avec lui. Il sait trop de choses et l'emporte toujours. Il est pourtant modeste, comme prophète. Il refuse la politique de la table rase et se garde bien, contrairement à tant d'autres, de cracher sur ses prédécesseurs. Vous ne l'entendrez jamais débiner Abraham ni Bouddha. Il se présente même comme l'apôtre du Christ qui a été condamné à mort deux siècles et demi plus tôt. Il dit que l'Ame du monde est comme Jésus, crucifiée sur la Matière. Il a raison. Ecoutez-la gémir, tapie dans les herbes, les feuilles, les broussailles et les montagnes. Elle est partout aux prises avec le Mal. C'est la croix que nous portons tous.

De temps en temps, il lève les yeux. J'aime son regard sur moi. Il sait bien que tout est plein d'âme, à commencer par le jujubier qui pousse sous sa fenêtre. Les hommes refusent de le reconnaître, mais les arbres crient sous la cognée, les légumes se tordent de douleur dans la main qui les arrache, la terre souffre à chaque passage de la charrue, l'air siffle quand on le frappe et les fruits pleurent du jus de sang. Mani l'a compris, qui veut rendre ses droits à tout le monde, dans le cosmos, et refuse que les uns vivent de la mort des autres, dans cette chaîne du crime qu'on appelle, je crois, la nature.

Le matin, quand le geôlier lui apporte son quignon de pain quotidien, Mani s'excuse toujours auprès du blé moulu avant de le mâcher. Telle est la tragédie du monde. Il faut détruire rien que pour subsister. Mani ne le supporte pas. Même si ses chaînes n'arrangent rien, il a le dégoût de vivre. C'est trop dur pour sa petite nature. Il est sûr que la rédemption passe par la dépossession. Il veut se sauver de son corps et se libérer de l'univers.

Ce lundi, après vingt-six jours d'emprisonnement, il a fini par renoncer à lui-même, sans chichis, en douce. Il a cessé de respirer, voilà tout. J'étais content pour lui, car il s'épargnait le malheur d'être écorché, mais j'ai pleuré au-dedans de moi les quelques larmes qui me restaient. J'avais bien du mérite, par cette sécheresse. S'il en fallait encore une, voilà la preuve que les plantes ont une âme, parole de jujubier.

Quand il eut fini sa lecture, le sieur Dieu commença à se déshabiller. L'opération fut interrompue par trois détonations, non loin de là. Il ouvrit la fenêtre et resta un moment à regarder les ténèbres en se demandant s'il s'agissait de décharges d'arquebuses, des hurlements que pousse la montagne quand le vent la dérange ou bien des coups que frappait le Diable avant d'entrer.

CHAPITRE 6

Le lendemain matin, il était à peine six heures quand un homme se mit à tambouriner en hurlant, à la porte de Jehan Dieu de La Viguerie. Thomas Pourcelet descendit ouvrir.

Il faisait un jour tiède qui dormait encore dans sa brume rose. Les oiseaux étaient ensommeillés et ne chantaient que pour le principe. Les arbres commençaient à peine à s'étirer. Le vent n'était toujours pas sorti de son lit.

L'homme arrêta son manège dès qu'il entendit Thomas Pourcelet arriver, derrière la porte. Apparemment, c'était un vaudois. Il portait des loques et chaussait des savates. On l'aurait pris en pitié s'il n'avait eu l'œil si vif et l'air si malin.

« Ma femme a des douleurs, dit-il, mais elle n'arrive pas à pisser sa côtelette.

— Il faut qu'elle pousse.

— C'est ce qu'elle fait. Mais l'enfant ne vient pas. »

Thomas Pourcelet se mordit les lèvres, comme s'il hésitait, puis demanda :

« Etes-vous vaudois ?

— Je n'aime pas ce mot. Je suis un pauvre de Lyon, un pauvre du Christ. »

Le valet hocha la tête. Il ne supportait pas l'idée d'avoir été réveillé si tôt, par un vaudois de surcroît. Ces gens-là ne se gênaient décidément pas. Ils se croyaient chez eux. Il était d'accord pour les aider quand il le fallait. Il ne demandait que du respect. Mais il n'y en avait plus. Les étrangers avaient tout pris, même ça.

En ce temps-là, le Luberon était plein d'étrangers. Ils s'étaient posés partout, sur ses sommets, ses flancs, ses vallons, jusque dans ses gorges ; une invasion. Après tant de guerres et d'épidémies, le pays avait manqué de bras, pour ses champs, ses vergers et ses bêtes. Il lui avait fallu en importer. Fuyant les persécutions, ils étaient venus des Alpes avec leurs mains calleuses et leurs coutumes étranges. On les appelait les vaudois ou les pauvres de Lyon, c'était selon.

Ils se disaient chrétiens; ils étaient hérétiques. Ils reprochaient à l'Eglise de se goberger. Ils l'accusaient même d'avoir inventé le Purgatoire pour s'enrichir sur le dos de ses ouailles, en leur faisant croire qu'elles pouvaient acheter leur au-delà en espèces sonnantes et trébuchantes. Ils avaient le culte de la misère et prétendaient suivre l'exemple d'un ancien riche marchand de Lyon qui, en 1173, avait entendu l'appel du Christ : « Si tu veux être parfait, vends tous tes biens et donne-les aux pauvres; alors, tu auras un trésor dans les cieux; puis viens et suis-moi. »

On n'arrive pas à s'accorder sur le nom de cet homme. On n'est même pas sûr de son prénom. Certains disent qu'il s'appelait Pierre Valdo ; d'autres, Pierre Valdes ou Petrus Valdensio. On parle aussi de Petrus de Valle, de Pierre Vaudes ou encore de Petrus Valdesius.

L'Histoire l'a dévoré. Elle n'en a rien laissé. Même pas son nom. Elle n'aime pas les vaincus, surtout quand, comme lui et les siens, ils n'ont jamais gagné une seule bataille. Mais c'est normal. Les vaudois n'étaient pas des stratèges. Ils n'étaient que des mystiques. La vérité du monde est une imposture écrite par les esprits réalistes. Il n'y avait pas de place pour eux dedans.

En embrassant l'idéal de pauvreté volontaire, les vaudois s'inscrivaient dans un mouvement de contestation générale contre l'Eglise. Avant même que le premier millénaire arrive à son couchant, les hérésies se multiplièrent, qui reprochaient au clergé ses fastes et ses mensonges. Au IVe siècle, en Afrique du Nord, les circoncellions s'attaquaient aux riches et libéraient les esclaves au nom du Christ. Plus tard, les bogomiles s'en prirent à la « vermine monastique » qui, en concubinage avec les possédants, exploitait l'humanité jusqu'à l'os. Ils l'accusaient d'être le bras séculier de Satanaël, l'ange de malheur qui a inventé le monde matériel et fait crucifier Jésus. Partout, de nouveaux prédicateurs se levaient, qui prêchaient l'ascèse contre les prêtres : le Christ de Bourges, Aldebert ou Pierre de Bruys qui appelait même à la destruction des églises.

Les vaudois accélérèrent le mouvement. Après eux, une

inondation déferla sur le monde, pour honorer le pauvre : les bégards et les béguins accueillaient les sans-logis pour les catéchiser ; les disciples de Gerardo Segarelli mendiaient leur pitance dans les rues en exhortant à la pénitence ; les adeptes de Marguerite Porète, auteur du *Miroir des âmes simples*, suivaient son exemple en se débarrassant de leurs richesses pour choisir la misère et l'errance ; les hussites, qui, en Bohême, traitaient le clergé d'« Antéchrist », lui demandaient d'en rabattre et de partager ses biens ; les pastoureaux de Jacob piétinaient les hosties, fouettaient les moines et massacraient les bourgeois. C'est dans ce climat que saint Dominique puis saint François d'Assise fondèrent leurs ordres mendiants. Ils rêvaient eux aussi d'ascétisme. Ils dédaignaient eux aussi les biens et les plaisirs de ce monde. Mais, contrairement aux vaudois, ils avaient la tripe politique. Ils surent s'entendre avec l'Eglise et Sa Sainteté le Pape.

C'est pourquoi ils sont toujours vivants.

*
* *

On ne sait trop comment l'homme que, par commodité, on appellera Pierre Valdo reçut la révélation. En écoutant quelqu'un lui raconter la légende de saint Alexis, qui vivait sa pauvreté sous un escalier ? En voyant tomber raide mort un ami, pendant un banquet bien arrosé ? Les versions varient mais il est sûr qu'après avoir décidé de se consacrer à Dieu et d'évangéliser la terre, il partit chercher la bénédiction du Souverain Pontife, à Rome. C'était un chrétien, qui ne songeait qu'à bien faire. Il lui fut ordonné de ne prêcher qu'avec l'autorisation du clergé. Autant lui demander de se taire : les prêtres ne souffraient pas la concurrence. Or, on ne peut imposer le silence aux prédicateurs. Celui-là avait trop de choses à dire et continua à les crier. Il fut donc excommunié et chassé de sa ville par l'archevêque de Lyon.

C'était écrit. Pierre Valdo et la Sainte Eglise ne pouvaient pas faire affaire. Il était scandalisé par l'état du monde. Il méprisait l'argent, la puissance et la gloire. Il semait la révolution et le clergé n'entendait pas la laisser se propager dans une population prête à toutes les aventures, après qu'eurent roulé sur elle les meules des guerres, des famines et des fléaux.

Comme tous les êtres purs, il avait décidé de se dépouiller de tout afin de posséder le monde. Ce sont ces gens-là qui ont écrit la morale de l'homme, à défaut de son histoire. Au VIe siècle avant notre ère, Bouddha, déjà, avait quitté fortune, femme et enfant, pour s'en aller à la recherche de la vérité. Au IIIe siècle de notre ère, saint Antoine le Grand avait tout abandonné aussi pour partir en guerre contre Satan et démontrer que « Dieu s'est fait homme, afin que l'homme devienne Dieu ». Pierre Valdo prit le même chemin. Dans sa profession de foi, il écrivit :

« Nous avons renoncé au siècle et distribué nos biens aux pauvres pour être pauvres nous-mêmes ; de sorte que nous ne voulons pas prendre le souci du lendemain ; nous n'accepterons ni or, ni argent, ni quoi que ce soit, sauf le vivre et l'habit quotidiens. »

Les vaudois n'inventèrent pas de nouveaux dogmes. Ils avaient simplement une morale. Ils entendaient vivre comme des apôtres, abhorraient le mensonge, refusaient de prêter serment, ne reconnaissaient à personne le droit de tuer un homme, fût-il criminel, pensaient qu'ils pouvaient se confesser leurs péchés les uns aux autres et n'avaient confiance qu'en leurs propres prédicateurs, les barbes qui, à l'instar de Pierre Valdo, s'en allaient prêcher l'Evangile à travers le monde. Ils ne respectaient pas l'ordre établi, ne se respectaient pas davantage, s'habillaient volontiers de hardes et portaient souvent des chaussures sans semelle, afin de marcher nu-pieds, pour se mortifier. Rien que de se montrer, ils étaient une insulte aux prêtres et aux moines qui, en ce temps-là, se vautrouillaient dans l'opulence.

En plus, dès qu'ils furent déclarés « schismatiques », les vaudois se mirent à insulter ouvertement la Sainte Eglise. Pierre Valdo prétendait qu'elle avait abandonné la foi du Christ et qu'elle était devenue la grande Paillarde de la Babylone de l'Apocalypse, le figuier stérile que Jésus avait maudit. Il affirmait qu'il ne fallait pas obéir au Pape, que la moinerie était une charogne puante et que les messes, les vénérateurs des saints et les commémorations des morts n'étaient que des inventions du Diable, destinées à remplir les caisses du clergé.

Les vaudois abominaient la richesse et la propriété. Ils voulaient tout partager : c'était plus fort qu'eux ; c'était métaphysique. Ils récitaient tout le temps les pages de la Bible que le clergé cachait à ses fidèles, comme l'épître de Jacques :

« Alors, vous les riches, pleurez à grand bruit sur les malheurs qui vous attendent ! Votre richesse est pourrie, vos vêtements rongés de vers. Votre or et votre argent rouillent et leur rouille servira contre vous en témoignage, elle dévorera vos chairs comme un feu. »

On ne dira jamais assez que l'Ancien et le Nouveau Testament sont des livres séditieux, à ne pas mettre entre toutes les mains. Il y a dedans trop de révolte et trop d'imprécations qui risqueraient de troubler l'heureuse digestion des puissants du jour. Ces pages les dégoûteraient d'eux-mêmes. Elles les dégoûteraient du monde. L'Eglise l'avait bien compris. Il n'y avait de Bible qu'en latin, de sorte que les fidèles ne pouvaient la lire à leur guise. Ils ne la connaissaient qu'à travers la lecture des prêtres.

Pierre Valdo brandit la Bible contre l'injustice universelle et la fit traduire en langue vulgaire, pour la mettre à la portée de tout le monde. Prenant le peuple à témoin, il l'opposait aux faux dévots qui s'agitaient contre lui.

Rien ne pouvait plus arrêter les vaudois. Ils avaient tout pour eux : la Bible et leur propre vie. Les portes du Paradis leur étaient grandes ouvertes, car elles le sont toujours aux pauvres. Pas aux riches. Le Christ nous a appris qu'il est moins facile à une grosse fortune de les franchir qu'à un chameau de passer à travers le chas d'une aiguille. Les riches emportent toujours trop de bagages avec eux, sans parler des domestiques.

Les vaudois n'avaient ni les uns ni les autres. Ils n'étaient pas davantage pourvus de l'envie et de la rapacité qui ont fabriqué la légende des siècles. L'Histoire ne les aimait pas et ils n'aimaient pas l'Histoire.

Ils n'aimaient que Dieu, mais rien ne disait qu'il leur rendrait leur affection. Depuis qu'il a enfanté le monde, il est comme une mère prolifique devant sa progéniture innombrable. Il est débordé. Il ne sait même plus à quel saint se vouer.

*
* *

Le vaudois ne tenait pas en place. Ses pieds le démangeaient et il se rongeait du dedans. On aurait dit qu'une bête gigotait en lui. C'était la panique.

« On s'est réfugiés dans la montagne, dit-il d'une voix tremblante, car ça commence à sentir le roussi pour nous. Je n'aurai pas de quoi vous payer.

— On a l'habitude.

— Je vous donnerai tout ce que vous voudrez.

— Mais vous n'avez rien.

— Je trouverai. »

C'était un paysan trapu au regard clair. Il n'avait pas un air à conter des fables. Thomas Pourcelet lui fit signe d'entrer et de s'asseoir, avant de monter prévenir le maître qui, à cette heure-là, s'était déjà remis à ses écritures.

Un quart d'heure plus tard, tout ce monde était parti à pied en direction de la montagne. Le sieur Dieu et son valet avaient laissé les chevaux à l'écurie : les pentes ne leur réussissaient pas.

L'homme s'appelait Antoine Pellenc et tenait, à Mérindol, une petite ferme où il cultivait le blé. Il marchait très vite, sans regarder derrière lui et en parlant sans arrêt. Ses pas frappaient la terre comme des coups de couteau et enfumaient le chemin derrière.

Il racontait sa vie, une vie de vaudois. Il avait toujours respecté les dix commandements de la doctrine de ses ancêtres. Il n'avait jamais tué, ni convoité, ni paillardé. Il s'était toujours souvenu de ses jours de repos. Il ne comprenait pas qu'on lui cherchât des poux, au nom du Christ, à lui et aux siens. Son oncle avait été pris puis brûlé et son frère venait d'être arrêté. Après avoir entendu dire que l'armée marchait sur le Luberon, il avait emmené dans la montagne sa femme et ses cinq enfants ; des filles.

« Cela fait tellement longtemps que l'on nous annonce une opération militaire, dit le sieur Dieu. Je n'y crois plus. Vous ne gênez personne, finalement.

— Le Parlement de Provence veut notre mort, objecta Antoine Pellenc. Il a levé une armée.

— Mais le Roi ne laissera jamais faire ça.

— Jamais, confirma Thomas Pourcelet. Il aime trop ses sujets. Il ne peut pas leur faire du mal. »

Au fur et à mesure qu'ils montaient, les maisons se rétrécissaient et finissaient par se perdre dans les ondulations de la plaine, qui s'étirait en bas.

Un léger brouillard coagulait tout, dans la même harmonie.

Le monde se fondait ; rien ne résistait au mouvement qui le fusionnait. C'était un de ces jours où l'on avait envie de crier à la terre qu'elle était belle.

Ce n'était pas un jour de massacre. Ce n'était même pas un jour à crime.

CHAPITRE 7

Un cri de bête mourante, un cri de souffrance et de terreur : il provenait d'une grotte, derrière une houle d'arbustes, sous le plus gros des mamelons du Luberon. Il se cognait contre le ciel et les pierres de la montagne. Ses échos faisaient comme un carillon.

Six femmes et une vingtaine d'enfants étaient assis devant la grotte. Ils mangeaient tristement des boules de pain rassis. Sur leur visage était inscrite cette gravité théâtrale que commandent les grandes tragédies humaines. Ils avaient leur compte avec les rumeurs de guerre, la peur du bûcher et les hurlements de la femme grosse.

La dame d'Antoine Pellenc était allongée à l'intérieur de la grotte et se tordait en hurlant, tandis que quatre mains de femmes la flattaient, la tripotaient et tentaient de la rassurer. Elle braillait comme une sourde. Elle prenait le monde entier à témoin de la souffrance qui lui était imposée.

Quand elle aperçut le maître, l'une des femmes se leva d'un trait et le salua cérémonieusement. Le sieur Dieu la connaissait. C'était Judith Rostagnol, la femme du muletier de Mérindol.

« On ne sait plus que faire, soupira-t-elle en essuyant la sueur de son front. Elle ne peut pas filler, la pauvre femme.

— Elle va nous rendre folles, renchérit l'autre.

— On a tout essayé. On a même enduit son ventre d'une composition d'huile d'olive et de poudre de laurier, qu'on est allées chercher à Ménerbes. Rien à faire.

— Nous allons voir », dit le sieur Dieu, qui ne souffrait pas que l'on portât les diagnostics à sa place.

Il retroussa ses manches, s'assit par terre et examina la dame

Pellenc. Son visage était trempé de sueur, et tordu par la douleur qui s'élançait en elle, à grands coups réguliers. Elle avait l'haleine putride, ce qui était souvent mauvais signe pour l'enfant, et plusieurs taches mauves maculaient son front, comme si elle pourrissait vivante.

En pure perte, il plongea, pour la calmer, son regard dans ses grands yeux verts, qu'exorbitait un affreux pressentiment. Peut-être avait-elle été belle. A présent, elle n'était qu'un corps à l'état pur ; un tas d'os et de chairs pantelantes.

Il attarda sa main sur la crevasse entre les jambes ; elle en ressortit pleine de sang, tandis que la dame Pellenc s'époumonait de plus belle. Elle ne se contrôlait plus. La douleur avait pris le pouvoir en elle.

Le sieur Dieu décida d'oindre la matrice d'huile d'amande douce, pour faciliter le travail, puis demanda à la femme grosse de se mettre à genoux sur une pierre, les fesses sur les talons. Elle poussa des couinements avant de se rouler par terre.

Antoine Pellenc interrogea le maître des yeux, et les lèvres de celui-ci dessinèrent une grimace hideuse qui n'annonçait rien de bon.

« Il ne reste plus qu'à sortir le petit au crochet, dit-il.

— Cela ne marchera pas, objecta Judith Rostagnol qui, apparemment, était experte en accouchement. Je viens de passer le crochet sous la nuque de l'enfant. Mais il refuse de se laisser délivrer. On ne peut pas lui défaire la tête.

— Je vais essayer. »

Jehan Dieu de La Viguerie tenta de sortir l'enfant avec son tire-tête, mais ne réussit pas mieux que Judith Rostagnol.

Il fit signe à Antoine Pellenc qu'il voulait lui parler seul à seul. Les deux hommes sortirent de la grotte et marchèrent un moment. Le maître respirait très fort en observant la vallée, tandis qu'un vent doux flânait entre les arbres et les pierres.

« Il n'y a qu'une solution, finit-il par dire. C'est la césarienne.

— On ne coupe le ventre qu'aux femmes mortes.

— Pas toujours. Il faut réfléchir avant. C'est une opération délicate. Généralement, les mères meurent. »

Antoine Pellenc ferma les yeux en fronçant les sourcils, comme s'il était pris d'un violent mal de tête.

« Il arrive parfois qu'elles survivent.

— Parfois », répéta le vaudois, d'une voix blanche.

Il fut décidé que Jehan Dieu de La Viguerie attendrait, pour intervenir, que la dame Pellenc fût sur le point de mourir. Il n'avait jamais pratiqué de césarienne sur une femme vivante. Il ne se voyait pas en train d'ouvrir sur un demi-pied le ventre de celle-là, fouiller dedans sans trancher les vaisseaux gonflés par la grossesse, couper la matrice puis les membranes, pour ramener l'enfant sain et sauf, au milieu de ses hurlements. Il en vomissait d'avance.

Toute la journée, Jehan Dieu de La Viguerie attendit que la dame Pellenc rende l'âme en compagnie des vaudoises qui allaient et venaient, scrutaient la vallée, conféraient à voix basse, posaient des pièges à lapins ou, quand la peur les prenait, récitaient leur *Pater Noster.*

Les lamentations de la femme grosse se transformèrent peu à peu en gémissements, qui faiblirent à leur tour. Elle finit même par se taire. Jehan Dieu de La Viguerie put alors écouter le monde. Il aimait ce mélange de vent, de rumeurs et de bonheur, qu'interrompait toutes les heures le tintement des cloches. Il se laissait emporter par ce sentiment qui vous prend souvent au sommet des montagnes, quand le ciel et la terre se mélangent en vous, et que Dieu passe en coup de vent, sans s'arrêter, juste pour se rappeler à vous.

De temps en temps, une femme s'approchait du sieur Dieu pour lui donner des nouvelles de la dame Pellenc.

« Alors ?

— Elle n'a toujours pas passé, la bougresse. »

Parfois, la femme haussait les épaules. Ou bien elle soupirait. C'était sa façon de dire qu'elle n'était pas d'accord avec la dame Pellenc. Il faut savoir tirer sa révérence. Sinon, la vie n'est plus qu'une tragédie qui traîne en longueur. Elle devient même à tuer.

Au milieu de l'après-midi, Judith Rostagnol arriva en courant et en transpirant :

« Son ventre est bleu. Sa hanche est bleue. Elle est toute bleue. »

Antoine Pellenc, qui la suivait, regarda le maître avec des yeux suppliants. Son émotion était trop forte pour qu'il puisse parler. Cela tombait bien. Il n'aurait pas su quoi dire.

C'était le moment.

CHAPITRE 8

Le sieur Dieu envoya chercher Thomas Pourcelet qui, toujours prudent, se tenait à l'écart, sur un moignon du Luberon, pour ne pas attraper l'hérésie vaudoise ou Dieu sait quelle maladie.

Quand il se pencha sur la femme grosse, Jehan Dieu de La Viguerie constata tout de suite qu'elle n'était pas morte. Elle geignait faiblement, avec l'expression ahurie des pendus. Elle n'en avait plus pour longtemps. Il fallait agir sans attendre.

Il demanda aux vaudoises de fabriquer un lit de fortune avec des caisses en bois et posa dessus, avec leur aide et celle d'Antoine Pellenc, le corps de la femme grosse. Il l'avait placée à l'entrée de la grotte, pour travailler à la lumière.

Il réclama aussi des serviettes et une bassine d'eau. C'était un maniaque de la propreté. Saint Augustin a dit qu'il s'agissait d'une demi-vertu. C'est vrai dans tous les domaines. Sauf en chirurgie.

Quand la femme grosse fut prête, le sieur Dieu sortit ses instruments et les disposa sur un linge. Après quoi, il demanda aux vaudoises de lui tenir les bras et les jambes.

« On peut commencer », dit-il.

Il dénuda la dame Pellenc, puis se tourna vers Thomas Pourcelet :

« Le bistouri, s'il te plaît. »

Il fit une incision en forme de croissant sur la partie latérale du ventre. La dame Pellenc se réveilla dès qu'il perça ses chairs et se mit à hurler à la mort, comme ces bêtes que l'on éventre, alors qu'il reste encore un peu de vie en elles.

« Arrêtez, cria Antoine Pellenc.

— Il faut savoir ce que vous voulez.

— Arrêtez, je vous en prie.

— Si je m'arrête maintenant, tout le monde va mourir, la mère et l'enfant. »

Jehan Dieu de La Viguerie finissait toujours ce qu'il avait commencé. Quand il eut bien ouvert le ventre, il s'attaqua, avec son bistouri, au fond de l'utérus.

Les clameurs de la femme grosse emplissaient le ciel et il pleuvait du sang. C'était le cri de quelqu'un qui n'était déjà plus de ce monde. La chair de la montagne, qui en avait vu d'autres, frissonnait d'horreur. Tout comme l'assistance des vaudoises, qui roulaient des yeux de bêtes à l'abattoir.

La dame Pellenc n'acceptait pas qu'on la découpât vive. Elle se débattait comme une diablesse. Il y avait du sang partout et Thomas Pourcelet en imbibait les éponges qu'il dégorgeait ensuite dans une cuvette que lui présentait une vaudoise aux yeux verts.

« Pauvre femme », répétait Judith Rostagnol.

L'enfant, enfin, apparut ; une petite chose blanche et flétrie, avec des marques violacées sur le dos. C'était une fille. Elle ne bougeait ni ne criait.

Après avoir coupé le cordon, le maître donna le bébé à Judith Rostagnol qui l'enveloppa aussitôt dans un linge.

La mère ne criait plus. Elle râlait. Une mousse blanche coulait le long de ses lèvres ; du jus de souffrance.

Jehan Dieu de La Viguerie demanda à Thomas Pourcelet de lui donner le flacon d'eau bénite qui se trouvait dans le sac, en versa d'une main quelques gouttes sur le front de l'enfant et fit de l'autre le signe de la croix en disant :

« Si tu es vivante, je te baptise au nom du Père, et du Fils, et du Saint Esprit, ainsi soit-il. »

Le bébé se mit à gigoter.

« Elle est toute vivante, dit une femme.

— Bien vivante », insista Antoine Pellenc.

Le père embrassa la mère. Elle ne réagit pas. Après ce que le monde venait de lui faire, elle avait décidé de l'abandonner. Cela se voyait comme ses yeux vides au milieu de la figure.

Les femmes frictionnèrent la petite avec du vin rouge, ce qui la réveilla, et lui ouvrirent la bouche pour qu'elle avale quelques gouttes de spiritueux, provoquant son premier vagissement qui, pour être tardif, n'en fut pas moins strident.

Ce vagissement fut comme un cri de ralliement. Tout le

monde se pressa autour de la petite. Elle avait fait oublier la femme éventrée. Les gens préfèrent toujours l'avenir.

La césarienne avait eu au moins du bon : la dame Pellenc ne hurlait plus. Elle avait même l'air apaisé, maintenant. Tout gris qu'il fût, son visage se détendait. Quand on sait qu'elle n'est pas inutile, la douleur devient acceptable. La femme éventrée la supportait.

« Je vais vous sauver », dit Jehan Dieu de La Viguerie, en regardant le ventre crevé.

Il lava la plaie avec du vin avant d'y planter plusieurs canules, de petits tuyaux percés, recouverts d'une tente de linge, pour absorber le sang et les suppurations. Il posa ensuite des compresses que Thomas Pourcelet avait tartinées avec un onguent à base d'huile d'olive bouillie. Il recouvrit le tout de bandages.

Après quoi, il se lava les mains, puis rinça ses ciseaux, son bistouri et son scalpel. Quand il eut tout fini et alors que Thomas Pourcelet rangeait les instruments dans le sac, les vaudoises vinrent en délégation lui demander de rester à dîner. Il accepta sans hésiter.

Il savait qu'ils n'auraient pas grand-chose à manger.

Mais Jehan Dieu de La Viguerie n'était pas en état de marcher. Il était tout chose. Il avait la grippe, une grippe existentielle, comme un saint après une apparition.

Sauf que cette apparition, ce n'était pas un ange. C'était une jeune fille.

CHAPITRE 9

Il ne voyait plus qu'elle. C'était la jeune personne qui, pendant la césarienne, avait tenu la cuvette de sang. Ses yeux ne l'avaient pas quitté de toute l'opération ; de grands yeux verts comme l'herbe, avec du vertige au fond. Il avait maintenant envie de vivre toute sa vie avec eux sur lui.

C'était Catherine Pellenc, la fille aînée d'Antoine Pellenc et de la femme éventrée. Elle avait dix-sept ans, mais en paraissait vingt. Elle était vêtue de haillons bleu marine, qui accusaient sa blondeur. Rien n'aurait pu l'enlaidir, ni la salir.

On a tort d'aller chercher l'infini loin du monde. Il est souvent tout près de nous, dans les yeux d'une femme par exemple. Ceux-là avaient enlevé le sieur Dieu à lui-même. Catherine Pellenc en était bien consciente, toute candide qu'elle fût. Son petit rengorgement ne trompait pas.

Tel est l'amour. Il dépossède, comme la foi. Mais il possède, contrairement à elle. Voilà pourquoi il fait toujours rire et pleurer en même temps. Le sieur Dieu, on l'a vu, était toujours entre plusieurs mondes. Dans sa tête, il errait sans arrêt à travers les êtres, les forces, les siècles et les continents. Mais il arrivait à peu près à se suivre. Dès l'instant où il vit Catherine, il ne sut plus jamais où il était.

Il habitait en elle et elle habitait en lui. Elle prenait même toute la place. C'est le problème, avec l'amour. Quand il surgit quelque part, il ne reste jamais plus rien ni personne. C'est comme un champignon qui pousse dans la cervelle, pour tout manger.

Le sieur Dieu avait souvent observé ce phénomène et il en avait tiré une théorie. Il préparait, depuis plusieurs années, un traité des tumeurs. Il prétendait qu'elles n'avaient qu'une seule cause. Il s'agissait toujours, médicalement parlant, de tumeurs d'amour.

Son principe était simple. L'amour est un esprit qui naît dans le cerveau, probablement dans cette glande que les anatomistes appellent le conarion et qui ressemble à une pomme de pin. Elle a la particularité de s'évanouir à l'air et de se ressouder à l'humidité. C'est le réceptacle de nos cinq sens.

Quand l'amour sort de cette glande, il a besoin d'espace. Il s'insinue dans les veines, qu'il échauffe, et s'attaque au cœur, qu'il excite comme le soufflet sur le feu. Si on le combat, il se pose ailleurs et c'est là que les ennuis commencent.

On ne se méfie jamais assez des effets de l'amour. Il ne faut pas le cacher ou le contenir, ce qui provoque les tumeurs, les ulcères ou les chancres. Il faut, au contraire, le vivre et l'accomplir, ce qui libère la cervelle en épanouissant l'âme.

C'est pourquoi il est toujours recommandé de se déclarer sans attendre. En l'espèce, le sieur Dieu avait décidé de le faire après le dîner.

*
* *

La nuit arrivait doucement, sans se presser. Le soleil s'accrochait toujours aux nuages. C'était un de ces soirs où il faisait des histoires en refusant de mourir dans les flammes de son bûcher.

Sur un linge étendu par terre, les vaudoises avaient déposé des bouteilles de vin, des boules de pain, des assiettes de lapin et des corbeilles de noix. Après s'être assises pour manger, elles récitèrent leur *benedicite* :

« Bénisse cette table celui qui bénit les cinq pains d'orge et les deux poissons pour ses disciples dans le désert. »

« C'est malheureux qu'on soit pourchassés comme ça, dit Antoine Pellenc en commençant à manger. On n'a rien fait de mal.

— Même qu'on va à la messe, approuva une femme.

— Quand on a le temps, ricana une autre.

— Moi, j'ai toujours communié à Pâques. »

Une grosse citrouille, avec des bras comme des cuisses, s'écria sur un ton indigné :

« Mais plus on en fait, plus on nous enfonce. Les curés ne

veulent pas seulement nous faire abjurer. Ils veulent nous détruire.

— Parce qu'on leur fait peur. »

C'était une voix d'homme; une voix de paysan, rauque et pleine d'assurance. Elle arrivait par-derrière Jehan Dieu de La Viguerie. Il se retourna. Un groupe d'arquebusiers avait surgi de l'ombre. Ils s'assirent avec des bruits d'os qui craquent. Les femmes leur racontèrent le bébé. Ils leur racontèrent la guerre, qui venait.

Ils burent.

Après un silence, la conversation reprit son fil.

« Si on fait peur aux curés, murmura l'arquebusier qui avait parlé le premier, c'est parce qu'on dit la vérité. Vous avez vu comment ils vivent. Ils aiment trop l'argent, ils trahissent l'Evangile.

— Le Christ l'a dit, enchaîna Antoine Pellenc. Entre Dieu et Mammon, il faut choisir. On ne peut pas servir les deux en même temps.

— Nous, on crache à la figure de Mammon...

— Alors que les curés lui lèchent les pieds. »

La grosse citrouille murmura, les yeux fermés :

« Heureux, vous les pauvres : le royaume de Dieu est à vous. Heureux, vous qui avez faim maintenant : vous serez rassasiés. Heureux, vous qui pleurez maintenant : vous rirez. »

Tout le monde resta ensuite sans rien dire. Dans le crépuscule, les visages luisaient comme des morceaux de marbre.

La froidure qui tombait du ciel commençait à recouvrir la montagne, tandis que la tiédeur rentrait se coucher, comme chaque nuit, dans le creux de la terre.

Il n'était pas question d'allumer un feu : les soldats du Roi auraient pu les repérer. Il fallait donc prendre la fraîcheur en patience, quitte à se frotter les mains ou les pieds quand elle les avait engourdis.

La grosse citrouille profita du silence pour étaler à nouveau sa science en citant de mémoire un passage de la première épître de Paul aux Corinthiens, qui était en effet de circonstance.

« A cette heure encore, nous avons faim, nous avons soif, nous sommes nus, maltraités, vagabonds, et nous peinons en travaillant de nos mains. On nous insulte, nous bénissons; on nous persécute, nous endurons; on nous calomnie, nous consolons. Nous sommes jusqu'à présent, pour ainsi dire, le déchet du monde. »

Ces gens-là se prenaient pour les apôtres. C'était leur drame.

Quand elle eut fini, une voix d'homme se mit à réciter le *Pater noster.* Tout le monde le suivit. La prière chassa un moment la peur de la montagne.

Elle revint quand quelqu'un hurla :

« Regardez, ça recommence. »

L'arquebusier qui avait crié leva le bras en direction de La Roque-d'Anthéron :

« Là-bas, le feu.

— Le feu », répéta une femme.

Plusieurs brasiers tremblaient dans la nuit; des maisons, sans doute.

« Qu'est-ce qu'ils ont besoin de tout nous brûler comme ça ? grommela un vieil homme. C'est pas nous, les impurs... »

*
* *

Thomas Pourcelet se leva, tout d'un coup. On aurait dit qu'il avait vu le Diable et la peur étranglait sa voix quand il gueula, à l'adresse de son maître :

« Il faut y aller.

— Oui, oui. »

Il était énervant, à la fin. Jehan Dieu de La Viguerie se leva à son tour, mais très lentement, pour signifier à son valet qu'il était encore le maître.

Antoine Pellenc les rejoignit et entraîna le sieur Dieu à l'écart, dans la nuit noire.

« Pour votre dérangement, dit-il, je vais vous donner un tonneau d'huile d'olive. De la vierge, donc de la bonne. J'irai vous l'apporter demain.

— N'y retournez pas. Vous allez vous faire prendre. »

Le maître se racla la gorge, pour indiquer qu'il allait dire quelque chose d'important :

« Je préférerais autre chose.

— Dites.

— Votre fille.

— Laquelle ?

— L'aînée. »

Pour une surprise, c'en était une. Antoine Pellenc ramena délicatement ses cheveux en arrière, pour réfléchir ou pour se donner une contenance.

« Je ne peux pas. J'en ai besoin pour s'occuper de la petite.

— Je vous paierai une nourrice.

— Je ne peux pas. »

Il baissa les yeux et souffla :

« Et puis elle n'est pas à vendre.

— Vous ne m'avez pas compris. C'est sa main que je vous demande. Je veux l'épouser. »

L'autre répéta avec étonnement :

« L'épouser ?

— Oui. Je veux me marier avec elle. »

Ils étaient souffle contre souffle, dans les ténèbres. Ils se scrutaient. Ils se respiraient.

« Je comprends, soupira Antoine Pellenc, qui ramena de nouveau ses cheveux en arrière, dans la même intention que la dernière fois.

— Alors ?

— Il faut que vous acceptiez d'être vaudois comme elle. C'est ma seule condition. »

Un silence tomba. Le sieur Dieu ne savait pas bien quoi dire. Il regarda longtemps les choses qui brûlaient au loin ; de petits soleils qui riaient au fond de la nuit, dans la vallée.

Il laissa enfin tomber, à voix basse :

« Peut-être suis-je déjà vaudois. Mais je vais penser à tout cela. Je vous donnerai ma réponse demain, quand je reviendrai pour les soins de votre dame. »

Il n'amena pas la jeune fille à la bastide, ce soir-là. Mais il ne se ramena pas lui-même, du moins pas tout entier. Il était trop amoureux pour ça. Il avait laissé un peu de lui dans l'infini de ses yeux verts.

CHAPITRE 10

Sur la route du retour, Jehan Dieu de La Viguerie se sentit en harmonie avec le monde. Il vivait la même chose que lui.

C'était ainsi chaque année, en cette saison. Ça descend du haut du ciel et ça monte du dedans de la terre. On ne sait pas bien ce que c'est.

Un murmure.

Il trotte à travers la vallée, s'insinue dans les escarpements et bondit jusqu'au sommet de la montagne. Il court dans tous les sens.

Il se glisse dans le vent et enlace les arbres qui tremblent de désir. Il tripote les oliviers qui se mettent à fleurir. Il réveille le thym, la lavande, la sarriette.

Sous ses caresses, la chair du monde commence à revivre. Les herbes et les feuilles s'ébrouent. Le fenouil s'étire. La sauge palpite. Dans le secret des buissons, les asperges sauvages s'élèvent comme des tourelles, pour voir autour.

Dès qu'il l'a effleuré, le sol grouille de fourmis, de chenilles, de scolopendres. Il a les mêmes ondulations que la surface de la mer, les mêmes frissons parfois. Les insectes sont ses vagues.

Il grise les oiseaux. Il bombe le torse des campagnols. Il lustre le poil des lapins. Il donne des ailes aux perdrix rouges. Il ouvre l'appétit des aigles, en faction dans l'azur. Il chatouille la peau des carpes qui vont s'étreindre dans la verdure. Il donne du plaisir, et de l'assurance.

Ce murmure, c'est l'amour.

Il glue partout, sur les plantes, les bêtes et les hommes. Il glue la même sueur. C'est ainsi que le sieur Dieu transpira beaucoup, ce soir-là, en rentrant chez lui. Il transpira même toute la nuit.

*
* *

Quelque chose n'allait plus. Jehan Dieu de La Viguerie détestait cette transpiration qui lui mouillait le bas-ventre, les épaules et le dos. C'était l'amour. Mais c'était aussi la rage. Les mots n'arrivaient plus aussi facilement sous sa plume, quand il écrivit un nouveau chapitre du livre de ses vies :

L'orange de Marie
(an 49 de notre ère)

Bien sûr, j'aurais pu pourrir tranquillement sur ma branche d'arbre, ou bien tomber par terre pour servir de dessert vivant aux fourmis et aux autres affolés des mandibules. Mais je ne me fais pas à l'idée d'être condamnée à moisir sur une assiette, au pied du lit d'une mourante, en attendant de finir aux ordures. Je veux être utile au monde, à mon pays ou à cette dame. Or je commence à penser qu'elle ne me fera pas honneur. Voilà mon drame.

Dire que je suis arrivée toute belle. Si vous m'aviez vue, j'étais pleine de jus, de joie, d'amour et d'abondance. C'est un vieillard au regard doux qui m'a posée là, l'autre jour, après être tombé en extase devant moi. Il faisait beau, comme souvent à Ephèse. Je prenais le soleil dans une échoppe, sous la surveillance du marchand, un boiteux qui avait l'œil. J'étais la plus grosse de l'étal. Une attraction, ma foi. L'homme s'est arrêté en écarquillant les yeux. Il m'a soupesée un moment, pour le plaisir, puis a laissé tomber :

« Marie adore les oranges. Elle ne pourra pas te résister. »

Elle m'a résisté. Quand le vieillard m'a montrée à la malade en caressant ma peau pour la tenter, elle n'a même pas daigné tendre la main. Je ne l'intéressais pas. Voilà le genre de comportement que je ne comprendrai jamais. Le monde crève et renaît dans la même substance éternelle, il ne faut pas en faire une histoire. Ce n'est pas parce que l'on va mourir que l'on ne doit pas manger, bonne mère !

Cela fait trois jours que je suis là, mais c'est ce matin seulement que j'ai su à qui j'avais affaire. Le vieillard s'appelle Jean et il a bien connu Jésus de Nazareth. La mourante, c'est Marie, que l'on dit Mère de Dieu et reine des Apôtres. J'ai compris ça en les écoutant causer. Il passe beaucoup de temps auprès d'elle. Il la regarde des heures et des heures, comme s'il cherchait à graver pour toujours son visage dans sa tête. Il est comme son fils.

C'est normal. Cette femme-là est la mère de tout le monde, y compris des étoiles ou des pauvres oranges comme ma pomme. Mais même sur son lit de mort, elle a l'air plus jeune que Jean. Son innombrable maternité ne l'a pas fatiguée. Elle l'a conservée. Malgré son grand âge, son visage a quelque chose d'enfantin et même de virginal : on dirait qu'il vient toujours de se rafraîchir dans une eau vive. Voilà comment finissent ceux qui ont vécu dans l'amour et la pureté de conscience. Ils arrivent neufs dans l'au-delà.

Tout à l'heure, Jean lui a demandé, après des tas de circonlocutions, s'il était vrai qu'elle n'avait jamais fait l'amour. Non pas qu'il doutât des conditions de la conception de Jésus. Mais il se demandait si elle n'avait pas fauté avant ou après, rien que pour voir à quoi ça ressemblait. Elle a perdu d'un coup son sourire angélique. Elle a secoué la tête avec une violence que je ne lui aurais pas soupçonnée. C'était son point sensible.

J'ai donc entendu de la bouche de Marie qu'elle avait fait vœu de chasteté en épousant Joseph de Nazareth, et qu'elle s'y était tenue. C'est pourquoi son âme pouvait s'élever si haut dans les cieux, alors que tant d'autres n'arrivaient même pas à marcher. Bien sûr, il lui fallut essuyer les crachats des cancaniers. Les uns dirent qu'elle consacrait sa virginité à Dieu, afin que son mari n'ait l'occasion de vérifier qu'elle n'était plus pure depuis longtemps. Les autres prétendirent qu'elle avait péché et que, pour faire passer la chose auprès de son mari, elle avait maquillé son forfait en se disant enceinte du Tout-Puissant. On ne refait pas les gens.

Je me fiche de vous choquer. J'ai le droit de dire ça. J'ai entendu Marie rapporter ces calomnies d'une voix d'outre-tombe, tandis qu'elle se mourait avec le regard de Jean pour seul réconfort, dans une pièce sépulcrale qui sentait l'humide et la fiente. Elle aima Joseph comme aucune autre femme n'aima jamais son homme. Mais son amour était trop grand pour souffrir le contact de la Matière. Elle refusait les compromis où nous pataugeons tous. Voilà pourquoi elle faisait peur. C'est l'exacte vérité. Je ne juge pas les hommes de l'époque. Je juge le monde. C'est à peine si elle l'a troublé dans ses turpitudes. Elles l'ont toujours trop occupé pour qu'il puisse entendre le Verbe de Dieu. Il ne l'a pas comprise. Il ne l'a pas méritée.

Moi, si. Finalement, elle m'a réclamée deux ou trois heures avant de rendre son dernier souffle. C'est Jean qui m'a épluchée. Quand la main de l'apôtre introduisit mes quartiers dans sa bouche si pure, après en avoir retiré les pépins, je pleurai toutes les larmes de ma chair, heureuse d'entrer dans ce monde virginal qu'on appelle le Paradis.

CHAPITRE 11

Le jour suivant, Jehan Dieu de La Viguerie fut appelé à Sénas, de l'autre côté de la Durance, dans une bastide qui avait appartenu jadis à l'un de ses cousins et qui était habitée, depuis plusieurs années, par un marchand en bois, fruits, herbes et légumes, Ennemond Coquillat. Il s'était fait une fortune sur le dos des vaudois. Il ne les aimait pas pour autant.

« Ma pauvre fille, dit-il en accueillant le maître et son valet, ce sont les vaudois qui l'ont tuée. »

Il se signa avec le rictus du bébé qui va pleurer, en pointant la lèvre inférieure à la face du monde.

Le sieur Dieu le reprit :

« Comment le savez-vous ?

— Parce qu'on me l'a certifié. »

Ennemond Coquillat n'en dit pas davantage. Il n'était pas d'humeur à parler. Il était gras de partout, sauf des mains, et on se disait en le regardant que l'heure n'était pas loin où tout son être allait exploser. Son visage trahissait déjà son abandon devant le destin qui l'attendait. Il était comme une serpillière qui a mariné trop longtemps dans du vin renversé. Le chagrin n'arrangeait rien.

La fillette était veillée par une vingtaine de personnes, dans un silence de mort. L'attitude hiératique était de rigueur devant le petit corps figé dans l'au-delà et il régnait dans la pièce une odeur de sel rance, que Jehan Dieu de La Viguerie connaissait bien, pour la fréquenter souvent ; l'odeur des veillées funèbres.

Avant que le maître l'examinât, Ennemond Coquillat embrassa l'enfant : ça provoqua une explosion de sanglots dans l'assistance, qui se leva et se retira sur la pointe des pieds, comme on le fait devant les morts, que l'on craint toujours de déranger. Après quoi, il indiqua au sieur Dieu, d'un geste théâtral, qu'il pouvait disposer du pauvre petit corps.

Le visage de l'enfant était livide et ses yeux, écarquillés par l'effroi, avaient quelque chose de bovin, tout comme le bout de langue gonflé qui s'échappait de ses lèvres tordues, comme chez les veaux morts. Le maître décida de fermer la mâchoire de l'enfant mais elle se rouvrit aussitôt. Il entreprit donc de la maintenir avec un bandage.

C'est en se livrant à cette opération qu'il aperçut des traces violacées sur le cou de la fillette. Elles ne laissaient aucun doute sur les conditions de sa mort.

« Elle a été étranglée.

— Avant d'être éventrée ? » demanda Blanche Coquillat, la femme d'Ennemond, qui venait de rejoindre son mari auquel elle se collait en bavant des larmes.

Il y a des gens qui ont la bouche si sensible qu'elle verse aussi des pleurs. C'était son cas.

Le sieur Dieu lui répondit sans ironie, avec la conviction de la compétence :

« Rien ne sert d'étrangler quelqu'un que l'on a déjà éventré.

— Est-ce qu'on sait, avec tout ce qui se passe ?

— Ce n'est pas logique. On étrangle toujours avant.

— Comment le savez-vous ?

— Réfléchissez. On tue pour éventrer tranquillement après. »

Blanche Coquillat éclata en sanglots. Le sieur Dieu n'eut pas le temps de regretter de n'avoir pas mis les formes, car il découvrit alors une estafilade d'un pouce sous la mâchoire, à la hauteur de la carotide. La fillette avait été saignée aussi.

Il s'en voulut de n'avoir pas mieux examiné, à Champeau, la petite Baudure, qui avait sans doute subi le même traitement. Mais son émotion était très grande. Le soir tombait et il n'avait pas songé, sur le coup, à éclairer le petit corps d'Edmée.

« Quel est son nom ? demanda le sieur Dieu aux Coquillat.

— Clérice, répondirent-ils d'une même voix.

— Comme ma mère », précisa Ennemond Coquillat.

Jehan Dieu de La Viguerie leur demanda de l'aider à dévêtir Clérice que sa mère avait habillée en rouge, pour la veillée. La chose faite, il retroussa ses manches et passa sa main droite puis son avant-bras dans la blessure qui béait sur le haut du ventre.

« On lui a pris le foie, dit-il, les lèvres tremblantes, en retirant sa main.

— Le foie ?

— Le foie.

— Ma pauvre Clérice », gémit Blanche Coquillat, petite caille bouffie dont on se disait que les larmes étaient de graisse.

Le maître demanda une bassine d'eau. Quand Thomas Pourcelet l'eut apportée, il se lava l'avant-bras et les mains avec soin avant de demander aux parents Coquillat de détourner les yeux. Puis il introduisit son index dans le calibistrix de la fillette. Après avoir vérifié que les caroncules étaient désunies et que les fibrilles membraneuses qui les relient avaient explosé, son doigt ressortit du couffinet avec ce qui était prévu.

« Un démon », trancha-t-il.

Blanche Coquillat repartit en sanglots.

« Elle a été violée ? » demanda son mari, qui n'était pas bien sûr d'avoir compris.

Le sieur Dieu hocha la tête.

« Violée vivante ? » insista Ennemond Coquillat.

Le médecin examina le dessous des ongles de l'enfant. Il ne s'y logeait pas les lambeaux de chair qui n'auraient pas manqué de s'y trouver si la petite s'était défendue en griffant son bourreau. Ses bras ne portaient pas d'hématomes ni la moindre égratignure.

« Je crois, conclut-il, qu'elle était morte quand elle a été déflorée. »

Il décida de ne pas répéter l'erreur qu'il avait commise avec la petite Baudure. Il laissa traîner longtemps ses yeux et ses doigts sur le corps lisse de l'enfant. Il tripota ses bras dodus. Il pelota ses fesses de petite truie. Son cœur le serrait, tandis qu'il procédait à son inspection. Il était ému par cette innocence exsangue, qu'il avait le sentiment de profaner. Rien n'est plus renversant qu'une chair pure qui a été blessée : elle inspire ce désir puissant de protection qui est, avec le besoin de possession, l'autre ressort de l'amour. Les meurtrissures, comme les larmes, appellent les baisers. S'il s'était écouté, le sieur Dieu aurait serré le cadavre très fort dans ses bras.

*
* *

Le sieur Dieu était sur le point de prendre congé quand arriva Exupère Paillasse, le lieutenant-criminel de Cavaillon, accompagné de trois sergents. Ce n'était plus tout à fait un homme ; c'était déjà un squelette. Mais dans le fond de ses orbites, il y avait plein de vie, d'ironie, de facétie. Il était comme tous les désespérés. Il prenait tout à la farce. Surtout les tragédies.

En saluant les parents Coquillat, Exupère Paillasse adopta, bien sûr, le masque de circonstance. Il leur posa quelques questions avec un air attristé ; les questions traditionnelles de celui qui procède à une enquête de police. Mais son visage s'alluma d'un coup quand la mère prétendit qu'un homme sur un cheval jaune avait été aperçu, au moment du crime, autour de leur bastide.

« Le cheval était jaune, dit-il. Mais l'homme ?

— Un homme, ma foi. Un homme normal.

— Qui l'a vu ?

— Des voisins.

— Je veux leur parler. »

Blanche Coquillat appela un valet et lui demanda d'aller les chercher. Il partit avec un gendarme et un air important. En attendant leur retour, Exupère Paillasse prit à part le sieur Dieu et l'emmena dehors, loin des oreilles curieuses. Il voulait son interprétation des faits.

Jehan Dieu de La Viguerie récapitula. La petite Coquillat avait été étranglée, puis violée, puis saignée, puis éventrée. C'était l'ordre logique des événements. Avant de lui arracher son foie, on lui avait pris sa vie, son sang et ce secret que les filles gardent entre leurs cuisses. Exupère Paillasse hocha la tête avec un air moqueur, comme s'il ne croyait pas un mot de tout cela :

« Si je comprends bien, c'est donc le foie qui est la raison d'être du crime. »

Le lieutenant-criminel de Cavaillon n'avait pas d'éléments d'information, sinon par ouï-dire, sur le crime précédent, car il avait été commis dans la juridiction du Comté de Provence et non dans la sienne, celle du Comtat Venaissin, qui appartenait au Souverain Pontife. Il avait certes entendu parler de cette histoire de foie, mais n'avait pas eu connaissance du rapport en chirurgie.

Cette fois encore, le forfait avait été perpétré dans le Comté de Provence. N'importe : premier prévenu, Exupère Paillasse était arrivé tout de suite sur les lieux du crime. Il ne souffrait pas les querelles de bornage.

« Qui soupçonnes-tu ? » demanda soudain Exupère Paillasse.

Le sieur Dieu n'eut pas la moindre hésitation :

« Un fol.

— Non, objecta le lieutenant-criminel. C'est un crime d'hérétique. Qui peut sacrifier un enfant, sinon un hérétique ?

— Un homme entre les mains du Diable.

— Donc, un hérétique. Ces gens-là sont capables de tout. Il n'y a pas si longtemps, en Savoie et en Dauphiné, les turlupins montraient leur sexe dans la rue et faisaient la bête à deux dos devant les passants, sous prétexte que l'homme peut s'abandonner à ses désirs quand il est arrivé à l'état de perfection. Il a fallu les exterminer. N'oublie pas que les vaudois viennent de ces pays-là.

— Cela ne prouve rien.

— Cela prouve tout. Si le coupable de ces crimes n'est pas vaudois, ce dont je doute, il faudra regarder du côté des juifs ou des mahométans. Ceux-là ont le goût du sang. Ils ne songent qu'à le faire couler. »

Le sieur Dieu haussa la voix, sur le ton de celui qui ne peut en entendre davantage :

« J'ai eu la chance d'en rencontrer beaucoup, pendant mes voyages. Aucun n'avait les penchants que tu dis.

— Tu n'as pas vu les vrais. »

Exupère Paillasse eut un geste d'impatience et se dirigea vers Thomas Pourcelet en disant :

« Je vais voir si ton valet est plus malin. »

Il se planta devant ce dernier et demanda :

« D'après toi, qui peut avoir intérêt à collectionner les foies de filles vierges ? »

Thomas Pourcelet flaira le piège. Après avoir regardé son maître puis le lieutenant-criminel, il répondit en fronçant les sourcils, pour souligner son effort de concentration mentale :

« Il paraît qu'il faut manger des entrailles d'enfant sacrifié pour se transformer en loup-garou. Il y a peut-être quelqu'un dans la région qui veut devenir loup-garou.

— Mais quel est l'intérêt de devenir loup-garou ? »

Thomas Pourcelet l'observa avec aplomb, puis articula :

« L'intérêt ? On n'a plus peur des autres puisqu'on fait peur aux autres. »

Le sieur Dieu sourit. C'était bien répondu.

« Voilà peut-être une bonne piste », lâcha le lieutenant-criminel, beau joueur, en retournant à la bastide.

Après avoir salué les Coquillat, le maître et son valet prirent le chemin du retour. Au bout d'une lieue, Jehan Dieu de La Viguerie arrêta son cheval, attendit que Thomas Pourcelet arrive à sa hauteur et lui dit :

« Je voudrais que tu te renseignes, l'air de rien, sur le cavalier qui est passé là-bas, à l'heure du crime. Il ne doit pas y avoir cent chevaux jaunes dans la région. Cherche aussi longtemps qu'il le faudra, et trouve-moi cet homme. Moi, je vais aller à la montagne voir si tout va bien. »

Thomas Pourcelet eut une expression de surprise. Jehan Dieu de La Viguerie crut aussi déceler de l'insolence dans ses yeux. Se serait-il douté de quelque chose ? Le maître souhaitait que son amour restât encore secret. Il reprit donc avec autorité, pour remettre le valet à sa place :

« J'ai décidé de retrouver le tueur de petites filles.

— Mais ce n'est pas votre travail. Il y a les sergents pour ça.

— Je n'ai pas confiance dans les chasse-gueux. Je veux la vérité. »

Sur quoi, le maître éperonna son vieux bidet, laissant le valet seul avec son désarroi.

CHAPITRE 12

Après avoir traversé la Durance, Jehan Dieu de La Viguerie n'était plus qu'à quelques centaines de mètres de sa demeure, où il comptait laisser son canasson pour prendre, à pied, le chemin de la montagne. Il avait l'air absorbé par des pensées profondes, mais la chose qui se dressait sur son bas-ventre, dessinant un pic sur sa culotte, montrait la nature exacte de ses réflexions. Le sang bouillait au-dedans de lui et lui chauffait le onzième doigt. C'était la saison, on l'a dit ; c'était aussi les souvenirs de la veille, qui lui troublaient la cervelle. Un souffle immense y chamboulait tout. Il était tout plein d'eau à la bouche, de joie tranquille et de pâte levée.

Il se trouvait dans cet état quand, passant près d'un grand saule en bordure de la Durance, il entendit des hurlements tour à tour étouffés et stridents. Il arrêta son cheval, en descendit prestement, l'attacha à un arbre et s'approcha à petits pas de ce qui, à en croire le vacarme, était le lieu d'un crime. Ses yeux finirent par apercevoir, à travers les feuillages, une demoiselle bien en chair, vêtue comme une vaudoise, c'est-à-dire mal, que lutinaient deux soldats du Roi. L'un lui remuait le gigot en bas, l'autre lui donnait son picotin en haut. Elle était, en somme, bien en main. Mais elle n'était pas contente. Chaque fois qu'elle pouvait se libérer du vivandier qui lui touillait le palais, elle se mettait à brailler, ce qui expliquait le caractère irrégulier, voire hoqueteux, de ses cris.

Son arquebuse n'était pas chargée et il fallait faire vite. Jehan Dieu de La Viguerie sortit son épée du fourreau et entra dans le saule.

« Qui va là ? demanda l'un des soldats.

— Laissez cette femme.

— Elle est à nous.

— Laissez cette femme, je ne vous le répéterai pas.

— On l'a trouvée, elle est à nous, mais on vous la laisse, si vous y tenez. »

Le soldat qui rembourrait le bas de la vaudoise se leva et renfila son haut-de-chausses sans prendre la peine d'essuyer son jus d'andouille. Il avait fini.

Mais l'autre soldat continuait à maintenir son instrument dans la bouche de la vaudoise, dont il tenait la tête avec ses deux mains. Il voulait qu'elle finisse son travail.

« Je n'en ai plus pour très longtemps, dit-il en gigotant. Vous permettez ? »

En guise de réponse, le soldat reçut un coup d'épée qui lui trancha un bout d'oreille avant de lui ouvrir l'épaule. Il s'égosilla, le visage en sang, tandis que l'autre reculait, les yeux agrandis par la peur, et que la vaudoise s'enfuyait en beuglant.

Jehan Dieu de La Viguerie demanda à la jeune fille de revenir, mais elle ne se retourna même pas. Elle filait comme une bête qui a vu la mort. Il ne faut jamais courir après une femme qui fuit les hommes. Ne fuit-elle pas le monde des Ténèbres qui veut toujours nous tirer vers le bas en nous ramenant sans cesse à notre corps ?

En rentrant chez lui, le sieur Dieu se demanda s'il n'était pas, en l'espèce, l'instrument du monde des Ténèbres, destiné à empêcher la rédemption de la fille Pellenc. Après ce qu'il venait de voir, il avait bien envie de donner raison à Mani, le prophète de la pureté, qui condamnait avec tant de véhémence les plaisirs que procurent les trois sceaux, la bouche, la main et le sein. La Vierge Marie l'avait déjà démontré avant lui : la sexualité ne grandit pas l'amour, mais l'abaisse, le cuit dans son jus et le réduit peu à peu jusqu'à en faire cette petite chose racornie, sèche comme du vieux bois, qu'on appellera un jour l'érotisme.

Il faut donc savoir tenir tête au désir tapi dans l'ombre de soi, toujours prêt à bondir. Le sieur Dieu décida de tuer le mal par le mal et but une bouteille de vin en se promettant qu'il serait le Joseph de la Vierge aux yeux verts.

*
* *

Il n'y eut pas d'enterrement pour Edmée Baudure, la première victime du maniaque aux foies de vierge. Un voisin vint annoncer au sieur Dieu, alors qu'il cuvait son vin, que la maison de Champeau avait été incendiée par les soldats du Roi. Ils s'étaient trompés de hameau. C'est le genre d'erreurs qui arrivent, dans les guerres.

On ne devait plus jamais entendre parler, par la suite, de Marguerite Baudure, ni de son pauvre mari. Peut-être leurs corps s'étaient-ils consumés en même temps que le petit cadavre d'Edmée. L'hypothèse était vraisemblable. Mais le sieur Dieu ne put la vérifier. La nouvelle l'ayant dessoûlé, il se rendit tout de suite, avec le voisin, à Champeau où il ne trouva qu'un amas de ruines calcinées.

Il n'eut pas le courage de les remuer. Il resta là un bon moment, à prier et à ruminer sa vengeance. Au milieu du silence des pierres, il fut convaincu qu'il venait de perdre la seule famille qui lui restait sur terre. C'est peut-être pour ça aussi que grandit encore en lui l'envie d'en fonder une, là-haut, sur la montagne.

Il décida d'aller un peu plus loin, près des gorges du Régalon, pour rendre visite à la vieille folle qui se promenait partout, son couteau magique à la main, un arthame qu'elle pointait sans arrêt devant elle afin de tenir en respect les esprits mauvais. Elle s'appelait Blanche Maleterre et faisait tout le temps bouillir d'étranges choses dans son chaudron. On disait de cette dame qu'elle pouvait convoquer des légions de démons qui, certaines nuits, se rassemblaient dans son jardin, ou préparer des philtres d'amour avec des matrices d'hirondelle, des rognons de lièvre ou des foies de colombe.

Le sieur Dieu s'en voulait de soupçonner cette pauvre sotte, mais ces assassinats de vierges étaient si étranges que l'on pouvait y voir la griffe de la sorcellerie. Sans doute Blanche Maleterre était-elle incapable de faire du mal à une araignée, ni même à une mouche, sauf pour préparer ses mixtures. Mais elle avait des lubies. Par exemple, elle pouvait s'arrêter au milieu d'une conversation pour se mettre à baiser l'air, comme une amoureuse. A l'en croire, c'était le derrière du Diable qu'elle embrassait ainsi, quand il voulait bien passer ; en fait de derrière, il s'agissait du second visage du démon, celui qui rit sous sa queue.

Quand le sieur Dieu arriva devant la maison de Blanche Maleterre, une grande ferme basse, il n'en restait plus que les murs. Le toit avait brûlé. Une petite fille pleurnichait dans le jardin. « Ils ont cuit grand-mère, souffla-t-elle entre deux hoquets.

— Cuit ?

— Ils l'ont cuite vivante dans le four à pain. »

Il descendit de cheval et alla vérifier. Une chose noire était pliée en deux dans le four, comme une grosse fougasse. Souvent, les hommes sont plus dangereux que les esprits. Quand ils ont le mal en eux, rien ne les arrête, pas même les couteaux magiques.

Il demanda à la petite fille si elle voulait qu'il l'emmène. Elle poussa un grand cri et partit en courant dans les bois.

CHAPITRE 13

L'altitude fatigue. Depuis le temps, les montagnes du Luberon n'en peuvent plus. Même si elles font encore illusion avec leurs forêts et leurs ruisseaux, ce ne sont plus que de vieilles choses dévastées, couvertes de rides et de cicatrices. Parfois, quand le soleil est trop lourd ou que le vent devient cruel, on se demande si elles ne vont pas finir par tomber. D'autant que certains sommets sont en position d'équilibre précaire au-dessus du vide qui les attend. C'est particulièrement vrai de la falaise chauve aux reflets orange, qui s'avance du côté de Champeau, comme un vaisseau fantôme.

Jehan Dieu de La Viguerie évitait de la regarder en montant. Il allait très vite, dans un bruit de pierres qui roulent. A chaque pas, il sentait un monde s'écrouler sous ses pieds. Il marchait sur les fourmilières, les romarins, les scarabées et les pierres qui criaient, craquaient ou crissaient. Il provoquait partout des tremblements de terre. Il avait honte.

Quand il arriva devant la grotte, le sieur Dieu comprit tout de suite qu'un malheur était arrivé. Les femmes et les enfants le regardaient sans le voir, avec des yeux de carpe bouillie.

« Elle est morte ? demanda-t-il.

— Au lever du soleil, répondit Judith Rostagnol. On l'a déjà enterrée.

— Pourquoi si vite ?

— Quand l'armée sera là, on ne pourra même plus enterrer nos morts. »

Judith Rostagnol lui prit le bras, un peu rudement, et marmonna à son oreille :

« L'enfant ne va pas bien. On va faire venir une chèvre naine, pour le lait. Mais elle est très faible. Je crains que... »

Elle ne finit pas sa phrase mais le ton, accusateur, ne pouvait prêter à équivoque. C'était sa faute.

Le sieur Dieu avait l'habitude. C'était toujours sa faute. Tout bienveillant et charitable qu'il fût, il entrait dans la catégorie des gens qui sont présumés coupables jusqu'à ce qu'ils soient reconnus innocents. Mais il ne pouvait être reconnu innocent, pauvre de lui, car il avait tout, l'argent, l'habileté, la force et le savoir. Quand les foudres du Ciel tombaient quelque part et qu'il passait là par hasard, le Seigneur n'était jamais en cause; c'était toujours sur le sieur Dieu que fondaient les reproches.

Jehan Dieu de La Viguerie entra dans la grotte, pour voir la petite. Elle dormait dans les bras de sa sœur aînée. Le visage chiffonné du bébé, un visage de petite vieille, exprimait une tension affreuse, celle que commandent les grands choix. La malheureuse allait et venait entre la vie et la mort. Elle n'arrivait pas à trancher.

Le maître prit l'enfant, l'examina avec attention, puis le rendit à la jeune fille aux yeux verts en disant :

« Comment s'appelle-t-elle ?

— Papa n'a pas encore trouvé de prénom. Moi, j'aimerais qu'elle s'appelle Jeanne, comme maman. »

Le sieur Dieu, qui connaissait le prénom de la jeune fille, lui demanda quand même, pour nouer une conversation :

« Et vous, comment vous appelez-vous ?

— Catherine. »

Elle sourit. Rien n'est comparable au premier sourire d'une femme que l'on aime. Il ne savait plus quoi dire. Lors de son voyage de l'autre côté de la terre, il avait bravé les océans, les tempêtes ou les bandits et il ne savait plus quoi dire devant une jeune fille de dix-sept ans.

« Catherine, finit-il par murmurer, votre père n'est pas là ?

— Non. Il est parti se battre.

— Je voulais lui parler.

— Je ne sais pas quand il rentrera. »

Pour vérifier si elle était au courant de sa démarche de la veille auprès de son père, le sieur Dieu murmura, les yeux baissés :

« J'avais une réponse à lui donner. »

Les lèvres du sieur Dieu tremblèrent; un petit séisme à peine perceptible à l'œil nu.

« Voulez-vous que je lui transmette votre réponse ? » proposa-t-elle.

Elle avait parlé sans ironie et sur un ton naturel. Il en conclut qu'elle ne savait pas.

« J'attendrai, finit-il par dire.

— Vous pouvez rester aussi longtemps qu'il vous plaira. Vous êtes le bienvenu. »

Il aima son regard quand elle dit ça. Quelque chose chassa l'air et s'empara de lui. Il laissa venir à lui cette éternité qui montait.

Il respirait encore, mais il respirait mal. Tels sont les effets de l'amour. Il fallait ne rien dire et, surtout, garder une contenance. Le maître serra les dents et prit un air important. D'ordinaire, les hommes préfèrent se déclarer lorsqu'ils commencent à dominer leur passion et qu'elle ne les mène plus par le bout du nez, jusqu'à la suffocation, avec tous les signes de la grippe, tremblotes et jambes de coton. Il était encore dans ce premier état.

Il transpirait des trombes. Il s'essuya le front avec son revers de manche et souffla :

« Pardonnez-moi. C'est la chaleur.

— Voulez-vous boire quelque chose ?

— Tout à l'heure. »

Il toussota, se gratta la tête, puis lâcha :

« Je vais voir ce que je peux faire avec la petite. Il faut la remonter. »

Il ouvrit son bagage à médicaments et en sortit un flacon qui contenait son élixir de longue vie. C'était un mélange savant d'ail, de gentiane, de café en poudre, de rhubarbe fine, de safran du Levant et de thériaque de Venise, qui avait macéré dans une pinte d'eau-de-vie avant que le tout fût filtré. Quelques gouttes quotidiennes de cette infusion pouvaient aussi bien redonner des forces, tuer les vers, résorber les fistules, calmer les nerfs, guérir les fièvres et venir à bout de la colique des entrailles. Jehan Dieu de La Viguerie en donna un fond de cuillère au bébé, qui la laissa couler dans son gosier sans pousser le plus petit gémissement.

Elle eut droit à un second service, mais ne réagit pas davantage. Catherine Pellenc, qui la tenait dans ses bras, se mordait les lèvres tandis qu'un entrelacs de veinules bleuissait le contour de ses yeux. Le sieur Dieu trouva que le malheur lui réussissait bien.

« Je devrais peut-être faire une saignée, murmura le maître, comme s'il se parlait à lui-même.

— Elle est trop petite, objecta Judith Rostagnol. Vous la tueriez !

— La saignée est l'épée de chevet de la médecine.

— Mais elle n'est recommandée ni pour les vieillards ni pour les nouveau-nés.

— Le mal est dans le sang. C'est en vidant le sang que l'on guérit le mal. »

Cette querelle médicale fut opportunément interrompue par un colosse rougeaud et à crinière, qui se présenta à l'entrée de la grotte avec une chèvre naine blanche sur ses épaules. Il suait un mélange d'angoisse et de fatigue, qui ne sentait pas la rose. Sa grosse bouche rouge tremblait comme un cœur que l'on vient d'arracher.

« Ils arrivent, dit-il. Dans moins d'une heure, ils seront à Mérindol. »

Il posa la chèvre que Catherine Pellenc se mit tout de suite à traire, et commença son récit :

« Des démons. A Lourmarin, ils ont tout brûlé, sauf le château. Ils pillent, ils tuent, ils violent, c'est tout ce qu'ils savent faire.

— Pardonnez-nous nos offenses comme nous pardonnons à ceux qui nous ont offensés, murmura la grosse citrouille.

— A La Motte, ils ont attaché un pauvre gars par les olives pour qu'il dise où il cachait ses meubles et son argent. Quand il a cassé le morceau, ils les ont coupées et mises dans sa bouche, pour qu'il les mange. Ils ont tué les femmes, pris les filles et laissé les blessés aux chiens.

— Et ne nous laissez pas succomber à la tentation », poursuivit la grosse citrouille.

Jehan Dieu de La Viguerie comprit qu'elle priait. Il se signa, machinalement.

« Ils prennent tout, même les clôtures, reprit l'homme à crinière. Ils ont emporté les cloches et les chasubles des églises. Des démons, je vous dis.

— Mais délivrez-nous du mal. »

Tandis que le vaudois continuait son récit, le sieur Dieu observait avec un regard suppliant et illuminé Catherine qui trayait la chèvre. La contempler le crucifiait et l'exaltait en même temps. Il aimait tout chez elle : ses bras dorés, ses pieds potelés, ses narines délicates, ses épaules rondes, ses sourcils subtils et ses yeux tristes. Elle n'avait qu'un seul petit défaut. C'était le mollet. Elle n'en avait presque pas. Or il aimait surtout le mollet, chez la femme.

Mais le défaut, c'est le charme et inversement. Il entra par le mollet dans la tiédeur virginale de ce corps immaculé et s'y trouva si bien qu'il fut sûr de ne plus jamais en sortir.

Longtemps après, le sieur Dieu était toujours figé dans la même position, avec le même regard éperdu, quand Catherine Pellenc, qui avait fini de donner du lait à la petite, lui dit d'une voix douce, presque condescendante :

« Il est tard. Vous devriez rentrer. »

Il secoua la tête.

« Non. Je crois que vous allez avoir besoin d'un médecin. »

CHAPITRE 14

L'œil résumait tout. Il était glauque, au fond de ses orbites osseuses, où rien ne riait ni ne dansait jamais. On aurait dit une eau stagnante. C'était logique. Jean Maynier, baron d'Oppède, était d'abord un homme d'ordre.

De loin, le premier président du Parlement de Provence donnait un sentiment de puissance, avec sa démarche fière et sa grande barbe grisonnante. De près, il suintait l'envie et la vanité qui, depuis la nuit des temps, prolifèrent aux sommets de la société.

Mais il portait beau. Comme François Ier, il aimait les fastes vestimentaires. Ses habits en soie ou en velours brodés d'or étaient souvent couverts de perles ou de pierreries et, telle une femme du monde, il avançait toujours dans un tintinnabulement de chaînes et de colliers. Sans parler de l'épée qui cliquetait dans son fourreau.

Jean Maynier d'Oppède était à genoux, en grand apparat, dans l'église de Lauris où il dévidait à voix basse la liste de ses péchés au père Riqueteau, son directeur de conscience attitré. L'inquisiteur venait d'arriver d'Avignon, avec ses moines, pour suivre la croisade contre les hérétiques. Mais à peine était-il descendu de son cheval que le baron l'avait emmené avec lui pour s'accuser de ses péchés des derniers jours. Il fallait le comprendre. Il préférait guerroyer l'âme en paix. C'était un maniaque de la propreté morale.

« J'ai beaucoup paillardé ces derniers jours, murmura le baron d'Oppède. *Mea culpa.*

— Il ne faut pas paillarder, s'écria l'inquisiteur, qui sentait l'ail et la graisse de canard.

— *Mea culpa*, répéta le baron. J'ai également confisqué les biens d'un hérétique d'Oppède.

— C'est bien, mon fils.

— Mais je ne suis pas sûr qu'il soit hérétique. »

C'était le problème, avec le baron d'Oppède. Il confisquait beaucoup. Il vérifiait peu. Mais le père Riqueteau décida que ce n'était pas le jour de lui en tenir rigueur :

« Vous êtes pardonné, mon fils. *Sinite eos !*

— Il avait une famille sur le dos. Il n'a plus rien.

— Je le répète, vous êtes pardonné, mon fils. Mais vous ne le serez pas si vous suivez le mauvais exemple de Saül. »

Le baron n'arrivait pas à supporter l'haleine alliacée de l'inquisiteur. Si le moine n'avait été son ami, il aurait dit que Satan avait la même. L'haleine non plus ne fait pas le moine.

« Pourquoi Saül ? demanda Jean Maynier d'Oppède.

— Dieu avait demandé au premier roi d'Israël d'exterminer tous les Amalécites, qui pillaient le désert.

— C'est ce que Dieu me demande aujourd'hui de faire avec les vaudois.

— Tout à fait. Mais le roi Saül n'a pas respecté l'anathème de Dieu, qui condamnait les hommes et les bêtes à une destruction totale. Il a épargné le roi des Amalécites, Agag, qu'il a ramené captif et, au lieu de massacrer tout le bétail comme prévu, il a gardé un butin. C'est pourquoi il a été puni. Un jour, les Philistins l'ont tué, en même temps que ses trois fils aînés. La Bible dit qu'il est mort parce qu'il n'avait pas observé la parole du Seigneur. »

Peu après, alors qu'ils sortaient ensemble de l'église, le père Riqueteau prit le baron d'Oppède par le bras et lui souffla ces mots avec plein d'ail en plus :

« Souvenez-vous de Saül.

— Je n'oublierai pas de m'en souvenir.

— Tout ira bien si vous observez la parole du Seigneur et du Roi. Dieu vous fera miséricorde, *qui est benedictus in saecula saeculorum. Amen.* »

*
* *

A cinquante ans, François Ier était comme Dieu le Père : dépassé par les événements, il ne savait plus où donner de la tête. Il avait longtemps été un beau parleur à qui rien ni personne ne résistait, ni ses soldats qui le vénéraient, ni les cerfs qu'il chassait, ni les poètes qui le célébraient, ni les demoiselles qu'il tombait à la pelle. On se disait même qu'avec son tempérament, il aurait pu être une grande figure dans la lignée du roi Arthur et de ces « chevaliers errants », qu'il admirait tant. Mais il y avait désormais une peur qui s'était fichée au fond de lui.

C'était la maladie. Elle le rongeait du dedans et se rappelait de plus en plus souvent à son souvenir. Une fois, c'était un abcès nasal. Une autre, des bubons dans la région du périnée. Ou bien encore, ainsi qu'il le reconnut lui-même un jour, un « rhume » qui lui déboula sur ses « génitoires ». Même si sa postérité ne s'en vante pas, François Ier avait attrapé la grosse vérole et elle s'était notamment attaquée au nez royal où elle avait planté une fistule qui mourait et renaissait, selon son bon plaisir. Le virus vérolique était la croix du Roi.

Rien n'est plus dangereux qu'un prince effrayé. Il ne se rassure qu'en semant l'épouvante. Celui-là finit par la semer contre les hérétiques. Pour les protestants, il fut d'abord un bon roi. Mais après avoir longtemps fait preuve de tolérance, donc de courage, il laissa la peur dicter sa loi. En 1535, il organisa à Paris une grande procession expiatoire contre ceux qui avaient osé afficher dans la capitale et jusque sur la porte de sa chambre, dans son château d'Amboise, des placards intitulés : « Articles véritables sur les horribles, grands et insupportables abus de la messe papale inventée directement contre la sainte Cène de Notre Seigneur. » François Ier suivit le cortège à pied, une torche de cire à la main, avant de s'en prendre aux blasphémateurs, dans un discours devant les « états de la ville », c'est-à-dire les notables : « Je veux que ces erreurs soient chassées de mon royaume et n'en veux excuser aucun, en sorte que si un des bras de mon corps était infecté de cette pourriture, je le voudrais couper. Et si mes enfants en étaient entachés, je voudrais les immoler moi-même. » Après quoi, six hérétiques avaient été brûlés.

Tel était François Ier : bon vivant et mauvais coucheur. Mais il avait du goût et de l'entregent. Il aimait les artistes, qui le lui rendaient bien. Ils chantèrent sa gloire pour les siècles des siècles. Qu'elle fût le fruit du mensonge et de l'imposture, c'était sans importance. Il fallait que ce vent fasse du bruit. Ce fut le cas. Il résonne encore dans nos oreilles. Tant pis pour les hérétiques qu'il martyrisa au couchant de son règne. De leurs tombes n'émane plus que le silence des sépulcres.

*
* *

En 1545, après avoir hésité pendant plus de quatre ans, François Ier, fils aîné de l'Eglise, avait fini par autoriser le Parlement de Provence à exécuter l'arrêt de Mérindol contre les vaudois du Luberon. Il fallait bien que passe, un jour, la justice divine et royale. Jean Maynier d'Oppède en était le bras tout désigné.

Derrière chaque avancée de l'Histoire, il y a un homme prêt à mourir. Le baron d'Oppède était cet homme-là. Il se moquait d'avoir à se salir les mains si le salut du monde était en jeu. A quarante-neuf ans, il était prêt à tout sacrifier, sa vie, son nom, son honneur, pourvu que le Seigneur fût derrière lui.

L'Histoire ne lui a pas arrangé le portrait. Pour mieux absoudre Paul III et François Ier, les commanditaires du forfait, elle en a fait un criminel de guerre, combinard et vorace. A l'en croire, il avait tous les défauts ou presque. Mais c'était un amateur de poésie qui avait publié une traduction de six *Triomphes* de Pétrarque. C'était aussi un esprit capable d'équité, qui, de l'avis général, savait rendre la justice. C'était enfin un chrétien sincère qui ne supportait pas que les hérétiques salissent, à ce point, son siècle et leur souhaitait, comme saint Augustin, « des croix, des glaives et des flammes ».

Quand le comte de Grignan fut envoyé en ambassade à la diète de Worms, en Allemagne, le baron d'Oppède le remplaça comme gouverneur. Il devint ainsi l'homme du Roi, dans le Comté de Provence qui appartenait à la France. Mais dans le même temps, par sa seigneurie, sise à Oppède, et sa viguerie, à Cavaillon, il était l'homme du Pape de l'autre côté de la frontière, dans le Comtat Venaissin qui relevait du Souverain Pontife. Serviteur de Sa Majesté et de Sa Sainteté, il était autant chez lui à Aix qu'en Avignon et incarnait les deux pouvoirs en même temps. C'est peut-être pourquoi Dieu s'était remis entre ses mains.

Toute autorité repose sur la peur. Celle du Tout-Puissant aussi. C'était du moins ce que pensait le baron d'Oppède, et l'espèce de prolifération vaudoise sur les flancs du Luberon semblait lui donner raison. Les hérétiques avaient la fâcheuse tendance à se moquer du monde et de la Sainte Eglise. Ils ne répondaient pas aux convocations. Ils continuaient à écouter leurs propres prédicateurs. Ils refusaient de se dénoncer les uns les autres.

On laissait faire. Ce n'était pas de l'indulgence, mais de la faiblesse. Les vaudois en prenaient à leur aise. Le cas de Colin Pellenc, meunier du Plan d'Apt et oncle de la jeune fille aux yeux verts, était tout à fait éloquent. L'inquisiteur dominicain Jean de Roma l'ayant confondu, il abjura deux fois de suite, le 13 septembre 1532 puis le 27 mars 1535, avant qu'il fût prouvé que des prédicateurs vaudois avaient séjourné dans son moulin. Par la grâce de Dieu, il fut condamné, le 16 octobre 1540, puis brûlé vif, en place publique, à Aix-en-Provence.

Ces gens-là n'ont pas de parole. L'hérésie est comme la vérole. C'est une maladie qui ne s'arrête jamais.

Il était temps d'être pratique. Rien ne sert d'arracher l'hérésie d'une main délicate ; elle repousse toujours. C'est pourquoi il faut la brûler. Le feu permet de mélanger, dans un même élan, le ciel et la terre. Il fait monter dans les nues, jusqu'au Seigneur, le fruit de nos péchés qu'il transforme en encens. Il purifie. Il éclaire. Il réchauffe.

Le Christ a dit : « C'est un feu que je suis venu apporter sur la terre, et je voudrais qu'il soit déjà allumé ! » C'est donc l'armée du Christ qui, sous l'autorité du baron d'Oppède, fut chargée de mettre en œuvre l'arrêt de Mérindol, au nom de François Ier et de Paul III. Ce texte, scellé du grand sceau royal, accusait les habitants d'avoir transformé leur village en place forte de l'hérésie vaudoise à travers l'enseignement, l'édition de livres interdits et un soutien permanent aux fugitifs qu'ils auraient cachés dans des cavernes, sur les pentes du Luberon. En conséquence de quoi, une vingtaine de personnes étaient condamnées à être brûlées vives, parmi lesquelles un maître d'école, un libraire et une ancienne religieuse. Leur famille et leurs domestiques étaient appelés à se présenter devant la justice, qui déciderait de leur sort. Tous les biens de ces hérétiques étaient confisqués, au bénéfice du Roi. Quant aux maisons, aux bastides ou aux châteaux, ils devaient être démolis, puis rasés, de sorte que le lieu soit rendu inhabitable jusqu'à ce que le fils aîné de l'Eglise, dans sa grande miséricorde, en décide autrement.

C'est ainsi que commença, une semaine après Pâques, la campagne destinée à l'« extirpation totale » des vaudois de Mérindol, Cabrières-d'Avignon, La Roque, Villelaure, Lourmarin et autres lieux.

Une première partie de l'armée royale, conduite par le baron de La Garde, capitaine général pour les armées de mer du Levant, remonta la vallée d'Aigues qu'elle écréma, jusqu'à La Motte et Peypin. Une autre partie de l'armée, emmenée par le baron d'Oppède, se chargea de Villelaure et de Lourmarin. Quant aux troupes pontificales, elles attendaient que le terrain fût bien nettoyé, à l'est du Luberon, pour partir à l'assaut de Cabrières-d'Avignon, sur le flanc ouest.

Les deux premières armées se retrouvèrent devant Mérindol, le 18 avril 1545 : quatre mille soldats à pied et une centaine de gentilshommes à cheval. C'est ce qui expliquait les flots de poussière qui, par endroits, noyaient la vallée entre la Durance et le Luberon, ce jour-là.

Mérindol ne faisait plus la fière. Jusqu'à présent, elle n'avait eu peur de rien. Juchée sur son promontoire montagneux, entre ciel et terre, elle voyait toujours arriver les fâcheux de loin et, à la première alerte, ses habitants se répandaient comme de la volaille dans la forêt du Luberon.

Capitale des vaudois de Provence, on l'appelait la « villedieu ». C'est là que se retrouvaient leurs barbes qui parcouraient l'Europe, du Piémont à la Calabre et du Dauphiné à la Bohême. Ils n'y avaient semé que de mauvaises graines. Le curé avait basculé dans leur camp et les enfants entonnaient des chants hérétiques à l'école. Mérindol se moquait du monde.

La plaisanterie avait assez duré.

*
* *

En haut de la montagne où il observait la vallée, Jehan Dieu de La Viguerie avait perdu ce mélange d'inconscience et d'insouciance qui faisait sa force. Sa première stupeur était en train de se transformer en sainte colère. Elle gonflait sa poitrine et tapait de plus en plus fort dans le noir de sa cage. Il ne fallait donc pas accuser l'univers ; c'était l'homme qui se trouvait maudit. Il en avait la preuve, à cet instant, alors que la bêtise aveugle s'apprêtait à faucher les faibles et les pauvres de la terre, pour tuer leur vérité.

C'était une belle journée de printemps. Un mauvais silence était tombé, sur le Luberon, tandis que montait une rumeur sourde, qui effrayait les herbes et les oiseaux. On aurait dit que le monde avait décidé de se faire tout petit, sous le vent qui restait étrangement pur.

Il savait, le monde. Partout, sous les broussailles, derrière les pierres, jusque dans les racines de la montagne, il était saisi de peur. Il était comme la vierge qui entend venir l'homme à grands pas.

CHAPITRE 15

Une colonne d'une cinquantaine de vaudois apparut non loin du mamelon, dans un silence solennel. Toute hérissée d'arquebuses et de hallebardes, elle allait dans la direction de Champeau. Elle marchait vite. Les vaincus marchent toujours vite. Elle gluait de fatigue et de fatalisme, mais la peur lui donnait des ailes. Quelques enfants et trois femmes, Judith Rostagnol en tête, accoururent pour demander des nouvelles de Mérindol.

« Y a plus qu'à traîner la corde », marmonna un vieillard qui n'était pas du village.

Ce fut tout ce qu'on put en tirer. La colonne était déjà repartie vers son destin, qui l'attendait au coin du bois ou dans le feu du bûcher. Les vaudois avaient déjà donné tout ce qu'ils avaient pu, c'est-à-dire pas grand-chose. Dans leur regard gisait l'hébétude de ceux qui savent que la mort est après eux. Pour se rassurer, ils ne formaient plus qu'une seule grande chose toute tassée par la terreur, qui serpentait sur les flancs de la montagne et en épousait les cambrures, avant de se fondre dedans. Mais leur cause était entendue. Ils étaient nés pour perdre, comme le Christ.

Une série de détonations ébranla le bas de Mérindol, du côté du hameau des Bastides. Les arbres tremblèrent.

« Je ne comprends pas, souffla la grosse citrouille. Je croyais que tout le monde était parti. »

Le plus affreux était d'imaginer les cris que l'on n'entendait pas. Ils secouaient encore plus que s'ils avaient été vrais.

C'est alors qu'un gros vent se leva, de fort méchante humeur, comme si les coups de feu l'avaient réveillé : le mistral. Il beuglait, perçait les oreilles, giflait les visages et fouillait jusque dessous les roches.

Il parlait haut. Il racontait la mort. Il se prenait pour le feu du ciel. Il répandait l'épouvante partout, y compris dans les feuilles des chênes verts qui changeaient de couleur.

Du vomi de fumée dégoulina dans le ciel, de tous les coins du village, tandis que les cloches de l'église se mettaient à sonner en même temps les matines, les vêpres et le tocsin. Elles étaient devenues folles, comme si la fin de Mérindol était la fin du monde.

Ce fut le moment que choisit la petite pour commencer à pleurer. Elle avait encore le teint livide d'une morte, mais quelques rougeurs sur le front et autour des yeux indiquaient qu'elle était en route pour la résurrection. Elle se donnait du mal. C'étaient les premiers vrais sanglots de sa vie.

« C'est l'élixir, dit le sieur Dieu.

— Non, objecta Judith Rostagnol. C'est le lait. »

Trois vaudois s'amenèrent alors en suant et en soufflant, avec un harnachement d'arquebuses, de javelines, d'épées et d'épieux.

Le plus petit des trois, qui devait être le chef, avait une tête étrange, avec des yeux pourris ; une tête de chien qui se noie. C'était le muletier de Mérindol. Il montra du doigt une traînée de poussière qui s'avançait, en bas de la montagne.

« Les voilà. »

Catherine Pellenc s'approcha et lui demanda d'une voix tremblante :

« Où est notre père ?

— Je ne sais pas, ma pauvre petite. »

Il posa sa main sur l'épaule de Catherine Pellenc et reprit, à l'adresse des autres :

« Je ne peux donner de nouvelles de personne. Tout le monde court dans tous les sens. On ne voit plus rien, on ne comprend plus rien, avec cette guerre. »

Une femme sanglota. Elle donna le signal à une autre, puis à une troisième. C'était la contagion du chagrin.

« Maintenant, il faut se cacher », décida l'homme.

Chacun rentra dans la grotte, tandis que les arquebusiers en camouflaient l'entrée avec des arbustes qui avaient déjà été arrachés à cet effet. Après quoi, ils fermèrent l'orifice avec une porte de fortune qu'ils bloquèrent entre des pierres.

Tout avait été prévu. Sauf les cris de la petite. Elle poussait maintenant des couinements de porcelet qu'on égorge. C'était sa façon de signifier qu'elle revenait au monde.

« On ne peut pas la garder avec nous, laissa tomber l'homme. Sinon, on va tout de suite se faire repérer.

— Y a qu'à lui bâillonner la bouche.

— C'est grâce au poussin qui crie que le renard trouve la poule faisane. Nous ne sommes pas des poules faisanes. »

Il parlait pour le marbre des stèles, cet homme-là. C'était Marcelin Rostagnol, le mari de Judith.

Jehan Dieu de La Viguerie eut une idée de génie :

« J'emmène la petite.

— Soit.

— Je viens avec vous », dit Catherine Pellenc.

Les arquebusiers rouvrirent l'orifice. Le sieur Dieu et Catherine Pellenc, avec le bébé dans les bras, étaient sur le point de sortir de la grotte quand elle murmura :

« Et la chèvre ?

— C'est vrai, dit-il. Le lait. »

Marcelin Rostagnol avait des yeux de chasseur et retrouva tout de suite la bête dans la pénombre. Le sieur Dieu la fourra dans un sac de toile qu'il sortit de son bagage à médicaments. Elle protesta timidement, dans la mesure de ses moyens.

C'est ainsi que Jehan Dieu de La Viguerie et Catherine Pellenc se retrouvèrent tous deux en haut de la montagne, ce 18 avril 1545, au-dessus de rivières de fumée, avec une chèvre naine et un nouveau-né qui, dans les bras de sa sœur, hurlait à la vie.

Ils se glissèrent dans les blessures de la montagne et se faufilèrent entre les fourrés. Sous eux, le Luberon branlait. C'était à cause du vent, de la guerre, et de la haine qu'ils charriaient. Ils travaillaient la montagne de conserve. Elle était comme une bête sous le couteau.

Au-dessous, Mérindol n'était plus qu'un tourbillon noir qui fouillait le ciel. Mais les nuages qui passaient n'en voulaient pas. Ils le recrachaient toujours. Donc il allait et venait, hésitant, en déroulant ses rubans.

C'était un de ces jours où il faisait nuit.

Après avoir longtemps marché, le sieur Dieu et Catherine Pellenc s'arrêtèrent et regardèrent en bas, du côté de la grotte. Un feu avait été allumé devant. Une bande de soldats s'affairaient autour, avec des branches. Ils étaient à leur affaire.

Catherine Pellenc sanglota.

« Mes sœurs, dit-elle en s'étranglant. Je n'aurais jamais dû les laisser. »

Le sieur Dieu la tira par le bras. Il valait mieux partir. Ils marchèrent longtemps vers l'ouest, en direction du Petit Luberon, sans rien se dire. Ils ne se sentaient pas le droit de parler. Quand le soir tomba, ils descendirent dans la vallée pour rejoindre Cheval-Blanc d'où ils prirent le chemin de la bastide, en retournant vers l'est, par la rive droite de la Durance.

C'est là qu'ils commencèrent à parler beaucoup, de tout plus que de rien, du Seigneur, d'Abraham, de Marie-Madeleine, mais aussi d'Erasme, de Marguerite Porète, de Clément Marot, que les barbes avaient fait découvrir à Catherine Pellenc. Rien n'interrompit le fil de leur conversation. Il est vrai qu'ils ne rencontrèrent personne sur leur route, sauf quelques vaudois qui détalèrent comme des garennes.

Même si la nuit n'était pas noire, ils avançaient avec précaution en vérifiant où ils mettaient les pieds. Une fois, Catherine Pellenc tomba sur une souche, avec la petite dans ses bras. Elle se releva aussitôt. On sentait, à la voir repartir, que rien ne l'arrêterait jamais. Une autre fois, l'arquebuse du sieur Dieu se prit dans les branches d'un chêne vert. Il chancela mais ne s'étala pas. Cet homme-là ne pouvait point choir.

A moins d'une lieue de la bastide, il fallut faire une halte pour donner le manger à la petite qui le réclamait à grands cris. Ils n'échangèrent pas un mot pendant que Catherine Pellenc trayait la chèvre et que le sieur Dieu lui tenait les cornes. Ils conservèrent le silence quand elle donna son lait au bébé.

Une parole et tout se serait évanoui. Ils se dirent beaucoup de choses ainsi, en écoutant battre leur cœur, sous la peau l'un de l'autre.

Quand tout fut fini, le sieur Dieu posa sa main sur le bras de Catherine Pellenc et y trouva la tiédeur qu'il attendait depuis si longtemps.

Le bonheur est tiédeur. Donc, la femme est tiédeur. Parfois, elle la garde en son sein, cette tiédeur, ne laissant à l'homme qu'un droit de passage, quand il la prend. Mais il arrive aussi qu'elle la répande, pour la partager.

C'était le cas de Catherine Pellenc.

Alors que l'ordre royal et papal transformait le pays en charnier, le sieur Dieu ne pouvait s'empêcher de sourire, tandis qu'un souffle immense grisait sa poitrine. Pour lui, les nouvelles étaient bonnes.

Depuis la nuit des temps, d'une vie à l'autre, il n'avait fait que passer du chaud au froid et inversement. Jamais encore, il n'avait connu ce juste milieu qu'il avait recherché avec tant d'ardeur jusque dans l'empire des yeux qui clignent, de l'autre côté de la terre. Il l'avait désormais trouvé.

C'était elle.

CHAPITRE 16

Quand Jehan Dieu de La Viguerie arriva à la bastide avec Catherine Pellenc, le nouveau-né et la chèvre naine, Thomas Pourcelet ne put cacher une certaine humeur. Son maître avait la manie de le mettre dans le pétrin, avec ses initiatives de tête mal cuite. S'il avait été berger, aimait dire le valet, il aurait donné ses cabris à garder au loup. C'était le genre ; un doux rêveur.

Le valet ne le laissa pas la lui présenter.

« Je connais la demoiselle, dit Thomas Pourcelet. Elle est vaudoise. »

Sa voix frémissait d'insolence. Le sieur Dieu se reprocha, comme ça lui arrivait souvent, de ne pas commander son valet à la baguette. Un bon serviteur ne doit pas lever les cornes. C'est du moins ce que l'on dit dans les bonnes familles. Mais à la longue, celui-ci était devenu un alter ego, qui se donnait tous les droits. Il répondait. Il rotait sans s'excuser.

« Elle est vaudoise, confirma le sieur Dieu d'une voix qui ne souffrait pas la réplique, mais tu oublies ça tout de suite. »

Le maître croyait avoir repris le dessus. Il poursuivit sur un ton plus amène, tandis que le valet le délestait de son arquebuse :

« Tu vas brûler ses habits. Je vais lui en donner d'autres.

— Ceux de feu votre sœur.

— C'est cela. La demoiselle s'appelle Catherine, Catherine Pellenc, et elle est en danger. »

Il lui fit signe de saluer la jeune fille. Le valet s'exécuta, sans mauvaise grâce, puis risqua :

« Si on la trouve ici, savez-vous ce qui nous attend ?

— Je le sais.

— Dans tout le terroir, les soldats sont en train d'exterminer les hérétiques et leurs complices.

— En effet, ironisa le sieur Dieu.

— Nous sommes complices.

— Mais les fauteurs comme nous ne sont jamais condamnés au feu. Au pire, ils doivent porter des croix sur leurs habits. Ce n'est pas agréable, mais ça n'a jamais tué personne. »

Le maître le regarda droit dans les yeux, pour le ranger à son devoir :

« Je voudrais que tu prépares la chambre des invités pour Catherine et le bébé. Allez, va. »

Le valet s'exécuta, l'échine courbée et à pas lents, en bridant la mule, pour souligner le malheur de sa condition, avant de se retourner :

« Mais elle est prête, la chambre.

— Alors, installe-les. »

Jehan Dieu de La Viguerie monta avec eux à l'étage pour montrer la chambre à Catherine Pellenc. Il n'y avait pas de berceau pour le bébé dans la bastide mais un coffre fit l'affaire après qu'on l'eut vidé des effets de la défunte qui s'y trouvaient ; des scoffions et autres coiffes, qui furent remplacés par des draps pliés sur lesquels on posa la petite.

Le maître craignait que la chèvre ne cohabite mal avec le chien de la bastide, une chose scrofuleuse qui s'appelait Teigne et portait bien son nom. Elle eut droit à un placard vide pour la nuit. Elle n'apprécia pas et bêla sa peur, tandis que le cabot aboyait sa rage derrière la porte. Mais le sieur Dieu ne mollit pas. Pour la suite, il serait toujours temps d'aviser.

Quand le sieur Dieu demanda à la jeune fille si elle souhaitait se restaurer, elle secoua la tête et sa vue se brouilla sous un rideau de larmes. Il n'avait pas assez de lèvres à se mordre pour ravaler son incongruité.

Ce n'était pas un jour pour manger.

Il était assis à la cuisine devant une cruche de piquette, pour noyer sa bêterie, lorsque Thomas Pourcelet redescendit et lui dit :

« Ah oui ! il faut que je vous dise. J'ai identifié l'homme au cheval jaune de Sénas. J'y ai passé la journée. La chose était compliquée, mais enfin, j'y suis arrivé. Un coup de chance.

— Abrège.

— C'est le seigneur du Puyvert. »

Un feu s'alluma sur le visage du sieur Dieu et son regard illumina la pénombre.

« Je vais y aller, dit-il.

— Pas ce soir.

— Si, maintenant.

— Ce n'est pas le moment de partir, insista Thomas Pourcelet avec un clin d'œil coquin. Vous avez sûrement mieux à faire... »

Le valet sourit et, pour que la chose soit bien claire, leva les yeux vers la chambre de Catherine.

« Je crois que tu te trompes, finit par dire le sieur Dieu avec douceur. Parfois, quand je sens le désir qui bout en moi, j'ai envie de suivre l'exemple de Valesius.

— Valesius ? » demanda le valet avec une étrange grimace.

Bouddha, Lao-Tseu, Zarathoustra, Mani et tant d'autres, Thomas Pourcelet en avait souvent entendu parler, même s'il se mélangeait dans les noms. De Valesius, jamais. C'était la première fois que le sieur Dieu y faisait allusion. Le maître ne se laissa pas trop prier pour raconter son histoire.

En ce temps-là, c'est-à-dire au IIIe siècle de notre ère, Origène, auteur de sommes théologiques comme *De Principiis,* tenait une école fort renommée à Alexandrie. Ses cours frisaient parfois l'hérésie. Quand, par exemple, il rabaissait Jésus au niveau de Josué. Mais cet apôtre de l'ascétisme et du martyre resta lui-même un professeur très respecté jusqu'à ce que se répande la rumeur qu'il procédait volontiers à des attouchements sur ses élèves du sexe féminin. Quand il ne se livrait pas sur elles, le vieux cochon, à des pratiques plus illicites encore. Pour couper le sifflet à ses délateurs, il eut recours au grand moyen. Il supprima la cause de la calomnie. Il se castra. On se demanda s'il était un fou ou un saint ou les deux. L'Eglise n'hésita pas. Elle le consacra prêtre.

Disciple d'Origène, Valesius était un démangé du vivandier, qui se mortifiait dans sa honte. Il décida de se castrer aussi, pour se mettre à l'abri des tentations de la chair. Après quoi, il demanda d'être élevé à son tour à la prêtrise. Sûr de sa chasteté, il était délivré du Mal. Il se sentait même tout rempli de Dieu et ne doutait pas un instant que le sacerdoce lui serait accordé. Mais l'Eglise le lui refusa et, pis encore, le chassa de la ville. Valesius se retira dans un coin d'Arabie avec quelques castrés, aussi fanatiques que lui, et décida de développer la population d'eunuques de par le monde. Il s'agissait même d'émasculer l'humanité tout entière. Le salut de la terre était à ce prix.

On appelait ces pauvres diables les valésiens ou les eunuques. Les candidats à la castration étant rares, ils n'hésitaient pas à recourir à la force, pour trancher les olives. Tous ceux qui tombaient entre leurs mains perdaient les boules. Autant dire qu'il valait mieux ne pas s'égarer dans ce coin d'Arabie. Longtemps, les voyageurs firent de longs détours, pour l'éviter.

*
* *

Quand il eut fini son récit, le sieur Dieu se leva d'un trait, comme s'il avait une urgence :

« Il faut que je parte, maintenant. Je compte sur toi pour veiller sur Catherine et le bébé. »

Il était minuit bien sonné quand Jehan Dieu de La Viguerie prit la route de Lauris. Même si la lune brillait comme un soleil, il s'était muni d'une lanterne, par précaution. Il n'avait pas enfourché son vieux canasson qui souffrait d'une mauvaise colique, mais le cheval de Thomas Pourcelet, une belle bête, à la robe noire.

« Vous n'êtes pas fatigué ? » lui avait demandé Catherine, quand il était allé lui souhaiter bonne nuit.

Il avait secoué la tête. Il n'avait pas osé lui dire qu'il se sentait frais et dispos parce qu'il était en colère. Contre lui-même, contre le monde, contre le Seigneur. Souvent, la fureur repose.

C'était comme un matin.

CHAPITRE 17

Dieu sait ce qui l'avait poussé sur la route de Lauris, cette nuit-là. Trop de choses lui chaviraient la tête : la guerre, bien sûr, mais aussi cette force qui l'entraînait vers la jeune fille aux yeux verts et lui disait d'entrer dans son lit. Il aimait cette force qui le remuait de partout. Mais elle le révulsait aussi.

En somme, le sieur Dieu se serait senti coupable s'il n'était pas sorti. Il passait sa vie à fuir sa culpabilité comme d'autres fuient la mort, leur passé ou les cavaliers de la maréchaussée. C'est pourquoi il était si souvent sur les chemins.

Soudain, l'air fut comme une bouillie brûlée ; on ne pouvait le respirer qu'à petits coups. Le sieur Dieu décida de faire un crochet par Mérindol.

Dans le bas du village, au hameau des Bastides, les maisons fumaient. Les braises éclairaient les ténèbres et leurs bouches couraient partout, croquant une clôture par-ci, grignotant une charpente par-là. Elles avaient très faim et faisaient beaucoup de bruit en mangeant. On aurait dit un festin de rats.

C'était une nuit où il faisait jour. Mais c'était normal. Depuis quelque temps, le monde tournait à l'envers.

Il croisa une famille de pillards, puis une autre et encore une troisième, avec des carrioles chargées de caisses, de meubles ou de tonneaux et plein de chiens qui clabaudaient autour. Parmi elles, il reconnut les Roguedon, des gens qu'il connaissait bien pour avoir soigné leurs enfants, mais il passa sans rien dire, comme s'il n'avait rien vu, et monta en haut de la colline, jusqu'aux ruines qui restaient de Mérindol, entre les flammes qui dansaient encore.

Les soldats étaient partis. Mais c'était toujours la guerre, une petite guerre : les débris de Mérindol n'en finissaient pas de se calciner, de crépiter et de pétarader.

Tout d'un coup, le cheval hennit. Le sieur Dieu comprit que la bête s'était brûlé le sabot sur une braise. Il en descendait pour l'examiner quand quelqu'un marmonna d'une voix sourde, dans l'ombre gluante :

« S'il vous plaît. »

Il regarda alentour. La voix ne provenait de nulle part. Elle était trop rauque pour que ce fût celle d'un ange. Mais c'était peut-être celle d'un mort qui refusait d'aller au ciel. Parfois, ils ne veulent pas se rendre et s'accrochent à la terre.

« S'il vous plaît », répéta la voix.

Il n'aurait pu dire si la forme qui s'avançait vers lui était un homme ou une femme. Elle était à quatre pattes, mais s'affala brusquement et se mit à ramper, dans un bruit de souffle coupé.

« A boire, supplia la voix. J'ai soif. »

Le sieur Dieu sortit sa gourde et la donna à la chose qui apparut enfin, noire et tranchante, comme ces souches d'olivier que le soleil a suppliciées. C'était une vieille dame toute morfondue ; une vaudoise. Elle n'avait pas la force de se relever, ni le courage de se laisser mourir.

Elle but lentement, dans un clapotis de langue, à la façon d'un chat. Après une dernière gorgée qui lui causa un petit spasme, elle murmura en s'arrêtant souvent, pour reprendre sa respiration :

« Je m'appelle Marguerite Bourguette et j'étais dans l'église quand ils sont arrivés. On s'était réfugiés là, avec les enfants Ripert, Imbert et Maynard, parce qu'on était sûrs que les soldats n'oseraient pas entrer. Pensez ! Ils ne se sont pas gênés, ils ont déshabillé les demoiselles pour jouer au trou-madame avec. Quand ils avaient fini, ils remettaient ça. Y en a même qui les ont chevauchées sur l'autel. Après, quand elles eurent bien servi, ils ont dit qu'ils allaient les vendre. Tout le monde a été chargé, à coups de pied, sur une charrette. »

Des blancs qu'elle laissait entre ses phrases, celui-là fut le plus long. Elle le mit à profit pour réfléchir. Mais elle n'avait rien à quoi réfléchir. Alors, elle toussa.

« Moi, reprit-elle, il n'était pas question de m'emmener. Je suis trop vieille et trop moche. C'est ça qui a été ma chance. Je me suis faite toute petite derrière l'autel et ils m'ont oubliée. Sinon, je crois qu'ils m'auraient tuée. »

Elle s'arrêta subitement. La peur était en train de frapper ses coups, au-dedans d'elle. Le sieur Dieu le comprit et murmura d'une voix caressante :

« N'ayez crainte. Tout ira bien. »

Elle tâta la pénombre pour trouver sa main. Mais il ne la lui tendit pas. Il n'avait pas l'intention de passer le reste de la nuit ici.

« Je ne sais pas où aller, gémit-elle.

— Continuez à vous cacher. Un jour, tout ça va s'arranger. »

Le sieur Dieu était pressé de la laisser tomber. Certes, dans la Provence de 1545, c'était le père des pauvres et des malheureux. C'était leur mère aussi. Mais il ne pouvait se mettre en quatre pour tout le monde en même temps. D'autres devoirs l'appelaient. Il fallait choisir.

On ne peut aimer toute l'humanité à la fois. On ne peut non plus la sauver en bloc. C'est pourquoi Mani a échoué après Zarathoustra et tant d'autres. Même Jésus-Christ n'y est pas parvenu. Telle est la leçon du Nouveau Testament : rien ne sert de voir trop grand dans la vertu ou dans la charité. On énerve le monde entier, et pour quel résultat ?

Le sieur Dieu avait donc décidé d'abandonner Marguerite Bourguette à son sort. Il était sûr qu'elle n'irait pas loin. C'était écrit sur sa figure, qui se confondait avec les cendres du village. Mais il avait mauvaise conscience.

Pour tromper la honte qui montait en lui, il prit son bagage à médicaments attaché à la selle du cheval, l'ouvrit devant la vieille et en sortit un flacon qu'il lui donna :

« C'est de l'élixir de longue vie. Avec ça, vous vivrez très longtemps. »

Elle serra le flacon contre sa poitrine.

« Merci. »

Il remonta sur son cheval après avoir attaché le bagage à la selle, puis laissa tomber au moment de partir :

« Je vous demande pardon. Mais j'ai trop à faire. »

C'était un homme qui assumait toujours ses manquements. Il ne se faisait même pas grâce d'une cause perdue. Il se jugeait donc mal à ce moment-là. Celui-ci ne dura pas longtemps.

Alors qu'il montait la route qui mène à Lauris, il entendit des hurlements de femme ; des hurlements d'épouvante. Il pensa tout de suite au maniaque des foies de petite fille. Il descendit de cheval, accrocha la bride à un arbre et s'approcha à pas de loup du lieu du cri.

Deux femmes dévêtues se débattaient par terre, les bras en croix et les mains attachées, entre les pattes de plusieurs soldats. Ils avaient enfoncé des cornets à papier pleins de poudre dans leur calibistrix et l'un d'eux tournait autour avec deux torches qu'il finit par poser sur le bas de l'une et de l'autre, avant de détaler à toute pompe.

Les cornets s'allumèrent et les femmes explosèrent. C'était de la poudre à canon : le sieur Dieu en reconnut l'odeur.

Les soldats, couverts de sang, avaient l'air abasourdis, comme s'ils ne s'étaient pas attendus à une déflagration de cette ampleur. Surgissant de la pénombre, Jehan Dieu de La Viguerie profita de leur apathie pour en passer tout de suite deux au fil de son épée. Il les approcha par-derrière et leur perça le dos. L'honneur n'avait aucun sens avec ces gens-là. Le troisième entreprit de résister. Le maître lui creva la panse. Le quatrième et le cinquième, le porteur de torches, eurent à peine le temps de sortir leurs armes qu'ils étaient déjà envoyés par terre, avec des plaies saignantes. Maintenant, tout ce monde rampait et se tordait, avec des convulsions d'asticot.

C'était le genre de croisade que le sieur Dieu appréciait, la seule qui, en vérité, trouvait grâce à ses yeux : celle du Bien contre le Mal.

Il ne mettait pas d'orgueil à redresser les torts. Il suivait sa pente, voilà tout. La tragédie des hommes commence quand, par pudeur ou prudence, ils ne suivent pas leur pente.

On n'aime pas la vie si on n'aime pas la mort. Le sieur Dieu aimait tuer dès lors qu'il sentait le Mal. En gentilhomme, il achevait toujours. Il acheva donc les soldats, consciencieusement.

Quand il eut terminé sa besogne, il se serait trouvé grandi et purifié si l'un des morceaux de femme n'avait pas survécu à l'explosion ; un mélange de tête, de bras et de poitrine. Elle glougloutait du sang, des bulles et des choses qui ne voulaient rien dire. Elle était fichue. Cela n'empêcha pas le sieur Dieu de se pencher sur elle et de lui souffler à l'oreille d'une voix douce et hypocrite :

« Tout va s'arranger. »

Elle avait des sourcils comme des gros points d'interrogation.

« Ne vous inquiétez pas. Je n'ai pas fini de vous venger. »

Sur quoi, le sieur Dieu partit, remonta sur son cheval et traversa Lauris en direction du Puyvert. Un silence de mort régnait dans les rues et derrière les volets. Les fontaines ne chantaient même plus. Elles pleuraient tout bas.

CHAPITRE 18

Le château du Puyvert s'élevait comme un couteau au bord d'un précipice. On aurait dit qu'il cherchait à percer le ciel. Mais il n'était pas à la hauteur. Il a donc commencé à tomber en ruine au XVIIe siècle. A la Révolution, il devint une carrière où chacun vint se servir, pour édifier les murs de sa maison. Aujourd'hui, il n'en reste plus que quelques pierres sur lesquelles on se cogne quand on arpente le toit herbeux de la colline.

Le sieur Dieu dut frapper longtemps, et à coups redoublés, contre la porte de chêne du château avant qu'un serviteur entre deux vins lui ouvre et, après avoir protesté contre l'heure tardive, consente à vérifier si son seigneur était disponible.

Il revint peu après, raide comme la justice, et marmonna :

« C'est bon. Suivez-moi. »

Il l'amena jusqu'au seigneur qui, devant un feu de cheminée, contait fleurette à une demoiselle qui avait des rondeurs de petite fille, ce qu'elle était encore. L'amour n'a point d'heures.

Balthazar de Blandin, seigneur du Puyvert, se leva et dit sur un ton faussement enjoué :

« Je te présente la nouvelle femme de ma vie. »

Après les salutations d'usage, il demanda :

« Quel bon vent t'amène à cette heure, mon bon Jehan ?

— Des horreurs.

— Tu veux parler du nettoyage de la région ?

— Je veux parler des crimes de Champeau et de Sénas. »

Le seigneur du Puyvert fronça les sourcils, pour la forme :

« Assieds-toi. Il va falloir que tu m'expliques. »

L'eût-il voulu, il n'aurait pu avoir l'air grave. Il avait une tête à se ficher toujours du tiers comme du quart. C'était un homme d'une quarantaine d'années, qui sentait toujours son mardi gras, même à la messe du dimanche, et se consacrait surtout au culte de la bedondaine, comme le prouvaient son teint couperosé et son nez bourgeonné qui tournait à la morille.

Sa maison allait à vau-l'eau, ou plutôt à vau-le-vin, à l'image du serviteur. Mais il repeuplait son terroir où il avait déjà fait une dizaine de petits, qu'on appelait les « Blandinets » ou les « Blandineaux ». Sa femme, ne supportant pas sa vie, s'était réfugiée à Lyon, dans sa famille, ainsi que dans la piété et les bonnes œuvres.

On disait souvent de lui qu'il allait de la table au lit et du lit à la table. C'était inexact. Il n'oubliait jamais de faire un tour entre deux, sur la selle de son cheval. C'était un grand chasseur ; la terreur du gros gibier du Luberon.

Même s'il savait qu'elle était de mauvais goût, le sieur Dieu n'arrivait pas à se défaire d'une certaine compassion envers Balthazar de Blandin. L'exubérance du seigneur du Puyvert ne l'abusait pas. Il savait qu'il y avait plein de malheur derrière. Cet homme était trop joyeux pour être heureux.

« Tu étais à Sénas quand a été commis le crime, dit le sieur Dieu. As-tu remarqué quelque chose ?

— Aurais-tu décidé de jouer au chasse-coquin, en plus de tout ce que tu fais ? »

Le sieur Dieu prit un air inspiré et répliqua sur un ton ironique :

« En quelque sorte. Le domaine de Dieu est immense. »

Le seigneur du Puyvert sourit et dit :

« J'étais en train de chasser le garenne au faucon. Tu sais comme j'adore la volerie. Alors que j'allais en direction de la Durance, j'ai croisé des gens. Ils m'ont dit qu'une petite fille venait d'être assassinée. J'ai dû répondre que c'était triste et il me semble qu'on en est restés là. C'est tout ce que je sais.

— Donc tu n'as pas vu la fille morte ?

— Puisque je te le dis !

— Mais pourquoi es-tu allé chasser alors que c'était la guerre ?

— Il n'y avait pas la guerre à Sénas. C'est pourquoi je suis allé chasser là-bas et non dans mon coin où mon faucon n'aurait pu giboyer qu'avec les soldats du Roi. Me comprends-tu ? »

Le seigneur du Puyvert proposa du vin à Jehan Dieu de La Viguerie, qui accepta.

« Il y a déjà une chose qui est sûre, dit-il. C'est que le coupable est vaudois.

— Comment peux-tu dire ça ? »

Balthazar de Blandin se leva, s'assit à côté du sieur Dieu et approcha son visage du sien, comme s'il allait lui confier de lourds secrets :

« Voilà. Le matin, j'ai été convoqué par le baron d'Oppède. Des soldats sont venus chez moi et m'ont demandé de les suivre. Quand j'ai vu leur mine, j'ai compris qu'il ne fallait pas faire d'histoires. Je me suis donc retrouvé devant ce cher vieux Jean. C'est quelqu'un que je ne suis jamais arrivé à prendre au sérieux. Il s'écoute pisser. Il était sur son cheval, en bas du village, harnaché comme un chef de guerre et glorieux comme un pet. Pour un peu, on aurait dit César revenu conquérir les Gaules. Il m'a annoncé tout de suite qu'il allait détruire Mérindol, puis Cabrières-d'Avignon. Il fallait voir son air quand il a dit ça. Après quoi, il m'a mis en garde contre les activités des vaudois dans mon domaine. Je lui ai répondu qu'il était si petit que j'arrivais encore à le contrôler. Il a ri avant de me demander si je savais où étaient leurs cachettes. Je lui ai dit que non, en ajoutant qu'à mes yeux, pour autant que je puisse en juger, ces pauvres diables étaient plutôt gentils. " Si ce sont des chiens, ai-je fait, ils ne mordent pas. " Alors là, il a moins ri. Il a même eu le feu à la tête. Il m'a traité de plumeur de poules avant de décharger son fiel contre eux. Il a crié qu'ils étaient pires que l'on croyait et qu'ils arrachaient le foie des jeunes vierges vivantes pour le manger cru dans leurs messes noires.

— Il a dit ça ?

— Il a même dit que ça n'était pas fini. Il pense que, sous prétexte de résister aux assauts de l'armée du Christ, ils vont multiplier les crimes rituels dans les prochains jours. »

L'haleine de Balthazar de Blandin était si abominable qu'il aurait mérité que le sieur Dieu lui demandât de refermer le couvercle. Mais le maître avait de l'éducation, et du sang-froid. Il était surtout passionné par ce que l'autre disait et la passion, en amour comme ailleurs, est toujours plus forte que les odeurs.

« C'est toute l'histoire, conclut le seigneur du Puyvert. Je ne sais rien d'autre. »

Il ferma les yeux, pour signifier que l'entretien était terminé. Sa journée l'avait fatigué. Sa bouche s'écroulait. Son visage se dépichait.

Le sieur Dieu prit plusieurs gorgées de vin à la suite, puis dit à voix basse :

« Le baron t'a parlé de cette histoire de foie avant que la petite de Sénas soit assassinée. N'est-ce pas étrange ?

— Il savait peut-être déjà.

— Cela m'étonnerait. J'ai examiné le corps vers une heure de l'après-midi. Elle venait d'être tuée. Donc, le crime a été commis après qu'il t'en eut parlé.

— C'est possible. Mais il y avait déjà eu d'autres crimes comme ça.

— Combien ?

— Deux. A Champeau et à Roquefraîche.

— A Roquefraîche aussi ?

— C'est arrivé hier. Une fille de berger. Quand on l'a découverte, elle était dans un fossé, à l'entrée du village. Les chiens commençaient à s'en occuper. La blessure sur sa poitrine avait été faite au couteau. Il manquait une partie des entrailles. C'est Richard Pantaléon qui l'a examinée. Il m'a dit que le spectacle était si affreux qu'il a failli tomber dans les pommes.

— Il a failli, répéta le sieur Dieu. C'est quelqu'un qui a toujours tout failli...

— Je l'aime bien.

— Tu ne le connais pas. »

Le sieur Dieu préféra changer de sujet. Il but à nouveau une grande gorgée de vin avant de se concentrer sur son verre, en cherchant la prochaine phrase à dire. Un filet rougeoyant descendait d'une commissure de la bouche jusqu'au menton. Il ne consentit à l'essuyer qu'après avoir trouvé :

« Champeau, Sénas, Roquefraîche... Ne trouves-tu pas troublant que les crimes aient lieu là où se trouvent les soldats du Roi ?

— Il n'y en a pas à Sénas.

— Mais ils ne sont pas très loin. »

Le seigneur du Puyvert fit le geste de chasser une mouche imaginaire.

« De toute façon, dit-il, celui qui a fait ça est un maniaque et un pervers.

— Quelqu'un qui a des papillons dans le soliveau.

— Non, des mouches noires. »

Balthazar de Blandin jeta un regard plein de concupiscence

sur la nouvelle femme de sa vie. Elle dormait. De son ventre prospère débordaient déjà d'exquis bourrelets. Il fit comprendre au sieur Dieu, par un signe de la main, qu'il pouvait, s'il le souhaitait, en avoir l'usage. Le sieur Dieu fit non de la tête.

« Je préfère boire », dit-il.

Il but un verre puis un autre et encore un troisième, jusqu'à ce que Balthazar de Blandin se hisse sur ses deux jambes et lui tende la main, les yeux mi-clos, avec un air absent. Le sieur Dieu prit congé. Quand il remonta sur son cheval, il se sentait pompette mais heureux.

Telle est la gloire du vin. On ne la chantera jamais assez. Depuis la nuit des temps, la plainte des peine-à-jouir remplit le monde. Quand ils condamnent l'ivresse, ils n'ont pas toujours tort. Sans leurs commandements, c'est une justice à leur rendre, la terre ne serait sans doute plus qu'une infection dégorgeant son pus, dans un concert de hoquets et de rires avinés. L'homme vaut mieux que cela, même s'il ne vaut pas grand-chose.

Mais la morale n'aurait rien à perdre si elle osait enfin célébrer le vin. Jehan Dieu de La Viguerie était convaincu qu'il grandit l'homme. Il donne du courage, purifie les plaies, élimine les vers, éclaire les esprits, fortifie le cœur, vivifie le sang; il libère, en somme. Voilà pourquoi on ne le recommandera jamais assez au malade. Il soulage les moribonds et les autres. C'est de la vie qui coule.

A la fin des fins, le vin reste le meilleur ami de l'homme. Rien ne sert de l'accuser de tous les maux; ce n'est sûrement pas un hasard si le premier miracle de Jésus a consisté à transformer l'eau des jarres en vin, aux noces de Cana. Rien ne sert de brocarder les libations; le même Jésus a institué l'Eucharistie, lors du repas de Pâques, en rendant ses grâces sur le vin qui, du coup, devint son sang, le sang du Christ, en rémission de tous nos péchés.

Buvez et vous serez pardonné. Tous les prophètes se sont donc rincé le gosier et le sieur Dieu ne fut pas le dernier. C'est la Bible qui le dit : « Va, mange ton pain et bois ton vin d'un cœur heureux. » Car la Bible est pleine de vin. On peut même dire qu'elle sent le vin. Tant pis pour les bien-pensants. Elle ne condamne que les excès des grenouilles de gobelets qui, comme Noé, Lot ou Holopherne, ont commis des bêtises sous son emprise. « Pour les hommes, dit Siracide dans son Livre, le vin est comme la vie si on le boit avec modération. » Il assure aussi que « le vin apporte allégresse de cœur et joie de l'âme quand on le boit à propos et juste comme il faut ». En deçà du juste comme il faut, c'est la félicité. Au-delà, le péché.

Jehan Dieu de La Viguerie avait bu juste ce qu'il fallait de vin mais c'était assez pour lui donner envie de retourner à la bastide, de prendre sans tarder la jeune fille aux yeux verts et de l'emmener très loin, très haut, là où tout se mélange, même l'homme et la femme.

CHAPITRE 19

Catherine Pellenc dormait comme une gisante, sur le dos. On aurait pu croire qu'elle ne respirait pas, tant étaient faibles les mouvements de ses poumons, dans sa poitrine. Elle était toujours comme ça. Elle ne voulait jamais déranger.

Penché sur elle, le sieur Dieu sentait comme un ciel grandir au-dedans de lui. Comme il n'était pas du genre à entrer sans frapper, quoiqu'il eût fait exception cette nuit-là, il passa la main sur le front de Catherine Pellenc, tandis que les tendres effluves de la jeune fille montaient à ses narines ; un mélange de thym et de sueur enfantine.

Il faisait bien trop noir dans la chambre pour qu'il profitât du spectacle de ses yeux verts en train de s'ouvrir. Mais le tintouin de sa respiration qui s'affolait indiqua au sieur Dieu qu'elle était sortie de son sommeil et avait senti la présence de quelqu'un. Il aimait ce petit halètement. Quand elle le reconnut, elle releva brusquement la tête, sans qu'aucun bruit ne sortît de sa bouche, comme si elle était déjà prête à tout. Il imaginait, dans la nuit, son regard hagard. Il n'y a pas d'amour sans épouvante.

« N'ayez crainte, murmura-t-il. Ce n'est que moi. »

Le sieur Dieu s'assit sur le bord du lit, posa sa main sur son épaule et la promena sur elle, avec toutes les précautions que requérait son jeune âge, en se rapprochant peu à peu de ses fruits à lait. Elle était comme une forêt sous le vent. Elle tremblait. C'était l'angoisse de la première fois. Il faut bien que jeune fille casse sa cruche.

« Laissez-vous aller, souffla le sieur Dieu, et tout ira bien. »

Il retira la chemise de nuit de Catherine Pellenc, en traînant en longueur, au nom du principe que la patience réussit toujours au plaisir. Elle gémit et ce gémissement l'exalta. Il ferma les yeux.

« Pardonnez-moi », murmura-t-il.

Il monta sur son lit et elle se mit sur le côté, face à lui. Il effleura le creux de sa croupe, descendit sur le ventre et déambula un moment autour de l'entre-deux, doucement, avec cette déférence que commande la virginité.

Tout d'un coup, elle lui prit la main et s'allongea sur le dos. C'était le signe. Elle était transie, mais c'était le signe. Il était temps pour le chat d'aller au fromage. Il se jeta sur ses lèvres.

Elle embrassait mal ; une barboteuse qui ne travaillait qu'en surface. Il faudrait la dresser. En attendant, ses façons gourdes le troublaient, tandis que le souffle court de sa respiration fouillait ses narines d'un petit vent grisant. Il n'en pouvait plus. Il retira précipitamment sa culotte pour libérer l'anguille.

« Je veux vous épouser », dit-il.

Cela lui avait échappé mais c'était, on l'a vu, on ne peut plus vrai. Elle ne répondit pas.

« Je suis sérieux, vous pouvez me croire. »

Toujours rien.

« Vous n'allez pas refuser ? »

Elle ne desserra pas les mâchoires. Peut-être était-elle émue par la vision de l'anguille, dans la pénombre.

Il n'allait pas attendre qu'elle daigne enfin parler. Il n'était pas un saint, mais un homme, c'est-à-dire un pécheur. Silence vaut accord. La blancheur de cette chair immaculée s'offrait à lui. Il n'avait plus qu'à se servir. Il ferma les yeux, aspira un coup d'air et s'élança dedans.

Quelque chose suinta et une petite plainte sortit de ses lèvres quand il tomba sur elle. C'était la pureté qui partait. Mais ce n'était pas une perte.

Quand il eut fini et qu'il remisa le goupillon dans sa culotte, Jehan Dieu de La Viguerie ne regrettait pas d'avoir pris sa pureté à Catherine Pellenc : elle ne reste jamais, elle a été inventée pour être expurgée. Mais il avait la nostalgie de l'innocence, cette chose fraîche que les hommes s'en vont chercher, par tous les temps, au-dedans des femmes.

Ils ne la ramènent jamais. C'est pourquoi ils doivent toujours retourner en elles et ressentent le même arrachement affreux quand ils en repartent. Cette sensation de mélancolie est encore aggravée quand ils ont visité une vierge, comme c'était le cas du sieur Dieu.

Telle est la malédiction de l'homme.

Après s'être trempé dans ce mélange de tiédeur et d'innocence, le sieur Dieu, de retour sur terre, se trouvait affligé d'un malaise qu'il décida de tromper, le plus vite possible, dans une nouvelle chevauchée.

« Merci », dit-elle.

Elle soupira ; un petit soupir de bonheur. Le sieur Dieu pensa à la blessure qu'il avait laissée dans sa chichourle et demanda à voix basse :

« Vous ne m'en voulez pas ?

— Non. Pourquoi vous en voudrais-je ?

— Vous vous sentez bien ?

— Oui. Tout à fait bien. »

Le sieur Dieu alluma la bougie de la table de chevet, sortit chercher du linge dans le placard de sa chambre et revint essuyer le sang de sa matrice déflorée. Pour autant qu'il put en juger sous la maigre lumière, ses deux lèvres rougies avaient l'air épanouies dans leur petit jardin châtain.

*

* *

Le sieur Dieu ne prêta pas attention au dégoût qui le gagnait, comme d'habitude, après la chosette. Cela passerait. L'amour, fatalement, reprendrait le dessus et il faudrait encore se rendre à sa raison.

Il aimait l'amour. Il n'arrivait pas à croire que ce fût un crime, contrairement à ce que serinaient, en ce temps-là, tant de solennels imbéciles qui, du haut de leur chaire, jouaient aux grandes âmes. Il était même convaincu du contraire : au fond, l'amour était ce que l'homme a fait de mieux, en dehors d'avoir écrit la Bible.

Quand il danse le branle du loup, l'homme sort de lui-même. Donc, il se grandit. Le reste du temps, il a tendance à répandre le mal. Il ne le fait pas exprès. C'est sa nature. Il se remplit la panse de chairs qu'il arrache à la vie pour nourrir son panier à crottes. Rien qu'en marchant, il écrase, décime et souille : si les plantes pouvaient parler, elles auraient beaucoup à dire. Il crève le ventre des siens et ravage la terre, sous prétexte d'honneur, pour des histoires de clôtures ou de clochers : qu'importe si les morts s'entassent sur les morts, pourvu que, juché sur des monceaux de cadavres, il puisse faire son quelqu'un.

Il n'y a aucune gloire à être un homme. On pèche comme on respire. On ne vit pas sans donner tout le temps la mort, même s'il s'agit le plus souvent de morts minuscules. C'est pourquoi le sieur Dieu cherchait son salut dans le Seigneur, le Bien et maintenant la Femme, qui sont les trois noms du même amour.

Mais il savait bien que Catherine ne lui avait pas apporté la rédemption, cette nuit-là. C'était même le contraire. En lui fendant le bilboquet, il lui avait volé quelque chose, sans lui laisser vraiment le choix. Il n'avait pas fait de sentiment, alors qu'il en était plein. Il avait procédé par voie de fait, comme tant de seigneurs qui traînent les filles à la corvée, pour se gaver de chair crue. Ils s'amusent un moment, mais elles souffrent longtemps.

Il ne dormit pratiquement pas, cette nuit-là. C'était la mauvaise conscience ; c'était aussi la colère. Elle était plus forte que la fatigue. Elle bourdonnait dans ses veines. Elle secouait la chair de sa tête.

C'est pourquoi il se leva, le matin suivant, en proie à une grande agitation et avec le besoin pressant d'aller laver ses péchés dans le sang. Il ne lui resterait plus qu'à trouver des assassins, des violeurs de vierges ou des profanateurs de tombes qu'il expédierait par-dessus terre, dans l'Enfer qui les attendait. Il était impatient d'en découdre avec le Mal. Sa main d'ange exterminateur le démangeait déjà.

« Je vais disparaître un jour ou deux, dit-il à Thomas Pourcelet. J'ai des choses à faire. Je compte sur toi pour veiller sur la fille et l'enfant. »

A travers le regard de son valet, il comprit que l'autre avait écouté aux portes et savait ce qui s'était passé pendant la nuit avec Catherine Pellenc. Il n'aimait pas cette complicité égrillarde. Il fit semblant de ne rien voir.

« Si les soldats s'arrêtent et te posent des questions sur elles, reprit-il, je compte sur toi pour te débrouiller. Tu leur dis qui je suis. »

Le sieur Dieu aimait philosopher et, pour ce faire, il n'avait pas d'heure. Il commençait volontiers le matin. Avant d'aller à l'écurie pour monter le cheval noir, il dit sur un ton sentencieux, comme s'il s'agissait de ses dernières paroles, sur son lit de mort :

« Tu sais comme je t'aime bien. Je n'ai qu'un conseil à te donner, pour la vie. »

Le valet fit un signe de tête affirmatif. Il avait l'air bête et soumis, ce qui n'était pas son genre. Mais il était trop tard pour reculer si Thomas Pourcelet avait décidé de se moquer. Le sieur Dieu poursuivit :

« Sois toujours du côté des victimes et des enfants. C'est la seule façon de ne pas se tromper. »

Le discours aurait pu continuer longtemps si Thomas Pourcelet n'avait trouvé, sans le savoir, le moyen de l'arrêter quand il lui souffla à l'oreille :

« Ne voulez-vous pas dire au revoir à la jeune fille ? »

Le sieur Dieu secoua la tête, avec une étrange véhémence.

« Elle doit être réveillée, dit le valet. J'entends la petite pleurer. »

C'est vrai qu'elle pleurait. Le sieur Dieu fit un petit salut et planta là son valet sans rien dire.

CHAPITRE 20

Cabrières-d'Avignon était une petite ville fortifiée, plantée sur le flanc ouest du plateau du Vaucluse, en Comtat Venaissin, non loin de L'Isle-sur-la-Sorgue. De hauts remparts de pierre ocre serraient dans leurs bras l'église et ses maisons ; des bras de montagnard. C'est peut-être pourquoi elle semblait si sûre d'elle.

Quand on s'en approchait, par la route de Lagnes ou de Fontaine-de-Vaucluse, on sentait quelque chose d'absolu dans cette boule de pierre, prête à résister aux siècles. Taillée dans le vif de la roche, pour l'éternité, au-dessus du cloaque qu'on appelle le monde, elle était comme un poing dressé contre la bêtise en marche. En la regardant, on se disait toujours que rien ne pourrait lui arriver, bien qu'elle fût, avec Mérindol, l'autre capitale des vaudois.

Elle était bien moins insouciante que Mérindol qui, comme les villages du sud du Luberon, avait souvent ses lunes et ses éclipses : au bord de la Durance, la vie était plus facile. Toute l'année, Cabrières tenait tête au soleil. Elle n'avait donc pas peur d'affronter le feu du ciel au cas où le Souverain Pontife, à bout de compassion, déciderait que la punition devait tomber sur ses habitants. Elle avait même un chef de guerre en la personne d'Eustache Marron, un paysan aux mains puissantes, que l'Histoire a oublié, mais qui fut en son temps le seul vrai seigneur de la région.

Le seul avec le sieur Dieu, bien sûr, mais aussi le cardinal Sadolet. Avant de baisser les bras, l'évêque de Carpentras avait longtemps plaidé contre la terreur, pour la *christiana mansuetudo* qui fait jaillir du cœur, et non du ventre, la vérité du Christ. Il avait même apporté de l'eau au moulin des vaudois en dénonçant l'*avaritia* des curés qui vendaient tout à l'encan, les sacrements comme les indulgences du Purgatoire. Il avait trop de scrupules pour être un persécuteur, mais il était trop faible pour devenir un saint. Quelques jours avant la croisade, il était parti pour Rome.

Le temps n'était plus à la *christiana mansuetudo.* L'entêtement de Cabrières avait fini par troubler la digestion de Paul III, qui ne supportait plus que ses terres fussent maculées par l'hérésie luthérienne ou vaudoise. Quelques années plus tôt, il avait décidé de rétablir le Tribunal de l'Inquisition dans le Comtat Venaissin, sous l'autorité morale du cardinal Sadolet, ce qui n'avait, bien sûr, rien donné. Au contraire, Satan avait encore marqué des points. Il fallait frapper fort, maintenant. C'est pourquoi le Souverain Pontife avait décidé de lancer son armée contre Cabrières pour que fût enfin appliquée, avec l'aide des soldats de François Ier, la sentence qui condamnait la ville « à la défaite, ruine et destruction ».

*
* *

Quand le sieur Dieu arriva sur les lieux, les troupes du Pape et du Roi s'étaient déjà déployées autour de Cabrières et trois canons, disposés devant les fortifications, les bombardaient régulièrement de boulets, pour ouvrir des brèches. La ville flottait dans une mer de poussière, qui se retirait sans cesse pour déferler à nouveau.

Il régnait une grande fièvre sur le terrain et, du moignon sur lequel il trônait, en tenant le cheval par la bride, le sieur Dieu en ressentait les affres jusque dans le fond de sa tête. Pour une fois, les troupes des barons d'Oppède et de La Garde ne se trouvaient pas devant un village à moitié vide, où il ne restait plus qu'à célébrer les noces de chiens de quelques pauvresses barricadées dans leurs églises, avec leurs enfants. Il leur faudrait se battre.

En s'approchant des remparts, le sieur Dieu entendit les insultes que proféraient les vaudois contre les soldats : « Papistes ! Pantoufles du pape ! Baiseurs du cul de l'Antéchrist de Rome ! » Ils étaient des dizaines et des dizaines à s'époumoner du haut de leurs murailles. Ils n'avaient peur de rien, pas même de se casser la voix ; des teignes.

Un groupe de soldats s'approcha du sieur Dieu, l'air mauvais. Ils transpiraient la mort.

« Je suis chirurgien », prévint le maître.

L'un des soldats, qui avait l'oreille fendue, ricana grassement :

« Et alors ?

— Je suis à votre service.

— On n'a besoin de personne, on n'a pas de blessés.

— Mais les autres ? dit le sieur Dieu en montrant les remparts.

— Les vaudois, on ne les soigne pas. On les tue ou on les vend. »

Le sieur Dieu leur demanda de le conduire au baron d'Oppède. Ils sourirent devant tant d'incongruité. Le premier président du Parlement de Provence n'avait pas de temps à perdre. Mais quand l'autre leur précisa qu'il le connaissait bien, ils changèrent de visage et l'emmenèrent jusqu'à une tente autour de laquelle une vingtaine de soldats étaient en faction.

Jean Maynier d'Oppède était assis devant, sur une pierre, et conférait à voix basse avec un petit gros en sueur qui, lui, se tenait debout ; un vaudois, à en juger par les hardes qu'il portait.

Le baron leva un œil et laissa tomber sur un ton amène, sans prendre toutefois la peine de se lever pour le saluer :

« Mais c'est l'ami Dieu !

— En personne. Il faut que je te parle.

— C'est urgent ?

— Très urgent.

— Donne-moi un moment. Je règle un problème et je suis à toi. »

La dernière fois que Jehan Dieu de La Viguerie avait vu le premier président du Parlement de Provence, c'était il y a un an, pour une crise de goutte. Il l'avait soigné en moins de rien avec une saignée tous les deux jours sur le bras gauche, du même côté que la jambe souffrante, et des cataplasmes de farine d'orge dans des feuilles de chou, comme il l'avait vu faire par les Arabes. Les mêmes interdisent aussi le vin qu'ils accusent de favoriser la prolifération des humeurs goutteuses dans les veines. Mais les mahométans ne sont pas crédibles en la matière. Ils se disent toujours qu'ils seront punis s'ils enfreignent la règle d'abstinence en alcool de leur religion. A tout hasard, le maître avait quand même conseillé au baron de remplacer, le temps du traitement, ses deux ou trois bouteilles quotidiennes de vin par de l'hydromel et des infusions de camomille. Deux semaines plus tard, la douleur était partie.

*
* *

Il faisait trop chaud pour que le baron d'Oppède portât son habituel manteau de velours noir à boutons d'argent, mais il était tout de soie vêtu et gardait à ses pieds la canne verte à pommeau d'or dont il ne se séparait jamais. Il était très gorgias comme guerrier : son élégance en jetait.

C'était un boute-en-train, qui bouffait la vie et n'en avait jamais assez. A cet instant, tandis qu'il palabrait avec le petit vaudois en sueur, le baron d'Oppède tenait à la main un gigot d'agneau derrière lequel son visage disparaissait de temps en temps pour réapparaître peu après, tout enluminé d'un mélange de graisse et de sang, qu'il essuyait à l'aide d'une serviette de la grandeur d'une nappe.

Quand il n'écumait pas les marmites, Jean Maynier d'Oppède courait le guilledou. Il n'arrêtait jamais. On expliquait sa frénésie de basse danse par une opération qu'il avait subie dans son enfance : le bouclement du prépuce. Sa mère était très collet monté. Elle était du genre un coup, un enfant. Elle n'en eut au demeurant qu'un seul et décida de le prémunir, dès son plus jeune âge, contre les vilaines tentations.

Un jour, un maître chirurgien tira le prépuce du petit Jean et le perça d'une grosse aiguille enfilée. Le fil, ou plutôt la cordelette, était resté jusqu'à la cicatrisation. Il avait ensuite été remplacé par une boucle de fer, qui devait empêcher le garçon de se donner du bon temps : son courtaud n'était plus en mesure de dresser l'oreille ; il ne pouvait même plus s'amuser tout seul.

Quand la boucle de fer fut retirée du prépuce, pour ses vingt-trois ans, ce fut une explosion de cricon criquette au-dessus de la Provence, avec des éclaboussures bien au-delà, jusque dans le Piémont ou le Comtat Venaissin. Sans oublier de se marier, Jean Maynier d'Oppède ne cessa plus de rattraper le temps perdu, comme s'il avait toujours une femme de retard.

Survint sa grosse vérole.

Les Français l'appelaient vérole napolitaine parce que cette maladie était apparue chez eux quand Charles VIII revint de sa conquête du royaume de Naples. Les Napolitains l'appelaient maladie française parce qu'ils étaient sûrs que ledit roi la leur avait apportée. Mais à croire les hommes de ce temps qui se prétendaient aussi membrus que cornus, c'étaient toujours les femmes qui, dans leurs élans cupidoniques, leur donnaient le virus vérolique.

Toutes les femmes en étaient infectées, les publiques comme les privées. C'était du moins la conviction du baron d'Oppède et il donnait raison au poète qui a dit qu'une femme pure est aussi rare qu'un cygne noir : *Rara avis in terris, nigroque simillima cygno.*

Le maître chirurgien qui avait bouclé son prépuce s'appelait Laurent Dieu de La Viguerie. C'était le père de Jehan. Quelques années plus tard, il mourut d'une fièvre inconnue, contractée lors d'un voyage à Marseille. Son fils prit la suite auprès du baron et se chargea de le soulager de sa vérole. Il y montra un tel art et une telle science qu'il devint le médecin préféré, sinon officiel, de Jean Maynier d'Oppède.

Le mal se manifesta d'abord par une fatigue et une mélancolie dont le baron ne soupçonna pas l'origine, jusqu'à ce qu'un ulcère virulent surgît dans son gosier, non loin des amygdales, et qu'un autre s'installât sur les parties honteuses où il proliféra, tandis que des pustules éclosaient un peu partout, sur les cuisses, les bras, le visage. Des éminences douloureuses commencèrent à l'accabler aux jointures, ainsi que sur le tibia où poussa un bubon de la largeur d'un denier. Il perdit des cheveux, quelques ongles et deux ou trois dents.

Il était comme une fontaine de pus, de suintements, d'écoulements laiteux. On aurait dit que la pourriture qui marinait jusque dans la moelle de ses os ressortait soudain de partout. Cette maladie était faite pour lui. On se demandait comment il ne l'avait pas attrapée plus tôt. Il aurait dû passer sa vie avec elle, à l'instar de François Ier, bouffé par ses fistules comme par des puces. Mais il avait guéri très vite, sans que la vérole revînt jamais ensuite. Il était convaincu qu'il devait son salut au sieur Dieu et au traitement qu'il lui avait administré, à base de mercure, de saignées, de lait d'ânesse et d'une décoction de guayac, un arbre du Nouveau Monde dont le maître avait acheté plusieurs pintes à un marchand espagnol. C'est pourquoi le baron le traitait toujours avec égards.

Quand le petit vaudois en sueur fut reparti vers les remparts d'où on lui lança une corde pour qu'il remonte, le baron d'Oppède s'amena vers le sieur Dieu, le gigot à la main et un grand sourire aux lèvres :

« Je lui ai dit qu'il ne serait fait aucun mal aux hérétiques, s'ils laissaient l'armée entrer.

— C'est bien.

— Il m'a demandé de jurer. J'ai juré. »

Le baron sourit, enfonça ses dents dans le gigot, en arracha quelques lambeaux gluants, puis reprit, la bouche pleine de chair tendre et rose :

« Mais jurer à un hérétique n'est pas jurer. »

Il sourit à nouveau, heureux de sa formule.

« Tout ce que je lui demande, dit-il, c'est de calmer les autres. Chaque fois que j'attrape un vaudois ou que je reçois un émissaire, je le renvoie derrière les murailles avec le même message d'amour et de paix. Les gens adorent la paix. Ils l'adorent tellement qu'ils sont prêts à en mourir. »

Il sourit encore, en respirant très fort, absorbé par une pensée.

« Il ne faut jamais exciter l'ennemi, reprit-il, mais, au contraire, le rassurer. Les gens n'ont pas d'honneur, les vaudois encore moins. Leur promettre la paix m'ouvrira plus vite les portes de la ville que de livrer bataille. »

Ses sourcils se mirent en accent circonflexe, ce qui voulait probablement dire qu'il demandait au sieur Dieu les raisons de sa visite. Ce dernier le comprit en tout cas ainsi et dit :

« Je viens solliciter ton aide à propos d'une affaire qui me préoccupe énormément. Il y a quelqu'un qui tue les petites filles pour leur arracher le foie... »

Le baron le coupa :

« Je suis au courant. Les petites sont vierges, ce qui est normal à leur âge, et jamais hérétiques, tu auras bien noté. Les vaudois ont signé ces crimes.

— On ne peut pas les accuser sans preuve.

— J'ai chargé mes sergents de diligenter une enquête et je la suivrai de près.

— Tu sais déjà des choses ?

— Ne me dis pas que tu es venu ici pour me causer de ça. Tu vois bien que j'ai du travail. »

Le baron d'Oppède l'examina de haut en bas puis demanda sur un ton où flottait une légère ironie :

« Et pourquoi t'intéresses-tu tant à ces crimes ?

— Parce qu'il s'agit de petites filles.

— Je te comprends. J'ai tout fait dans cette croisade. Figure-toi que j'ai même marché dans de la cervelle de jeune fille. Eh bien, même quand elle est hérétique, ça me fait quelque chose. »

Deux canons crachèrent leur boulet, coup sur coup, et le sol bougea sous leurs pieds. Jean Maynier d'Oppède ne trembla pas, ce serait trop dire ; il tressaillit.

Il jeta par terre son gigot qui n'était pas fini, s'essuya les mains sur la serviette que lui tendit un soldat et posa sa main sur l'épaule du sieur Dieu :

« Maintenant, il faut que j'aille m'occuper de mes hommes. On reparlera de cette histoire quand tout sera fini.

— En attendant, si je puis être utile à quelque chose...

— Il y aura bien quelques blessés. »

Il lui tourna les talons.

CHAPITRE 21

Le reste de la journée, Jehan Dieu de La Viguerie attendit la guerre, avec son cheval, au milieu d'un groupe de soldats du Roi. Elle ne vint pas. Même quand les canons eurent enfin troué la muraille de Cabrières, les barons d'Oppède et de La Garde ne se risquèrent pas à lancer l'assaut. Ils préféraient toujours engager le combat quand l'ennemi n'avait pas d'armes. Ils attendaient qu'il les baissât. Il y a courage et courage, celui de l'intelligence tactique et celui de la bêterie inconsciente.

Le soir, le sieur Dieu se réfugia sur un promontoire d'où il assista, plein de dégoût, aux ripailles des soldats. En ce temps-là, il était entendu qu'ils se nourrissaient à leurs frais, avec leur solde. Le résultat était qu'ils pillaient et razziaient autant qu'ils pouvaient. La Provence, qui était sur la route d'Italie, point de mire de tant d'aventures militaires, avait l'habitude de leurs maraudages. Depuis des millénaires, sa terre saignait sous le soleil qui, dès les premiers jours de l'été, commençait à la frapper à grands coups. Le soc des charrues n'en était que plus lourd à supporter, dans cette chaleur : ses chairs étaient à vif. Les armées ne faisaient qu'apporter du malheur en plus. Elle les laissait lui passer dessus avec fatalisme comme ces pauvres filles aux bras en croix devant lesquelles attendaient des processions de soudards, à la queue leu leu, pour s'envoyer en l'air.

C'est ainsi que les armées du Pape et du Roi naviguaient au milieu d'un océan de bœufs, de vaches, de chèvres, de moutons, de filles ou de tonneaux de vin, et soulevaient des vagues de poussière. Il suffisait de se servir. Les soldats ne se gênaient pas.

Le sieur Dieu rêvassait doucement en partageant avec son cheval la boule de pain qu'il avait emportée le matin, quand un homme gravit le promontoire, avec deux soldats, et s'amena devant lui, l'air décidé.

« Ne seriez-vous pas le sieur Dieu de La Viguerie ? » demanda-t-il.

Le sieur Dieu hocha le chef.

« Il y a un temps fou que je vous cherche, dit l'autre. Je me présente : Michel Perruchaud, lieutenant du sénéchal. »

C'était un personnage d'une quarantaine d'années avec une mâchoire puissante, une bouche sans lèvres et un regard plein de cautèle. Le sieur Dieu se leva avec lenteur et le salua d'un geste de la tête. Il restait sur la réserve.

« Il y a eu un assassinat de petite fille tout près d'ici, sur la route de Lagnes, reprit le lieutenant du sénéchal. Une petite fille de très bonne famille.

— La série continue, fit le sieur Dieu avec accablement.

— Ses parents sont des intimes du vice-légat d'Avignon. Des gens importants. Le baron m'a dit que vous étiez maître chirurgien. Nous voudrions que vous l'examiniez. »

C'est ainsi que le sieur Dieu se retrouva peu après, avec le lieutenant du sénéchal et deux soldats, devant la porte de la bastide de Bonaventure Guilloteau, l'un des plus grands vignerons de la région. Il était absent, en affaire à Lyon. Une demoiselle leur ouvrit et les conduisit jusqu'au petit corps devant lequel veillait, en pleurant des yeux et du nez, la mère et maîtresse de maison.

Elle se signa en les saluant. Elle se signait tout le temps, avec un regard mouillé et suppliant.

Tandis que Michel Perruchaud interrogeait la dame Guilloteau, Jehan Dieu de La Viguerie examina à la bougie le cadavre de la petite Geneviève. Entre ses cuisses, il retrouva les mêmes marques que d'habitude. Tout y avait été démis, froissé, fendu ou élargi, comme après un ouragan : le pouvant, le guilboquet, l'entrepet, le guilhevard et les toutons. Sur le cou, il constata aussi des traces d'étranglement, avec les mains ou de la grosse corde. Mais il ne trouva rien qui ressemblât à l'estafilade de la fille Coquillat, ni sous la carotide ni ailleurs. Celle-là n'avait donc pas été saignée. Il fut soudain saisi d'un doute. L'autre l'avait-elle été ?

Il demanda à la dame Guilloteau si la petite avait fait du

sang. Elle allait répondre, après s'être signée, quand entra Exupère Paillasse, avec son escorte de trois sergents. Le lieutenant-criminel de Cavaillon salua le sieur Dieu, mais pas Michel Perruchaud qu'il agressa sur-le-champ :

« Que le sieur Dieu soit là pour préparer son rapport en chirurgie, je le conçois tout à fait. Mais vous, bagasse, vous n'avez rien à faire ici.

— Ces crimes nous concernent tous les deux.

— Mais vous êtes dans ma juridiction, en Comtat Venaissin, sur les terres de Sa Sainteté le Pape à qui vous devez amour et respect. Que diriez-vous si j'allais enquêter chez vous, dans le Comté de Provence ? »

C'est pourtant bien ce qu'il avait fait, à Sénas. Le lieutenant du sénéchal sourit d'un sourire forcé et un petit soupir s'échappa de sa poitrine, pour signifier sa consternation devant l'attitude d'Exupère Paillasse.

« A votre place je comprendrais, finit-il par dire.

— Non, protesta Exupère Paillasse. Vous me chasseriez. C'est d'ailleurs ce que je vais faire de ce pas. »

Il avança. Michel Perruchaud recula, puis l'arrêta d'un geste :

« Vous auriez bien tort. Nous avons le même " duc " et c'est lui qui vient de m'envoyer ici. »

Exupère Paillasse se radoucit d'un coup. Le baron d'Oppède, que ses hommes appelaient entre eux le « duc », était, par ses fonctions de premier président du Parlement de Provence et de viguier de Cavaillon, le supérieur hiérarchique de l'un et de l'autre.

Jehan Dieu de La Viguerie se mit entre les deux hommes, les prit par le bras et murmura doucement :

« Au lieu de nous battre, je pense que nous devrions travailler ensemble pour retrouver l'auteur de ces crimes. »

Il se tourna vers Exupère Paillasse :

« Où en es-tu de ton enquête ? »

Le lieutenant-criminel retrouva son habituel sourire sardonique :

« Je pense que je vais la reprendre à zéro, mon enquête. J'avais bien trouvé le coupable. Mais il a un alibi, pour ce crime. Un alibi imparable. Il était à la prison de Cavaillon, où je l'ai fait enfermer hier.

— Quelles sont les charges contre lui ?

— On l'a retrouvé avec du sang sur les mains et sur les pieds, du côté de Cheval-Blanc. On a tout essayé, la douceur et la géhenne aux fers rouges, il a été incapable d'expliquer d'où ça venait. »

Exupère Paillasse laissa passer un petit silence, pour préparer son effet, puis reprit avec malice :

« C'est normal, en un sens. Il est sourd, le pauvre diable. Sourd et muet.

— Tu vas le relâcher ? demanda le sieur Dieu.

— Je ne sais pas. Le " duc " voulait un coupable à donner au peuple. C'est à lui de me dire. Je lui ai donné un assassin vaudois, comme il me le demandait. Mais plus ça va, plus je me dis qu'il doit être juif, le coupable.

— Moi aussi, souligna Michel Perruchaud.

— Ou bien mahométan.

— Il faut chercher du côté de tous les hérétiques et ne pas s'obnubiler sur les vaudois, qui ne sont pas les seuls soldats de Satan sur cette terre. »

Le sieur Dieu ne commenta pas. Devant de tels personnages, il fallait se garder de faire preuve de la moindre indulgence envers les hérétiques, quels qu'ils fussent. Mais il prit plaisir à demander sur un ton détaché, espérant jeter un froid :

« N'est-il pas étonnant que les crimes aient eu lieu sur le chemin de l'armée du Christ ? »

A sa grande surprise ils hochèrent la tête avec ostentation.

« C'est bien la preuve, opina Michel Perruchaud, que le coupable est un hérétique. Il a décidé de provoquer le Christ dans sa croisade. »

Le sieur Dieu ne pouvait en entendre davantage. Il donna le signal du départ. Il faisait noir dehors, un noir à ne pas mettre les femmes et les enfants dehors. Il fallut retourner à Cabrières à pied, pour ne pas prendre le risque de blesser les chevaux. Exupère Paillasse ouvrait la marche, une lanterne à la main.

Quand ils arrivèrent devant la ville, il y avait comme un air de fête. De grands feux de joie s'élevaient partout, autour des remparts. Les flammes veillaient sur les soldats qui dormaient, buvaient ou se chauffaient à leur ombre.

En passant près d'un de ces feux, le sieur Dieu crut reconnaître le beau visage d'Antéchrist de Richard Pantaléon. C'était un mauvais présage. Ses yeux étaient comme des couteaux, qui sortaient des ténèbres pour chercher les âmes et fendre les cœurs.

Jehan Dieu de La Viguerie se trouvait de plus en plus lourd à porter. Il avait même envie, par instants, de partir de lui-même. C'était à cause de la guerre, de l'amour et des crimes. C'était aussi à cause de ce visage qui le poursuivait.

CHAPITRE 22

Le 20 avril au matin, les habitants de Cabrières laissèrent entrer dans leur ville les armées de Paul III et de François Ier. Le baron d'Oppède leur avait confirmé par écrit qu'il ne leur serait fait aucun mal s'ils se rendaient. Ils l'avaient cru. Ils étaient comme tout le monde. Ils croyaient ce qu'ils voulaient croire.

Mais ils n'oubliaient quand même pas que la sentence du Saint-Père les avait condamnés à mort. Ils n'ignoraient rien de la barbarie de la soldatesque, qui avait déjà ravagé tant de villages du Luberon. Quand les armées pénétrèrent dans l'enceinte de la ville, ils n'étaient donc pas trop sûrs d'eux.

Un lourd silence accueillit les soldats. Même l'air avait pris peur et s'était retiré. Il n'y avait presque plus rien à respirer. La plupart des habitants de Cabrières s'étaient cachés. Il y en avait partout, dans les caves, derrière les barriques, sous les lits, à l'intérieur des placards, jusqu'au fond des galeries qui serpentaient sous le château. Les gens étaient comme des saints dans leur niche. Ils n'attendaient plus que le martyre.

Les femmes et les enfants, on savait où les trouver. Ils avaient trop lu la Bible. Ils croyaient que la justice papale et royale était comme Abraham qui refusait de « supprimer le juste avec le pécheur ». Ils s'étaient réfugiés dans l'église, sous la protection de Dieu et de sa miséricorde, avec la certitude qu'aucune épée n'oserait souiller la maison du Seigneur.

C'est le sieur de Pourrières, gendre du baron d'Oppède, qui tua le premier vaudois de Cabrières ; un chauve au regard suppliant. Il lui demanda où se trouvait Eustache Marron, leur chef. L'autre répondit qu'il ne savait pas. Il lui ordonna alors de se mettre à genoux devant lui, sortit son épée du fourreau et fendit son crâne au milieu. C'était sa spécialité.

Le vaudois faisait de la peine ; un œuf cassé qui laissait couler son blanc par terre. L'agonie ne lui réussissait pas. Il avait pris un air abruti, d'un seul coup.

Antoine de Glandèves, sieur de Pourrières, ne se pencha même pas pour examiner le résultat de son travail. Il était déjà parti, l'épée au clair, à la recherche d'un nouveau crâne. Il avait la mort dans le sang.

*
* *

Derrière Antoine de Glandèves, Jean Maynier d'Oppède s'avançait sur son cheval avec, dans son sillage, le ban et l'arrière-ban du Comtat Venaissin et du Comté de Provence. C'était son jour de gloire. Seul, Pierre Ghinucci, l'évêque de Cavaillon, n'avait pas l'air à son affaire. Il chevauchait une mule qui croulait sous son poids et gardait l'œil aux aguets, comme s'il craignait de voir surgir des hérétiques de partout.

Arrivé sur la place de l'église, le baron d'Oppède redressa son panache blanc et cria d'une voix de stentor :

« Si vous ne nous livrez pas Eustache Marron, nous allons tuer tout le monde.

— Tout le monde, approuva l'évêque de Cavaillon.

— Je ne ferai pas de quartier. »

Pendant que sa tête effectuait un arc de cercle, le baron hurla à deux reprises à l'adresse des volets clos de Cabrières :

« Vous aurez la vie sauve si vous me remettez Eustache Marron, maudit soit-il. »

A cet instant, un soldat accourut et lui souffla quelque chose à l'oreille. A cause de sa barbe, on ne vit pas le sourire du baron. Mais dessous, il était large comme son visage.

« On vient de le trouver, dit-il. Il est blessé. Mais avant d'aller le voir, je voudrais que l'on pénètre dans ce temple pour qu'on y accomplisse l'œuvre de Dieu. »

Bien sûr, la porte était fermée.

« Montrez ce qu'il y a là-dedans », ordonna-t-il aux soldats.

En moins de rien, la porte fut forcée. Après qu'une centaine de soldats eurent envahi l'église, le baron d'Oppède descendit de cheval et entra dedans, d'un pas solennel, suivi de l'évêque de Cavaillon.

Il mit sa main dans le bénitier qui était à sec, se signa, puis regarda les femmes et les enfants qui le regardaient ; des yeux de bovins devant le maillet. Il régnait, dans la nef, le silence des sépulcres. La mort était écrite partout, jusque dans le moisi de l'air.

Ils étaient quelques centaines, l'échine déjà courbée pour le sacrifice. Ils formaient le même pauvre corps ; des morceaux de chair offerte et tremblante, au milieu des pleurs de bébés. Jamais sans doute cette église n'avait été aussi pleine.

Son inspection terminée, le baron d'Oppède retourna sur le parvis, fit signe aux soldats de le rejoindre et leur dit à voix basse :

« Rien ne doit survivre, pas même les mouches et les araignées. Je sais que ce sera dur pour vous, mais il en va du salut du monde. Si nous n'en finissons pas, l'hérésie reprendra racine demain, bien plus fort. Il faut donc tout arracher, tout extirper, tout purifier. Quand vous ressortirez du temple, il ne devra plus rester le plus petit souffle de vie. Sinon le Tout-Puissant nous en voudra à jamais. Allez, tuez-moi tout.

— Voilà qui est bien parlé », opina l'évêque de Cavaillon.

Le baron d'Oppède se tourna vers le sieur de Pourrières, avec un air de grande lassitude :

« Ainsi soit-il. »

Tandis que le baron s'éloignait avec sa cour, le sieur de Pourrières conféra avec plusieurs de ses soldats, en envoya une dizaine garder la porte de derrière, celle qui donnait sur la sacristie, puis ferma les battants de l'entrée, dans un affreux grincement.

Alors, une rumeur parcourut l'église, pendant que des spasmes secouaient la multitude aux yeux de bêtes. Si certaines des femmes cultivaient encore des illusions, la plupart avaient compris.

Il ne s'agissait plus d'attendre. Le sieur Pourrières sépara les femmes, les filles et les garçons. C'était un homme de méthode. Il savait les dangers de la foule qui panique, quand elle devient un torrent que rien n'arrête plus. Il avait donc décidé de la diviser en trois.

Les femmes furent expédiées dans la crypte où les soldats commencèrent à les tuer à la masse, comme des vaches, à l'épieu, comme des laies, ou au couteau, comme des truies. Les cris qui résonnaient sous la voûte n'étaient pas humains. Plus personne ne se contrôlait, dans cette hystérie d'abattoir, ni les tueurs qui hurlaient pour se donner de la force, ni les tuées qui s'époumonaient pour soulager leur effroi.

Les garçons furent amenés au fond de l'église et les filles à l'entrée. Toujours soucieux d'organisation, le sieur de Pourrières leur demanda de faire la queue, pour recevoir leur compte. Seul un cerveau aussi stupidement rationnel que le sien pouvait produire des idées absurdes à ce point. Les enfants ne sont pas des moutons et, au bout de quelques minutes, ils couraient dans tous les sens en s'égosillant. Il fallait donc les attraper pour les tuer et quelques-uns d'entre eux, particulièrement dégourdis, donnèrent du fil à retordre. Ils montaient parfois jusqu'aux vitraux où ils étaient délogés à coups de pierres.

C'était un spectacle à ébranler les plus croyants. Dieu ne pouvait rien entendre. Sinon, il n'aurait pas supporté. Voilà ce qu'on se disait tout de suite.

La Bible nous apprend que le Tout-Puissant est partout et qu'il habite aussi bien dans le temps que hors du temps. Il avait tous les moyens de savoir que sur cette terre, la terre qu'il avait enfantée, les innocents souffraient et se mouraient dans d'affreuses convulsions. Ou bien, ne voulant rien entendre, il s'était bouché les oreilles. Ou bien, dégoûté par les hommes, il avait pris congé du monde. Mais c'eût été un signe de poltronnerie, qui ne correspondait en rien à l'image que l'Ancien puis le Nouveau Testament avaient donnée de lui. On attendait du Tout-Puissant qu'il se comportât comme Jésus-Christ et non comme Ponce Pilate.

Si le Seigneur approuvait la petite guerre sainte de Provence, c'était qu'il y avait une part de Mal en lui. S'il se lavait les mains de tout, y compris de ces croisés qui assassinaient en son nom, c'est qu'il n'était pas le Dieu des dieux. Un jour comme celui-là, au milieu des cris et des sanglots, alors que bouillonnait sur la terre le sang des innocents, on ne pouvait rien exclure, ni que l'homme se fût trompé depuis des siècles sur l'identité du Tout-Puissant, ni que ce dernier eût maudit le monde, comme Jésus-Christ, ni qu'il fût mort depuis longtemps, sans qu'on en ait jamais rien su.

Pour un peu, on aurait pu se demander si le Seigneur n'avait pas une existence intermittente comme ces vieillards accablés qui flottent entre la vie et la mort. Expirant sans cesse pour ressusciter ensuite, ils n'arrivent pas à choisir. Ils sont à la fois ici-bas et dans l'au-delà. C'est pourquoi ils ont l'air si absents et détachés.

En attendant, en Provence comme ailleurs, l'homme était toujours seul avec lui-même. Il ne lui restait plus que ses larmes pour pleurer, en répétant les paroles du Christ sur la croix : « Mon Dieu, mon Dieu, pourquoi m'as-tu laissé ? »

CHAPITRE 23

Soudain, une voix retentit dans l'église. Elle était forte et puissante ; une voix d'homme qui a beaucoup vécu. Elle ne parvint cependant pas à crever le brouhaha, tout droit sorti de l'Enfer :

« Il faut arrêter cette boucherie. C'est de la folie ! »

Mais l'Enfer est comme le feu. Il faut toujours qu'il aille au bout de lui-même. Il continuait son travail.

« On ne peut pas tuer ces gens comme ça ! »

Richard Pantaléon était l'homme à la voix. Il allait dans tous les sens en criant, les yeux exorbités, jusqu'à ce qu'il aperçût enfin le sieur de Pourrières qui venait de fendre le crâne d'un petit garçon. Il se précipita sur lui :

« Mais qu'est-ce que vous faites ? Il y a plein de monde à récupérer.

— Ce sont les ordres.

— Laissez-moi au moins prendre quelques filles.

— Je ne peux pas. »

Antoine de Glandèves, sieur de Pourrières, hochait tristement la tête, les bras ballants, son épée sanglante à la main droite. Il n'avait pas l'air bien fier de lui, au milieu de ce charnier. Richard Pantaléon sortit un gousset d'une main tremblante et le lui montra en braillant :

« Je suis prêt à donner un écu d'or par fille sauvée.

— Servez-vous si vous y tenez. »

L'écu était comme le Seigneur, en ce temps-là. Il ouvrait toutes les portes. C'est ce qu'avait constaté depuis longtemps Richard Pantaléon qui prétendait servir aussi bien Dieu que l'Argent.

Luc fait dire au Christ : « Aucun domestique ne peut servir

deux maîtres. Ou bien il haïra l'un et aimera l'autre, ou bien il s'attachera l'un et méprisera l'autre. Vous ne pouvez servir Dieu et l'Argent. » Matthieu rapporte la même chose. Mais rien ne dit qu'ils aient bien compris. Qu'on ne retrouve pas ces propos chez Jean, le plus proche des disciples de Jésus, voilà bien la preuve que le doute est permis. Richard Pantaléon était en tout cas convaincu que le Messie ne pouvait avoir proféré de pareilles âneries. Il n'y avait pas de rédemption possible sans le sou. Il allait encore le mettre en évidence.

Le sieur de Pourrières demanda à ses hommes d'interrompre un moment la tuerie des filles, le temps que Richard Pantaléon procède à sa sélection. Il fallut attendre plusieurs minutes pour que les soldats s'arrêtent. Ils n'y arrivaient pas. C'est normal. Le sang appelle toujours le sang et rien n'est plus difficile que de laisser sauve une vie que l'on a commencé à ôter. La crudélité n'a rien à y voir. La mort aussi est une œuvre. Il s'agit de l'achever.

Les soldats finirent, malgré tout, par obtempérer aux exhortations du sieur de Pourrières qui s'impatientait. Richard Pantaléon put alors opérer son tri, au milieu des cris et des pleurs, selon le critère le plus simple : la beauté. Quand il eut choisi quatorze filles, âgées de treize à dix-huit ans, il paya les quatorze écus promis et les emmena dehors, sous escorte, avant de les soumettre, sur le parvis, à un étrange examen.

Elles défilaient à la queue leu leu devant lui, sous la surveillance de trois valets. Il les faisait mettre à genoux, face à l'église, et leur passait autour du cou un fil double qu'il utilisait comme le tailleur qui mesure l'encolure. Après avoir pincé l'endroit où le fil se rejoignait, il le nouait avant d'écarter la doublure du fil pour former un cercle dans lequel il tentait de faire entrer leur tête.

Ou bien la tête passait facilement dans ce cercle et c'était le signe que la fille était déflorée. Ou bien ça bloquait et c'était la preuve qu'il s'agissait d'une pucelle. Sans être infaillible, cette méthode très ancienne, dite de la mesure du cou, donnait généralement de bonnes indications.

Quand il arriva devant l'église de Cabrières, Jehan Dieu de La Viguerie comprit tout de suite l'objet du manège de Richard Pantaléon. Ignorant l'usage qui serait fait ensuite de ces pauvresses, il avait l'air épouvanté quand il descendit de son cheval. Ses yeux sortaient de leurs trous, littéralement ; des yeux de lapin écorché. Ses bras et ses jambes tremblaient, comme si un gros vent courait à travers. Ce n'était pas tant à cause du spectacle des jeunes filles en train de subir l'examen de la mesure du cou, que des cris effroyables qui résonnaient dans la nef; les cris de l'innocence qui agonise.

Jehan Dieu de La Viguerie et Richard Pantaléon échangèrent un regard noir, qui dura au moins une minute. Ils auraient pu rester longtemps comme ça. Ils étaient aussi sûrs d'eux l'un que l'autre. Même en pleine guerre, alors que les hurlements de femmes et d'enfants avaient ramené l'Enfer sur la terre, il y avait toujours quelque chose qui les habitait, une certitude qui résistait à tout, et d'abord au malheur. Mais ce n'était pas la même.

L'un faisait sa morale, pendant que l'autre faisait son beurre. C'est finalement le sieur Dieu qui fit le premier pas. Il prit son ton le plus avenant pour demander :

« Que fais-tu ?

— Je cherche des vierges.

— Je connais des moyens plus sérieux pour les identifier.

— Les abeilles ?

— C'est vrai : les vierges sont à l'abri des piqûres d'abeille. »

Richard Pantaléon réfléchit, sourit puis dit :

« Tu ne vas pas me conseiller les patiences ?

— On dit que les vierges urinent involontairement si on leur fait respirer des feuilles de patiences pilées, que l'on a jetées dans la braise. Mais je n'ai jamais eu l'occasion de vérifier.

— Moi non plus. De toute façon, ce n'est pas dans ce coin pourri que je vais trouver des patiences. »

Le sieur Dieu n'entendait pas lui demander tout de suite ce qu'il comptait faire de ces vierges. Encore qu'il suspectât le pire. S'il voulait en savoir plus, il fallait l'amadouer et gagner sa confiance. Il observa donc Richard Pantaléon avec une expression de fausse affection.

« Alors, dit le sieur Dieu, il reste ma méthode. La vierge se reconnaît aux ailes du nez qui sont très fermes, et à ses seins qui sont petits et durs. Mais si l'on veut être sûr de ne pas se tromper, il faut aller voir entre ses jambes, du côté de la dame du milieu. Elle est toujours intacte.

— Je ne vais pas leur tripatouiller la crevasse, je n'ai jamais fait ça.

— C'est pourtant simple. Il suffit de vérifier qu'à l'entrée de la vulve, les caroncules restent liées les unes aux autres pour former la moitié d'un bouton de rose. Là, tu es sûr de tomber dans le mille. Veux-tu me laisser faire ? »

Richard Pantaléon hocha la tête. Les quatorze jeunes filles furent donc amenées à l'abri des regards, dans une des maisons qui donnaient sur la place de l'église, où le sieur Dieu les examina une à une.

En plus d'être jolies, elles avaient le charme irrésistible des jeunes filles effrayées. Le sieur Dieu aimait leurs frissons et leurs petits gémissements étouffés, pendant que son index visitait leur dedans. Il aurait eu honte de le dire, mais il se sentait grisé par leurs bruits sans mots, leurs sourires d'anges morts, et cette peur qui les chavirait : au fond de leurs yeux, on voyait comme des petits bateaux chahutés par les vents.

Leur affolement excitait le sieur Dieu. Il avait envie de les protéger et de les rassurer. L'inquiétude est la meilleure arme de l'amour, qu'elle provoque et entretient. Il les aima toutes et il les sauva toutes.

« Il n'y a que des vierges, conclut Jehan Dieu de La Viguerie, après avoir examiné la dernière jeune fille.

— C'est bien ce que je pensais », dit Richard Pantaléon avec un petit sourire satisfait.

La feintise du sieur Dieu avait atteint son but. Richard Pantaléon avait maintenant l'air moins indisposé à son égard. Quand ils ressortirent de la maison pour revenir sur la place de l'église, avec le troupeau des quatorze vierges qui suivait, sous la garde de trois chiens bergers à face d'homme, il consentit même à le remercier. Après quoi, il sortit de sa poche une pelote de ficelle qu'il donna à l'un de ses sbires en disant :

« Vous allez les attacher et puis les emmener.

— Où ? osa le sieur Dieu.

— Chez un amateur. »

Le sieur Dieu osa encore :

« Je le connais ?

— Oui.

— Qui est-ce ? »

Richard Pantaléon ne répondit pas tout de suite. Il s'amusa à faire lanterner le sieur Dieu, avec une moue ironique, avant de laisser tomber à voix basse :

« C'est le seigneur du Puyvert. »

Jehan Dieu de La Viguerie se racla la gorge, pour camoufler son émotion, puis demanda :

« Qu'est-ce qu'il va en faire ? »

L'autre lui fit signe de parler plus bas afin que les filles n'entendent pas.

« Est-ce que je sais, moi ? murmura Richard Pantaléon. Il a demandé de lui ramener des filles. Des vierges. Il ne m'a pas dit pourquoi.

— Il doit bien y avoir une raison ! » protesta le sieur Dieu.

Soudain, tout son être se mit à trembler, de la tête aux pieds ; un tremblement de peur et de haine. Il décida qu'il ne laisserait pas partir ces jeunes filles. Les gardes-chiourme de Richard Pantaléon n'auraient jamais pu les amener à destination si, à cet instant, le baron d'Oppède n'était arrivé sur la place de l'église, flanqué d'une trentaine de soldats. Quand il aperçut le sieur Dieu, il le héla :

« Je te cherchais, Jehan. J'ai besoin de toi. »

Le sieur Dieu s'approcha. Il fallait bien.

« On a un peu abîmé le chef des vaudois, reprit le baron. Je ne voudrais pas qu'il meure. »

Le maître n'eut pas le temps de comprendre ce qui lui arrivait ; les soldats du baron l'avaient déjà conduit jusqu'à l'office du château, devant Eustache Marron, qui était allongé sur une table de cuisine, comme un morceau de viande, au milieu d'une armée d'arquebusiers.

CHAPITRE 24

Eustache Marron était un grand gaillard velu, mafflu et fessu; un montagnard. C'était l'ennemi personnel de Jean Maynier d'Oppède depuis qu'à la tête d'une petite armée d'arquebusiers il avait pris de force la prison de Cavaillon pour en libérer un vaudois accusé d'avoir tué un juif. Il avait humilié le baron dans sa propre viguerie.

Malgré la grossièreté de ses traits et ses façons frustes, Eustache Marron avait l'expression hautaine des nobliaux de la vallée. Il savait tout faire avec les yeux : mesurer, tenir en respect ou imposer le silence. Il ne se gênait pas pour passer pardessus la loi des vaudois, et notamment l'article IX de leur charte : « Il n'est point permis au chrétien de se venger de son ennemi en façon quelconque. »

Il avait une haute idée de lui-même, si haute qu'il n'arrivait sans doute pas à sa propre cheville. C'était normal; c'était le chef.

Un chef ne se découvre pas. Eustache Marron n'avait pas l'air ému par la situation où il se trouvait. Vaincu, blessé et prisonnier, il continuait à parler avec autorité, même si un essoufflement, ponctué de hoquets, trahissait la douleur qui, à intervalles réguliers, s'élançait au-dedans de lui.

Quand il vit le sieur Dieu arriver, avec son bagage à médicaments, Eustache Marron devina tout de suite son métier et demanda d'une voix de tombeau :

« Croyez-vous que je pourrai marcher, après ce qu'ils m'ont fait, ces enfants à putains ?

— Oui », répondit machinalement le sieur Dieu qui entendait toujours rassurer ses malades.

Eustache Marron tenta de soulever le haut de son corps et se tint un moment sur les coudes avant de se laisser retomber en gémissant :

« Vous avez vu le travail ? Je m'étais rendu sans résistance. Ils m'ont battu avec tout ce qu'ils ont pu trouver. Y en a même un qui m'a tiré dessus à bout portant. »

Il soupira, puis s'écria :

« Des bouchers, voilà ce qu'ils sont, ces adorateurs de l'Antéchrist. »

Le maître hocha la tête. Eustache Marron reprit :

« Vous voyez que vous êtes d'accord ? Il n'y a rien pour excuser ce que ces gens font ici. »

Le sieur Dieu sortit les ciseaux du bagage à médicaments et commença à couper le haut-de-chausses d'Eustache Marron. La jambe gauche était criblée d'hématomes. L'autre n'était qu'un magma sanglant ; un mélange inextricable de chair, de poudre et de tissu, que le maître ne chercha même pas à démêler. On lui avait tiré dessus à l'arquebuse.

« Il va falloir amputer, murmura le sieur Dieu.

— Mais vous m'aviez dit que je pourrais marcher.

— On peut très bien marcher avec des béquilles.

— Je ne supporterai pas.

— Mieux vaut vivre avec trois membres que mourir avec quatre. Si je vous laisse la jambe gauche, la gangrène se mettra tout de suite dedans. »

Le sieur Dieu demanda qu'on lui apporte une petite table, pour disposer ses instruments, et une grande bassine, pour recueillir le sang. Après quoi, il se lava les mains dans l'évier et but un gobelet d'eau-de-vie afin de se donner du courage.

Il décida qu'il couperait la cuisse du malade au-dessus du genou. Mais quand l'autre lui demanda des précisions sur ses intentions, il ne lui dit rien, de peur de l'affoler. L'expérience lui avait appris qu'en matière de médecine, et plus particulièrement d'amputation, il valait mieux ne pas entrer dans les détails, avec les patients. Il demanda que l'on serve du vin au malade.

« Quel vin ? demanda un soldat.

— Du vin du dimanche. »

Sitôt qu'Eustache Marron eut terminé la bouteille de vin de Gigondas, Jehan Dieu de La Viguerie donna ses consignes aux soldats qui allaient l'assister. Le premier fut chargé de maintenir le patient sur le dos pendant toute la durée de l'opération.

Le deuxième devait prendre entre ses mains le bas de la cuisse à couper que le maître ligaturait, et en tirer la peau le plus haut qu'il pourrait. Le troisième était invité à se mettre à genoux, pour maintenir la jambe condamnée, qu'il aurait auparavant enveloppée dans une serviette. Le quatrième avait pour tâche de contrôler l'autre jambe en empêchant tout mouvement intempestif. Au cinquième était échue la responsabilité de passer les instruments médicaux au praticien à mesure qu'ils lui seraient réclamés. Quant au sixième et au septième, ils restaient là à ne rien faire, pour parer à toute éventualité.

Maintenant, tout était prêt. Le maître posa au-dessus du genou une ligature sous laquelle il passa deux bâtons, l'un au-dessus de la cuisse, l'autre au-dessous. Le premier soldat fut chargé de tourner l'un et l'autre, selon la méthode du tourniquet, pour comprimer la chair et bloquer le sang. Désormais, la cuisse d'Eustache Marron n'était plus qu'un boudin, un gros boudin rouge, qui s'offrait au couteau.

Apparemment, Eustache Marron n'en avait cure. Il était dans son ciel, les yeux au plafond. Tels sont les effets du gigondas.

Sans rien dire, doucement, Jehan Dieu de La Viguerie enfonça un grand couteau courbe dans la cuisse pour la trancher jusqu'à l'os avant d'effectuer un mouvement circulaire. C'est là qu'Eustache Marron commença à crier ; un cri guttural qu'il gardait au-dedans de lui. Il hurlait, mais ne desserrait pas les dents.

Quand il eut fini de trancher la viande, le maître vérifia au scalpel que tout avait été bien coupé, devant et derrière. C'était parfait. Après avoir fait signe au sixième et au septième soldat de tenir bien fort les bras d'Eustache Marron, il introduisit la scie dans l'entaille. Elle entra doucement dans le vif de la chair mais lorsqu'elle arriva à l'os, son rythme s'accéléra d'un coup. C'était le moment le plus douloureux de l'amputation, celui où les yeux s'exorbitaient pendant que les corps étaient pris de convulsions et que les cris, à la limite de la vie et de la mort, faisaient trembler les médecins les plus endurcis. Il fallait donc aller très vite.

On aurait dit le bruit du bois que l'on coupe ; il grinçait dans chaque tête, et d'abord dans celle d'Eustache Marron. Il éclatait de partout. Tandis que sonnaient en lui les cloches de la douleur, ses chairs tentaient de s'échapper de son corps, ses yeux se mettaient en voyage et ses mains convulsives disaient adieu en tressaillant. Il n'était plus qu'un tas de souffrance à l'état pur. Il n'arrivait même pas à la garder au-dedans de lui, malgré sa bravoure. Elle partait en sueur et en secousses.

Quand la jambe fut enfin coupée, le deuxième soldat, un jouvenceau à bec-de-lièvre, la laissa tomber dans sa serviette en poussant un cri d'horreur. Elle atterrit dans la bassine de sang, qu'elle renversa.

« Vous pouvez partir, dit le sieur Dieu. Je n'ai plus besoin de vous. »

C'était son cri qu'il lui reprochait, bien plus que sa maladresse. Le sieur Dieu s'essuya le front, car il avait beaucoup transpiré, puis demanda au soldat qui tenait le tourniquet de le desserrer, afin de pouvoir repérer le dardement de l'artère, qu'il ligatura sur-le-champ à l'aide d'un fil noué sur une pince à bec.

Mais le sang continuait à coulcr. Jehan Dieu de La Viguerie avait toujours été partisan de laisser dégorger les malades, après une opération. L'hémorragie est une réaction du corps contre les affections et les humeurs qu'il rend au monde. Il ne faut pas la combattre, ce qui aggraverait le mal, mais au contraire la provoquer pour mieux la contrôler. Telle était la théorie. Il la pratiquait chaque fois qu'il en avait l'occasion. C'en était une.

*
* *

Jehan Dieu de La Viguerie était un illuminé de la saignée. Il l'avait, si l'on ose dire, dans le sang : c'était charnel et métaphysique. A l'en croire, elle n'avait jamais fait que du bien à ses malades. Elle les guérissait ou les ravigotait. Quand elle ne les ressuscitait pas.

Le sang qui s'épanche, c'est du mal qui s'en va. Il n'y a pas à tortiller, il faut le verser si l'on veut que la pureté revienne ici-bas, dans le fond de nos corps. Il faut le verser sans hésiter, avec amour. Le salut de nos chairs est à ce prix.

Les Anciens l'avaient bien compris. Dans l'Epître aux Hébreux, il est écrit que le sang répandu sur les êtres souillés les sanctifie en purifiant leurs corps. L'Apocalypse de Jean prétend qu'il fait reculer le Démon qui, apparemment, en a peur. Quand il eut proclamé ses commandements, Moïse en aspergea le Livre et tout le peuple.

On pourrait se dire qu'il incarne le Bien si les Actes des Apôtres n'interdisaient d'en manger, juste après avoir jeté l'anathème sur l'immoralité. Le sieur Dieu se rangeait du côté des Apôtres. Pour lui, le sang, c'était du péché qui coulait. Il incarnait la mort, bien plus que la vie. Il apportait le malheur, plus souvent que le bonheur. C'est pourquoi il fallait en vider les corps.

Le péché se lave dans le péché, mais aussi dans le sang. La meilleure façon de réparer ses fautes, de réveiller les carcasses, de dégourdir les grabataires ou de se réconcilier avec le monde, c'est de répandre le sang. Avec modération, contrairement à l'armée du Christ. Disons pour le principe. Car, en l'espèce, les excès ne sont pas recommandés. Quand on est totalement exsangue, on arrive certes à l'état de pureté maximale, on s'envole plus haut que les oiseaux, on gagne peut-être le ciel mais on perd aussi la vie. Le sang est un mal nécessaire. C'est ce que n'avaient pas compris le Pape ni le Roi.

Il n'y a pas de vie si l'on n'accepte pas le mal, le sang, le péché. On peut tourner la chose comme on veut : ici-bas, la pureté est souvent dangereuse. C'est une bête aveugle qui assassine à la chaîne et remplit les cimetières, au nom des saints du jour. Elle n'est possible que dans l'infini des âmes ou des cieux.

Jehan Dieu de La Viguerie n'œuvrait pas pour la purification des corps, qui conduit à la mort. Il entendait seulement les assainir. C'est pourquoi il finit par s'inquiéter de voir le moignon d'Eustache Marron qui continuait à couler comme une fontaine. Il demanda au premier soldat de ligaturer à nouveau la cuisse et décida d'utiliser les grands moyens. Il n'y avait pas de vitriol concassé, dans son bagage à médicaments. Il fallut chauffer un fer et, quand il fut rougi, le planter dans l'artère pour arrêter le sang.

Eustache Marron poussa un cri, un grand cri strident. Il aurait fait trembler les pierres du château si elles n'avaient déjà rendu l'âme.

Les pierres savaient ce qui les attendait. Elles étaient condamnées, au même titre que les humains. Elles avaient donc préféré mourir avant. C'était comme Eustache Marron. Quelque chose en lui était déjà parti. Il n'avait pas seulement perdu sa jambe, mais il n'avait plus rien dans son regard, rien que du vide. C'était un mort qui vivait encore.

« Vous vous sentez bien ? » demanda le sieur Dieu.

Eustache Marron ferma les yeux.

Le maître demanda de l'eau-de-vie et en aspergea plusieurs boules de toile effilée. C'étaient des plumaceaux. Il les confectionnait lui-même. Quand ils furent bien mouillés, il les appliqua contre le moignon, puis fit entrer le bout de la cuisse dans une vessie de porc dont l'ouverture avait été fendue. Il avait de la chance. Elle était de la bonne taille. Il posa ensuite l'emplâtre ; une pâte à base de cire, de poix et d'huile d'olive, qu'il avait mélangées à du vinaigre et à de la litharge pilée.

« C'est fini, dit-il aux soldats.

— J'ai faim, murmura l'un d'eux.

— C'est fini pour moi, mais pas pour vous. Il va maintenant falloir qu'il reste allongé la jambe en l'air, avec plein d'oreillers dessous, et que l'un de vous appuie pendant une journée au moins sa main sur son moignon.

— Pourquoi ?

— Pour bloquer le sang.

— Comment va-t-on l'emmener ?

— C'est votre problème. Mais si j'ai un conseil à vous donner, ne le secouez pas trop. Une hémorragie est vite arrivée. »

Il demanda aux soldats de lui apporter une grande bassine d'eau pour laver ses instruments. Quand la vaisselle fut terminée et qu'il les eut rangés dans son bagage, après les avoir essuyés, il s'approcha de l'oreille d'Eustache Marron et murmura, avec une bienveillance de bonne sœur :

« Vous allez beaucoup souffrir, mais ne vous en faites pas. Je ne crois pas qu'il y aura de complications. »

Les yeux d'Eustache Marron restèrent hermétiquement clos. Le maître lui prit la main et continua :

« Je ne vous abandonnerai pas. Si vous avez besoin de mes services, j'irai vous retrouver où que vous soyez. »

Les yeux d'Eustache Marron s'ouvrirent un instant mais ses mâchoires ne se desserrèrent pas. Il était toujours ailleurs, dans le songe qui le rongeait, avec l'expression tranquille de quelqu'un qui ne reviendra jamais. Jehan Dieu de La Viguerie se pencha et l'embrassa.

CHAPITRE 25

Quand Jehan Dieu de La Viguerie sortit du château pour retrouver son cheval que gardait un soldat borgne, il était dans un si grand état de confusion mentale qu'il ne prit pas garde à la fumée qui montait : c'était l'église qui brûlait.

Il avait décidé de partir, sitôt l'amputation terminée, à la poursuite du convoi des quatorze vierges que se réservait Balthazar de Blandin, seigneur du Puyvert, pour Dieu sait quel usage personnel. Mais il brûlait aussi d'entendre de la bouche du baron d'Oppède l'explication qui lui avait été promise sur les meurtres de petites filles. Il voulait également sauver les pauvres diables de Cabrières qui échapperaient à la faux papale et royale, si elle en laissait pour les chiens. Il prétendait enfin punir les soldats qui, au nom du Christ, transformaient l'Eglise en bourreau et le monde en pourrissoir.

L'ennui dans la vie est qu'il faut choisir et que choisir, c'est souffrir. Le sieur Dieu souffrait. Il était perché sur son cheval, l'air tourmenté et halluciné, quand le monde se rappela à lui : des hurlements d'apocalypse couvrirent les rumeurs de lamentations qui s'élevaient de tous les coins de la ville. Ils provenaient d'une boutique, au pied du château. Il décida de s'y rendre sans attendre et confia de nouveau son cheval au soldat borgne.

Des soldats sortaient au moment où il entrait ; des lansquenets du Roi. Ils avaient du sang sur leurs bottes et des bibelots dans les mains. A l'intérieur de la boutique, le sieur Dieu tomba nez à nez avec un fantassin au regard d'angelot. Il n'avait pas vingt ans et on voyait tout de suite que ses lèvres étaient encore sous l'influence de l'amour maternel ; deux limaces avides en quête de miel et de lait.

Le sieur Dieu lui bloqua le passage et demanda avec un regard d'inquisiteur :

« Que se passe-t-il ?

— Rien.

— Une femme criait.

— Oui. Elle avait le mal de neuf mois. Elle s'est beaucoup défendue.

— Où est-elle ? »

Il montra l'étage supérieur :

« Je ne vous conseille pas d'aller voir. On l'a finie à la hache.

— A la hache, répéta le sieur Dieu avec un air incrédule. Et l'enfant ? Y avez-vous pensé ? »

Soudain les yeux du soldat s'écarquillèrent, et sa bouche s'ouvrit. Il ne dit rien, mais émit un bruit qui ressemblait à un hoquet, avant de faire un, puis deux pas en arrière, avec une expression de bêterie et d'effroi.

Le sieur Dieu venait de lui planter un poignard dans le ventre. Le soldat prit appui sur le mur et glissa lentement par terre où il se mit à glouglouter en silence, comme une chèvre égorgée. Il était étonnant qu'il ne criât point. Finalement, il y avait une certaine dignité dans cette agonie-là.

Quand le sieur Dieu eut récupéré son poignard, après l'avoir tourné dans la plaie, le soldat consentit à gémir en se tordant sur le sol, comme un ver. Il avait toujours l'air aussi stupide, mais ni la surprise ni la mort ne rendent intelligent. Sans oublier que l'on meurt deux fois quand on ne sait pas qui vous tue, ni pourquoi. Il ne saurait jamais.

Ce jour-là, le sieur Dieu tua beaucoup de soldats. Il entrait là où il entendait des hurlements et, dès que les soudards du Pape ou du Roi étaient moins de trois, il leur crevait la panse en moins de temps qu'il ne faut pour l'écrire. Pour les approcher ou les amadouer, il avait souvent recours à des subterfuges que la morale eût réprouvés. Mais c'était la guerre et la guerre n'aime pas la morale. Elle la rend absurde, sinon risible. C'est en tout cas une épreuve dont la morale ne sort jamais indemne. Les héros sont rarement des saints, même si les saints sont toujours des héros.

Combien de soldats le sieur Dieu liquida-t-il ? Une vingtaine, au bas mot. Mais il ne compta pas. Quand on tue, on ne compte pas. Sa science lui était très utile. Il plantait toujours son épée ou son poignard là où la mort attendait. La guerre était devenue le prolongement de la médecine par d'autres moyens. Il put donner libre cours à sa passion de la saignée. Certes, il privilégia l'hémorragie interne en perçant les poumons, les intestins, les foies, les rates et, parfois, les cœurs. Mais il se donna aussi des petits plaisirs en tranchant quelques gorges.

Un soldat du Pape, qui venait de tuer un enfant en bas âge, reçut un coup de poignard dans le fessier et quand il se fut roulé par terre, le sieur Dieu s'assit sur son dos, tira sa tête par les cheveux, tâta son cou pour trouver la carotide, puis la coupa avec son poignard. L'homme couina, pleura, et protesta avec toute l'emphase du cochon, quand il devient jambon.

Vers trois heures de l'après-midi, Jehan Dieu de La Viguerie était comme les soldats. Il avait les bottes maculées de sang et ses vêtements étaient couverts de taches noires. Tels sont les effets du soleil. Il noircit tout, même la mort. Cabrières était pleine d'ombres noires, désormais. La nuit était en train de lui tomber dessus en plein jour.

Jehan Dieu de La Viguerie se sentait très las. Tuer fatigue. Chaque fois qu'une vie est arrachée au monde, on dirait qu'elle s'en va avec un peu de la vie de celui qui l'a ôtée : c'est sans doute sa façon de se venger. Mais rendre justice grise. Il est toujours exaltant d'exécuter une sentence, quand on a le sentiment d'être le bras du Seigneur et, tel l'ange de Yahvé, de répandre le Bien en même temps que la mort, en murmurant, comme il le faisait souvent, la citation de saint Matthieu : « Quiconque prendra une épée, périra par l'épée. »

Le sieur Dieu ressentait cette ivresse, au milieu de sa fatigue, quand Michel Perruchaud se précipita sur lui, alors qu'il retournait à son cheval.

« Il y a des heures que je vous cherche, dit le lieutenant du sénéchal en l'empoignant.

— Je travaillais, rétorqua le sieur Dieu en montrant le sang de ses bottes.

— Le baron vous demande.

— J'ai à faire », bougonna-t-il, pour la forme.

Il suivit quand même le lieutenant du sénéchal qui marchait d'un pas solennel, fier de l'avoir retrouvé : ses bottes battaient du tambour sur la peau de la terre.

*
* *

Jean Maynier d'Oppède était avec son état-major, au rez-de-chaussée du château, quand le sieur Dieu fut amené devant lui. Le baron trônait là, au milieu d'aristocrates combinards et de dévots machiavéliques : le baron de La Garde, dit capitaine Polin ; le sieur de Pourrières, surnommé Messire gendre, Jean d'Ancézune, seigneur de Cabrières ; Exupère Paillasse, le lieutenant-criminel ; Pero Gelido, l'homme de confiance du cardinal Farnèse, légat du Pape ; le procureur Guillaume Guérin ; Pierre Ghinucci, l'évêque de Cavaillon ; et Nicolas Riqueteau, l'inquisiteur d'Avignon.

Les deux derniers n'avaient pas l'air dans leur assiette. Ils se tenaient à l'autre bout de la pièce, dans des chaises à bras, derrière des seaux et des cuvettes, avec le même teint que les cadavres des rues. Ils étaient cireux, décomposés et dégoûtants ; des morts vivants. On voyait tout de suite, à leur air revenu, qu'ils avaient beaucoup vomi.

Il fallut attendre que Michel Perruchaud se décide à annoncer l'arrivée du sieur Dieu pour que le baron d'Oppède consente à lever, enfin, un œil :

« Ah, c'est toi, mon petit Dieu. Je m'excuse de te mettre encore à contribution, mais j'ai besoin de tes services. »

Il montra l'évêque de Cavaillon et l'inquisiteur d'Avignon, affalés dans leur coin, avec des regards de noyés.

« Ces messieurs sont malades, reprit le baron. C'est leur estomac qui fait des siennes. Ils ont de la nausée, du mal de cœur et de l'enflure venteuse.

— Est-ce grave ? demanda le sieur Dieu avec une pointe d'ironie.

— Regarde-les, répondit le baron sur le même ton. Si tu ne fais rien, ils vont passer. Ce serait quand même dommage qu'ils ne voient pas le crépuscule d'un si beau jour. »

Pour ne pas être en reste, l'évêque de Cavaillon ironisa à son tour :

« Voyez-vous, la colère du Tout-Puissant est si grande, aujourd'hui, qu'elle ne fait même plus dans le détail. Elle m'a frappé aussi. Ce doit être une erreur.

— C'est peut-être un empoisonnement », marmonna le père Riqueteau, apparemment le plus affecté des deux malades, en tenant son gros ventre.

Jean Maynier d'Oppède fit signe au sieur Dieu d'approcher et dit d'une voix forte :

« Je te remercie du mal que tu t'es donné pour Eustache Marron. Il paraît que tu l'as sauvé.

— J'espère que tu ne vas pas le tuer, maintenant.

— Non. Nous ne sommes pas des vaudois, nous respectons les lois. Je vais le donner au père Riqueteau qui lui infligera, avec son sens de l'équité, le traitement qu'il mérite. »

Le père Riqueteau émit un gémissement du fond du ventre, pour se rappeler au souvenir du sieur Dieu.

« Allez, dit le baron avec un geste qui voulait dire qu'il en avait fini avec cette affaire. Occupe-toi d'eux et rends-les-moi en bonne forme. Avec tout ce qui se passe, nous allons avoir besoin de ces messieurs. »

CHAPITRE 26

Le sieur Dieu demanda à être conduit dans un « coin tranquille ». Il n'était pas question d'examiner les deux hommes en public. Il mettait toujours un point d'honneur à respecter l'intimité des malades, surtout quand ils souffraient au bas d'eux-mêmes, dans cette partic ténébreuse qui nous tire tous vers la terre. Question de dignité.

Le maître des lieux, Jean d'Ancézune, seigneur de Cabrières, proposa sa chambre à coucher. C'était le genre pingre et l'avarice était inscrite dans ses petits yeux rentrés, malgré l'affolement qui dominait son visage. Apparemment, il faisait un grand effort sur lui-même pour ne pas craquer. S'il s'était écouté, après toutes les émotions de la journée, il se serait sûrement roulé par terre en pleurnichant. Mais il y avait du monde.

« Il me faudra deux chambres, dit le sieur Dieu qui ne voulait froisser ni la pudeur de l'évêque ni celle du moine.

— Je vous offre aussi la chambre de ma femme, fit le seigneur de Cabrières.

— Merci. Nous essaierons de ne pas trop la salir. »

Jehan Dieu de La Viguerie sourit, d'un sourire taquin, et les deux poussahs, qui ne se déplaçaient qu'à grand-peine, furent amenés à bout de bras par plusieurs soldats, avec leurs cuvettes et leurs seaux, jusqu'à l'étage supérieur où les attendait le seigneur de Cabrières. L'évêque fut installé dans la chambre du seigneur, et le moine dans la chambre de sa dame.

C'est par le moine que commença le sieur Dieu. Il le fit allonger sur le lit, s'assit sur le bord et demanda sur le ton de la compassion attentive :

« Alors, que se passe-t-il, mon père ?

— Je fais de partout, par le haut et par le bas. Je ne suis plus qu'une passoire. »

A mesure qu'il parlait, une odeur d'ail se répandait dans la pièce. Le sieur Dieu prit un air inspiré et passionné à la fois :

« Vous vomissez ?

— Je vomis.

— Des choses noires et puantes ?

— Non. Ni noires ni puantes.

— Donc, ce n'est pas mortel. »

Le sieur Dieu soupira, comme si la nouvelle le soulageait, puis reprit de la même voix mielleuse :

« Vomissez-vous de la bile ?

— Non. De l'eau. J'ai déjà tout vomi, je ne peux plus vomir que ça.

— Donc, ce n'est pas grave. »

Le père Riqueteau leva ses sourcils, avec un air indigné :

« Pas grave ? Je crois qu'on a été empoisonnés.

— Pourquoi vous aurait-on empoisonnés ?

— Il y a des hérétiques partout.

— Par les temps qui courent, ne croyez-vous pas que les vaudois ne songent qu'à sauver leur propre peau ?

— Sûrement, mais il y a de l'hérésie jusque dans la maison de Dieu. On fait peur, vous savez.

— Peur à qui ?

— A tout le monde.

— Soyez plus précis, mon père.

— Je n'en dirai pas plus. »

Le moine hésita puis se lança :

« Disons que pour nous, cette croisade a pour objet la purification morale du pays, et non l'enrichissement personnel de quelques-uns, grâce à la confiscation des biens des hérétiques. »

Il s'arrêta soudain :

« Excusez-moi, je ne devrais pas parler de ça dans mon état. Cela me donne des palpitations partout. Mais vous comprenez, je ne voudrais pas que cette guerre soit pourrie par l'argent. Il faut qu'elle reste une belle action, un acte de vertu, pour la gloire du Tout-Puissant. »

Il avait l'air ému. Le sieur Dieu lui demanda de soulever sa robe, pour ausculter son ventre. Il eut un haut-le-cœur. C'était à cause de l'odeur, une odeur d'ail pourri.

*
* *

Il débordait de tous les côtés et, comme tous les gros, inspirait spontanément confiance. A le voir comme ça, avec son bon sourire, son front transpirant et son regard chaviré, on n'aurait jamais dit qu'il était la cheville ouvrière du Tribunal de l'Inquisition, en Avignon.

Le père Riqueteau était ce qu'on appelait, en ce temps-là, un brave bonhommeau. Il entendait exercer sa tâche, aussi cruelle fût-elle, avec l'humanité du Christ. Il disait souvent que l'Eglise avait inventé l'inquisition pour soustraire les malpensants à la colère populaire. Dans le passé, il était souvent arrivé que la foule brûlât ellc-même les hérétiques. Elle craignait que le clergé ne leur pardonnât leurs fautes. Elle voulait donc faire justice elle-même. Mais elle avait la main trop lourde et n'arrivait jamais, dans sa précipitation, à faire le tri entre les coupables et les innocents. C'est tout le problème avec le peuple. Il n'a pas le recul, qui permet d'éviter les erreurs. Il est comme une bête livrée à elle-même, c'est-à-dire à son corps. Les princes et autres nobliaux ne sont pas mieux. Ils n'ont jamais songé qu'à confisquer la fortune des autres ou à régler leurs propres comptes. Ils avaient déjà tendance à tout mélanger : le droit, leur caisse et le bonheur du monde. On n'allait pas leur donner Dieu en plus. Ils en auraient abusé comme ils abusent de tout.

Avec l'institution de l'enquête secrète, *inquisitio,* les ecclésiastiques avaient apporté à la nécessaire répression leur rigueur, leur discrétion et leur compassion. Ils ne livraient pas n'importe qui au bras séculier. Ils attendaient d'abord que les délateurs apportent leurs témoignages. Ils les étudiaient et vérifiaient leurs dires. Après quoi, ils donnaient aux suspects toutes les chances de sc disculper avant de suivre en dernier ressort, quand tous les recours avaient été épuisés, et s'ils avaient refusé d'abjurer, l'Evangile selon saint Jean : « Si quelqu'un ne demeure pas en moi, il sera jeté dehors comme le sarment et il séchera, et on le recueillera, et on le mettra au feu, et il brûlera. »

« Vous faites un drôle de métier, laissa tomber le sieur Dieu en tâtant la chair ventrue du dominicain.

— *In nomine Domini*, je fais ce que je peux pour brûler les mauvaises herbes qui entravent la marche de Dieu vers le cœur des hommes.

— On est allé trop loin, ces jours-ci, car on brûle les cœurs avec. Vous savez, Jésus avait bien fait de nous défendre d'arracher l'ivraie avant la moisson. On ne peut pas les séparer. »

Le père Riqueteau n'avait pas l'intention de se lancer dans une querelle théologique à cette heure et, surtout, dans son état. Il leva les yeux au ciel, pour signifier au sieur Dieu qu'il avait proféré une bourde, puis poussa un soupir en tirant une grimace, afin d'indiquer que le débat était clos.

« Vous avez mal lu la Bible, dit l'inquisiteur. Si Jésus a dit cela, c'est parce qu'il redoutait que l'on arrache le froment en même temps que l'ivraie. Mais il n'y a plus de raison d'avoir peur : aujourd'hui, l'Eglise sait distinguer le bon grain de l'ivraie. C'est le progrès. »

A cet instant, le sieur Dieu appuya si fort sur le nombril de Nicolas Riqueteau que celui-ci poussa un cri de douleur, qui semblait aussi de terreur.

« Qu'est-ce que c'est ? s'écria le dominicain.

— Rien. Une tumeur.

— Une tumeur ?

— Oui, la tumeur du nombril. Il faudra songer à la retirer avant qu'elle ne prenne la place des entrailles.

— Voulez-vous dire que je risque de mourir ?

— Si vous ne faites rien, les intestins finiront par ressortir et ça ne sera pas joli à voir. »

Le sieur Dieu était content de sa menterie. Nicolas Riqueteau, qui l'avait gobée, l'observait maintenant avec un mélange de respect et d'épouvante.

« Est-ce lié à mes vomissements ? demanda le moine.

— Non, mais ça n'arrange rien. Je m'occuperai de cette tumeur plus tard. En attendant, pendant une semaine, vous ne prendrez que des biscuits avec du bon vin, un bouillon de racines de glaïcul le matin, et une décoction de mélisse le soir. Sans oublier de respirer, pour tuer le dégoût en vous, des bonnes odeurs de rose et de fenouil. »

Jehan Dieu de La Viguerie ouvrit son bagage à médicaments dont il sortit plusieurs instruments. Le père Riqueteau se redressa subitement, avec une expression d'inquiétude :

« Qu'allez-vous faire, maintenant ?
— Il faut que je vous saigne. »

Le père Riqueteau parut rassuré. Il regarda le sieur Dieu avec soumission, lui sourit tendrement et lui tendit le bras.

*
* *

Nicolas Riqueteau éprouvait toujours le même ravissement affreux à la vue du sang qui coule. La première fois, il avait cinq ans. Sa mère saignait un poulet devant lui. Elle le serrait entre ses jambes et lui tenait la tête dans un bol, pour ne pas perdre une goutte de ce qu'il déversait, à grands flots rouges, en poussant un cri rauque. Le petit Nicolas avait observé le spectacle de bout en bout, jusqu'à ce que la bête cessât ses tressaillements absurdes. C'est vrai qu'elle avait l'air heureuse quand le sang eut fini de s'écouler, comme si elle était enfin redevenue elle-même.

La fois suivante, c'était quelques mois plus tard, chez un de ses oncles qui avait acheté un cochon pour Noël. La bête avait été pendue par les pieds et pleurait comme un enfant. Ses cris étaient si poignants qu'ils avaient fait couler des larmes sur les joues du petit Nicolas. Ils exprimaient la révolte et le chagrin ; des sentiments humains, en somme. A la fin, quand presque tout le sang fut déversé dans la bassine où sa tante le touillait, le porc se mit à pisser. C'était sa vengeance, mais c'était toujours comme ça, paraît-il, quand on pendait le cochon par les pieds. D'où cet arrière-goût d'urine qui caractérise les boudins de campagne. Là encore, quand la bête fut exsangue, elle retrouva, après ses effroyables criaillements, une expression de douce béatitude. Pour un peu, on aurait dit qu'elle souriait. Regardez les têtes de cochon sur les étals des charcutiers. Elles ne sont accablées d'aucun tourment. Au contraire, elles exsudent un mélange de sérénité et de félicité. Il faut beaucoup saigner pour être heureux.

Depuis, le père Riqueteau avait toujours vu le sang couler, celui des bêtes et celui des hommes, avec moins d'effroi que de fascination. Bien que l'envie ne lui en manquât pas, il n'avait jamais porté le couteau dans une chair vivante, fût-ce celle d'un hérétique. Sur ce point comme sur les autres, il respectait à la lettre les préceptes de l'Eglise qui autorise la question, mais interdit l'effusion de sang.

Le prêtre n'avait pas le droit de faire couler le sang, même pour sauver un malade qu'il fallait amputer. Il devait toujours avoir les mains nettes et blanches. C'était le cas du père Riqueteau. Il était tout immaculé, comme l'Eglise et comme la Vierge, les deux mères du monde. Il n'était pour rien dans les bûchers qui s'allumaient en Avignon, ni dans la guerre sainte qui ravageait la Provence, ni dans les malheurs qui, à l'ombre des croix, dévastaient le siècle.

Quand le Tribunal de l'Inquisition condamnait un hérétique au feu, l'Eglise préconisait toujours la clémence, dans son infinie bonté. Elle s'en tenait à la formule d'Ezéchiel : « Je ne veux pas la mort du pécheur. » Ce n'est pas elle qui envoyait les pauvres diables dans l'au-delà, c'était le bras séculier, donc le pouvoir civil qui lui obéissait au doigt et à l'œil, de peur que ses hésitations ne le condamnent à l'excommunication. Qu'importe si les éminences ecclésiastiques pataugeaient dans l'hypocrisie, pourvu qu'elles ne fussent pas éclaboussées par le sang ni salies par les massacres.

Il fallait qu'elles restent propres sur elles. C'est ainsi que le père Riqueteau se sentait innocent comme l'agneau qui vient de naître, tandis que les vaudois étaient étripés à tour de bras, au nom de ce Christ qu'on n'en finissait jamais de crucifier. Malgré leurs hurlements, son bonheur eût été parfait si ne l'avait rattrapé cette maudite indigestion, après un repas de mouton où il s'était laissé aller, avec l'évêque de Cavaillon, à cette boulimie qui le dévorait du dedans et que les Grecs appelaient jadis *pica* ; une maladie de femme grosse.

Dieu merci, le sang qui coulait de son bras et que le maître chirurgien recueillait dans ses poilettes évacuait le désir, la convoitise, l'orgueil, la gourmandise, l'avarice et toutes les mauvaises pensées. Un sourire d'ivrogne flottait sur ses lèvres. Il avait l'air au comble de l'extase.

Un peu plus, le sieur Dieu l'aurait saigné à blanc.

CHAPITRE 27

Quand il entra dans la chambre où se trouvait l'évêque de Cavaillon, flageolant sur son lit, le sieur Dieu ne s'embarrassa pas de précautions :

« Votre mal est très grave. Je vais vous saigner sans attendre. »

De son bagage à médicaments, il sortit une lancette, pour trancher les veines, et quatre poilettes de trois onces chacune, pour recueillir le sang. Après quoi, il s'agenouilla devant le lit, saisit le bras épiscopal, le ligatura avec une bande de drap rouge et fit un nœud coulant qu'il serra très fort.

Le sieur Dieu aimait le frisson de cette peau sous ses doigts. Il aimait aussi la chair de l'évêque, douce et crémeuse ; une chair de jeune fille vulnérable. Mais l'odeur qu'elle dégageait révélait sa brave nature : un mélange d'urine, de vinasse et d'épices. Elle puait le péché, capital de surcroît. En la respirant, on imaginait des ripailles orgiaques, dans des cryptes ou des sacristies.

Voilà pourquoi cette saignée s'imposait. Pierre Ghinucci en avait peur. Contrairement au père Riqueteau, c'était une poule mouillée qui ne supportait la vue du sang qu'à condition qu'il ne fût pas le sien. Son tourment ne faisait qu'augmenter le bonheur du sieur Dieu.

Le bras de l'évêque était très gras et le sieur Dieu eut peine à repérer les veines dans ce boudin de gélatine tremblante. Quand il reconnut la médiane, tout près de l'artère et du tendon du biceps, il marqua l'endroit avec son ongle et le frictionna d'une main énergique. Le sang monta et bleuit la peau. Après avoir vérifié que la veine n'avait pas bougé, il demanda au malade de serrer son poing, prit la lancette et la planta dans la chair avec un plaisir non dissimulé.

Quand il la retira, le sang jaillit en fontaine et le sieur Dieu le recueillit dans la première poilette qu'il disposa sous le jet carmin. Il observait le manège avec des yeux enivrés. Il adorait ce clapotis plein de vie qui se mourrait en moins de rien.

On ne pouvait dire de l'évêque qu'il partageait sa joie. Une expression d'abandon s'imprima sur son visage. Il n'avait pas l'air béat, comme le père Riqueteau, mais déconfit et malheureux. Bien qu'il fût dans cet état où tout se purifie, même la putréfaction, il n'en tirait aucun profit. Au contraire, il errait entre le découragement, la frayeur et le néant. Il n'y avait plus de jus en lui, à peine une goutte d'espoir.

Les quatre poilettes remplies, le sieur Dieu en sortit trois autres de son bagage à médicaments. Quand elles furent pleines et que l'évêque eut l'air mort, avec sa pâleur de linge et ses yeux fixes, le maître posa deux doigts autour de la plaie. Ils remuèrent la chair épiscopale en suivant un mouvement circulaire, jusqu'à ce que le sang s'arrête.

Mais ce n'était même plus du sang ; ce n'était qu'un filet saumâtre.

Le sieur Dieu avait tant saigné l'évêque qu'il était devenu une pauvre chose à moitié morte ou à moitié vivante. Il répugnait à verser le sang frais de Pierre Ghinucci dans le seau d'aisances : c'eût été blasphématoire. Il se refusait à le répandre dans la cuvette, qui était vide : on aurait pu évaluer le nombre de pintes qu'il lui avait soutirées du bras, ce qui eût fait scandale. Il décida donc de le jeter dehors, comme il l'avait fait pour celui du moine. Il allait ouvrir la fenêtre de la chambre quand il entendit une plainte derrière la porte d'un placard. Il s'approcha. On aurait dit un cri d'enfant. Il ouvrit. C'était un chat.

La bête, qui voulait fraterniser, lui tourna autour avant de découvrir le sang des poilettes, au pied du lit. Elle se jeta dessus. Le sieur Dieu la repoussa gentiment et commença à le vider par la fenêtre.

Le chat eut le temps d'en voler quelques lampées. Le sieur Dieu le prit et l'enferma dans le placard. « C'est pour ton bien, dit-il. Je ne veux pas que tu t'empoisonnes. »

*
* *

Quand Jehan Dieu de La Viguerie retourna dans la grande salle où conféraient le baron d'Oppède et son état-major, il comprit la colère du père Riqueteau. Alors que la soldatesque mettait Cabrières à sac, se disputant les meubles ou les outils avec les paysans accourus de tout le pays, les seigneurs de la guerre faisaient leurs comptes et se partageaient le butin, avec des regards de sacripants. Après avoir roulé leur meule sur cette pauvre terre souffrante, ils repassaient derrière pour ramasser les sous, au nom du Christ et des Apôtres. Ils avaient pour eux le Tout-Puissant, son droit et sa morale. C'est pourquoi ils étaient au-dessus de l'un et de l'autre. Leur avidité illuminait leurs yeux. Ils resplendissaient de saumées de blé, de trenteniers de bétail, de trésors cachés, de terres cultivables et de bastides imposantes.

Apercevant le sieur Dieu, Jean Maynier d'Oppède arrêta son calcul, esquissa un sourire puis demanda d'une voix pleine d'ironie :

« Alors, comment vont les malades ?

— Demain, ils pourront gambader, répondit le sieur Dieu.

— J'étais sûr que tu les sauverais. Ils avaient si peur de mourir.

— Ils sont comme tout le monde. Ils ont déjà la mort en eux, et elle marque un point tous les jours. »

Jean Maynier d'Oppède, qui avait des lettres et ne dédaignait pas de le faire savoir, cita Sénèque :

« *Quotidie morimur.*

— Mais si nous mourons tous chaque jour, corrigea le sieur Dieu, il y en a quand même qui meurent plus que d'autres. »

Le baron d'Oppède se leva, fit signe au sieur Dieu d'approcher, le prit par le bras et l'emmena vers la porte. Quand ils furent dans l'embrasure, il murmura :

« Tu m'as parlé hier de cette histoire de vierges éventrées. Je pense que tu ne devrais pas t'en mêler. »

Dehors, un petit vent doux remuait le ciel. Il se glissait par les fentes des nuages et caressait tendrement les visages.

Le sieur Dieu se laissa bercer par son souffle et son chant. C'était un de ces jours où l'on préfère à la terre le ciel et le vent. Tout se perdait en eux, la mort, les odeurs de brûlé et les cris des martyrs.

« Tu n'as rien à voir là-dedans, reprit le baron. Tu es chirurgien, pas justicier.

— Je ne me sentirai pas tranquille tant que le coupable n'aura pas été trouvé.

— Moi aussi, figure-toi !

— C'est une affaire importante, dit le sieur Dieu en se mouchant à l'envers, pour ravaler son rhume.

— Elle te dépasse.

— J'ai commencé à enquêter.

— Tu vas t'attirer des ennuis. »

Il avait parlé sur un ton menaçant. Le sieur Dieu le regarda dans le profond des yeux :

« Crains-tu que je ne découvre des choses qui te dérangent ? »

Le baron d'Oppède hocha son chef et sa barbe :

« Je crains pour toi.

— Il y a quelque chose qui me chiffonne. Les crimes accompagnent l'avancée de ton armée. L'as-tu remarqué ?

— Paillasse et Perruchaud m'ont rapporté que tu disais ça.

— C'est troublant.

— En effet.

— Crois-tu sérieusement que l'on puisse accuser les vaudois de ces crimes ? »

Il y eut un silence. Le sieur Dieu se moucha de nouveau à l'envers, puis reprit :

« Tu dois bien te rendre compte que le criminel est du bon côté et qu'il se trouve ici, au milieu de nous, sous la protection de nos croix et de nos drapeaux. »

Il y eut un nouveau silence. Le baron d'Oppède avait un rictus étrange. On aurait pu croire que son cœur lui crevait et qu'il saignait du dedans. Mais ce n'était pas ça. Il s'était perdu dans ses pensées et ne s'y retrouvait pas.

Il ne pouvait en entendre davantage. Tout d'un coup, il tendit sa main au sieur Dieu et prit congé de lui.

CHAPITRE 28

En sortant de Cabrières, sur la route de Lagnes, le sieur Dieu doubla une carriole tirée par deux bœufs, dans laquelle gisaient onze vaudois, pieds et mains liés. Leurs visages semblaient figés pour l'éternité ; il n'y avait rien dedans, pas même un regard. Un courant d'air serait passé à travers.

Quand il eut dépassé l'attelage, le sieur Dieu se retourna. Il reconnut tout de suite le cocher, un petit homme malingre, jaune comme l'urine. C'était Hélion Toussaint, l'un des hommes de confiance de Richard Pantaléon.

« Où est ton maître ? » cria le sieur Dieu.

Hélion Toussaint fit celui qui n'entendait pas, dans le tintouin des pierres de la route. Il connaissait les mauvaises relations de son maître avec Jehan Dieu de La Viguerie. Mais quand l'autre eut répété sa question, il hésita un moment, puis finit par hurler, pour se faire entendre :

« Il est resté en ville. Il récupère des meubles.

— Et ça, c'est quoi ? demanda le sieur Dieu en montrant les vaudois dans la carriole.

— Des galériens. »

Donc, en plus des vierges, des meubles, des épices, des pierres précieuses et des vers à soie, Richard Pantaléon vendait aussi des galériens. C'était un grossiste en tout, pourvu que cela fût rare.

En ce temps-là, Rabelais aimait citer Butrio qui, jadis, avait prétendu que l'argent est un autre sang. On a compris, depuis, que c'était le sang du pauvre, celui que lui dérobent, depuis toujours, les gens comme Richard Pantaléon.

Le Roi avait besoin d'hommes pour son armée des mers. Aux fers, au biscuit et à l'eau, les galériens mouraient comme des mouches, sur leurs bateaux de pin. Ils ne mangeaient pas à leur faim. Ils ne supportaient pas la froideur des nuits. Il fallait tout le temps renouveler la chiourme. Richard Pantaléon la fournissait, moyennant espèces, aux capitaines de Marseille.

« Arrête-toi », hurla le sieur Dieu à Hélion Toussaint.

En guise de réponse, ce dernier donna un coup de fouet à ses bœufs qui accélérèrent.

« Arrête-toi, hurla encore le sieur Dieu. Sinon, c'est moi qui t'arrêterai. »

Hélion Toussaint ne voulant rien entendre, le sieur Dieu sauta dans la carriole, remonta jusqu'à lui, le jeta sur la route, et arrêta le convoi que rejoignit son cheval, le naseau inquiet.

Alors, Jehan Dieu de La Viguerie sortit son couteau et demanda en riant :

« Par qui dois-je commencer ? »

Les vaudois le regardaient avec les mêmes yeux éteints où séchait un chagrin. Leur vie était partie et ils étaient sûrs qu'elle ne reviendrait pas. Ils n'avaient pas le cœur à rigoler.

Il ne fallait pas les faire attendre. Le sieur Dieu se mit à couper les liens des prisonniers, très vite et sans rien dire. Il était en train de libérer le neuvième vaudois quand s'amena Hélion Toussaint avec un vilain boitillement et un rictus méchant qu'aggravait le sang qui maculait son visage.

« Que fais-tu ? demanda-t-il au sieur Dieu.

— Tu vois bien. Je les rends au Tout-Puissant qui est aux cieux.

— Ils sont à nous.

— Non. Ils sont au Tout-Puissant qui est aux cieux.

— On les a payés assez cher. Qu'est-ce que je vais dire au sieur Pantaléon ?

— Tu lui diras que c'est moi. Il a l'habitude. »

Hélion Toussaint resta pétrifié un moment, à regarder le sieur Dieu, avant de laisser tomber :

« Ne sais-tu pas qu'il est capable de me tuer ?

— C'est vrai qu'il en est capable, le bougre. Il est même capable de tout. »

Le sieur Dieu libéra le dixième vaudois. Hélion Toussaint avait l'air de plus en plus perdu. Il n'était qu'une grande peur qui tremblait.

« Tu n'as pas le droit de faire ça, s'écria-t-il. Maudit sois-tu, verrat de Satan ! »

Hélion Toussaint monta dans la carriole un poignard à la main. Les vaudois ne s'interposèrent pas. Ils n'étaient pas armés. L'eussent-ils été, ils n'avaient pas la tête à se battre. Elle était ailleurs, ils n'auraient su dire où ; des exanimés, comme on disait.

« Calme-toi, dit le sieur Dieu. Je ne voudrais pas avoir à faire couler ton sang. Cela me tristerait. »

Alors que l'autre continuait à approcher, le sieur Dieu insista encore :

« Ne fais aucun mal et aucun mal ne t'arrivera.

— C'est dans le Livre de Siracide », observa un vaudois avec la voix pâteuse de celui qui se réveille d'une longue nuit.

L'autre n'écoutait que la colère qui bouillonnait dans son bras. Elle frappa, au passage, un vaudois qui gênait sa progression. Ce ne fut rien ; juste une entaille dans le bras. Mais il rit d'un rire sardonique, le même que celui du sieur Pantaléon. C'est peut-être ce qui le perdit.

Jehan Dieu de La Viguerie fut soudain pris de fureur et quand Hélion Toussaint arriva devant lui, il lui saisit le bras, le tira dans sa direction et, de l'autre main, lui planta son poignard dans la panse.

Hélion Toussaint tomba à la renverse sur un vaudois avant de se pencher en se lamentant sur son ventre qui pissait le sang.

« Je m'excuse, dit le sieur Dieu. Je ne sais pas ce qui m'a pris. »

Il s'agenouilla pour constater l'étendue des dégâts. C'était un coup mortifère, de ceux dont on ne se remet pas.

« Tu souffres ? » demanda-t-il.

Question idiote. C'était tout ce qu'il avait trouvé à dire. Hélion Toussaint ne répondit pas. Il était trop occupé à retenir sa vie qui fuyait. Il cherchait même à la rattraper avec ses mains qui s'accrochaient à son petit ventre.

Il n'avait plus qu'un regard de vaudois, c'était tout dire, et glougloutait sans crier, comme l'huître qui se noie dans son jus.

Le sieur Dieu approcha sa main et retira le couteau, très vite, pour abréger la souffrance. Hélion Toussaint avait maintenant un regard de mourant, stupide et stupéfait. Il commença à se tortiller, comme s'il cherchait la bonne position pour rendre l'âme.

« Il faut me pardonner », soupira le sieur Dieu.

Il laissa Hélion Toussaint à ses contorsions, retira le sang du poignard en faisant passer sa lame entre le pouce et l'index, s'essuya les doigts sur ses bottes et coupa les liens du onzième vaudois, le dernier qui restait à libérer.

Il fallait maintenant faire partir les vaudois. Qu'ils fussent descendus ou restés sur la carriole, ils attendaient, avec le même fatalisme, que le sieur Dieu les informât de la suite du programme. Ils avaient bien compris qu'il ne leur voulait que du bien. Mais eût-il décidé de les égorger au lieu de les relâcher, ils n'auraient sans doute pas changé de regard : celui des victimes éternelles, qui laissent le destin venir à elles.

Il leur montra la montagne. Elle était toute bleue et ses chênes ondulaient comme des cheveux sous la main du vent. Elle exhalait le bonheur.

« Elle vous attend, dit-il. Filez. »

Plutôt que de se mettre en mouvement, ils l'observèrent avec hébétement. Il se fâcha :

« Si vous ne voulez pas être repris, vous devez vous enfuir. Allez, courez ! »

L'un des vaudois s'approcha du sieur Dieu, avec un air de chien soumis.

« Merci », dit-il.

Les autres opinèrent. Après quoi, ils prirent tous le chemin de la montagne, tête baissée et bras ballants.

Le sieur Dieu avait honte de les abandonner mais il savait depuis longtemps qu'il ne pourrait jamais soulager en même temps toute la misère du monde.

Tandis que les vaudois s'éloignaient de leur pas lourd, le sieur Dieu libéra les bœufs ; deux belles bêtes qui prirent congé de leur harnais sans demander leur compte. Il était sûr qu'ils ne s'en tireraient pas mieux les uns que les autres : le couteau finirait bien par les rattraper, fatalement. Le Bien est comme le Mal. Il ne dure jamais longtemps. Ce n'est pas une raison pour ne pas le faire.

Il n'acheva pas Hélion Toussaint. Il n'eut pas ce courage. Les lèvres contractées du mourant murmuraient des choses incompréhensibles. Il parlait déjà pour l'au-delà, en s'enfonçant dans cet engourdissement qui précède la mort.

Avant de remonter sur son cheval, le sieur Dieu le salua avec compassion :

« Souviens-toi pour ta prochaine vie : “ Ne fais pas le mal et aucun mal ne t’arrivera. ” »

Il était malheureux pour le pauvre bougre mais très content pour lui-même. Dans la Bible, les Apôtres du Christ sont également nommés les sacrificateurs. Le sieur Dieu se sentait de plus en plus sacrificateur.

CHAPITRE 29

Quand le sieur Dieu frappa à la porte du château du Puyvert, le valet qui lui ouvrit avait un air à boire la mer et les poissons. Il était au demeurant très plein. Mais il ne s'agissait pas du même que la dernière fois. Celui-là n'avait pas vingt ans.

« Le seigneur n'est pas là, dit-il. Il est à l'église. »

Le maître se rendit à l'église où il trouva Balthazar de Blandin agenouillé sur un prie-Dieu devant l'autel, la tête entre les mains, dans la position du pécheur repentant qui a beaucoup à se faire pardonner. Ce n'était pas le genre de personnage que l'on s'attendait à trouver en train de prier, seul, à cette heure du jour. Il fallait qu'il eût commis une grande faute, ou un crime. Voilà ce que se dit le sieur Dieu en s'approchant de lui à pas de loup, retenant son souffle.

Le sieur Dieu s'assit derrière lui et attendit qu'il eût relevé la tête pour lui demander d'une voix grave, qui semblait tomber des voûtes :

« Qu'as-tu fait des filles qu'on t'a amenées ? »

Balthazar de Blandin se retourna et dit avec amusement :

« Ah, c'est toi.

— Je voudrais que tu répondes à ma question.

— C'est pour ça que tu me déranges, en pleine méditation ?

— Un homme comme toi ne médite pas.

— Détrompe-toi. Il n'y a pas loin de la prière à la paillardise. C'est la même recherche. »

Il se leva et s'apprêtait sans doute à commencer un discours quand le sieur Dieu lui demanda avec une expression menaçante :

« Je veux savoir où sont ces filles. »

Le seigneur du Puyvert sortit de sa travée et dit au maître, en lui faisant signe de le suivre :

« Viens. Puisque tu insistes, je vais te les montrer. »

Les vierges de Cabrières étaient assises par terre, dans la salle à manger du presbytère, et prenaient une petite collation ; des noix, des tranches de pain et des fromages de chèvre trempés dans un mélange d'huile d'olive, de thym et de sarriette. Elles se rembourraient le pourpoint avec avidité, sans distinction, comme des bêtes de basse-cour.

Elles reconnurent le sieur Dieu mais ne manifestèrent à son endroit ni peur ni dégoût, comme si elles avaient gardé un bon souvenir de son doigt. Après avoir salué le curé du Puyvert, qui les regardait travailler du palais comme un berger couve ses brebis, il marqua son étonnement en levant les sourcils, tandis qu'une idée affreuse courait dans sa tête :

« Je ne comprends pas. Elles étaient quatorze. Je n'en vois que treize. Où la quatorzième est-elle passée ?

— Je l'ai installée au château, répondit Balthazar de Blandin. C'est la plus jolie. Elle le mérite bien. »

Jehan Dieu de La Viguerie prit le seigneur du Puyvert par le bras, l'entraîna dehors et lui demanda en le fixant bien droit dans les yeux :

« Qu'est-ce que c'est que ce trafic ? »

Balthazar de Blandin sourit ; un sourire de tête à claques. Le sieur Dieu revint à la charge :

« Quel sort réserves-tu à ces filles ?

— Le meilleur, mon bon Jehan. »

Le seigneur du Puyvert dodelina du chef, avec un air moqueur, puis :

« Je vais fonder un couvent. L'évêque de Cavaillon me donnera les fonds. J'avais besoin, pour le lancer, d'un contingent de religieuses. Tu viens de le voir.

— Mais elles sont vaudoises.

— Non. Elles l'étaient. Je leur ai fait abjurer leur hérésie dès leur arrivée, afin de ne pas souiller ma seigneurie. »

C'est alors qu'il expliqua son projet au sieur Dieu. Il le lui chuchota, pour être plus précis, comme s'il avait peur que le vent ne l'entende et n'aille le répéter partout.

Le soir approchait ; un soir humide et brumeux. Quelque chose tombait du haut du ciel, une nuée légère qui se répandait dans le jardin du presbytère où les deux hommes déambulaient. Elle émoustillait les plantes et chatouillait les poumons.

Le sieur du Puyvert avait l'intention de confier la direction de son couvent à son amie, sœur Madeleine Marmouflet qui, comme le curé de la paroisse, était adamite.

« Fais attention, objecta le sieur Dieu. Les adamites sont considérés comme hérétiques.

— Rassure-toi. Nous resterons dans les limites du raisonnable. »

Jadis, Carpocrate avait enseigné que l'âme humaine était un morceau du Dieu créateur que celui-ci avait enfermé dans la chair des corps. Les adamites, qui le crurent, en conçurent une grande haine pour leur carcasse, qu'ils soumirent à rude épreuve. Ils entendaient rester comme Adam et Eve, en état d'innocence, et n'hésitaient pas à cuire nus sous le soleil du désert de Palestine, en allant paître comme des bêtes. Ils méprisaient tout. Ils se méprisaient eux-mêmes. A en croire saint Epiphane, ils se déshabillaient à l'église et suivaient le culte dans le plus simple appareil devant des ecclésiastiques qui, eux aussi, s'étaient mis *in naturalibus*. Les uns accédèrent à une sorte de sainteté, les autres tombèrent dans la débauche la plus débridée. Mais pour eux, c'était la même chose, car ils se refusaient à distinguer le Bien et le Mal.

Balthazar de Blandin aimait leur humilité fondamentale. Il reprochait à l'Eglise d'en manquer, tout comme les vaudois qui pensaient trouver leur salut dans la pauvreté. Ils ne savaient pas, les imbéciles, que l'opulence est un fardeau : le seigneur du Puyvert s'indignait d'autant de légèreté. On ne dira jamais assez la souffrance des gens fortunés qui attirent sur eux l'envie, le vol ou la haine. Si l'argent porte malheur, comme disent les vaudois, on ne se grandit donc pas en s'en privant.

Pour gagner le Paradis, il faut accepter de perdre l'essentiel, c'est-à-dire l'orgueil, la fierté et la gloire dont Caton estime qu'elle est la parure que les sages répugnent le plus à retirer. Il faut consentir aussi à vomir, jusque dans les pires excès, cette chair qui empoisonne nos âmes. Il faut enfin savoir se présenter à poil, comme les bêtes, devant le Seigneur Tout-Puissant. Surtout quand on est une femme.

Telle était la théorie de Balthazar de Blandin. Il prétendait qu'il était bien plus facile d'atteindre la pauvreté que d'accepter sa nudité, qui reste la meilleure façon d'être seul devant Dieu. Etre soi-même, seulement soi-même, rien que soi-même, n'est-ce pas l'unique audace qui vaille et la plus belle offrande pour le Très-Haut ? Le seigneur du Puyvert entendait que ses religieuses restent dans la tenue d'Eve, pour la prière, bien sûr, mais aussi pour la messe et notamment l'eucharistie. Quoi de plus exaltant qu'une vierge nue, à genoux, la bouche ouverte et la langue tirée, qui attend l'hostie, donc le Christ, que lui tend la main frémissante d'un prêtre ?

Alors qu'il avait fini de faire l'article, Balthazar de Blandin lut un soulagement dans le regard de Jehan Dieu de La Viguerie.

« Tu vois bien, dit-il, que je n'ai pas fait venir ces filles pour leur arracher le foie.

— Je n'ai jamais dit ça.

— Mais tu l'as pensé ! »

Il n'eut droit qu'à un sourire énigmatique.

« Si je les ai amenées ici, poursuivit le seigneur du Puyvert, c'est parce que j'ai besoin de pureté, tu comprends. Je les ai sauvées pour qu'elles me sauvent. »

Un sourire en coin passa sur ses lèvres et il reprit sur un ton de conspirateur :

« Je dois te dire que j'ai prévu aussi de me faire diacre et d'aller de temps en temps me ressourcer en elles. J'ai de grands besoins, tu sais, et les vierges, il n'y a que ça de vrai si on ne veut pas attraper la grosse vérole. Je suis l'un des derniers seigneurs du pays à ne pas souffrir du mal napolitain et j'entends bien le rester. »

Soudain, Jehan Dieu de La Viguerie fut pris d'un grand dégoût. Il n'avait plus envie d'en entendre davantage. Il partit très vite, en fulminant contre la terre entière.

C'était une belle soirée de printemps ; une soirée qui mettait de l'amour partout. Mais quand le sieur Dieu arriva à la hauteur de Mérindol, rien n'était pareil. Le vent était parti et les feuilles d'arbres ne chantaient plus. Tout était froid, funèbre et figé. S'il n'avait entendu son cœur qui battait la vie et le sang, plus fort que les claquements de sabot de son cheval, il aurait même pu croire qu'il était mort, comme le monde à cet endroit-là.

CHAPITRE 30

Face aux souris, il arrive que le chat s'incline. C'est quand, submergé par le nombre, il ne sait plus où donner de la tête. Alors, il capitule. C'est sans doute ce qui se produisait, ces temps-ci, avec le Tout-Puissant, quand il regardait l'humanité du haut de son ciel. Ici-bas, tout n'était que mirages, affres et ravages. Sans parler des clabauderies qui s'élevaient de partout. On comprenait qu'il préférât aller voir ailleurs.

Pas le chat. Il refusait de baisser les yeux sur les souris qui s'affairaient autour de lui, en chicotant. Il regardait droit devant, pendant des heures, dans la même position spectrale que Teigne, le chien de la bastide, quand il n'y avait personne après qui aboyer, derrière la porte. Mais Teigne pouvait se le permettre. Il n'avait rien à faire des souris. Ce n'était pas un chat.

La bastide du sieur Dieu était donc tombée entre les pattes griffues de ces sales bestioles. Devant le spectacle de leur agitation brouillonne, le cœur vous montait à la tête, c'était à en vomir. Mais le chat ne montrait rien de son dégoût. Il savait rester digne dans la défaite. Certes, il faisait bien, comme le Seigneur Tout-Puissant de l'Ancien Testament, une grosse colère de temps en temps. Sa patte s'abattait alors comme la foudre sur un de ces rongeurs qui se tortillaient par terre. Mais ça ne les impressionnait pas. Les souris sont comme les hommes. La mort des leurs ne les trouble pas. Rien ne les empêche jamais de vaquer à leurs misérables occupations.

La sérénité du chat exaspérait Thomas Pourcelet qui, lui, était désespéré. Pour exterminer les souris, il avait tout essayé. D'abord, il brûla dans chaque pièce de la maison plusieurs poignées de bruyère, puis de thym. Sans succès. Après quoi, il posa des souricières. Mais on n'arrête pas un océan avec des pièges et c'était un océan qui dévalait. Le valet connaissait bien aussi la recette d'un poison à base d'absinthe, de suie et d'orge bouillie. Elle ne pouvait lui être d'aucune utilité : le sieur Dieu élevait des tas de bêtes, dans sa bastide, et elles auraient eu tôt fait d'embarquer avec les rongeurs pour le grand voyage.

Mais ce n'était pas son impuissance qui accablait le plus Thomas Pourcelet ; c'était le mauvais présage qu'il voyait dans cette invasion qui survenait au printemps et non, comme c'est la règle, au seuil de l'hiver, avec les premiers froids. Si l'absorption de ses crottes peut faire baisser la fièvre, la souris porte malheur. Il y a des siècles qu'elle porte malheur. Sa prolifération n'augure jamais rien de bon : quand c'est dans une maison, elle annonce la mort prochaine d'un de ses habitants ; si une région entière est touchée, alors, il faut s'attendre à une guerre. Le fait était avéré et il affolait le valet.

Il y avait déjà la guerre. Il fallait maintenant prévoir la mort d'un proche. A cette pensée, Thomas Pourcelet transpirait de tous ses pores. C'était à lui de penser à tout, dans cette maison. Son maître n'avait jamais peur et rien n'est plus effrayant qu'un homme qui ne connaît pas la crainte.

Heureusement, son valet avait peur pour deux. A cet instant précisément, une sueur froide ruisselait au-dedans de lui, trempant ses os et brouillant sa cervelle, tandis que son cœur frappait sa poitrine de grands coups affolés, comme un noyé. Il se leva de sa chaise, s'agenouilla sur le carrelage et, après s'être signé, pria le Seigneur, tête baissée et mains jointes, dans la position de la Vierge Marie devant l'Enfant Jésus.

Quand il priait, il priait à fond. Pour être sûr qu'on l'entende bien là-haut, il n'hésitait jamais à en rajouter dans la flatterie, avec des yeux de chien couchant, ceux qu'il faisait quand le sieur Dieu en avait après lui :

« Dieu de ma vie, permets que mes lèvres s'ouvrent pour annoncer ta gloire. Que ton nom soit exalté, ô maître de justice et de bonté. Loué sois-tu au plus haut des cieux. Que serais-je sans toi ? Tu m'as protégé depuis que je suis né, ton sang coule dans mes veines, ton verbe guide mes pas. Père, tu es ma force, mon appui, mon refuge. Sauve-moi. J'ai trop peur. Vois mes larmes et entends ma voix. Je sais que je peux compter sur toi, toi qui es mon Roi, le Roi de ma vie. »

Il baissa davantage la tête, avec un air de grande soumission et dans un équilibre très précaire, avant de reprendre d'une voix très sourde :

« Tu es mon seul espoir sur la terre des vivants. Veuille bien abaisser tes yeux sur ton serviteur, Seigneur des Seigneurs, et me prêter main-forte. Ne m'abandonne pas. Je veux pouvoir me blottir dans l'ombre de tes ailes, ô Dieu de toutes les vertus. Béni sois-tu de bien vouloir m'écouter. »

Il en était là de sa prière quand il entendit claquer les sabots d'un cheval dans la cour. Il s'arrêta net mais resta un moment à genoux, avec une expression de soulagement, comme si sa prière avait été exaucée. Avec le retour du sieur Dieu, la peur était repartie comme elle était venue.

*
* *

Quand Jehan Dieu de La Viguerie entra dans la bastide, un grand sourire traversa son visage. Il avait reconnu l'odeur. C'était la soupe, la célèbre soupe au chou de Thomas Pourcelet. Elle fleurait bon l'huile d'olive. Tout en posant par terre son arquebuse et son bagage à médicaments, il en réclama une assiette et, sans prendre le temps de se déchausser, se rua dessus comme une bête.

C'était un de ces soirs où le sieur Dieu aurait avalé la terre entière. Il y avait la fatigue, bien sûr, mais aussi la colère et la haine. Tout ça avait creusé son ventre, d'une faim métaphysique que rien n'aurait pu assouvir. Il était en train de finir son assiette et son valet s'apprêtait déjà à lui servir une nouvelle louche de soupe quand il s'arrêta, s'essuya la bouche avec sa manche de chemise et demanda d'une voix humble :

« Quelles nouvelles ?

— Les souris. »

Le sieur Dieu baissa les yeux, qui explorèrent la pénombre :

« Je n'avais pas remarqué. »

C'était normal. Il ne remarquait jamais rien, dans la bastide.

« Y en a partout, insista le valet. Je suis sûr que c'est mauvais signe. »

Mais cette catastrophe annoncée ne pouvait retenir l'attention du sieur Dieu, après tout ce qu'il avait vécu. Il changea de sujet :

« Le bébé se porte-t-il bien ?

— A en croire ses cris, cela ne fait aucun doute.

— Et sa sœur ?

— Je la trouve rayonnante, pour une vaudoise.

— Elle te plaît ? »

Thomas Pourcelet n'aimait pas cette question où il avait perçu un mélange de moquerie et de condescendance. Il ne répondit pas, mais se vengea à sa façon, avec la sournoiserie des domestiques :

« La fille avait du sang sur les draps. Elle a prétendu que c'était normal.

— J'espère au moins que tu les as changés.

— Je lui ai demandé de les laver. Ils sont presque aussi blancs qu'avant. Mais il reste quand même dcs traces. »

Thomas Pourcelet comprit qu'il était allé trop loin et tenta de se rattraper en demandant au sieur Dieu des nouvelles de son voyage.

« Je préfère ne pas en parler, répondit l'autre. C'était la guerre et le Christ l'a perdue, comme d'habitude. »

Le valet n'était pas sûr d'avoir bien saisi, mais aima mieux ne pas relever, craignant de le courroucer.

« Et l'enquête ? demanda-t-il. Elle avance ?

— Je commence à avoir ma petite idée. L'assassin est sûrement un bon chrétien, peut-être même un soldat de Dieu.

— Vous pensez déjà à quelqu'un de précis ?

— Je te le dirai quand je serai plus sûr de moi. »

Sur quoi, le sieur Dieu demanda à son valet d'aller leur chercher une cruche d'*aqua vitae* de pêche.

« On va la finir ce soir », murmura le maître en la débouchant.

Une bonne bibine. Les pêches avaient été pelées et dénoyautées avant d'infuser pendant vingt jours dans de l'eau-de-vie de Bordeaux sucrée, sous lc soleil de juillet. Après quoi, le mélange avait été filtré pour donner l'*aqua vitae* de pêche. Il avait gardé un goût d'été et remplissait les gosiers de chaleur et de bonheur ; du jus de lumière.

Tout d'un coup, il rendait le monde beau et gai.

CHAPITRE 31

Le sieur Dieu avança à tâtons jusqu'au lit devant lequel il s'agenouilla. On aurait dit qu'il priait. Quelque chose battait au fond de lui, pour s'arracher de sa carcasse. Il sentait de la joie dans l'air ; une joie qui ne demandait qu'à exploser.

Il posa sa main sur un bout du corps allongé devant lui. A travers la peau, il reconnut le même battement que le sien. Il fallait en avoir le cœur net.

« Avez-vous des nouvelles de mon père ? demanda-t-elle.

— Non. C'est la guerre.

— Croyez-vous qu'il est vivant ?

— Oui, car il n'est pas du genre à se laisser tuer.

— C'est vrai. »

Il ne faisait que passer sur ce corps et s'en voulait de ne pas rester. Telle est la tragédie de l'amour. Quand on est ici, on ne peut être là. C'est un abîme sans fond que l'on n'arrive jamais à remplir.

On n'aime pas sans souffrir. Le malheur de la chair est que l'on voudrait l'autre pour soi seul, tout entier et sans arrêt. Mais il est toujours comme les fleurs qui s'effeuillent. On n'a jamais droit qu'aux pétales, que nous dérobent le vent, le temps et les autres.

Jehan Dieu de La Viguerie souffrait, Catherine Pellenc aussi, et toute cette souffrance mêlée, cela faisait beaucoup d'amour. Ils se respiraient. Ils se devinaient. Ils laissèrent la mer grandir en eux jusqu'à ce que le sieur Dieu s'élançât enfin dedans, la tête la première.

Quand il lui eut donné tout ce qu'un homme peut donner à une femme, il crut voir les yeux de Catherine Pellenc qui s'allumaient. Il approcha son visage.

« Merci », soupira-t-elle.

Il ne comprenait pas pourquoi elle disait toujours merci après la chosette mais n'osa le lui demander.

« Ma vie, reprit-elle. Tu es ma vie. Merci, ma vie. »

Il eut peur, soudain, qu'elle l'aimât trop et tenta de noyer son embarras dans un baiser, qui n'en finissait pas. Après ça, ils parlèrent longtemps, jusqu'à ce que leurs bouches fussent sèches.

Ils parlèrent longtemps des bêtes, de leur malheur et de leur humanité. Elle ne comprenait pas qu'elles finissent en bouillie dans nos panses, avec leur âme. Quand elle voyait les gens en manger, ça la faisait penser au festin des vaches du Soleil, dans l'*Odyssée* d'Homère, où les viandes crient, meuglent et rampent ; elle en était malade. Elle avait du cœur, Catherine, du cœur et des lettres.

« Manger de la viande, dit-elle, c'est manger du crime. Il faut avoir les oreilles bien bouchées pour ne pas l'entendre hurler à l'intérieur de soi.

— Je ne mange que du poisson.

— C'est pareil. Les poissons aussi ont une âme. Et ils crient comme tout le monde, mais au-dedans d'eux. C'est pour ça qu'on ne les entend pas. »

Catherine Pellenc était entière. Elle ne savait pas transiger. C'est la force des femmes. Voilà pourquoi elles sont, moralement du moins, plus grandes que les hommes qui, pour exister, se ventrouillent volontiers dans les compromis. Jehan Dieu de La Viguerie aimait les frémissements de sa voix quand elle célébra Plutarque qui, dans un essai, avait défendu les animaux contre les bêtes brutes et voraces que nous sommes. Elle n'avait pas lu le livre ; il n'était pas encore traduit. Mais un barbe suisse, de passage à Mérindol, le lui avait résumé.

« Je suis comme Plutarque, dit-elle. Je n'ai que répugnance pour les “ corps morts ”.

— Moi aussi, opina le sieur Dieu. Sauf pour le foie du poulet.

— Mon père mange de la viande. Il prétend que ça lui donne des forces. Mais c'est un homme.

— Plus ça va, moins je crois que j'en suis un. »

Sur quoi, il la reprit.

*
* *

Il avait trop bu, trop aimé, trop parlé et trop vécu pour dormir tout de suite. Avant de se coucher, vers quatre heures du matin, le sieur Dieu écrivit donc un nouveau chapitre du livre de ses vies :

La chienne de Lao-Tseu
(472 avant notre ère)

Pour de la chance, c'est de la chance. Je vivais dans une ferme au bout du monde, dans le Chen-si, du côté de Siam, là où des hommes presque nus grattent la terre pour manger des racines, qu'ils disputent aux cochons. Mon maître était un vieillard qui riait tout le temps, même quand il était malheureux. Franchement, il aurait pu s'en dispenser, car la gaieté n'est guère jolie à voir quand elle n'a pas de dents à montrer. Je crois qu'il ne lui restait en tout et pour tout que trois molaires dans le fond.

Depuis quelques semaines, j'avais remarqué qu'il était gentil avec moi. Il me bottait moins souvent le cul, quand je me trouvais sur son passage. Il disait même que je l'avais beau. C'est pourquoi il avait pris l'habitude de le tâter. Je n'aimais pas ça, bien que je sois une femelle et pas du genre collet monté, comme toutes les chiennes qui se respectent. Mais je n'étais pas dupe. C'est après ma viande qu'il en avait. Dans la vie, il y a l'affection du maquignon et celle de l'amoureux. Il ne faut pas confondre. Je n'ai jamais confondu.

J'étais sur le point de finir à la casserole, avec Dieu sait quels champignons, quand passèrent par chez nous un vieux sage et sa cour. Ils se promenaient sur des bœufs en philosophant à haute voix. Je n'ai fait ni une ni deux, j'ai suivi le convoi avec mon air le plus craquant, celui que j'utilise pour tomber les gens : yeux et oreilles baissés. L'homme est un animal qui aime que l'on se prosterne devant lui. Rien n'égale sa vanité. Il suffit de l'assouvir, avec des courbettes ou des lècheries, et on le met dans sa poche. Avec les disciples, ça n'a pas marché. Ils m'ont aboyé dessus et l'un d'eux est même descendu de sa bête pour me courir après en me jetant des pierres. Pure jalousie. Je me suis obstinée quand même, jusqu'à émouvoir le maître. Il a demandé aux autres de me laisser tranquille, sous prétexte que j'avais été quelqu'un de bien dans une autre vie. J'ignore comment il l'avait su. Moi, je l'ai toujours pensé.

Que voulez-vous, j'ai du caractère, ce qui n'est pas donné à tout le monde, mais aussi de la patience, surtout avec les enfants. Je déborde d'amour. Le vieux sage aussi. Souvent, il embrasse mon musequin humide et j'en profite pour lui lécher les lèvres. De vrais baisers, ma foi. Avec eux, j'ose dire que le Créateur me recrée à chaque fois. Dans le genre, ce n'est pourtant pas une affaire, ce bonhommeau, mais une antiquité avec de grandes oreilles, des dents pointues et presque pas de poils. Il a pourtant du charme. Il adore les bêtes. Il ne fait pas la morale, ni son quelqu'un. Il ne jette l'anathème sur personne. On le surnomme Lao-Tseu et on dit qu'il fut archiviste, mais il a quitté ce travail depuis longtemps, à ce que j'ai cru comprendre. Maintenant, il pense le monde. C'est son métier.

Souvent, je me mets à ses pieds, pendant les veillées qui n'en finissent pas, où il raconte le Ciel, la Terre et l'Homme. J'essaie de comprendre. Je crois que j'y arrive. C'est trop lumineux pour m'échapper. Il est convaincu que le monde est gouverné par le yin *(ténèbre, froid, féminité, repos) et le* yang *(lumière, chaleur, masculinité, activité). Moi, je veux bien, même si je ne trouve pas sa classification très chic pour les femmes. Mais je préfère quand il parle du* Tao. *Si j'ai bien saisi, c'est quelque chose de très grand : le reposoir de tous les êtres vivants. Ils en sortent pour y revenir ensuite. Ils émergent de cet infini pour naître et y retournent pour mourir. Telle est la loi cosmique.*

Il relativise tout, Lao-Tseu. Quand on vit, c'est pour mourir. Quand on meurt, c'est pour revivre. Où est la tragédie là-dedans ? Rien ne sert d'en faire une montagne. Le monde est un chaos qui explose, puis se contracte pour exploser encore. Donc, il respire et c'est son souffle qui se mélange à la matière pour fabriquer ce que nous sommes, ce brouillamini d'os, de chairs et de sentiments. L'homme devient absurde quand, oubliant cela, il se précipite à l'avant-scène pour parader, tout gonflé de lui-même. C'est pourquoi le vieux sage a dit, un jour, que l'humanité est moins intelligente qu'une chienne. Après quoi, il a posé sa main sur moi. Permettez-moi de vous le dire, j'ai fondu.

Lao-Tseu n'aime rien moins que les puissants, les mufles et les avantageux. Il ne rate jamais une occasion de s'en prendre aux petites illusions enfantines qui les enflent. Une fois, je l'ai entendu dire :

« C'est quand le soleil arrive à son midi que commence son couchant. »

Une autre fois, il a laissé tomber :

« Le plus grand des princes sera celui dont on ignorera jusqu'à l'existence. »

Voilà pourquoi Lao-Tseu fait tout pour qu'on ne parle pas de lui. Il n'a pas d'ego. Il ne tient pas à se faire connaître. Dénonçant la science, condamnant le progrès, diminuant ses désirs, il n'aspire qu'à s'élever à l'état de motte de terre. Il paraît que c'est très bien, comme condition, même si on ne voit pas beaucoup de pays. Pour continuer à exister après la mort, tout le monde ne songe qu'à laisser sa trace ici-bas. Pas lui.

Pour le remuer, il faut s'y prendre de bonne heure. Il n'a qu'un rêve : qu'on oublie sa petite personne et qu'on ne retrouve jamais, dans les siècles prochains, une seule preuve de son existence. Il y met tant de soin et de rigueur qu'il réussira dans son entreprise, à n'en pas douter. L'humilité, c'est la force, la vraie force. Il est très fort, mon prophète. Il refuse même d'écrire un livre comme tout le monde, malgré les supplications de ses disciples qui veulent graver son enseignement dans le marbre de l'éternité. Je suis sûre qu'ils finiront par le rédiger quand même, contre sa volonté. Il faut les comprendre. Une religion ou une école de pensée sans bible ni brochure de propagande, ça ne s'est jamais vu, dans l'histoire de l'humanité.

Lao-Tseu en a beaucoup après Confucius qui lui fait de la concurrence. Pour ce que j'en sais, c'est un homme très comme il faut, qui s'aplatit devant les puissants auxquels il fournit des maximes pour gouverner et tenir le peuple couché ; un bon gros, qui célèbre la politesse, le conformisme, le loyalisme et tous les rites, ces cache-misère du grand vide qui bée au-dedans des hommes et leur fait si peur qu'il les rend bêtes. Mon sage n'a que faire des apparences. Elles n'auront jamais raison du Grand Tout.

Le matin, aux premiers oiseaux, Lao-Tseu s'en va retrouver le Grand Tout, dans un coin du jardin. Il s'assoit sous un arbre et respire très profond par le nez, jusqu'à la plante des pieds, comme il dit. Après quoi, il reste longtemps tout gonflé de cet air inhalé qui se mêle à toutes les parties de son corps, qu'il fortifie et purifie. Il ne bouge pas. Il ne pense pas. Il devient simplement illuminé du dedans, tandis que ce souffle primordial se dissout en lui et qu'il en expire les résidus entre ses lèvres serrées, goutte à goutte. A ce qu'il dit, c'est ainsi que l'on devient immortel. J'ai essayé mais ça n'est pas pour les chiennes.

Rien ne sert d'agir; il faut respirer à point. En vertu de cet adage, j'ai longtemps cru que Lao-Tseu était devenu immortel. On disait qu'il avait plus de cent ans et avait toujours bon pied bon œil. Il s'interdisait le vin, les viandes et les céréales. Il se contentait surtout de respirer et de « manger de l'air », pour reprendre une de ses formules favorites. Il aurait pu vivre longtemps s'il n'avait eu l'idée saugrenue d'aller se faire voir ailleurs, sous prétexte qu'il en avait assez des bêteries de ses contemporains. Il ne supportait plus ces gros seigneurs avares et paillards, qui croient que le monde leur appartient. Je pensais qu'il les écrasait de son mépris. Il faut croire que non. Il a décidé de les fuir. C'est ce qui l'a perdu, mon sage, cette entorse à ses principes. On ne voyage pas à cet âge-là, surtout quand on est immortel et que l'on a une longue habitude du « non-agir », règle de vie que l'on a prônée à qui mieux mieux.

Il décida de partir vers l'ouest. Ce n'est pas très original. De mémoire de chienne, on n'a encore vu personne émigrer vers l'est. L'homme n'a pas le choix; c'est le vent qui le pousse, le vent de la terre qui tourne. Je l'ai suivi, bien sûr. La chienne n'a pas le choix non plus : c'est l'homme qui l'emmène, l'homme qui porte en lui son cœur à elle. Plût au ciel qu'il eût porté aussi mes désirs ! Je vous dois la vérité : à cette époque-là, j'étais très agitée des caroncules et j'avais tout le temps besoin de sentir un museau ou autre chose gigoter du côté de mon bas-ventre. Quand l'occasion se présentait, je faisais des crochets dans les fourrés pour m'envoyer en l'air avant de rattraper le convoi après. C'est pourquoi je ne l'ai pas vu mourir, Lao-Tseu. Je ne l'ai même pas vu mort. Il paraît que son pied a glissé sur une pierre alors qu'il se lavait dans une rivière. Il est tombé et le courant l'a emporté. J'ai longtemps cherché son corps, sans résultat. Je ne l'ai jamais trouvé. D'une certaine façon, c'est normal : les gens comme ça ne se retrouvent jamais.

*
* *

Quand il se mit au lit après avoir éteint sa bougie, le sieur Dieu entendit les sabots du cheval de Thomas Pourcelet. Son valet s'éclipsait parfois, le jour ou la nuit, pour tromper son angoisse.

C'est de la peur qui coulait dans ses veines. Il ne s'y habituait pas, le valet. Quand il sentait qu'elle risquait de déborder, il tentait de l'épuiser, en marchant ou en chevauchant le pays.

Il avait beau la fuir, elle ne lâchait jamais prise. Il revenait toujours avec elle en lui.

Il rentra vite, cette nuit-là. Elle était trop noire et sentait encore la guerre.

CHAPITRE 32

C'était le crépuscule. Il emplissait la montagne de son silence, tandis que l'air se vidait des mouches et des oiseaux.

Une vingtaine de vaudois étaient blottis entre les tranchants d'un escarpement, en haut de la montagne. Ils ne parlaient pas. Ils étaient bien trop occupés.

Ils avaient trouvé des truffes en creusant sous le brûlé qui tuait le dessous des arbres. On aurait dit l'auréole de la mort. Sauf qu'il y avait plein de vie au-dedans, tendre et goûteuse ; des rabasses, comme ils disaient.

Ils en avaient également déniché dans un vieux terrier de lapin. Quand il veut, l'homme vaut bien le cochon, son cousin. Malgré les apparences il a autant de nez. Les vaudois avaient ramassé assez de rabasses pour une orgie.

C'est ainsi qu'après les massacres de Mérindol et de Cabrières, ils se remplissaient la panse de ces truffes noires comme l'infini ; des boules de crottin qui sentaient l'amour et la tiédeur.

On ne chantera jamais assez la truffe, cette fleur de terre qui s'abandonne sans vanité aux grands cycles de la vie. Quand elle s'abîme dans les gosiers, les ventres et les boyaux, c'est une ruse maternelle. Elle reste vivante, jusque dans les déjections de l'humain, du sanglier ou du campagnol. Ce sont eux qui, ensuite, ensemencent le monde. En crottant, ils éparpillent les spores qui attendent leur heure aussi longtemps qu'il le faut, peut-être des siècles, quand enfin un chêne, un pin ou un tilleul s'ébroue alentour. Alors, les truffes se réveillent et tissent leurs fils d'amour entre les racines des arbres.

« C'est bon », finit par dire Antoine Pellenc.

On n'avait pas envie de le contredire.

Quand ils eurent fini de manger, les vaudois se concertèrent à voix basse, comme s'ils avaient peur que le vent ne les entende. Apparemment Antoine Pellenc était le chef. Les regards convergèrent vers lui. On attendait qu'il parle. Il se laissa désirer, puis déclara qu'il n'y avait plus rien de bon à attendre de ce pays et se prononça pour un exode rapide vers les vallées du Piémont.

« Te prends-tu pour Moïse ? ricana un petit gros.

— Nous trouverons là-bas le réconfort de nos frères.

— Oublies-tu ceux qui sont restés ici et que nous devons aider ? »

Le petit gros était Honoré Marron, le fils d'Eustache. Il portait une balafre sur la joue ; le souvenir d'une défense de sanglier.

« Moi, reprit-il, je propose que l'on reste ici et que l'on se batte jusqu'à la dernière goutte de sang. »

Quelques vaudois opinèrent. Antoine Pellenc observa que c'eût été contraire aux règles de vie des vaudois, celles qu'ils s'étaient données depuis trois siècles et qu'il récapitula, pour ceux qui les auraient oubliées :

« N'aimer point le monde.
Fuir les mauvaises compagnies.
S'il est possible, être en paix avec tous.
Ne débattre point en jugement.
Ne se venger point soi-même.
Aimer les ennemis.
Vouloir souffrir travaux, calomnies, menaces, réjection, honte, injures et toutes sortes de tourments pour la vérité.
Posséder les armes en patience.
Ne s'accoupler point sous un même joug avec les infidèles.
Ne communiquer point aux mauvaises œuvres et à toutes celles qui relèvent de l'idolâtrie. »

Quand Antoine Pellenc eut terminé son énumération, Honoré Marron rigola :

« Ce sont de très beaux principes. Mais je ne crois pas qu'on en ait besoin en ce moment.

— C'est précisément le moment ou jamais.

— Des armes feraient mieux l'affaire. »

Ils n'avaient pas l'air de s'aimer, ces deux-là. Un vieillard qui avait le visage d'un enfant de vingt ans, les rides en plus, se leva et s'interposa :

« Un jour, il nous faudra retourner dans les vallées d'où nous venons. Mais ces jours-ci, le pays est couvert de soldats. Il y en a un derrière chaque arbre. Dès que nous sortirons de la montagne, nous deviendrons leur gibier. Nous devons attendre. »

C'était la voix de la raison ; celle de Pierron Laurens, que les gens de Mérindol surnommaient Socrate parce qu'il parlait beaucoup, mais parlait bien.

Antoine Pellenc hocha le chef dans la pénombre, pour indiquer qu'il s'inclinait devant la sagesse de Pierron Laurens.

*
* *

Quelques heures plus tard, sous le clair de lune, Antoine Pellenc se mélangeait à la pierre de la montagne. Ils avaient tous deux la même blancheur glacée et la même raideur spectrale ; des ossements sous la neige.

Le vaudois était assis en haut d'un rocher et regardait la vallée qui dormait au-dessous. Une mer violacée ondoyait au fond de l'horizon et avançait lentement vers le Luberon, remplie de menaces. L'air en frissonnait déjà.

Mais Antoine Pellenc était trop fatigué pour avoir peur. Il était arrivé à cet état de lassitude où plus rien n'a d'importance. Il entrait dans sa nuit, l'œil fixe et les lèvres entrouvertes, quand déboula soudain un monstre à huit têtes, dans un fracas de fin du monde.

C'était une meute de huit loups. Ils avaient la mort dans la gueule ; un mélange de bave et de haine.

Pourquoi tant de haine ? Les loups ont toujours l'air d'abominer leurs proies. Ils ne se contentent pas de les déchirer, il faut qu'ils les insultent. Ils n'ont pas de respect. Ceux-là ne dérogeaient pas à la règle. Pour un peu, leurs imprécations auraient couvert les hurlements des vaudois, surpris en plein sommeil par leurs crocs enragés.

Les loups s'acharnèrent sur deux jeunes gens au visage tendre. Ils les mangèrent vivants, très contrariés par leurs cris d'épouvante. Au bout d'un moment, on n'entendit plus qu'un gargouillis, et les gémissements des uns se mélangèrent aux grognements des autres. C'était comme toujours, quand le malheur se mêle au bonheur. On ne reconnaît plus ni l'un ni l'autre. Ils font le même bruit.

Les survivants avaient grimpé dans les arbres et Antoine Pellenc était maintenant juché au sommet d'un gros chêne. Il se tenait debout sur une branche et enlaçait le tronc comme une femme. Il s'était arrêté de penser et peut-être même de vivre. Mais il n'oubliait pas de respirer.

Le vent lui chatouillait la tête et la remplissait de petits bruits glaçants, les craquements d'os et les tressaillements des chairs mourantes qui refusaient de se donner aux crocs. Les loups ont le manger hargneux.

Quand le soleil se leva, au milieu d'une houle rose, les loups déguerpirent comme des voleurs. Apparemment, ils n'aimaient pas la lumière. Ils avaient peur du jour comme les enfants ont peur de la nuit. Celle-ci leur convenait mieux pour leurs forfaits.

Avant de partir, les loups prirent quand même le temps de jeter un coup d'œil sur Antoine Pellenc et les autres vaudois, qui étaient comme des fruits mûrs sur leurs arbres. Ils les observèrent un bon moment, avec bienveillance. Ce serait pour la prochaine fois.

Ils avaient des regards doux, maintenant ; des regards d'agneaux. Quand ils sont rassasiés, les loups sont des moutons comme tout le monde. Supprimez la faim ; il n'y a plus de loups.

Antoine Pellenc et les autres vaudois attendirent bien une heure avant de descendre de leurs arbres. Ils tremblaient tous jusque dans leur moelle quand ils se retrouvèrent autour de ce qui restait des deux jeunes gens ; des morceaux épars et des os brisés, parfois si pourléchés qu'ils étaient blancs comme du lait.

On aurait dit un lendemain de fête.

CHAPITRE 33

Quand Antoine Pellenc frappa à la porte de la bastide, c'est le chien qui répondit, avec son tact habituel. Teigne aboyait tout son soûl et grattait le battant avec la claire intention de passer au travers pour boulotter l'intrus tout cru.

Antoine Pellenc frappa de nouveau, et plus fort. Il finit par entendre du bruit de l'autre côté de la porte et, quand elle se fut ouverte, se trouva face à Thomas Pourcelet, dans un redoublement d'aboiements. Les yeux rouges et chassieux, le valet émergeait d'une nuit qui durerait sans doute toute la journée encore. Il ordonna à Teigne de se taire et, pour être bien compris, lui donna un coup de pied qui l'envoya dinguer dehors.

« C'est quoi encore ? demanda Thomas Pourcelet.

— J'ai besoin de vous, et de votre maître. »

Thomas Pourcelet péta, sourit puis grimaça :

« Vous voulez peut-être voir vos filles ? »

Le vaudois opina. L'autre lui fit signe d'entrer.

« Elles se portent bien », dit le valet.

Jehan Dieu de La Viguerie s'amenait quand Thomas Pourcelet appela la jeune fille aux yeux verts d'une voix bourrue et paternelle :

« Catherine, peux-tu descendre ? C'est ton père qui vient te dire bonjour. »

Après les retrouvailles, Antoine Pellenc raconta sa nuit avec les loups. Quand le sieur Dieu lui demanda pourquoi il n'avait pas encore vidé les lieux avec son groupe, il répondit que, de leur site, ils pouvaient voir arriver les soldats de très loin.

« C'est les loups ou les soldats, expliqua-t-il. Nous, on préfère les loups. Au moins, ils laissent des survivants.

— Mais les loups vont revenir, objecta le sieur Dieu.

— C'est pourquoi il faut les exterminer. »

Une heure plus tard, le vaudois, le maître et son valet prenaient la direction de la montagne. Chargés comme des baudets, ils emportaient avec eux un agneau de février vivant, un cadavre de renard écorché, récupéré chez un voisin, des haches, des pelles et un maillet. Ils ne marchaient pas vite. C'était un jour où on avait envie de prendre son temps. Le vent giflait les visages et gueulait des horreurs à travers les nuages. Il en avait après le monde entier.

Les trois hommes entrèrent dans la montagne par les gorges du Régalon, tournèrent à gauche sur le plateau, traversèrent des vignes, s'enfoncèrent dans la forêt et grimpèrent sur un mamelon feuillu où les attendaient les rescapés du carnage de la nuit. Ils avaient des figures de déterrés, qu'ils perdirent quand Antoine Pellenc sortit les boules de pain qu'il avait apportées. L'homme ne se nourrit ni de truffe ni d'amour.

Jehan Dieu de La Viguerie examina les blessés. Ils n'avaient rien de grave. Sauf un vieux tout en barbe, avec un bout de bras mangé. En le montrant, il rit de toutes ses dents, sous ses poils jaunes :

« J'ai de la chance. Les loups m'ont goûté et ils ne m'ont pas trouvé bon. »

Le sieur Dieu nettoya la plaie noire au vinaigre, puis la badigeonna d'huile d'olive bouillie. Quand il eut prodigué ses soins aux autres blessés du groupe, ce qui fut vite fait, il demanda aux vaudois de s'approcher et leur dit, sur un ton de chef de guerre :

« Comme ils savent que leur manger est ici, les loups repasseront, cette nuit ou demain. Ils aiment la chair humaine. Entre un mouton et un berger, ils choisissent toujours le berger. Ils savent ce qui est bon, les loups. La preuve ? Ils commencent toujours par le filet mignon. »

Il montra l'emplacement du susdit, sous les côtes, et les vaudois prirent un air effrayé en pensant à leur propre filet mignon. Après quoi, il demanda par où les loups étaient venus. Personne ne sut répondre. Ils étaient sortis de la nuit avant de retourner dedans, voilà tout.

Le sieur Dieu huma la forêt, fit quelques pas en regardant le sol, puis laissa tomber :

« On dira qu'ils sont arrivés par ici. »

Il demanda aux vaudois de creuser un grand trou. Ce fut très long. Ils n'avaient que deux pelles et le terrain était pierreux. Quand l'ouvrage fut terminé, ils plantèrent au fond une dizaine de branches taillées en pic, autour d'un tronc d'arbre. Au-dessus de celui-ci fut clouée une petite plate-forme sur laquelle l'agneau prit place. On lui avait attaché les pattes et il ne pouvait pas bouger. Il bêlait tristement.

« Du beau travail, dit le sieur Dieu, tandis que les vaudois recouvraient la surface du trou de branchages et d'herbes sèches. C'est comme ça que l'on chasse le lion.

— Vous avez chassé le lion ? demanda Antoine Pellenc.

— Oui, mais dans une autre vie.

— Il plaisante », précisa Thomas Pourcelet, gêné.

Le sieur Dieu sortit, à l'aide d'un crochet, le renard écorché. Il était rouge et juteux.

« Les loups sont méfiants, dit-il. Ils flairent le piège dès qu'ils sentent l'odeur de l'homme.

— Je ne comprends pas, objecta Honoré Marron. Vous nous avez dit qu'ils aimaient l'homme.

— Oui, mais pas le renard qui sent l'homme. Si vous touchez au renard, les loups n'y toucheront pas. Ils se douteront de quelque chose. »

Le renard était farci, en plusieurs endroits, d'un poison à base de sel, de noix vomique râpée, de morceaux d'éponge frits, de verre pilé, d'oignons de vachette desséchés et de noyaux de cerise concassés. Toutes les ouvertures avaient été rebouchées avec de la bouse de vache.

Quand il eut posé le renard, Jehan Dieu de La Viguerie prit très vite congé des vaudois. Le temps se gâtait et il redoutait que la nuit ne leur tombe dessus, alors qu'ils étaient encore en chemin.

Ce serait une nuit d'encre ; une nuit à loups.

*
* *

On avait beau chercher, on ne trouvait que du noir partout. Il coulait du ciel, gluait par terre et inondait tout, à commencer par les yeux.

Il ne restait plus qu'à écouter. De temps en temps, une

branche craquait ou quelques pierres roulaient. Mais ce n'était rien ; c'était le vent. Il était en tournée d'inspection. Il venait prendre la température. Il fouillait les feuillages, remuait le sol, tripotait les herbes et puis repartait.

Quelque chose, soudain, creva la nuit. C'était eux.

L'agneau ne se sentait plus. Il poussa un cri primal, comme s'il voulait renaître pour ne pas mourir, mais son cri fut couvert par les injures des loups.

Ils ne restèrent pas longtemps. On aurait dit une cavalcade qui continuait son chemin.

Quand le soleil commença à s'ébrouer, de l'autre côté de la montagne, le renard avait disparu et le silence était revenu. Il ne restait que des plaintes au fond du trou.

Deux loups.

Ils faisaient peine à voir. Les vaudois restèrent un moment à les regarder et à se regarder, puis, sans se parler, commencèrent à leur jeter des pierres. Les loups n'arrivaient pas à mourir. Il fallut les aider.

CHAPITRE 34

Le lendemain, le sieur Dieu alla se confesser à l'église de Mallemort, qui trône sur sa colline comme le curé sur son autel, au milieu d'un rassemblement de bicoques, serrées les unes contre les autres, comme les fidèles à la messe.

Jehan Dieu de La Viguerie aimait beaucoup Amédée Saumade, le curé de Mallemort. C'était un gros rouquin qui avait le visage gonflé d'indulgence et de compassion, avec les yeux illuminés d'un saint.

Certes, il est rare que les saints soient bien en chair. Mais ce n'était pas du lard qui bombait ainsi le ventre de l'abbé Saumade. C'était de l'amour. Il en était gorgé et le répandait partout autour de lui. Voilà pourquoi il marchait les bras et les jambes écartés, comme les femmes enceintes.

Le sieur Dieu resta longtemps avec le curé. Il avait beaucoup à se faire pardonner. Il ne dit pas un mot à l'abbé Saumade de tous les soldats du Pape ou du Roi qu'il avait tués, ces derniers jours. Il ne lui parla que de la jeune fille aux yeux verts qu'il avait déflorée, une nuit de boisson. Depuis, il ne songeait plus qu'à la déflorer encore et toujours. C'était une idée fixe.

« On ne souille qu'une fois, dit l'abbé Saumade. Jamais deux fois. »

Le sieur Dieu n'était pas rassuré pour autant :

« J'ai toujours l'impression que c'est la première fois.

— Parce que vous l'aimez, c'est aussi bête que ça. Mais vous ne la souillez plus. On ne souille pas quelqu'un qui l'a déjà été. »

Il y eut un silence, comme si les deux hommes réfléchissaient, dans la pénombre. L'abbé Saumade finit par reprendre sur un ton de confidence :

« Vous ne pouvez pas lui voler éternellement ce que vous lui avez volé une première fois.

— Puis-je le lui rendre ?

— Je ne crois pas. Mais vous pouvez au moins le partager avec elle. »

Il y aurait eu un nouveau silence si un oiseau ne s'était mis à chanter à tue-tête, sous le toit du clocher. Le sieur Dieu aima cet oiseau.

« Je me sens coupable, affreusement coupable, finit-il par dire. Est-ce pour me faire pardonner que j'ai tellement envie de la reprendre ?

— Peut-être, mon fils. »

La voix de l'abbé Saumade était tout attendrie. On aurait dit qu'il parlait à un grand malade.

« Il faut vous reposer, reprit le curé. Je crois que vous êtes très fatigué.

— C'est plus grave que ça. Je ne suis plus moi.

— Et alors ? Ce n'est pas une raison pour s'inquiéter. Personne n'est soi. Si on l'était, le monde serait à mourir ! »

Le curé soupira, avec grandiloquence, puis continua :

« Prenez mon cas. C'est le Christ qui vit en moi, il prend toute la place, je ne peux même pas me retourner, et pourtant je n'en fais pas une histoire.

— Ce n'est pas le Christ, c'est elle qui vit en moi, mais je ne suis pas sûr de vivre en elle. Voilà ce qui me fait peur.

— Il faudra vous y faire, mon fils. L'homme ne serait rien s'il ne laissait traîner son âme partout, ouverte à tous vents. Quand il ne se retrouve pas, c'est toujours bon signe. Le Seigneur Tout-Puissant a fait l'âme humaine à son image, pour qu'elle puisse embrasser le monde. Continuez à l'embrasser comme vous faites et ne vous posez pas de questions. »

Le sieur Dieu aimait les paroles du curé. Il les méditait sur le canasson qui le ramenait à la bastide quand, à la sortie de Mallemort, il entendit des hurlements au fond d'une ruelle. Il alla voir et tomba sur un attroupement. Une femme brune s'égosillait en se tordant les mains, au milieu de figures éplorées. Elle avait les yeux exorbités et des taches de sang sur la poitrine. A ses pieds gisait un petit corps sanglant, tout seul et tout nu.

Un crime.

C'était une petite fille, comme de bien entendu. Elle avait un trou poisseux dans le haut du ventre et s'égouttait doucement, comme un fruit.

« Vous avez vu quelque chose ? » demanda le sieur Dieu en descendant de cheval.

Une vieille s'approcha et dit à voix basse :

« On a retrouvé la petite au bord de la Durance. Une bonne petite. Je ne comprends pas qu'on l'ait laissée musarder toute seule. »

Le sieur Dieu examina le petit corps en toute hâte : le cou ne portait pas de trace de strangulation ni de saignée. Il allait plonger sa main dans la plaie, pour vérifier que le foie avait été arraché, quand un enfant interrompit la vieille :

« Y a quelqu'un qui a vu un homme.

— Qui ? » demanda le sieur Dieu en se redressant.

L'enfant pointa son index sur un ancien qui se tenait en retrait, de crainte d'être bousculé ; un personnage noueux et jaune, qui semblait du même bois que la canne sur laquelle il s'appuyait.

Il raconta au sieur Dieu qu'il pêchait l'ablette dans la Durance quand il avait entendu des cris d'enfant dans des broussailles. Il était allé voir et, à ce moment, un homme à cheval en avait surgi pour filer dans le sens du cours, vers Avignon.

« Pourriez-vous le reconnaître ? demanda le sieur Dieu.

— Non. Il est passé trop vite.

— Quelle taille ?

— Il était grand comme vous. Mais à cheval, les gens sont toujours grands.

— Et le cheval ? Comment était-il ?

— Une belle bête. On voyait mieux ses muscles et il brillait comme un soleil noir.

— Est-ce tout ?

— C'est tout. »

Sans doute était-ce mieux que rien. Le sieur Dieu remonta sur son cheval, donna un coup d'éperon dans ses flancs et fonça sur les bords gravillonnés de la Durance. Il galopa longtemps, contre le vent giflant. Souvent, quand il croisait des gens sur la rive, il s'arrêtait et leur demandait s'ils n'avaient pas vu, des fois, un cavalier et son cheval noir. Quelques-uns l'avaient aperçu. Ils montraient toujours la même direction.

« Pour le voir, je l'ai vu, dit enfin une lavandière, à la hauteur de Cavaillon. Un vrai boulet de canon. J'arrivais avec mon linge. Il a failli me renverser. Il a tourné sur la droite et il est allé en ville. »

Bien sûr, Jehan Dieu de La Viguerie perdit la trace du cavalier à Cavaillon. Nul ne se souvenait plus l'avoir croisé. C'était normal. Depuis la nuit des temps, les villes sont des lieux où personne ne voit jamais personne.

Le sieur Dieu décida, malgré tout, de mettre sa chevauchée à profit pour rendre visite au baron d'Oppède et lui tirer les vers du nez sur les meurtres de petites filles. Il ne le trouva pas dans sa viguerie, mais à l'évêché où il conférait avec Pierre Ghinucci. Les deux hommes le firent attendre un bon moment avant de le recevoir ensemble.

*
* *

L'évêque de Cavaillon avait une petite mine, qui contrastait avec le teint rouge sang du baron d'Oppède. Même s'ils tentaient de le cacher, leurs regards obliques disaient qu'ils s'étaient querellés, sans doute à propos de la répartition du butin de la croisade.

En entrant dans le bureau de l'évêque, le sieur Dieu ne put s'empêcher d'être ébloui par le faste du lieu où rutilaient pierres, verres et bois précieux. Même le Christ en croix avait droit à des rubis, de gros rubis en guise d'yeux.

Quand le sieur Dieu demanda à Pierre Ghinucci des nouvelles de sa santé, l'autre répondit d'une voix lourde de reproches :

« Tout va bien, mais rien ne va. »

Jehan Dieu de La Viguerie ne se démonta pas et dit :

« Vous avez peut-être besoin d'une nouvelle saignée.

— Ne me parlez plus de saignée. Avec la vôtre, j'ai failli crever.

— Mais elle vous a sauvé, à ce que je vois.

— Non. C'est moi qui me suis sauvé tout seul, avec du lait de truie.

— Il fallait purifier votre corps, monseigneur. On ne purifie pas sans tarir, ni blesser, vous en savez quelque chose. »

Les yeux de l'évêque s'allumèrent ; des petits yeux enterrés sous le gras des paupières. Ils fixèrent le sieur Dieu en clignotant.

« Avec votre passion de la pureté, dit-il, vous allez finir par tuer tous vos malades.

— Vous êtes expert. »

Le baron d'Oppède trouva que la conversation prenait un mauvais tour et décida d'en changer le cours. Il demanda donc au sieur Dieu, sur un ton détaché :

« Si tu es venu, c'est sans doute pour nous parler encore des meurtres de petites filles.

— Oui. Il y a un nouveau crime. A Mallemort, cette fois. Après son forfait, l'assassin a filé à Cavaillon. »

L'évêque et le baron se regardèrent avec un air étonné.

« A Cavaillon ?

— Oui, ici, dans votre ville. Je suis sûr que l'assassin est autour de vous.

— Autour de nous ? s'étrangla l'évêque.

— C'est peut-être même l'un de vos proches. »

Jean Maynier d'Oppède l'observa en hochant du chef, avec un sourire compatissant, comme ceux que l'on réserve aux idiots du village :

« Irais-tu jusqu'à nous soupçonner ?

— Comment veux-tu que je ne soupçonne pas tout le monde ?

— Tu divagues, Jehan.

— Mais l'enquête n'avance pas. Vous vous acharnez contre les hérétiques, alors que nos filles sont massacrées. Ne crois-tu pas que vous vous trompez de priorité ?

— Je t'assure que nous aurons retrouvé le coupable dans les prochains jours. Je m'y suis engagé auprès de la population. Je te le jure sur la croix du Christ. »

Jehan Dieu de La Viguerie fit le geste de l'arrêter :

« Il ne faut pas jurer.

— Il n'y a que les vaudois qui ne jurent pas. »

Le baron jura, s'approcha du sieur Dieu et lui souffla à l'oreille :

« Je ne suis pas médecin, mais il me semble que tu manques de sommeil ces temps-ci. Tu prends tout trop à cœur. Laisse-nous, maintenant. Nous avons des affaires sérieuses à régler. »

Après quoi, le baron reconduisit vers la porte le sieur Dieu qui se retira sans même un salut.

En retournant à la bastide, Jehan Dieu de La Viguerie regarda souvent le ciel. Il était clair comme la Durance et les oiseaux dansaient dedans en chantant. Le bonheur coulait de partout.

Mais il ne submergea pas le sieur Dieu. Maintenant qu'il était habité par quelqu'un d'autre, il refusait que le monde l'envahisse davantage. Il ne supportait plus d'avoir tant à aimer, à châtier ou à sauver. C'est pourquoi il ne se retrouvait pas, ces derniers temps. Sauf dans les bras de la jeune fille aux yeux verts.

*
* *

« Tu es ma vie. »

Elle répéta en articulant bien, ce qui donna plus d'emphase encore à son propos :

« Tu es ma vie. »

Catherine Pellenc était allongée sur le lit, à côté du sieur Dieu. Sa tête était tournée vers lui, alors qu'il avait les yeux perdus dans la pénombre du plafond. Elle l'observait avec amour, comme une mère, et il sentait son regard pénétrer à l'intérieur de sa chair.

Il écoutait, mais n'entendait surtout que son corps, avec tout ce sang qui battait de joie au-dedans.

Dehors, il était arrivé quelque chose au vent. Il n'était pas mort, mais n'avait plus la force. Il se traînait par terre, dans les herbes. C'était mieux. Les arbres ne pleuraient plus ; les portes ne claquaient plus.

Rien ne venait troubler le grand frémissement du monde.

« Tu sais aimer, dit le sieur Dieu.

— Je n'ai pas appris.

— Cela ne s'apprend pas. »

CHAPITRE 35

Le matin, avant de commencer sa journée de travail, le baron d'Oppède aimait beaucoup chasser. Perdrix, lièvre, cerf ou sanglier, il n'avait pas de préférence, pourvu qu'il eût son compte de sang et d'émotion.

Ce jour-là, ce fut l'outarde.

Jean Maynier d'Oppède aimait la chair ferme de cet oiseau, plus grand que le dindon, avec parfois trois pieds de haut, qui proliférait alors dans certains coins de la vallée de la Durance où il terrorisait les grenouilles et les souris. Il était si bête et si gauche que le chasser tenait du jeu d'enfant.

L'outarde était trop grosse pour bien voler. Avant de s'élever dans les airs, il lui fallait souvent courir trois cents pas, parfois davantage. Elle craignait plus l'eau que l'homme, ce qui n'était pas un signe de grande perspicacité. Pour ne rien arranger, cette poule mouillée se laissait mourir au premier bobo. On aurait dit qu'elle aimait mieux ne pas exister, que d'exister un peu.

Elle s'attrapait au lévrier, à l'hameçon, avec un appât de fruit ou de viande, et aussi au filet dans lequel on la poussait, à pied ou à cheval, avant de l'assommer à coups de gourdin. C'est avec cette dernière méthode que le baron d'Oppède en avait tué onze, ce matin-là.

Il avait invité ses amis à partager les plus jeunes, donc les plus tendres, lors d'un dîner qu'il donnait, en sa viguerie de Cavaillon, avant son départ pour Aix-en-Provence où il reprendrait le lendemain son office au Parlement. Il y avait là Pierre Ghinucci, l'évêque de Cavaillon, Sébastien Renard, le sous-viguier, Antoine de Glandèves, son gendre, Gaspard de Ponte, son neveu, Exupère Paillasse, le lieutenant-criminel, ainsi que le père Riqueteau et deux de ses moines, de passage en ville où ils étaient venus négocier la livraison d'un chef vaudois.

Le baron recevait tout ce beau monde en compagnie d'Oisille de Frangipanis, une jeune fille épanouie avec un regard célestel et des joues enfantines. C'était sa femme. A Cavaillon du moins. Car Jean Maynier d'Oppède en avait d'autres, à Aix, Pertuis, Vitrolles ou Oppède. Sans parler de la femme de sa vie, qui n'était pas son épouse mais qu'il délaissait ces temps-ci : Béatrix de Rochebelin, à Ménerbes.

Certains mangent avec application, en se concentrant bien ; d'autres tranquillement, avec un air d'ennui. Comme Pierre Ghinucci, le baron d'Oppède mangeait dans l'affolement, comme s'il allait manquer. Alors qu'il dévorait, en le mâchant à peine, le blanc d'outarde trempé dans une sauce d'hiver à base de vin, de verjus, d'ail et d'épices douces, Oisille de Frangipanis lui souffla à l'oreille :

« Tu ne devrais pas prendre autant de sauce.

— J'aime la sauce.

— La sauce ne restaure pas. Elle excite la curiosité et la gourmandise. »

Jean Maynier d'Oppède se gratta la tête et dit à voix haute, en prenant le père Riqueteau à témoin :

« Je ne savais pas que c'était mal, de manger de la sauce. »

Le père Riqueteau sourit :

« C'est l'une des rares bonnes choses que Moïse ne nous ait pas interdites.

— Je n'ai pas dit que c'était mal, de manger de la sauce, observa Oisille de Frangipanis. Mais je crois qu'il faut se contenter de ce que Dieu nous offre.

— C'est ce que prétendent les vaudois, nota l'inquisiteur, sur un ton badin.

— C'est aussi ce que dit saint Bernard.

— Vous avez raison. »

Antoine de Glandèves opina du bonnet. Il opinait souvent du bonnet. C'était sa façon de dire qu'il était content, et ne voulait pas d'histoire. Il avait beaucoup de force, mais aucun caractère ; un guerrier.

Oisille de Frangipanis prit un air inspiré, comme si quelqu'un parlait dans sa tête, et poursuivit :

« S'il y avait moins de sauce en ce bas monde, il y aurait peut-être moins de péchés.

— Et moins de coliques des entrailles », ricana Exupère Paillasse.

L'évêque de Cavaillon ne supportait pas cette conversation. Il décida qu'il fallait changer de sujet :

« Qu'est-ce qu'on va faire avec ces meurtres de petites filles ? Ne trouvez-vous pas que ça devient inquiétant ?

— C'est vrai, observa le baron d'Oppède.

— Y en a encore eu un aujourd'hui, gémit l'évêque. Cela fait sept.

— Non, cinq, rectifia Exupère Paillasse.

— Si vous voulez, mais ce n'est pas le chiffre qui compte. Je suis horrifié par la sauvagerie de ces crimes. Jamais dans l'histoire de l'humanité, l'homme n'était tombé si bas. D'innocentes et fraîches petites chrétiennes...

— C'est révoltant », approuva Antoine de Glandèves.

L'évêque s'éclaircit la gorge avec emphase, pour imposer le silence, et s'écria :

« Moi, je vous le dis, à travers ces meurtres, c'est Jésus qu'on assassine. »

Le baron rigola et s'exclama, la bouche pleine d'outarde :

« Tu parles exactement comme le sieur Dieu !

— Et alors ? Ce n'est pas un crime.

— Il prétend mener l'enquête lui-même, dit Exupère Paillasse. Il en fait une affaire personnelle. »

Le baron d'Oppède haussa les épaules et dit avec une sorte de compassion :

« Je le connais bien. Il n'arrivera à rien. C'est un mystique.

— Un mystique doublé d'un agité, corrigea l'évêque. Il a des grillons dans la tête.

— En attendant, il accuse tout le monde. Il prétend même que le criminel est l'un d'entre nous. »

Tous les convives regardèrent le baron avec consternation. C'était bien la preuve que Jehan Dieu de La Viguerie avait perdu la tramontane et travaillait du cerveau.

Jean Maynier d'Oppède poursuivit en fronçant les sourcils, pour montrer qu'il était préoccupé :

« Son cas montre bien qu'il faut faire rapidement la lumière. Sinon, le peuple va devenir fou, comme le sieur Dieu, et se retournera contre nous, qui voulons le protéger. C'est pourquoi je compte sur la célérité du lieutenant-criminel. »

Exupère Paillasse hocha le chef, avec une gravité de composition.

« Je crois que le peuple ne se retournera pas contre nous, mais contre les vaudois, objecta Oisille de Frangipanis. Il sait bien qu'ils sont capables de tout.

— Les vaudois ne haïssent rien autant que la pureté, approuva le père Riqueteau. Il est logique qu'ils s'en prennent à nos enfants. »

Le baron secoua la tête à plusieurs reprises, puis :

« Vous ne comprenez pas le peuple. Il est comme un troupeau de moutons. Quand tout va bien, quelques chiens suffisent pour le dominer. On en fait ce qu'on veut. Mais au premier danger, il part dans tous les sens. Pour qu'il soit rassuré, il lui faut un bouc émissaire et ça peut tomber sur n'importe qui. Sur le berger, par exemple. Dans notre cas, il est tout à fait capable de nous reprocher notre indulgence envers les vaudois. Nous avons trop tardé à extirper cette hérésie qui salit nos montagnes.

— C'est vrai, observa le père Riqueteau. Nous avons trop tardé. La foi du Christ a tellement reculé, par là-bas, que les loups y sont de plus en plus comme chez eux. »

L'évêque de Cavaillon l'interrompit en levant le doigt, avec une autorité d'imprécateur :

« Il ne faut pas nommer le loup, mon père. Ça porte malheur. »

Ses yeux s'écarquillaient d'effroi, comme si un malheur s'approchait.

« Et puis ça le fait venir. »

Il vérifia qu'il avait fait impression autour de la table, puis retourna dans son quant-à-soi. Le baron d'Oppède n'avait pas l'air d'accord. Il alla chercher un petit os dans sa bouche, le posa sur son assiette et soupira avec ostentation :

« Tout ça, c'est de la superstition.

— Non, dit l'évêque, c'est du réalisme. Quand on parle de cette bête-là, on la fait tout de suite arriver. Le Diable est toujours à l'affût, tu comprends. Il est partout, derrière les murs qui nous entendent. Il y a longtemps qu'il veut dévorer “ l'agneau de Dieu, qui enlève le péché du monde ”. Si on attire son attention, on est perdu.

— Tu dramatises trop, constata le baron sur ce ton de compassion que l'on réserve aux enfants et aux malades. Les loups sont des gens comme tout le monde.

— Non, ce sont des hérétiques.

— Des hérétiques sous une autre forme. Des hérétiques dans leur vérité. Mais ce sont quand même des hommes. Sinon, ils seraient comme le Diable. Ils seraient plus forts que nous. »

Le regard de l'évêque se vida d'un seul coup. Il refusa dès ce moment de participer à la conversation. C'était un homme qui ne souffrait pas la contradiction. Elle le révoltait. Elle le fatiguait aussi. Prétextant la nausée, il prit congé de la compagnie avant la fin du repas.

*
* *

Le lendemain matin, le sieur Dieu se rendit à Mallemort pour examiner la dernière victime, qu'il n'avait pas eu le temps la veille de regarder de près. C'était une petite femme de douze ans avec des formes, des mamelles et une bouche taillée pour embrasser le monde.

Son cou ne portait aucune trace d'étranglement. Elle avait été tuée à coups de pierre dans la nuque, comme on le fait parfois pour les lapins. Elle n'avait pas non plus été déflorée. Quand il rentra à la bastide, le sieur Dieu écrivit :

« Rapporté par moi, Jehan Dieu de La Viguerie, médecin et chirurgien du Roi, que ce jourd'hui 22 avril 1545, je me suis transporté à Mallemort pour visiter Charlotte Coquet, fille de Barthélemy Coquet, habitant audit lieu. Je l'ai trouvée morte avec une plaie pénétrante dans la poitrine, accompagnée de noirceurs et de férocités. La blessure avait été faite par un instrument tranchant et poignant, comme un poignard. Après vérification, il m'est apparu que le foie manquait alors que les autres organes, comme le cœur, les poumons ou les intestins, n'avaient pas été ôtés. Voulant juger de sa virginité, j'ai trouvé les caroncules myrtiformes dans leur intégrité, tout comme les fibriles membraneuses qui les relient entre elles. Même si le clitoris était légèrement excorié, ce qui avait sans doute été causé par les attouchements que la fille se faisait elle-même, j'en ai conclu qu'elle n'avait pas été déflorée. Le vagin était de surcroît trop étroit pour avoir déjà connu l'amour et il ne s'y trouvait aucune trace de semence.

Fait le jour et an que dessus. »

Quand il eut fini son rapport pour Exupère Paillasse et le Comtat Venaissin, le sieur Dieu le recopia pour Michel Perruchaud et le Comté de Provence. Il n'était plus question de faire des jaloux. Il fallait mettre tout le monde de son côté.

C'est en écrivant son rapport pour la seconde fois que le sieur Dieu se convainquit de la bizarrerie de cette affaire : l'assassin n'en avait qu'après les foies de petites filles et eux seuls. Rien ne pouvait prévaloir contre cette évidence. S'il les déflorait, c'était en plus, pour son plaisir ou pour tout embrouiller.

Oui, mais que pouvait-il faire du foie de ses victimes ? C'est le grand malaxeur, le membre noble par excellence. Observez-le. Sur l'étal des bouchers, il est toujours bien en chair et bouffi d'orgueil. Au-dedans de nous, il préfère mourir plutôt que de supporter les blessures ou les souillures. Il est, d'une certaine façon, la mère de notre corps. Quand il va mal, rien ne va plus.

Le foie domine, de très haut, les travaux de nos entrailles. Les intestins grêles absorbent la préparation que dégorge le ventricule. La ratelle, la vessie, les reins, la bourse du fiel et le reste des viscères reçoivent nos bouses. Lui prend la vie des aliments et en répand le suc dans nos chairs, jusque dans la moelle de nos os. C'est ainsi que nous renaissons chaque jour.

Le sieur Dieu se disait que, pour retrouver l'assassin, il fallait chercher du côté du foie. Mais ça ne l'avançait à rien. Sur cette question et sur les autres, il était comme tout le monde : un pauvre hère qui marchait à tâtons dans les ténèbres, sans rien bigler. Il était quand même bien décidé à continuer son chemin. Saint Paul dit que Dieu est caché dans l'absurdité de la foi : quand il apparut à Moïse ou à Job, n'était-ce pas au milieu des nuées ? La vérité est pareille. Elle est toujours cachée dans la pénombre des évidences.

CHAPITRE 36

La montagne reprenait des couleurs. C'était le vent. Il apportait partout le bonheur. Quand on le sentait passer, renifler le sol, tâter les branches et monter dans les reins, on n'était plus maître de soi. Il ne restait plus qu'à s'abandonner à l'enchaînement des effets et des causes, qui emmène le monde.

C'était grisant.

Le vent était chaud et humide ; juste ce qu'il faut. Il ne s'arrêtait jamais. Il faisait chanter le ciel à tue-tête. Il réveillait la chair de la terre, les herbes, les arbres, les bêtes et les hommes. Ses lèvres les effleuraient en soufflant dessus son haleine pleine de joie. Elle chatouillait les poumons et répandait l'extase au-dedans des corps.

Antoine Pellenc, qui respirait le vent à grandes goulées, aurait été en extase s'il n'avait ressenti un creux au-dedans de lui, le creux de la faim quand elle dévore la carcasse.

« Je crois qu'il n'y a pas d'autre solution que de rejoindre le Piémont, dit-il. Si nous restons ici, nous allons mourir à petit feu. »

Une rumeur d'approbation parcourut le groupe de vaudois qui étaient assis autour de lui.

« J'ai les boyaux qui crient, dit l'un.

— Et moi donc, renchérit un autre. Regardez. Y a même le soleil qui brille dans mon ventre. »

Il souleva sa chemise et montra son ventre ; un ventre à l'envers, tout rongé de l'intérieur.

« Maintenant, reprit Antoine Pellenc d'une voix forte, il faut rassembler nos frères, des armes et des provisions.

— Oui, des provisions », approuva un vaudois.

Cette fois, ni Honoré Marron ni Pierron Laurens n'émirent

la moindre réserve. Antoine Pellenc n'avait pas conquis le pouvoir. Il l'avait laissé venir à lui, avant de le ramasser. C'est souvent la meilleure des stratégies. Il était le chef des derniers vaudois, ceux qui avaient décidé de survivre.

Les autres se laissaient aller. Ils ne songeaient qu'à observer à la lettre leur Table des Lois qui leur commandait, entre autres, de ne jamais se venger de ses ennemis et d'accepter de bon cœur le destin, fût-il abominable. Ils subissaient leur malheur avec sérénité.

C'est ainsi que le Luberon se couvrit de hordes loqueteuses, dans les mois qui suivirent les massacres de Mérindol et de Cabrières. Elles nichaient dans les grottes, se terraient contre les escarpements ou se cachaient dans la forêt. Elles n'attendaient leur salut que du Père Eternel qui dormait dans son ciel et, accessoirement, des bonnes âmes de la chrétienté.

Il y en avait. Les seigneurs se laissaient parfois attendrir, bien que le baron d'Oppède eût émis ce qu'on appelait « un cri dans tout le pays » où il défendait « sous peine de confiscation de corps et de biens » d'apporter ni aide ni secours aux hérétiques. Ils leur donnaient du pain, avec le soutien moral et financier de l'évêché d'Aix qui soulageait ainsi sa conscience.

Mais ce n'était pas assez; quelques gouttes d'eau dans le désert. Les vaudois n'avaient souvent pour pitance que des racines ou des herbes. Moyennant quoi, ils tombaient comme des mouches. Des éclopés aux visages de poussière, qui n'arrivaient plus à se traîner; des enfants secs comme des fagots, qui grelottaient de colique et de peur; des vieux à tête de mort qui bégayaient leur chagrin et leur foi dans une même bouillie mystique. On avait peine à croire qu'ils fussent dangereux. A moins de considérer que leur pauvreté l'était.

Tous ne périrent pas. Des centaines et des centaines de vaudois finirent par se rendre quand ils sentirent que l'Eglise, bonne fille, était prête à leur pardonner. Retournés dans le monde des vivants, pour reconstruire leur famille et leur maison, sur les flancs de la montagne, ils ne furent plus jamais eux-mêmes. Ils n'arrivaient pas à s'aimer, même s'ils reprirent souvent leur culte.

*
* *

Antoine Pellenc avait avec lui une troupe de cent vingt hommes ; des crève-la-faim aux yeux exorbités, qui s'étaient armés avec tout ce qu'ils avaient trouvé : arquebuses, hallebardes, javelines, épieux, haches, gourdins et bâtons. Ils n'avaient peur de rien. Ils croyaient que leur foi les rendait invincibles.

Ils étaient pleins de Dieu. Quand leurs forces les abandonnaient, il ne les quittait jamais, le Tout-Puissant. Il s'accrochait au-dedans d'eux, jusqu'à leur dernier souffle. Il les maintenait debout et leur donnait confiance ; des foudres de guerre. On se serait bien gardé de les contredire.

Parfois, l'un d'eux mourait. Il s'étalait d'un coup ; généralement sans rien dire. C'était le Tout-Puissant qui partait. Il ne prévenait jamais. Mais il restait toujours alentour. Les nuées du soir et du matin étaient comme ses habits. Elles vibraient, elles vivaient. On voyait bien qu'il était dessous.

Le Tout-Puissant était revenu. Il revient toujours après les tueries, dans le silence des lendemains. Il apporte la ferveur et le recueillement. C'est pourquoi l'homme se sent plus grand et plus sûr de lui, au milieu des monceaux de cadavres. Antoine Pellenc en jetait, désormais.

« Avant de rejoindre la terre de nos pères, dit-il, nous allons faire une razzia. »

Sur quoi, il donna le signal du départ. Tous ses hommes se levèrent. Ils avaient l'air contents. Ils étaient pris en main. C'étaient tout ce qu'ils demandaient à la vie.

La nuit tombait. Ils marchèrent longtemps dans la pénombre. Antoine Pellenc n'entendait pas semer la panique dans la région, en pillant au petit bonheur. Le meilleur moyen d'éviter les complications était de ne mettre à sac qu'une seule propriété. Encore fallait-il qu'elle fût suffisamment prospère pour que sa horde y trouvât son compte.

Ils arrivèrent devant une grosse bastide qui se dressait au bout d'un chemin, au-dessus d'une mer d'arbres fruitiers. C'était là.

Dès qu'ils s'engagèrent sur le chemin, une escouade de chiens se rua sur eux en clabaudant des insultes. Après l'avoir repoussée sans ménagement, les vaudois accélérèrent le pas et, en moins de rien, se retrouvèrent devant la porte de la bastide.

Derrière, c'était un concert de hurlements et d'aboiements qui se mélangeaient dans la même peur hargneuse. On se serait cru dans une de ces tragédies antiques où tout le monde braille en même temps.

Mais ce n'était pas une tragédie ; juste une expiation.

Les vaudois forcèrent la porte, entrèrent dans la bastide et, après en avoir sorti une dizaine de personnes, la mirent sens dessus dessous.

Ses habitants n'avaient même pas tenté de se défendre. Les riches résistent rarement. C'est pourquoi ils ont tant besoin des pauvres, pour les protéger.

Sans les pauvres, il y a longtemps que les riches auraient été anéantis. Ils ne pourraient plus compter sur personne.

Les pauvres sont de bons soldats. Ils n'ont rien à perdre. Les riches, eux, veulent tout garder. Sauf quand ils ont peur. Alors, ils sont prêts à donner leur or et leurs terres. Pour être avares, ils n'en sont pas moins hommes. Ces gens-là sont des réalistes. Ils sont convaincus que rien ne vaut la vie. C'était apparemment le cas du maître de maison.

« Ne me touchez pas, gémit-il en tombant à genoux. Je vous donnerai tout ce que vous voulez.

— Tout, répéta Antoine Pellenc. C'est justement ce qu'on venait chercher.

— Mes bêtes, mes bouteilles, mes blés, vous pouvez tout prendre.

— Et ton argent ?

— Il est à vous. »

Antoine Pellenc sourit et cita saint Paul :

« Qui sème chichement moissonnera aussi chichement. Qui sème largement moissonnera aussi largement. »

Il marqua un temps et reprit :

« Dieu aime celui qui donne avec joie. Nous donneras-tu tes biens avec joie ?

— Oui, avec joie.

— Dieu n'aime pas celui qui ment avec aplomb. Ne mens-tu pas avec aplomb ?

— Non, je suis sincère. »

Le chef des vaudois rit et prit les autres à témoin :

« L'avez-vous entendu ?

— Je dirai tout ce que vous me demanderez », insista le maître de maison.

Un rayon de lune éclaira son visage. C'était un bel homme. Chacun de ses traits était parfait, comme si la main du Créateur n'avait jamais hésité en les dessinant. Sous les Grecs, on en eût fait une statue.

C'était Richard Pantaléon.

Antoine Pellenc s'approcha de lui, respira très fort, comme s'il allait plonger, puis dit à voix haute, en articulant bien, pour être sûr d'être entendu loin :

« Nous n'aimons pas les gens comme vous, mais nous avons pitié d'eux. En amassant tout le temps des biens, ils ont fini par perdre leur âme. Un texte de nos anciens a expliqué tout cela. »

Il prit son élan :

« Je connais bien ce texte, car je le relis souvent. Je le cite de mémoire : " L'avare n'a point de miséricorde et le convoiteur est comme l'Enfer. Car l'Enfer, plus il dévore, plus il désire, ainsi l'avare n'est jamais rassasié et malheur à ceux que l'Enfer engloutira, qui, tandis qu'ils en ont le temps et qu'ils le peuvent, ne veulent pas faire pénitence, ni s'amender. Mais quand la mort viendra, leurs puissances et leurs richesses demeureront dans le monde, et leur seule âme misérable ira dans les peines de l'Enfer, ainsi dit le Seigneur en l'Evangile, ' C'est chose difficile et impossible que ceux qui persistent aux richesses, entrent au Royaume de Dieu '. Et l'Apôtre dit : ' La convoitise est la racine de tous les maux. ' " »

Il s'arrêta, soupira et murmura :

« Voilà pourquoi il y a tant de mal en vous. »

Il soupira de nouveau, puis haussa la voix :

« Ainsi dit saint Grégoire, " le superbe et l'avare ne peuvent être trouvés sans convoitise ". O misérable convoitise qui sépare les âmes du Christ et les adjoint au Diable ! Nous ne devons pas amasser, ni même désirer, les choses terriennes. Elles périssent toujours. Nous ne devons aimer que les choses célestes. Elles demeurent éternellement.

— Je suis d'accord avec vous, souffla Richard Pantaléon en se relevant. Je vais vous montrer où je cache mon argent... »

On ne pouvait être plus soumis. Il donna tout aux vaudois, y compris sa bénédiction. Après l'avoir enfermé dans la porcherie avec sa famille et ses domestiques, ils retournèrent dans la montagne, avec des mulets, des moutons, des poulets, des pains, de la farine, des œufs, du vin, de l'huile, du sel et des épices. Sans oublier un coffre plein d'écus et de bijoux.

Cette nuit-là, les vaudois restèrent longtemps à manger et à parler, en regardant le ciel étoilé. Le malheur recula au-dedans d'eux et le bonheur fit son chemin, par le gosier et les entrailles, jusqu'au cerveau.

Souvent, il suffit d'avoir le ventre plein pour que tout aille mieux.

CHAPITRE 37

La Juiverie d'Avignon s'élevait au pied de l'église Saint-Pierre, non loin du Palais des Papes. C'était un quartier clos de murs et fermé par trois portes, avec des maisons de cinq ou six étages qui dominaient la ville. Il était plein à craquer. On aurait dit qu'il allait éclater.

Les juifs ne proliféraient certes pas ; ils n'étaient guère plus de trois cents. La ville leur mesurait chichement la place, sous prétexte qu'ils se croient partout chez eux et en veulent toujours plus. Ils étaient donc circonscrits dans une « carrière » bien trop petite pour eux, où ils vivaient les uns sur les autres, cernés par les ordures, les enfants et les maladies.

Ils avaient le droit de sortir de la Juiverie, mais à condition de porter un chapeau jaune, pour qu'on puisse les repérer. Même si on les tolérait, il ne fallait pas que les « ennemis de la Croix du Christ » puissent souiller la chrétienté. Il était interdit de danser avec les juifs, de loger sous leur toit, de manger les viandes *casher* ou même de partager un de leurs repas.

L'Eglise ne souffrait pas que l'on s'acharnât sur eux. Mais de temps en temps, pour faire plaisir au bon peuple, elle leur tapait sur les doigts. En 1524, une bulle de Clément VII décréta que les juifs ne pourraient exiger des chrétiens le remboursement de leurs dettes dès lors qu'elles avaient plus d'une décennie. Quelques années plus tard, un bref pontifical dénonça leurs « damnées pratiques » pour « pomper le sang des chrétiens dont ils sont assoiffés et pour dévorer leur substance ».

C'est ainsi qu'Exupère Paillasse n'était pas dans son état normal, ce jour-là, quand il arriva place de la Poulasserie et frappa à la porte d'En-Haut de la Juiverie. Il ressentait une légère appréhension. Un jeune homme lui ouvrit et le conduisit, avec son escorte de sergents et de valets de ville, jusqu'au « baylon », l'autorité de la « carrière », qui se trouvait à la synagogue, place de Jérusalem.

Une drôle de synagogue. C'était tout à la fois un temple, un abattoir, une boucherie, une salle de réunion et un four à pain azyme. Tout, ici, se passait dans le sang : les prières comme les mariages.

Le « baylon » était le boucher de la Juiverie. S'il n'avait eu du sang sur les mains et les pieds, on aurait pensé qu'il ne pouvait faire de mal à une mouche. C'était un homme au regard doux et au visage affaissé comme une montagne après un glissement de terrain. Il n'avait ni cou ni menton. Il s'appelait Ephraïm Vidal.

Quand le lieutenant-criminel lui dit pourquoi il était là, le « baylon » haussa les épaules :

« Pourquoi accusez-vous ce pauvre garçon ?

— Il a été dénoncé.

— Cela ne prouve rien. C'est toujours les juifs que l'on dénonce. »

Exupère Paillasse soupira, sans que l'on sache s'il plaisantait :

« C'est normal, après ce que vous avez fait au Christ. »

Le « baylon » soupira à son tour, avec le même air mystérieux :

« Ce sont les hommes qui ont tué le Christ. Pas nous. »

Le lieutenant-criminel se gratta la tête, puis :

« Disons que vous avez été le bras des hommes. »

L'autre préféra changer de conversation.

« Je suis sûr que ce garçon est innocent. Quand vous le verrez, vous en serez convaincu.

— Permettez-moi d'en juger par moi-même. »

*
* *

Le « baylon » emmena Exupère Paillasse dans un immeuble biscornu, tout près de la synagogue et juste en face du portalet de la Calandre, la troisième porte de la Juiverie, qui donnait sur le plan du Saule, puis sur la place de la Pignotte où se trouvait le cimetière des juifs.

Ils montèrent jusqu'au dernier étage. On voyait bien, en grimpant l'escalier, que deux niveaux avaient été ajoutés aux quatre que l'immeuble comptait au départ. C'est ce qui lui donnait cet aspect improbable et branlant. Les juifs ne perdaient jamais d'espace. Ils avaient compris que s'entasser est la meilleure façon de se cacher du monde.

C'est la mère du garçon recherché qui ouvrit la porte ; une dame assez belle au-dessus de la ceinture mais très moche et très grosse au-dessous. Elle joua à celle qui ne savait rien.

« Il y a plusieurs jours que je n'ai pas vu mon fils, soupira-t-elle. Je ne sais pas où il est.

— Vous avez bien une petite idée ?

— Non, il ne me dit jamais ce qu'il fait. »

Elle avait l'air gêné et le regard fuyant. Exupère Paillasse s'approcha de la fenêtre qui donnait sur les toits d'Avignon : hors de la Juiverie, les autres maisons ne dépassaient jamais deux étages. Ses yeux s'attardèrent un moment sur l'église Saint-Genêt, en forme de croix grecque, puis sur la livrée de Florence, dominée par une grande tour carrée, qui abritait les religieuses de Saint-Véran.

« Je ne veux aucun mal à votre fils, dit Exupère Paillasse. Je voudrais simplement lui poser quelques questions. »

Le lieutenant-criminel avait beau faire, il y avait toujours une ironie dans sa voix et elle empêchait qu'on le prît au sérieux.

« Je sens qu'il est là, poursuivit-il. Demandez-lui de venir. Ce sera plus simple. Autrement, on sera obligés de tout fouiller. »

La femme se retourna :

« Aaron ! »

Sa voix était brisée et quelques larmes sinuaient sur ses cernes.

Parut Aaron. C'était un jeune homme d'une trentaine d'années avec un regard grave. Il y avait quelque chose de rentré en lui. Ses parents venaient d'Alsace et il passait sa vie dans les livres.

Officiellement, il tenait les comptes d'un marchand de blé d'Avignon, mais Exupère Paillasse savait qu'à ses heures il était aussi libraire ambulant. Un libraire d'un genre particulier. C'était lui qui inondait la communauté juive du Comtat Venaissin d'ouvrages comme le *Typhilloth*, un recueil de prières qui, à ce qu'on disait, comprenait beaucoup d'imprécations contre le peuple chrétien.

Les sergents se saisirent tout de suite du jeune homme. Il ne leur opposa aucune résistance.

« Mais qu'est-ce que vous lui voulez ? hurla la mère.

— Il a tué des enfants, il doit payer.

— Tuer des enfants ? Mais que me racontez-vous là ? Il n'a jamais tué personne ! Vous ne l'avez pas regardé ?

— Je suis désolé, madame. Nous avons des preuves. »

La mère jeta un regard douloureux sur le « baylon », qui haussa les épaules avec un air fataliste.

Depuis longtemps, il passait tout au monde de derrière les portes de la Juiverie. Il ne voulait pas d'histoires, ni de massacres. Il était prêt à tout endurer, pourvu que la paix régnât dans la « carrière » ; un réaliste. C'est sans doute pourquoi les juifs d'Avignon l'avaient porté à la tête de leur communauté.

Exupère Paillasse demanda au jeune homme de lui montrer où il cachait ses livres. L'autre répondit qu'il ne les cachait pas et conduisit le lieutenant-criminel dans sa chambre où étaient empilés dans un coin plusieurs exemplaires du *Talmud* et du *Typhilloth.*

« Je les confisque, dit Exupère Paillasse.

— Qu'allez-vous en faire ?

— Je les emporte avec vous. J'aviserai ensuite. »

Quand ils sortirent de l'immeuble, suivis de la mère en sanglots, ils tombèrent sur un attroupement ; une vingtaine d'hommes et de femmes qui les regardèrent partir sans piper mot, avec un mélange de douceur et de tristesse. Ils se sentaient coupables de ne rien faire ni rien dire. Leur honte était contagieuse, car Exupère Paillasse l'éprouva à son tour.

Mais elle passa dès qu'il eut franchi la porte de la Juiverie.

*
* *

La veille au soir, la femme d'un charretier de Saint-Andiol, non loin de Cavaillon, était venue raconter au lieutenant-criminel qu'Aaron Braitberg avait tenté d'abuser de sa fille.

Après avoir négocié avec son mari le prix d'une carriole, pour le compte de son patron, l'homme en question s'était attardé dans les parages, une fois l'affaire conclue. Ce qui éveilla les soupçons de la dame. Il ne lui inspirait déjà pas confiance ; il était trop beau pour être honnête. En plus, il ne se séparait jamais d'un gros sac bourré de livres juifs, qu'il vendait à ses congénères. Pour ne rien arranger, il avait le regard humble et parlait d'une voix caressante. On ne se méfie jamais assez des gens suaves. S'ils ne nous voulaient que du bien, ils ne prendraient pas un air si gentil.

Cachée derrière un fourré, la dame espionna Aaron Braitberg. Il resta un long moment à regarder la terre avant de se mettre à quatre pattes, comme une bête. Peut-être était-ce sa façon de prier. Les juifs ne font rien comme tout le monde.

Quand il s'adresse au Seigneur, le chrétien s'affaisse à moitié, en tombant sur ses genoux. Il en rabat mais ne perd pas toute sa dignité. Le mahométan s'aplatit complètement, terrassé par la peur. La femme du charretier en conclut que le juif avait, comme ce dernier, trop de péchés à porter, ce qui expliquait qu'il rampât devant son Dieu.

En fait de prier, Aaron Braitberg observait une bataille de fourmis : les rouges razziaient les œufs des noires ; une tragédie comme il y en a tant ici-bas. Il avait bien envie de venir en aide aux vaincus, mais ne voyait pas comment, tant l'agitation était grande. Dieu doit éprouver la même sensation quand il se penche du haut de son ciel sur les guerres que se livrent les humains.

Une jeune fille s'approcha. Elle avait treize ans mais faisait plus que son âge. C'était à cause de ses seins gonflés, des fruits à lait de femme grosse. Ils lui donnaient de la majesté et de l'assurance. On voyait tout de suite qu'elle n'avait peur de rien.

Le sang se mit à battre dans la poitrine de la femme du charretier : c'était sa fille. Quand la jeune fille s'agenouilla à côté d'Aaron Braitberg, il ne fit qu'un tour. Elle se leva, toute transpirante, et s'en alla les rejoindre, d'un pas décidé.

« Qu'est-ce que vous faites avec ma fille ? demanda-t-elle à Aaron Braitberg, d'une voix hystérique.

— Vous voyez bien, nous regardons les fourmis. »

Le jeune homme avait répondu avec un air moqueur, sur le ton de celui qui ne souffre pas d'être dérangé. La femme du charretier prit sa fille par le bras et hurla :

« Je sais ce que vous alliez lui faire, je le sais ! »

Elle marchait à reculons, en tremblant de peur. Aaron Braitberg haussa les épaules et retourna à ses fourmis.

Quelques minutes plus tard, quand les voisins revinrent avec des épieux et des hallebardes pour le capturer, le juif était déjà parti. C'était bien la preuve qu'il était coupable. Les innocents se laissent toujours prendre.

*

* *

Après avoir entendu la femme du charretier, Exupère Paillasse n'avait pas douté qu'il tenait enfin l'assassin des vierges. Comme elles étaient chrétiennes, le tueur en série ne pouvait être qu'un ennemi de la Croix du Christ, assoiffé de sang pur. Un juif faisait bien l'affaire.

Il a toujours fait l'affaire. Dans le passé, il est arrivé que les juifs, rien que pour le plaisir, mettent à bouillir l'hostie de la communion dans un chaudron d'huile, jusqu'à ce qu'apparaisse enfin le bébé dont ils se saisissaient pour l'enterrer selon leurs rites. Voilà jusqu'où conduisait leur haine du *corpus Christi.* C'est du moins ce qu'on racontait.

Le lieutenant-criminel était convaincu que les juifs étaient, avec les loups et les maladies, les pires dangers que couraient les enfants, n'en déplaise aux papes qui, entre deux chattemiteries, avaient la fâcheuse manie de les prendre sous leur aile. Même si elle faisait semblant d'écouter le peuple, l'Eglise en était restée au concile du Latran qui, en 1179, interdisait de priver les juifs de leurs terres, de leurs biens ou de leur argent, et ordonnait de ne pas leur courir après, en leur jetant des pierres ou en leur donnant des coups de bâton, quand ils célébraient leurs fêtes religieuses.

A en croire l'Eglise, les juifs étaient condamnés au malheur éternel en châtiment de la mort du Christ. Elle les avait pris en pitié et ouvrait ses portes à tous ceux qui étaient chassés du royaume de France. C'est ainsi que la communauté juive se développa sur les terres du Pape, dans le Comtat Venaissin, en Avignon, à Carpentras, à Cavaillon et à L'Isle-sur-la-Sorgue.

Exupère Paillasse ne supportait pas cette complaisance. Rares furent ceux qui, comme Philippe Auguste, osèrent traquer les juifs jusque dans leurs derniers retranchements, pour leur faire rendre gorge. La chrétienté acceptait, en revanche, qu'ils se moquent des crucifix. Elle les laissait profaner les vases sacrés. Elle admettait qu'ils traitent ses fidèles de porcs, de chiens, d'ânes ou de bœufs. Pour ne pas choquer les bonnes âmes, elle avait même mis fin à la tradition qui voulait qu'à chaque dimanche de Pâques, un juif fût giflé sur le parvis de l'église, parfois si vigoureusement qu'un jour, à Toulouse, la victime de service en eut l'œil arraché et mourut.

Avant qu'Exupère Paillasse et ses hommes montent à cheval pour prendre le chemin de Cavaillon, le lieutenant-criminel s'approcha d'Aaron Braitberg et lui demanda d'une voix pleine d'autorité :

« Qu'as-tu fait du foie des vierges que tu as tuées ? »

L'autre le regarda avec un air absent. Le lieutenant-criminel le prit par le collet :

« L'as-tu mangé ? L'as-tu brûlé ? Je veux une réponse.

— Je ne comprends pas de quoi vous parlez. »

Exupère Paillasse le relâcha et laissa tomber :

« Il va falloir que tu comprennes. Sinon, tu vas beaucoup souffrir. Tu as tout le voyage pour réfléchir. »

Aaron Braitberg hocha la tête avec fatalisme. Il n'était déjà plus de ce monde. Les sergents lui lièrent les mains et les pieds, avant de le jeter comme un paquet à l'arrière d'un cheval.

CHAPITRE 38

Thomas Pourcelet apprit la nouvelle le lendemain, dans une boutique de Mallemort où il était venu acheter de l'huile, du sel et des épices. De retour à la bastide, quand le valet annonça sur un ton de vainqueur que le tueur des vierges avait été arrêté, il n'obtint de son maître qu'un rictus sceptique, appuyé par un haussement d'épaules évocateur.

« Sans doute un sourd-muet comme la dernière fois, ironisa le sieur Dieu. A moins que ce ne soit un manchot.

— Non. Un juif.

— C'est trop beau pour être vrai.

— Il a avoué.

— De nos jours, avec notre science de la question, nous finirons par faire dire à Dieu qu'il est le Diable.

— Il n'y a pas eu à lui tirer les vers du nez, il les a tout de suite laissés filer. Il en avait trop lourd sur la conscience.

— Depuis la mort du Christ, les juifs se sentent toujours coupables. Y compris des fautes qu'ils n'ont pas commises. »

Le valet dodelinait de la tête. Il avait l'air accablé. Son maître ne croyait décidément plus en rien.

« Je vais reprendre l'enquête, dit le sieur Dieu.

— Vous n'avez pas beaucoup avancé, osa le valet.

— Parce que je n'avais pas le temps. Je vais me le donner, maintenant.

— C'est trop tard.

— La vérité n'arrive jamais trop tard. »

On ne pouvait pas contredire le sieur Dieu. Il fallait toujours qu'il ait le dernier mot. Thomas Pourcelet le lui laissa et retourna vaquer à ses occupations.

*
* *

Ce matin-là, Jean Maynier d'Oppède était revenu précipitamment d'Aix-en-Provence pour rendre visite au « monstre ». Le baron ne trouva aucune méchance au-dedans de lui. Il ressortit de la prison de Cavaillon avec un sentiment de malaise.

Ce sentiment s'aggrava en fin de journée, quand son confesseur déboula dans son bureau pour lui certifier que le juif était innocent. Le père Riqueteau était resté deux heures avec Aaron Braitberg, dans sa cellule. Il l'avait interrogé à sa façon, oblique et sinueuse, toujours de biais et jamais de face. L'autre s'était accusé de tous les crimes, avec un air affligé, mais il ne savait apparemment pas combien en avaient été commis. Il se mélangeait sans arrêt dans les détails. Il tombait dans tous les pièges.

« Mieux vaut un coupable que pas de coupable du tout, laissa tomber le baron d'Oppède.

— Il y a de l'abusion là-dedans. C'est le Seigneur qui me le dit. »

Tout le monde a une voix intérieure. On n'est pas obligé de l'écouter, mais elle dit ce qu'il faut faire ou penser. Parfois, elle parle très bas, comme si elle avait peur d'être entendue. Il arrive qu'elle pousse ses hulées sous le crâne. Pour certains, c'est l'instinct. Pour d'autres, la mère, la tante ou le père. Pour Nicolas Riqueteau, c'était le Seigneur.

« Il faut le libérer, insista le dominicain.

— Mais il a avoué, protesta le baron.

— Parce que vous l'avez forcé. »

Après quoi, le père Riqueteau prit congé : le baron d'Oppède attendait un visiteur. Les deux hommes se retrouvèrent le soir, à l'évêché, lors d'un dîner donné par Pierre Ghinucci en l'honneur d'un poète vénitien de troisième ordre, à qui on ne pouvait arracher trois mots. A peine assis, ils reprirent la conversation là où ils l'avaient laissée.

« J'ai beaucoup réfléchi, dit le père Riqueteau. Vous n'avez pas le droit de condamner ce garçon.

— Mais je suis viguier perpétuel. Je dois faire respecter la loi.

— La loi de Dieu commande d'épargner les innocents.

— Les juifs ne sont jamais innocents, par définition. Ils ne naissent que pour expier.

— Non, pour se racheter. »

L'évêque de Cavaillon hocha la tête, essuya ses lèvres pleines de vin et dit sur un ton inspiré :

« C'est vrai. Il faut respecter les juifs, car ils sont le témoignage vivant du crime impardonnable qui a été commis il y a plus de mille cinq cents ans, au Golgotha. Nous avons besoin d'eux, pour nous le rappeler. Ils ont besoin de nous, pour se faire pardonner. »

Il avait parlé avec l'autorité de la conviction. Oisille de Frangipanis se pencha vers lui et demanda, la bouche en cœur :

« Ne sont-ils pas diaboliques ?

— Sans doute. Dans l'Evangile selon saint Jean, il est écrit que Jésus avait dit aux juifs : “ Si Dieu était votre père, vous m'auriez aimé. ”

— C'est une accusation grave, observa Oisille de Frangipanis.

— Oui, car il voulait dire qu'ils avaient un autre père. Devinez lequel ? »

Il s'arrêta un moment. Personne ne répondit, pour n'avoir pas à prononcer le nom.

« Selon saint Jean, reprit-il, Jésus a dit aux juifs, avant qu'ils lui jettent les pierres : “ Votre père, c'est le Diable, et vous avez la volonté de réaliser ses désirs. ” Est-ce bien cela ? »

Le père Riqueteau hocha le chef, baissa les yeux et souffla d'une voix doucereuse :

« Saint Jean n'aurait jamais dû rapporter ces propos. Si Jésus les a prononcés, ce qui reste à prouver, ce fut sous l'emprise de la colère. Mais il ne pouvait les penser vraiment. Il était trop bon pour ça. »

L'évêque de Cavaillon s'empourpra, sans que l'on pût dire si c'était à cause de la longue gorgée de vin qu'il venait de boire ou de l'exaspération grandissante que provoquaient chez lui les chafouineries théologiques de l'inquisiteur d'Avignon ; les deux sans doute. Il respira un bon coup et entreprit de river son clou au père Riqueteau :

« Le Nouveau Testament évoque ailleurs le diabolisme des juifs, pour dissiper tous les doutes. Savez-vous où sont dénoncés ceux de la synagogue de Satan, qui usurpent le titre de juif ?

— Oui, répondit le dominicain en se rengorgeant. C'est dans l'Apocalypse de saint Jean. Toujours lui. Comment se fait-il que l'on ne trouve aucune trace de cette haine du juif chez les autres apôtres, Matthieu, Marc ou Luc ? »

La voix de l'évêque de Cavaillon trembla de colère :

« J'espère pour vous que vous ne niez pas ce qui est écrit dans la Bible.

— Non, mais je doute que le Christ ait eu les abominations qu'on lui prête. Cela ne lui ressemble pas. »

Le baron d'Oppède crut bon de venir à la rescousse de son confesseur :

« Celui qui est en cause, ce n'est pas Jésus, c'est l'apôtre Jean.

— La foi est un bloc, répondit Pierre Ghinucci. Comme l'Eglise. On ne peut pas séparer Jean de Jésus. »

C'est à cet instant que parut le poulet. Il coupa court à la conversation. Porté par un domestique, il trônait comme un soleil sur son plateau, au-dessus d'un lit de légumes. Il sentait le sel, le bonheur et la vie.

Les gens mangeraient plus, il y aurait moins de guerre. C'est ce qu'on pouvait penser devant le silence qui, soudain, s'abattit sur la tablée. Mais sitôt que les ventres furent pleins, la querelle reprit son cours.

Après avoir sucé son dernier os, l'évêque de Cavaillon se racla la gorge à plusieurs reprises, avec affectation, pour indiquer qu'il allait dire quelque chose d'important.

« Je ne sais pas si le garçon qui a été arrêté est coupable des crimes dont on l'accuse, observa-t-il. Mais je peux vous dire que les juifs nous en veulent. Si vous en doutez, je vais vous lire une des prières qu'ils se récitent entre eux. »

C'était une manie chez lui, de lire des livres à haute voix au milieu des repas. Pierre Ghinucci sortit avec un air conquérant et revint avec un ouvrage entre les mains dont il déclama ceci, avec horreur et emphase :

« Qu'il n'y ait pas d'espérance pour les perdus, c'est-à-dire les convertis à la foi du Christ ; qu'il en soit de même pour tous les hérétiques ou incroyants, pour les accusateurs et les fourbes ; qu'arrive ce moment, où leur ruine surviendra inopinément ! Que tous les ennemis de ton peuple, Israël, soient rapidement exterminés ! Que le royaume d'iniquité soit brisé en morceaux ! »

L'évêque de Cavaillon s'arrêta devant le père Riqueteau, se pencha vers lui et demanda :

« Qu'est-ce que vous dites de cette prière ? »

Le père Riqueteau le regarda avec un mélange d'agacement et de compassion :

« Rien ne prouve que ce texte ne soit pas apocryphe. Mais s'il était vrai, cela ne changerait rien. Nous avons le même Dieu. Je préférerai toujours le leur à celui des vaudois, qui est une contrefaçon. »

Il n'avait pas tort, l'inquisiteur. L'humanité n'a qu'un seul Dieu, même s'il porte des noms différents. Il est partout pareil : exigeant, tatillon et sévère. C'est pourquoi on peut regretter, parfois, qu'elle n'en ait pas plusieurs. En ce cas, il y en aurait bien un qui, dans le tas, serait meilleur, plus ouvert et plus miséricordieux que les autres.

CHAPITRE 39

L'après-midi, le sieur Dieu se rendit à Cheval-Blanc, où il avait été appelé pour un crime. La victime avait été retrouvée raide morte, au milieu de son troupeau de chèvres, sur les flancs de la montagne. On parlait d'empoisonnement. Elle en avait les stigmates noirs sur le visage, comme si sa tête était tombée dans la cendre.

Dans le rapport qu'il écrivit le soir, à l'attention du lieutenant-criminel de Cavaillon, le sieur Dieu rétablit la vérité d'une plume assurée :

« Rapporté par moi, Jehan Dieu de La Viguerie, médecin et chirurgien du Roi, que ce jourd'hui 3 mai 1545, je me suis transporté à Cheval-Blanc pour visiter Augustin Pistolier, chevrier. J'ai d'abord constaté que son cadavre dégageait une forte odeur de soufre et, en examinant son crâne de près, j'ai repéré à son sommet un orifice dont les contours étaient brûlés. Renversant sa tête pour continuer mes observations, il m'est apparu qu'une bouillie noire sortait du trou. Sa cervelle s'était liquéfiée et coulait comme un torrent. Ses lèvres ressemblaient à du bois calciné et le dedans du palais était tout noir, comme s'il avait été ravagé par le feu. J'estime qu'il a été frappé par la foudre, qui est entrée par le crâne, pour ressortir par sa bouche.

Fait le jour et an que dessus. »

Après avoir examiné Augustin Pistolier, le sieur Dieu décida d'aller faire une pointe jusqu'à Cavaillon, pour rendre visite à l'accusé. On ne lui fit pas de difficulté pour le laisser entrer. La renommée du sieur Dieu lui ouvrait toujours les portes.

La prison de Cavaillon était comme un grand cloaque qui étendait ses ramifications jusqu'au-dedans de la terre où couraient partout des couloirs humides, comme des égouts. Elle sentait la fiente, la vase et la fumée.

Aaron Braitberg se trouvait dans une petite cellule, au fond d'une galerie souterraine. Il était prostré, dans la position du fœtus, et bougea à peine quand entra le sieur Dieu. Après que le geôlier eut refermé la porte derrière son visiteur, il ne daigna même pas lever sur lui son regard de poisson mort.

« Je suis médecin, dit le sieur Dieu. Avez-vous besoin de quelque chose ?

— Oui, d'un rabbin. »

Le prisonnier sourit. Le sieur Dieu s'assit à côté de lui et demanda d'une voix douce :

« Avez-vous vraiment commis ces crimes ? »

Le juif le regarda sans rien dire.

« Ce n'est pas vous, je le sais bien, reprit le sieur Dieu. Pourquoi avez-vous avoué ?

— Parce que je ne veux pas être condamné à la roue.

— Mais vous allez mourir.

— Le lieutenant-criminel m'a promis que l'on m'épargnerait la roue. »

*
* *

Depuis la nuit des temps, l'homme fuit. Parfois, la mort. Ou bien l'amour. Ou encore les loups, les moustiques, et les impôts. Sans parler de son propre destin. Il était comme beaucoup de gens à cette époque, Aaron Braitberg. Il avait peur de la roue. Elle incarnait tout le Mal ici-bas : l'agonie, la souffrance et la dégradation. Elle faisait pire que tuer : elle avilissait.

Les chroniqueurs ont noté que François Ier était un roi jovial, toujours prêt à rire. Il aimait les arts, les bijoux, les femmes et les châteaux. Sans parler des voyages. C'était un bel esprit, qui ne dédaignait pas trousser de temps en temps quelques vers, généralement médiocres, du genre :

« Toujours femme varie

« Bien fol est qui s'y fie. »

Tout esthète qu'il fût, François Ier était d'abord un homme

de pouvoir. Il ne souffrait pas l'idée d'être un « mi-roi », comme les prédécesseurs de Louis XI. Il entendait ne faire que ce qu'il voulait, selon son bon plaisir et sans comptes à rendre à personne. Il tolérait tout, pourvu que son autorité ne fût pas en question. Mais quand elle l'était, il ne reculait devant aucune barbarie pour imposer sa loi.

Les hérétiques l'apprirent à leurs dépens. Les bandits de grands chemins aussi. En ce temps-là, ils pullulaient sur le pourrissoir des guerres. Le hart, comme on disait, ne les effrayait même pas. Il est vrai que, contrairement à la légende, la pendaison est la mort la plus rapide qui soit : le condamné passe sur le coup. Pour terroriser les criminels du royaume, François Ier institua donc le supplice de la roue par un édit enregistré au Parlement, le 11 janvier 1535 :

« C'est à sçavoir, les bras leur seront brisez et rompus en deux endroits, tant haut que bas, avec les reins, jambes et cuisses, et mis sur une roue haute, plantée et enlevée, le visage contre le ciel, et ils demeureront vivans pour y faire pénitence, tant et si longuement qu'il plaira au Seigneur de les y laisser, et morts, jusques à ce qu'il en soit ordonné par justice, afin de donner crainte, terreur et exemple... »

Le royaume de France se couvrit ainsi de roues sur lesquelles gisaient de pauvres hères qui se lamentaient ou hurlaient à la mort, tandis que les chiens et les corbeaux les dévoraient tout crus. Le peuple de France était comme un enfant affolé, errant au milieu des cris et des ténèbres. Il regorgeait d'angoisse. Il n'était plus à craindre.

Le sieur Dieu posa sa main sur l'épaule d'Aaron Braitberg et dit à voix basse, avec un air de douloureuse pitié :

« Je suis sûr que vous êtes innocent. Je ferai tout pour vous sortir de là. »

Il y eut un silence. Après un sourire souffrant, Aaron Braitberg laissa tomber :

« Vous parlez comme le père Tiquereau.

— Riqueteau, corrigea le sieur Dieu.

— Oui, pardon, Riqueteau. Il semblait très compatissant. Croyez-vous que je puisse m'en tirer ?

— Je connais très bien le baron d'Oppède. Je lui écrirai demain.

— Je vous remercie. »

Il semblait renaître au monde ; ça mettait de l'émotion dans l'air et elle bouleversa le sieur Dieu.

« Sachez que je ne vous laisserai jamais tomber, dit-il. J'en prends l'engagement.

— Si vous me sauvez la vie, je me mettrai à votre service, pour toujours.

— J'ai déjà un valet, cela me suffit.

— Eh bien, je ferai ce que vous voudrez. J'en fais ici le vœu. »

Avant de prendre congé, le sieur Dieu lui donna des fromages de chèvre, des fougasses aux olives et de la poutargue : de la pâte d'œufs d'esturgeon, salée et séchée au soleil.

« J'adore la confiture de poisson, dit Aaron Braitberg. Mais je n'ai pas très faim, en ce moment. »

Alors le sieur Dieu ouvrit son bagage à médicaments et en sortit une fiole d'élixir de longue vie, qu'il donna au prisonnier. A cet instant, il croisa enfin son regard, un morceau de regard, et se dit qu'il l'avait déjà rencontré, il y a des siècles, dans une autre vie.

*
* *

Les hommes naissent plusieurs fois, les femmes davantage encore, ce qui explique qu'elles n'aient pas besoin d'apprendre pour comprendre. Jehan Dieu de La Viguerie était revenu de l'autre bout du monde avec cette conviction : nos vies se passent à mourir pour revenir ensuite au jour. L'univers n'est qu'une étape entre deux passages sur terre. Nos corps n'ont pas vocation à durer. Ce sont des assemblages provisoires de chairs et de désirs, que nos âmes habitent le temps d'une vie, donc d'une respiration, avant d'aller se faire voir ailleurs. Nous valons mieux que ces pauvres choses dans lesquelles nous sommes enfermés, et qui se gonflent de vanité, la bouche en cul-de-poule.

On ne répétera jamais assez les paroles de saint Augustin : « Nous naissons entre la fiente et l'urine. » Nous y naissons et nous y mourons. Entre deux, nous pataugeons dedans. On a beau se pousser du col, se donner des airs et s'agiter dans tous les sens, on ne s'en sort jamais. Nos carcasses sont plus solides que toutes les portes de prison. Il ne faut pas oublier de s'en souvenir, surtout quand on est devenu quelqu'un.

Le sieur Dieu n'oubliait pas. Il ne croyait qu'à la vérité de l'âme, qui va et vient entre le ciel et la terre depuis la nuit des temps. L'homme erre à travers les siècles. Il n'arrête pas de vivre, même quand il meurt. Il faut toujours qu'il coure, derrière lui-même, ou devant. C'est pourquoi il est si fatigué.

L'éternité, c'est ennuyeux, depuis le temps. Nous sommes à sa merci. Le cosmos est comme un poumon qui expire et aspire sans arrêt nos âmes. Nous sommes le souffle du monde, nous ne sommes que du vent.

Le vent ne meurt jamais ; l'âme non plus. Nous avons tous été quelqu'un d'autre, dans une vie antérieure. C'est ce qui explique les vagues de nostalgie qui, souvent, nous emportent loin de nous. Si nous n'avions pas vécu avant de recevoir le jour, nous ne serions pas tristes à ce point. Nous n'aurions pas cette sensation de *déjà vu* qui nous gagne à tout bout de champ. Le monde ne nous serait pas aussi familier non plus.

Jehan Dieu de La Viguerie n'aurait pu dire ce qu'il avait été auparavant. C'est ça qui le tuait. L'homme vient de l'inconnu pour avancer dans l'inconnu. Il n'est rien qu'une bulle qui éclate pour éclore encore, sans jamais comprendre ce qui lui arrive.

C'est ce que pensait le sieur Dieu. Sauf quand il songeait à Catherine Pellenc. Alors, il n'arrivait plus à croire à la vanité du monde. Il était même convaincu de sa propre existence. Tels sont les effets de l'amour.

Lors de son voyage de l'autre côté de la terre, le sieur Dieu avait appris que la douleur vient du désir qui, par définition, n'est jamais satisfait. C'est en triomphant de celui-ci que l'on supprime celle-là. Il avait réussi à échapper à l'un et à l'autre.

Jusqu'à présent, le sieur Dieu avait donc vécu heureux, éteignant, chaque fois qu'ils se déclaraient en lui, les feux de la passion, de la haine et de l'ignorance, qui ravagent le monde depuis sa création. Plus maintenant. Quelque chose bouillait tout le temps, au-dedans de lui, et dressait l'oreille, au fond de sa culotte. Il n'était plus pareil.

Quand il arriva à la bastide, le soir tombait. Une lumière bleue coulait de la montagne et se répandait partout, jusque dans l'ombre des arbres. En descendant de cheval, il aperçut Catherine Pellenc qui cueillait des asperges sauvages pour l'omelette du dîner. Il la héla et la rejoignit.

Elle avait le visage transpirant et enluminé ; un visage d'amoureuse. Mais il n'y était pour rien. C'était à cause de la tiédeur de l'air qu'elle respirait très fort pour le garder ; c'était aussi à cause des asperges sauvages qui utilisaient toutes les ruses du camouflage et qu'il fallait se démener pour repérer dans leurs caches, sous les épineux.

Comme toujours, elle lui demanda des nouvelles de son père. Il n'en avait pas. Il lui donna des siennes en rapportant ce qu'il avait ressenti devant Aaron Braitberg, quand il s'était dit, soudain, qu'il l'avait rencontré dans une autre vie.

« Dans une autre vie ? répéta Catherine Pellenc, interloquée.

— Je crois depuis longtemps qu'on a plusieurs vies.

— Comment est-ce possible ?

— J'ai trop de souvenirs pour une seule personne. »

Elle le regarda droit dans les yeux et demanda d'un ton où tremblait une légère inquiétude :

« Combien de vies as-tu eues ? »

Il comprit le danger. Il ne fallait pas qu'elle le prît pour un fol.

« Beaucoup, répondit-il. Je ne saurais encore dire combien. J'essaie de les raconter dans mon livre. Je connaîtrai le chiffre quand je l'aurai terminé. »

Il ne l'avait pas rassurée. Elle avait du trouble dans les yeux. Il tenta donc une diversion en lui prenant la main :

« Tu es ma nouvelle vie. »

Le trouble s'en alla d'un coup.

« Avec toi, reprit-il, je me suis rendu compte qu'on pouvait avoir plusieurs vies dans la même vie, sans mourir entre deux. »

Elle était prête au baiser mais il se faisait attendre. Elle était en nage, maintenant.

« Oui, poursuivit-il en lui prenant l'autre main, je suis en train de renaître à quarante ans. Je commence ma seconde vie depuis ma naissance.

— C'est bien, dit-elle avec une expression de gourde éperdue.

— Celle-là sera la bonne. »

Il la renversa doucement et la prit.

CHAPITRE 40

Après l'omelette aux asperges sauvages, Jehan Dieu de La Viguerie salua le valet, embrassa Catherine Pellenc et monta dans sa chambre, où il travailla tard dans la nuit. Il avait mal au dos : ça lui apprendrait à faire cricon criquette par terre, sur les cailloux. Il ne regrettait rien, mais était bien décidé à ne jamais recommencer. L'amour aussi a ses limites.

Cette nuit-là, le sieur Dieu écrivit un nouveau chapitre du livre de ses vies :

La vache rousse de Moïse
(an 1250 avant notre ère)

Sans me vanter, j'étais la plus belle vache rousse du pays de Moab ; une bête comme on n'en fait plus : c'est ce que j'entendais dire toute la journée. Mon maître, un gros paysan ramenard, était très fier de moi et passait son temps à me montrer aux gens qui, à ma vue, poussaient des « ah » et des « oh » d'admiration. Si je n'avais les sabots sur terre, j'aurais pris depuis longtemps la grosse tête pour trôner dans mon ciel, comme les coqs de village. Mais j'ai toujours su rester à ma place.

J'ai du mérite. On vénérait tout chez moi, même la crotte. Quand quelqu'un du coin souffrait d'un abcès, d'une hernie, d'une mauvaise plaie ou d'une piqûre de guêpe, mon maître lui donnait toujours un pot de ma bouse qu'il recueillait précieusement quand elle fumait encore. Après quoi, on la faisait frire avec des pétales de rose avant de l'appliquer en cataplasme. Il paraît que ça marchait toujours.

Les Egyptiens disent que la vache a enfanté le soleil. Je ne le jurerais pas. J'ai même tendance à croire que c'est le contraire.

Mais quand je vois les gens s'agiter autour du lait gras et bouillonnant qui sort des trayons de mes pis, j'ai tendance à me prendre pour la mère du monde. C'est pourquoi je suis si lasse.

Rien n'est plus usant que le métier de vache. On a les honneurs que j'ai dits, mais il faut supporter les douleurs. J'ai le pas lourd, comme toutes mes congénères, parce que mes os ont du mal à me porter. Ils ne cessent de craquer et de gémir au-dedans de moi. C'est le problème, avec la générosité. Elle se paye toujours.

Les voyages sont pour moi des supplices et j'en ai fait un très long après que mon maître m'eut vendue à un jeune homme maigrelet avec un bouton sur le nez, qui avait le feu au derrière. C'est ce qui me navre, chez les hommes. Ils sont toujours pressés. Ils n'ont pas compris, comme nous, qu'il ne sert à rien de se battre et que les heures sont toujours plus fortes que les rois ou les prophètes.

En fin de journée, je me suis retrouvée en face d'un vieillard comme je n'en avais encore jamais vu, fort et beau, qui était allongé sur une couche, devant sa tente. Il avait les yeux qui allaient et venaient, comme s'ils cherchaient, sans jamais le trouver, quelque chose à quoi se raccrocher.

C'était Moshé. Il avait une grande barbe blanche, à la taille de sa démesure, avec des reflets jaunes et pisseux. Les hommes sont comme des vaches. Ils gardent sur eux les restes des repas. Sauf que dans leur cas, ceux-ci sont devant, au bout des moustaches ou sur le ventre, alors que chez nous, le derrière est toujours couvert de macules. Le mien était cependant très propre car chaque fois que j'avais bousé, pendant notre périple, le jeune homme maigrelet m'avait astiqué le cul avec des branches feuillues.

Au premier regard, j'ai su ce que Moshé voulait faire de moi. Il ne prit même pas la peine de s'extasier devant ma robe et mon poitrail. Quelque chose apparut dans ses yeux, que je n'aimais pas ; il en avait après ma chair et mon sang, qu'il voulait offrir à son Dieu. Il était très croyant. Il fut sans doute l'homme le plus croyant que l'humanité ait enfanté. Or, il n'y a pas de foi sans sacrifice. De son point de vue, ça pouvait se comprendre. Pas du mien.

Il fit à ses hommes un signe de la main pour leur signifier qu'on le laisse tranquille. Je n'en menais pas large, car je pensais que mon heure était venue. Mais je fus conduite sous un grand cèdre où je me retrouvai avec un bouc, un bélier et plusieurs agneaux d'un an. Je suis restée là plusieurs jours, à me goinfrer et à me prélasser, tandis que nos gardiens nous bichonnaient. Ils se parlaient sans arrêt entre eux, pour passer le temps. C'est ainsi que j'en ai appris de belles sur Moshé.

Il était comme Dieu, pour eux. Ils l'adoraient. Mais ils en avaient peur. Il avait des olives comme on n'en a jamais vu, et je ne parle pas de son matouret ; un bâton. Il ne fallait pas l'énerver. Ses colères étaient terribles. C'était un justicier qui allait jusqu'au bout de son combat. Entre nous, il franchissait souvent les bornes. Il avait des excuses. La volonté de justice est le désespoir des gens de bien. Elle veut tout, mais ne peut rien. D'où la rage de Moshé, parfois. Vainqueurs de la guerre sainte contre les Madianites, les Israélites, après avoir tué les rois et les mâles, comme on le leur avait ordonné, razzièrent les bêtes, les femmes et les enfants. Quand ils arrivèrent avec leur butin au camp de Moshé, dans les steppes de Moab, il s'emporta contre les commandants de l'armée : « Pourquoi avez-vous laissé la vie à toutes les femmes ? » Alors, il leur demanda de les tuer tout de suite, ainsi que tous les enfants mâles. Seules furent épargnées les petites filles qui n'avaient pas partagé la couche d'un homme.

Il était comme ça, Moshé : raide et entier. La vertu s'arrête là où la concession commence. L'avenir de l'homme aussi. S'il n'avait pas été là, je ne sais pas ce qui serait arrivé à son peuple. Sans doute le pays aurait-il vomi les Israélites comme il avait vomi les nations qui les précédèrent. Ce Dieu, dont il refusait que l'on prononçât le nom, ne supporte plus le laisser-aller dans lequel se complaisent les gens. Il faut des règles, que voulez-vous.

Moshé avait le courage de ses excès. Parfois, si j'en crois mes gardiens, il en faisait quand même trop. Sous prétexte qu'il avait reçu ses ordres de Yahvé en direct, il fallait accepter sa loi sans discussion. C'était un peu facile. Il n'y avait jamais personne avec lui pour vérifier les paroles de Dieu, sous sa tente, et rien ne l'empêchait d'en rajouter, ou d'inventer.

Les gens de sa tribu le trouvent souvent tateminette et ne supportent pas toujours bien ses ordres. Il ne les autorise à manger que des ruminants à sabots fourchus, fendus en deux ongles. Il leur a donc interdit le chameau, le porc ou le lièvre. S'ils pêchent leur pitance, ils n'ont droit qu'aux espèces à écailles et nageoires. Ils sont ainsi punis de crabes et de crevettes. Dieu sait pourquoi, les autruches leur sont défendues, tout comme les cigognes ou les hérons. Mais ils peuvent toujours se rattraper sur les sauterelles.

Au nom de Yahvé, il a prohibé le sang qui est, d'après lui, la vie de toute chair : « Quiconque en mangera sera supprimé. » Le prêtre est habilité à le répandre toute la journée sur son autel, en guise d'expiation, mais nul n'est autorisé à s'en repaître. Moi, en tant qu'herbivore, je suis tout à fait d'accord mais ça n'est pas l'avis de l'un de mes gardiens, un petit homme au visage sec et charbonneux, à force de soleil. Il me regarde souvent avec une gourmandise qui fait trembler mes aloyaux et mes filets mignons. Je lui mets l'eau à la bouche : ça me fait peur et plaisir en même temps. Je le rends nostalgique aussi. Il n'arrête pas de parler des plats de sang frit que lui préparait feu sa mère, en Egypte.

Moshé ne s'est pas contenté de légiférer à propos de la mangeaille. Il a fallu qu'il aille aussi fourrer son nez du côté de la chosette. Selon sa loi, l'homme et la femme qui commettent l'adultère sont condamnés à mort, tout comme les mâles qui se fouaillent entre eux et pêchent, comme à Sodome, leurs étrons à la ligne. Sans oublier les gens qui s'accouplent avec les animaux. C'est bigrement sévère, n'est-ce pas ? Moi, je trouve. En plus, on tue la bête, qui n'avait généralement rien demandé.

Ce n'est pas tout. Moshé proscrit du culte les bâtards et leurs descendants, ainsi que les hommes aux testicules écrasés et à la verge coupée. Il interdit que l'on porte des vêtements tissés moitié laine et moitié lin. Il prélève la dîme, c'est-à-dire un dixième des produits de la terre et du bétail, en prétendant que c'est pour Yahvé.

Il faut lui pardonner. Tous les grands hommes sont des exagérateurs. Sans lui, le monde serait passé à côté du Tout-Puissant. Avec ses bras, il a ouvert la voie. Avec son verbe, il a appris le ciel aux humains. Voilà pourquoi ces pauvres bêtes que nous sommes, sans poils ni plumes, sont devenues les enfants du Seigneur. Et je ne parle pas d'Israël. Il en a fait une vraie nation avec douze mille soldats pour la défendre. Dieu a créé l'homme. Lui, d'une certaine façon, il a créé l'humanité. Si nous avions eu un Moshé, nous les vaches, nous n'en serions pas là, à fabriquer la viande des hommes, en recevant de surcroît, pour tout merci, leurs coups de pied au cul, quand ils nous emmènent au couteau.

Il était très bon au-dedans de lui. Il ne songeait qu'à sortir les gens de l'ornière, en leur révélant Dieu. Il ne voulait simplement que la justice. Il avait simplement trop de force. Elle éclatait de partout. C'est pourquoi je l'admirais, l'aimais et le craignais autant que le Tout-Puissant.

Un jour, le remue-ménage fut tel, dans le camp, que mon compte semblait bon. Je me trompais. C'était Moshé qui partait. Je le vis de loin. Il ne portait plus très beau et marchait avec une application douloureuse, comme ces vieillards qui ont peur de tomber à chaque pas. Il prétendait avoir cent vingt ans. Je lui en aurais donné la moitié. Mais il n'y a pas d'heure pour le ciel, quand il a décidé de nous rappeler à lui. Tel était le cas. Le prophète à la main puissante avait reçu un message de Yahvé qui lui demandait d'aller mourir sur le mont Ného, en face de Jéricho, d'où il pourrait regarder le pays de Canaan, destiné aux Israélites.

Sur sa montagne, Moshé prononça une dernière bénédiction dans laquelle il fulmina, comme d'habitude, contre les ennemis d'Israël. Je comprenais sa rage. Ils sont bêtes et méchants. Après sa mort, ils allaient pouvoir respirer. Peut-être même reviendraient-ils briser les reins de son peuple avant de fouler ses os en chantant leurs insanités.

Je ne sais comment il s'en est allé pour l'autre monde. Certains racontent qu'il mourut d'un baiser de Dieu qui entendait ainsi précipiter sa fin. D'autres rapportent qu'il serait parti sur un nuage, comme le prophète Elie, pour pénétrer vivant dans le royaume du Dieu sans nom.

Jusqu'à présent, on n'a pas retrouvé sa sépulture. Mais c'est normal, ma foi. Les très grands hommes n'ont pas besoin de tombeau. Ils sont comme les idées. Ils ne s'enterrent pas.

CHAPITRE 41

En ces temps dangereux, le sieur Dieu souhaitait que le bébé fût baptisé. Catherine Pellenc refusait, sous prétexte qu'il l'avait déjà été, par Jehan lui-même, quand Amédée Saumade, le curé de Mallemort, passa à la bastide un dimanche après-midi, avec le sel, l'huile et l'eau bénite. Une visite à l'improviste, soi-disant.

C'était le genre d'homme à qui on ne pouvait rien refuser. La bonté sent. Il avait son odeur, douce et vieille ; une odeur de grenier. Les saints ont sûrement la même. Il était de surcroît pourvu de ce sourire triste qui, depuis la nuit des temps, transporte les femmes. Rien qu'à le voir, elles avaient envie de le consoler. C'est pourquoi il était si entouré, dans sa paroisse de Mallemort.

La femme ne supporte pas la mélancolie de l'homme. Il faut qu'elle la chasse. Pour ce faire, Catherine Pellenc accepta donc que l'abbé Saumade baptise sa sœur sans attendre. La petite pleura beaucoup, pendant le sacrement, comme si on lui arrachait les boyaux. S'il fallait une preuve de l'existence du Diable, la voilà bien : ce cri affreux que provoque l'eau bénite sur le front des nouveau-nés. On dirait qu'elle s'attaque à quelque chose au-dedans d'eux. Ils se tordent, comme les hérétiques sur les bûchers.

C'est le Mal qui s'en va ; c'est le Diable qui s'enfuit, en attendant de revenir un jour.

« Elle est prête pour la vie, maintenant, dit l'abbé Saumade en rangeant son attirail.

— Elle est prête pour mourir », précisa le sieur Dieu.

Elle s'appelait Jeanne comme sa mère. Elle avait un front d'archange comme sa sœur. Le sieur Dieu l'aimait comme sa fille.

C'était sa filleule. Il lui offrit une croix et sa chaîne qu'il avait achetée sur un marché d'Alep où il était resté plusieurs jours, lors de son voyage de l'autre côté de la terre.

Quand il mit la chaîne en or autour de son petit cou, Jeanne dormait à poings fermés. Il ne la réveilla pas. Elle était dans son ciel, comme un pape qui a son content. Tels sont les effets du baptême. Il apaise et ravit.

Après quoi, Catherine Pellenc apporta le gâteau au miel et aux amandes qu'elle avait préparé. Tout le monde se fit un plaisir de lui régler son compte. L'abbé Saumade, en bon gouillafre, en reprit plusieurs fois.

« C'est toujours ça que Charles Quint n'aura pas », disait-il, comme pour s'excuser, chaque fois qu'il se resservait.

Thomas Pourcelet se goinfra autant que le curé de Mallemort, mais à sa façon, sournoisement, sans faire de bruit. Il se sentait bien, ce jour-là. C'était à cause du gâteau. C'était aussi à cause des souris. Elles étaient parties comme elles étaient venues ; un heureux présage.

Le valet se disait que la guerre, ses malheurtés et ses marrissons allaient partir aussi, dans la foulée. Comme toujours, les souris avaient apporté le malheur. Sans elles, le bonheur reviendrait vite. Il ne serait plus dérangé ; il n'aurait plus peur.

*
* *

A sa mort, en 1534, Laurent Dieu de La Viguerie avait légué un domaine à son fils Jehan. C'était une grande bastide creusée dans la pierre, au sommet d'une petite colline au pied du Luberon, avec plein de terres autour. On l'appelait le Grand Champeau parce qu'elle dominait le hameau. Elle était occupée par un couple de fermiers d'une cinquantaine d'années, Nestor et Marie Perrin. Ils cultivaient l'olivier, l'amandier, le pommier, le cerisier, l'abricotier et bien d'autres choses encore. Ils élevaient aussi des enfants, des chèvres et des moutons. Ils étaient comme le vent, dans ce coin de Provence. Ils n'arrêtaient pas.

Si le sieur Dieu avait préféré ne pas habiter le Grand Champeau à la mort de son père, ce n'est pas seulement parce que cette bastide était loin de tout, mais aussi parce que, sa disposition aidant, les vents s'acharnaient souvent sur elle. Par temps de mistral, on aurait dit qu'une armée de serpents sifflait aux portes et aux fenêtres, au demeurant étroites et rares.

Ils ne se laissaient pas impressionner pour si peu, les Perrin. Ils n'étaient pas vaudois, mais ils auraient pu l'être, tant ils avaient le cœur pur et la tête claire. L'isolement de la bastide leur permettait, sans avoir trop à craindre, de rendre service aux hérétiques. Elle était en même temps leur poste, leur épicerie et leur arsenal.

Ces derniers jours, le sieur Dieu allait tous les soirs chez les Perrin avec des sacs de victuailles qu'il laissait dans la grange où les vaudois venaient se servir, la nuit. C'était mieux qu'un devoir; c'était un plaisir. Il ne se forçait pas.

Le soir du baptême, le sieur Dieu et son valet tiraient trois mules sur le chemin qui serpentait le long des flancs du Luberon pour déboucher sur le Grand Champeau. Elles étaient chargées de blé, d'eau, de fromage, de noix, d'hydromel, d'habits et de chausses. Sans oublier une hache et deux épieux.

Ils approchaient de la bastide des Perrin quand ils croisèrent six cavaliers qui descendaient. Le sieur Dieu reconnut tout de suite le premier d'entre eux. Toute la lumière allait sur lui. Elle aimait sa peau, ses cheveux, son pourpoint blanc cassé et son chapeau à plume de la même couleur. Il était comme un soleil.

C'était Richard Pantaléon.

Il s'arrêta à leur hauteur et demanda au sieur Dieu, après l'avoir salué :

« Que fais-tu là ?

— J'apporte des provisions à mes fermiers. Et toi ?

— Je tente de régler quelques comptes. Regarde-moi ça. »

Plus content de lui que d'ordinaire, ce qui n'était pas peu dire, il tira une ficelle qui pendait de l'autre côté du cheval et fit pivoter ce dernier afin de montrer au sieur Dieu l'objet de sa fierté.

C'était un magma noir et sanglant; un bouquet de têtes.

Il y en avait cinq, attachées par les cheveux. Elles avaient toutes été coupées au ras des mâchoires.

« Pourquoi as-tu fait ça ? demanda le sieur Dieu.

— Ce sont des vaudois.

— Ne crois-tu pas qu'il serait temps de les laisser tranquilles ? »

Richard Pantaléon secoua la tête avec un air buté :

« Non. Je continuerai à décoller ces hérétiques jusqu'à ce qu'ils me disent où est Antoine Pellenc.

— Antoine Pellenc ?

— Oui, tu as entendu. Antoine Pellenc. C'est leur chef. Il est venu chez moi. Il m'a tout pris. Je lui ferai rendre gorge pour qu'il s'en aille au paradis des vaudois, qui est l'enfer des damnés. »

Il se rengorgea, heureux de sa trouvaille.

« Il paraît qu'il a une armée avec lui, laissa tomber le sieur Dieu.

— Et alors ? Quand je saurai où se trouve cette canaille, je lèverai ma troupe et j'irai le tuer de mes propres mains, foi de Pantaléon. »

Le sieur Dieu décida qu'il valait mieux briser là. S'il provoquait Richard Pantaléon, le rapport de force lui serait trop défavorable.

Il salua Richard Pantaléon et fouetta les mules. Même s'il se défilait, il gardait l'air de quelqu'un que rien n'arrêterait jamais, sans regarder derrière ni devant.

C'est un métier.

CHAPITRE 42

Chaque jour, Catherine Pellenc devenait plus belle, plus assurée, plus rayonnante. Et pourtant elle n'arrêtait pas. Elle faisait le ménage et la cuisine, mais trouvait aussi le temps de lire, sans oublier de s'occuper de la petite Jeanne.

Catherine Pellenc n'avait pas d'yeux pour elle-même : c'eût été une perte de temps et le sieur Dieu y pourvoyait pour deux. Ses regards ne la quittaient jamais, même quand il était parti. C'est pourquoi elle souriait sans arrêt.

Elle s'habituait à ses absences. Il ne pouvait rester en place. Il avait trop besoin de chevaucher le pays pour sauver le pauvre, le malade et l'innocent.

Ce jour-là, Jehan Dieu de La Viguerie s'était rendu aux Borrys pour examiner une petite fille de trois ans qui, à ce qu'on lui avait dit, souffrait de la manie démoniaque. Elle s'appelait Nicole Crochon et se tortillait comme un ver, sur le siège où on l'avait attachée, en crachant de l'écume et des blancheurs.

Quand le sieur Dieu arriva chez les Crochon, le curé de la paroisse était en train d'expliquer aux parents pétrifiés que la maladie de leur fille apportait un démenti cinglant à tous ceux pour qui la mort du Christ avait détruit l'empire du Démon : au contraire, ce fut sa victoire et, depuis, il se croyait tout permis.

Après avoir examiné la pauvre chose baveuse sur son siège, le sieur Dieu trancha :

« Je ne voudrais pas vous contredire, mais le Démon n'est pour rien dans cette maladie.

— Comment ça ! » protesta le curé avec un haut-le-cœur.

Il montra au sieur Dieu une bassine pleine de poils, de plumes et de flocons de laine :

« Regardez ce qu'elle crache.

— Tant qu'il n'y a pas de clous rouillés, ni de balles de plomb, ni de crapauds vivants, cette maladie n'est qu'une manie simple et non démoniaque. »

Le sieur Dieu saigna la petite au bras, puis au pied, avant de lui administrer en même temps un vomitif et un purgatif. Avant qu'il ait eu le temps de vérifier leur effet, deux femmes éplorées déboulèrent dans la maison, se précipitèrent sur le curé et tombèrent à genoux devant lui en se lamentant :

« Il vient d'arriver un grand malheur, un crime horrible, sainte mère, priez pour nous. »

Elles parlaient toutes les deux en même temps ; on ne comprenait pas bien ce qu'elles disaient. Les sanglots n'aidaient pas.

« Une fille ? demanda le sieur Dieu.

— Des filles, Seigneur, priez pour nous, c'est affreux, un grand malheur. »

Le sieur Dieu rangea son attirail en toute hâte et murmura avec un air ailleurs, les dents serrées :

« Je viens. »

*
* *

Ce matin-là, à Puget, Gaspard et Denise Robertot avaient été surpris par le silence qui régnait dans leur maison. A cette heure-là, d'ordinaire, leurs deux filles étaient sorties de leur chambre et pépiaient en courant dans tous les sens ; des remue-ménage, comme disait leur mère.

Honorade avait onze ans et Baptistine, dix ans. C'étaient les deux enfants qui leur restaient, aux Robertot. Ils avaient perdu tous les autres, neuf en tout, sans compter les fausses couches. Ils les surveillaient donc comme le lait sur le feu.

Les Robertot étaient dans la cuisine, en train de manger le pain du matin, quand le mari se leva soudain et dit :

« Je vais aller voir. »

Quand il entra dans la chambre, il trouva les deux filles couchées dans le petit lit qu'elles partageaient. On ne voyait que leurs têtes qui dépassaient ; le reste était sous les couvertures.

Leurs visages avaient quelque chose d'étrange. Ils étaient crispés, comme s'ils étaient en train d'accomplir un effort surhumain et leurs yeux sortaient de leurs orbites.

Quand il retira les couvertures et découvrit les deux petits corps saignants, Gaspard Robertot poussa un cri qui retentit très loin, à l'autre bout du village, peut-être même jusqu'à la Durance.

Ce n'était plus sa voix, mais une plainte assourdissante à réveiller les tombes, à faire pleurer les pierres. Il n'était plus lui-même, mais un grand malheur qui chavirait la montagne et déchirait le ciel.

Quand le sieur Dieu et le curé s'approchèrent, il y avait plein de monde devant la maison des Robertot. Les sergents de Lauris étaient déjà là. Ils fouillaient partout, jusque dans le jardin, pour trouver des indices.

Le sieur Dieu examina les deux petits corps avec l'efficacité de l'habitude. Il se disait que son rapport serait facile à rédiger. C'était toujours le même. Au détail près que, dans ce cas aussi, les fillettes n'avaient pas été violées.

Son travail terminé, le sieur Dieu fit le tour des hypothèses avec les sergents et les Robertot.

« On ne peut exclure que l'assassin soit deux, observa l'un des sergents.

— Je ne vois pas, objecta le sieur Dieu, que l'on puisse commettre un forfait pareil à deux. »

Souvent, un gros hoquet secouait la dame Robertot de haut en bas. Ça jetait un froid et un malaise. Elle le comprit et partit sangloter dans la cuisine, avec ses voisines.

« On peut imaginer que l'assassin connaissait bien la famille, reprit le sergent.

— Je ne vois pas comment il pourrait en être autrement », approuva le sieur Dieu.

Il se tourna vers Gaspard Robertot :

« Avez-vous des soupçons ? »

Le chef des sergents répondit pour le père :

« Je lui ai déjà posé la question, vous pensez bien. »

Le sieur Dieu insista, en regardant Gaspard Robertot droit dans les yeux :

« Avez-vous remarqué, ces derniers temps, des gens qui s'intéressaient particulièrement à vos filles ?

— Non, ils n'ont rien remarqué », assura le chef.

Gaspard Robertot toussa. Il avait quelque chose à dire et l'exprima d'une voix qu'affaiblissait sa peur de déplaire au chef des sergents :

« Il y a quelqu'un qui leur a beaucoup tourné autour. C'était juste après Noël. Un gros moine qui parlait tout le temps. Il rendait visite au curé, qui est l'un de ses amis.

— Comment s'appelait-il ? »

Ou bien Gaspard Robertot était trop absorbé par son récit pour entendre la question. Ou bien, comme tout bon conteur, il cherchait à ménager un effet de surprise. Il poursuivit, les yeux fermés et l'air appliqué :

« Il est resté plusieurs jours au village avec cinq ou six moines. Il en avait après les hérétiques. Il disait que la région en était infestée, qu'il faudrait sans doute se décider, un jour, à la brûler tout entière si l'on voulait sauver le monde. Quand il parlait des vaudois, on aurait dit un âne rouge, avec un grand feu qui brûlait dans son œil. Mais quand il était avec nos deux filles, il devenait un ange. Il les prenait tout contre lui et il les caressait. Pas comme un homme, non, comme une mère. C'était un dominicain. Avec des poils partout, jusque dans le trou des oreilles.

— Nicolas Riqueteau ? » demanda le sieur Dieu.

L'homme hocha la tête, avec une expression de gêne, comme s'il commettait une bêterie.

*
* *

Avant de partir retrouver sa Terre Promise, du côté des Alpes, Antoine Pellenc avait décidé de se procurer de l'huile d'olive. Il était allé en chercher dans la vallée de la Durance, avec quelques hommes, quand il fut surpris, non loin de La Roque-d'Anthéron, par les soldats du baron d'Oppède qui patrouillaient dans le secteur. Ils s'étaient tout de suite mis à tirer, sans préavis ; des saletés.

Deux vaudois étaient tombés et l'un d'eux, le plus jeune, avait hurlé quelques aboiements avant de pousser un long cri, un cri de loup la nuit, qui avait rempli la vallée sur plusieurs lieues à la ronde. Il y a des gens pour qui la mort sera toujours un scandale. Surtout si c'est la leur. Antoine Pellenc n'avait jamais bien compris ces agonies tragiques. Il aimait citer le commandement de sa religion, qui ordonne à ses fidèles de « soumettre le corps à l'esprit ».

Pour échapper à leurs agresseurs et à leurs arquebuses, les

vaudois n'avaient pas le choix. Ils étaient condamnés à traverser la Durance. Mais l'exercice était périlleux. Tous ne savaient pas nager et rien ne disait qu'ils auraient tout le temps pied.

« Allez ! Allez ! » gueula Antoine Pellenc en montrant la Durance devant.

Les vaudois avaient peur. La rivière était comme un linceul glacé qui les serrait autour des cuisses ou de la taille, pour faire entrer son jus de mort au-dedans d'eux, jusque dans le creux des os. Antoine Pellenc sautait, trébuchait, repartait. Ça giclait partout autour de lui. Il courut longtemps ainsi. Jusqu'à ce que ses pieds perdent le contact avec les pierres et se retrouvent au-dessus d'un grand vide qui l'appelait. C'était comme si le ciel était sous lui.

Le courant l'emportait. Il ne pouvait rien y faire : l'eau l'avait pris dans ses bras et le pressait très fort. Il la frappa. Il n'arrêta pas de la frapper, avec sa tête, ses poings, ses pieds et ses genoux.

Il était en perdition, mais enfin, il ne coulait pas. C'était comme un miracle.

Les bras de l'eau finirent par le laisser sur le bord, non loin de là, contre une souche morte. Il n'en menait pas large. Il n'avait plus d'arquebuse : la Durance était comme toutes les rivières et volait autant qu'elle pouvait. Il tremblait un peu, de peur et de froid, sans son arme à feu. Il était tout pantelant, comme une feuille mouillée.

Il se retourna pour voir où en étaient ses hommes, mais les arbres du rivage l'en empêchaient. C'est là qu'il commit l'erreur. Il remonta la Durance, le long de la rivière.

Quand Antoine Pellenc entendit le coup de feu, il ne comprit pas tout de suite que c'était pour lui. Il avait bien senti une force qui tenta de le pousser à la renverse. Mais il était resté debout.

En moins de rien, un incendie se déclara dans la chair de sa cuisse et se propagea jusqu'à l'os. Il se baissa pour regarder : une fontaine rouge sang glougloutait dans l'eau de la rivière. Il décréta que ça n'était pas grave, mais il n'arrivait plus vraiment à marcher. Quelque chose l'attirait vers le bas ; une force douce et apaisante, celle qui, au-dedans de nous, plaide toujours pour l'abandon. Il fallait lui résister.

Mais ce n'était pas possible. Il tomba d'un coup. Ses jambes avaient décidé pour lui. Elles étaient parties très vite ailleurs, comme quand on pense ne plus revenir.

Il gisait maintenant au-dessous de lui-même. Il s'y serait trouvé bien s'il n'avait senti soudain la mort dans l'eau. Elle était froide comme un vent d'hiver. Elle lui tournait autour. Elle voulait l'embarquer.

C'est ce qui lui donna le ressort qu'il fallait pour se relever. Il n'avait pas envie de rendre sa clef maintenant. Il devait conduire son peuple dans les vallées du Piémont où les attendaient la paix et le bonheur. Il se rapprocha du bord dans un tumulte d'éclaboussures et, dès que le niveau de l'eau le lui permit, commença à marcher à quatre pattes.

Pas longtemps. Plusieurs soldats déboulèrent. Antoine Pellenc ne leva même pas les yeux pour les compter.

« Tu crois que c'est lui, le chef ? demanda une voix.

— Il n'a pas l'air glorieux, comme chef », dit une autre.

Un soldat se pencha sur le blessé et demanda d'une voix doucereuse :

« Quel est ton nom ?

— Antoine Pellenc. »

Le soldat, étonné, demanda aux autres :

« Vous croyez que c'est lui ?

— Puisqu'il te le dit ! »

Il fallait partir, ou bien mourir. Antoine Pellenc prit le parti de fermer les yeux très fort. Il se sentit mieux, tout d'un coup. C'était toujours mieux dedans.

CHAPITRE 43

En chemin vers la bastide, Jehan Dieu de La Viguerie doubla, à la hauteur de Mérindol, une vingtaine de soldats du baron d'Oppède qui avançaient fièrement derrière leur trophée : une carriole brinquebalante, tirée par un mulet, sur laquelle gisait Antoine Pellenc, les yeux fermés, à côté d'un tonneau de vin.

Le sieur Dieu reconnut tout de suite le père de Catherine. Il ralentit son cheval et, quand il fut à la hauteur du capitaine, cria à ce dernier :

« Je suis maître chirurgien. Cet homme est très malade. Il faut le soigner.

— C'est le chef des hérétiques, répondit le capitaine. On vient de l'arquebuser. »

Le capitaine fit signe au sieur Dieu de s'arrêter et reprit :

« Si vous pouvez faire quelque chose, j'en serai ravi. C'est une belle prise. Il ne faudrait pas qu'on le perde avant qu'il soit jugé et brûlé. »

Il demanda à ses soldats de descendre le blessé. Quand Antoine Pellenc fut allongé sur l'herbe, le sieur Dieu l'examina en évitant les yeux qui s'entrouvraient par intermittence.

« Ce n'est pas très grave, diagnostiqua le sieur Dieu d'une voix fausse.

— Il a perdu beaucoup de sang, objecta le capitaine.

— C'est une bonne chose. Il n'attrapera pas de purulence. Il suffit maintenant d'extraire la balle et il n'y paraîtra plus rien. »

Antoine Pellenc avait un trou béant en haut de la cuisse ; une grande fleur rouge qui perdait ses pétales sur tout son haut-de-chausses. Le sieur Dieu retira celui-ci, sans lui arracher un seul cri. Mais la souffrance sinuait comme un serpent entre les lèvres sèches du blessé. Elles tremblaient.

« Ne vous en faites pas, susurra le sieur Dieu sur un ton maternel. Ce ne sera pas long. »

Le sieur Dieu avait décidé que la blessure n'était pas suffisamment ouverte pour mériter une suture. Il n'aimait guère cette méthode qu'utilisaient les Anciens. Elle entraînait trop de complications. Si on cousait la peau, on empêchait le sang de s'écouler, avec les humeurs et les substances affreuses qui prolifèrent sous les blessures. Donc, on emprisonnait les impuretés. Elles marinaient, grossissaient, et bouillonnaient à l'intérieur de la chair. C'est ce qui provoquait les enflements et les gangrènes.

Il préférait la suture sèche : un petit morceau de toile que l'on plaçait sur la plaie pour coller les deux lèvres ensemble, après l'avoir enduit d'un mélange de farine et de blanc d'œuf. Mais ça ne convenait qu'aux blessures superficielles. En l'espèce, ce n'était pas le cas. Le sieur Dieu prit son scalpel et partit à la recherche de la balle. Il ne la trouva pas tout de suite. A la fin de son trajet, elle avait légèrement obliqué avant de s'arrêter à l'os qui, apparemment, tenait bon. Elle était déjà trop fatiguée quand elle l'avait touché.

Comme il n'arrivait pas à extraire la balle avec le scalpel, le sieur Dieu changea d'instrument. Il prit une pince. Ses deux pointes courbes excitèrent la douleur du blessé, en fouillant sa chair, et lui extorquèrent d'abominables grimaces. Mais elles parvinrent à leurs fins.

Quand le sieur Dieu pansa Antoine Pellenc, il se retrouva tout seul avec lui. Après le spectacle, les soldats étaient partis boire. Ils se rinçaient le gosier avec le vin du tonneau, en racontant des blagues. Il y a de l'indécence à rire près de la souffrance, ou de la mort. Mais l'homme ne la ressent que très rarement. Le monde est un poulailler : tuer une volaille n'a jamais empêché les autres de vaquer, après un moment d'attention, à leurs picorées.

Les deux hommes se regardèrent un moment sans rien dire, puis le sieur Dieu demanda à voix basse, en le tutoyant pour la première fois :

« Que veux-tu que je fasse pour toi, maintenant ?

— Je vois qu'il n'y a rien à faire. Occupe-toi de mes filles, c'est tout ce que je te demande.

— Catherine et le bébé vont bien.

— Vois ce que deviennent les autres. Je n'ai pas de nouvelles. »

Le sieur Dieu posa sa main sur celle d'Antoine Pellenc, chercha ses mots un moment, puis, quand il les eut trouvés, murmura doucement, comme s'il parlait à un enfant :

« Je voudrais te dire que nous allons nous marier, Catherine et moi. »

Le vaudois détourna la tête en faisant « Ah ». Il y avait une vague expression de contentement sur son visage.

« Dans trois semaines », précisa le sieur Dieu.

Ils se turent. On n'entendait que les rires des soldats et les coups de poing du vent qui frappait tout ce qui dépassait, dans la vallée.

« J'ai besoin de Catherine, reprit le sieur Dieu. Elle me rassure. »

Antoine Pellenc secoua le chef avec une grimace en guise de sourire :

« Un type comme toi n'a pas peur. Tu ne me feras jamais croire ça.

— Disons qu'elle me console.

— De quoi ?

— Du monde.

— Tu parles comme un vaudois, ironisa Antoine Pellenc.

— Je tremble souvent en lisant la Bible, devant toutes ces horreurs qu'elle raconte.

— Les horreurs que tu dis, c'est notre histoire.

— Justement. Je voudrais qu'elle change, notre histoire. Je m'y emploie chaque jour. »

Antoine Pellenc avait la gorge pleine de chagrin. Il la racla, ferma les yeux et demanda du vin. Il savait qu'il ne verrait jamais sa Terre Promise. Il ne lui restait plus qu'à aller la chercher au fond de lui.

*
* *

« Ne vous avais-je pas dit qu'il était innocent ? »

Nicolas Riqueteau tournait autour d'Exupère Paillasse avec de grands gestes des bras. L'inquisiteur d'Avignon se trouvait à Cavaillon quand il avait appris l'assassinat des petites Robertot. Il s'était tout de suite précipité chez le lieutenant-criminel pour lui demander de libérer Aaron Braitberg.

« Les juifs ne sont pas coupables de tout, reprit le moine. Entrez ça dans votre tête. »

Le lieutenant-criminel l'écoutait avec un sourire sardonique. Il ne comprenait pas que ce gros tas, avec un derrière comme un ventre, osât lui faire la morale.

« Je vais voir ce que je peux faire », murmura-t-il avec un petit signe de tête, pour signifier que l'entretien était terminé.

Le moine tenait le lieutenant-criminel par la manche. Il refusait de sortir.

« C'est une question de principe, gueulait le père Riqueteau. Nous ne pouvons garder un innocent en prison alors que le vrai assassin continue à perpétrer ses crimes. »

Exupère Paillasse se dégagea et toisa le dominicain :

« Puisque vous êtes si malin, avez-vous des soupçons ? »

L'inquisiteur hésita, puis murmura :

« Pas vraiment. Mais je crois qu'il s'agit d'un gros bonnet. Quelqu'un qui a des moyens. Peut-être Richard Pantaléon. C'est un pervers. Ou bien Balthazar de Blandin. C'est un obsédé. A moins que ce ne soit Jehan Dieu de La Viguerie. Celui-là, pour ce que j'en sais, il est carrément fou.

— Jehan Dieu, ça m'étonnerait, objecta Exupère Paillasse. Il est trop fou pour être pervers. »

Quand l'inquisiteur fut sur le pas de la porte, le lieutenant-criminel souffla très vite, comme pour s'en débarrasser :

« Maintenant, je peux vous le dire. Le baron d'Oppède vient de me faire demander de le libérer. A la demande de Jehan Dieu, si j'ai bien compris. »

Le père Riqueteau, après un signe de tête qui en disait long, sortit en haussant les épaules à deux reprises.

CHAPITRE 44

Quand le père Riqueteau, de retour en Avignon, apprit la libération d'Aaron Braitberg, il embrassa le « baylon » de la Juiverie qui était venu lui annoncer la bonne nouvelle. Il était comme ça, l'inquisiteur ; il avait l'esprit de justice et ne souffrait pas qu'elle fût bafouée.

Il n'en avait qu'après les hérétiques. Il exhortait les chrétiens à rester unis et à fermer leurs oreilles aux appels du Démon qui s'adresse à eux à travers les agités de la réforme et autres malades de la foi. Il revenait toujours au message de saint Paul : « Comme un seul corps a plusieurs membres et que ces membres, quoique plusieurs, font un même corps, il en est de même de Jésus-Christ et de son Eglise : car nous avons été baptisés pour être un même corps. »

Telle est la volonté du Christ. Il entendait établir son Eglise sur la même base, autour de la même foi. « Vous êtes Pierre, a-t-il dit au premier de ses apôtres, et j'édifierai mon Eglise sur cette pierre. »

Une seule et même pierre.

Depuis, chacun avait voulu ajouter sa pierre, sa misérable petite pierre, pour faire le chef, le beau ou le malin. C'est précisément ce que voulait Satan, qui attendait son heure au fond de sa fange. Il savait qu'il aurait plus aisément le dessus si l'Eglise, épouse de Jésus-Christ et Mère de tous, se laissait débiter en rondelles. La division a toujours été la meilleure amie du Mal.

Il fallait donc frapper. Excommunier, anathémiser et, au besoin, brûler. Pour l'amour du Christ.

L'inquisiteur d'Avignon ne souffrait pas la mollesse de Rome et du Comtat Venaissin qui ne voyaient pas le danger.

L'humanité était en guerre et, dans une guerre, il est interdit de louvoyer. Les traîtres, les égoïstes, les pleutres et autres déserteurs ont presque toujours droit au châtiment suprême. Il n'y a pas d'autre solution que de les supprimer, n'en déplaise aux bonnes âmes qui se gargarisent avec le Décalogue : « Tu ne tueras point. » Certes, Nicolas Riqueteau ne tuait point. Mais il donnait les ordres et tenait la chandelle. Il était la tête, pas le bras.

Il était comme le Christ, Nicolas Riqueteau. Il voulait sauver l'homme, mais pas n'importe lequel, le seul qui vaille parce qu'il recherche le salut : le chrétien. Or, le chrétien était menacé. De l'extérieur, bien sûr, par tous les faux prophètes qui, comme Mahomet, avaient singé Jésus. De l'intérieur aussi, par les hérésies qui rongeaient l'Eglise.

Il les connaissait toutes. Il avait étudié de près les abécédériens qui prétendaient que, pour être sauvé, il fallait ne savoir ni lire ni écrire et, surtout, ne pas connaître les premières lettres de l'alphabet. Il s'était intéressé aussi aux anthropomorphites qui, s'appuyant sur un passage de la Genèse, prétendaient que le Seigneur avait un corps humain. Ou bien aux baculaires qui, prétextant que Jésus condamnait l'usage de la force contre la force, prétendaient qu'il était criminel de porter d'autres armes qu'un bâton.

Il était l'un des plus grands connaisseurs des stercoranistes qui, six siècles plus tôt, osaient affirmer que l'hostie, le corps eucharistique du Christ, est digérée comme un vulgaire aliment pour être ensuite conchiée dans la fosse d'aisances. Ces exaltés de l'excrément refusaient d'admettre qu'elle devient, sitôt bénie, cette substance de la chair qui sera ressuscitée le jour venu. Nicolas Riqueteau avait écrit un ouvrage de près de cinq cents pages pour réfuter leur thèse. Mais il n'avait jamais rencontré leurs disciples, s'il en restait encore. C'était mieux ainsi. Il les aurait étranglés de ses mains.

Il n'avait pas rencontré davantage de nestoriens. Ces hérétiques-là, apparus à Antioche en l'an 428 de notre ère, niaient que la Vierge Marie fût la mère de Jésus, sous prétexte que la créature ne pouvait enfanter le créateur. A les croire, elle aurait conçu un être ordinaire, de chair et de sang, dans le corps duquel Jésus serait entré par la suite. Ils n'acceptaient pas qu'elle fût pure. Ils voulaient tout rabaisser. En somme, ils annonçaient déjà le calvinisme pour qui rien ne vaut rien, au point de prêcher l'incontinence et la fornication. Puni par le Seigneur, Nestorius, leur maître à penser, mourut la langue rongée par les vers, et ses écrits furent condamnés au feu. Nicolas Riqueteau avait rédigé une étude de trois cents pages contre lui et les siens. Rien que de penser à leurs abominations, il avait des haut-le-cœur.

Ces temps-ci, Nicolas Riqueteau se consacrait surtout à l'étude des vaudois, derrière lesquels il voyait se profiler l'ombre de l'apostat qui, le groin baveux, proférait ses insanités à la face du monde : « l'infâme Calvin », coupable de concubinage à Strasbourg, accusé de larcin à Metz et convaincu de sodomie à Bâle, avant de s'en aller porter le venin de la dissolution sous le soleil de Genève. Son livre ne serait pas long, cette fois. Contrairement aux luthériens et aux calvinistes, les pauvres de Lyon ne voulaient de mal à personne ; des minus. En plus, ils n'avaient rien inventé. Ils se contentaient de copier les apôtres du renoncement, dans les temps anciens.

Il y a des siècles, un certain Sabas, prétendant suivre les préceptes de l'Evangile, se castra, vendit ses biens et donna l'argent aux pauvres. Comme Jésus avait dit à ses disciples de ne pas travailler pour les nourritures terrestres et périssables, mais pour le salut éternel, il décida de surcroît que le travail était un crime. Il s'en alla à travers le monde avec une multitude de disciples hagards et démunis qui, comme lui, crachaient et se mouchaient sans cesse, pour chasser le démon hors d'eux.

Comme les massaliens de Sabas, les vaudois étaient de pauvres hères qui ne savaient pas ce qu'ils faisaient, mais on aurait eu tort de leur pardonner : en refusant de reconnaître l'autorité de l'Eglise de Jésus-Christ, ils facilitaient le travail de sape de Satan et de son représentant genevois. Voilà pourquoi il fallait les exterminer.

Alors que Nicolas Riqueteau travaillait sur le chapitre où il défendait le culte des saints contre l'hérésie vaudoise, quelqu'un frappa à la porte. Il ne répondit pas. Il avait trop peur de perdre le fil de la phrase qu'il était en train d'écrire.

On frappa de nouveau, plus fort. Le père Riqueteau leva la tête et grogna :

« Entrez. »

Après quoi, il se remit à l'ouvrage. Il ne consentit pas tout de suite à regarder l'intrus qui attendit debout, une bonne minute, dans l'embrasure de la porte. C'était Jehan Dieu de La Viguerie.

Nicolas Riqueteau lui indiqua d'un geste qu'il pouvait s'asseoir et retourna à sa phrase. Il peinait. Mais il peinait toujours quand il écrivait. Il avait trop à dire et les mots n'entraient pas dans la syntaxe. Ils étaient si forts et si puissants qu'ils ne souffraient pas les carcans. Ils partaient dans tous les sens ; il avait du mal à les rattraper.

Le sieur Dieu toussota, remua les pieds, puis hasarda d'une voix faible :

« Je suis venu rendre visite à mon malade.

— Oui, fit l'autre sans lever les yeux. Qui est-ce ?

— Eustache Marron. »

Le père Riqueteau daigna enfin s'intéresser à lui :

« Ah ! oui, c'est vous qui l'avez amputé. Où avais-je la tête... »

Il hocha gravement le chef, pour signifier son admiration :

« Vous avez fait du beau travail.

— Je vous remercie.

— Mais ça ne l'a pas beaucoup avancé. Il a des problèmes avec l'autre jambe, maintenant.

— Qu'est-il arrivé ?

— La question. Comme il refusait d'avouer, j'ai dû l'aider, vous comprenez. »

Le moine puait l'ail, comme d'habitude. L'odeur devint presque suffocante quand il se leva et se posta devant la fenêtre pour contempler la Tour du Pape, à l'autre bout de la cour intérieure.

« Je n'ai peut-être pas cette réputation, dit-il, mais je suis quelqu'un d'humain, qui cherche à aider les hérétiques. Je ne veux que leur bien. Avec celui-là, il n'y a rien eu à faire. Quand il a quelque chose dans la tête, il ne l'a pas au cul. Une mule. »

Le sieur Dieu opina, non parce qu'il était d'accord, mais pour amadouer le moine.

« Ces hérétiques sont souvent des mules, reprit le père Riqueteau. Ils ont une façon de vous répondre, que je n'admets pas. Une femme m'a dit, l'autre jour : “ Allez vous faire faire, figure d'accident. ” Elle ne l'emportera pas au Paradis, celle-là. Il y a une chose que je ne supporte pas, moi, c'est la grossièreté. Je veux qu'on me respecte. Si vous saviez les injures que j'entends toute la journée, vous seriez stupéfait. Ils se croient tout permis, ces vaudois. C'est pourquoi je ne les plains pas.

— Il y en a quand même quelques-uns pour racheter les autres, osa le sieur Dieu en regardant par terre.

— Vous avez raison. Il y en a qui ont de l'éducation. Mais ce sont tous des fanatiques, en revanche. Ils ont la vérité révélée. Ils se dressent sur leurs ergots. Ils ne supportent pas la contradiction. Et quand on leur pique la peau, on dirait des baudruches. Il n'en sort que du vent, du vent de pet. »

Nicolas Riqueteau se rassit et soupira :

« Si on les torture, ce n'est pas pour le plaisir. C'est parce qu'on ne peut pas faire autrement. »

Il se gratta le ventre et reprit à voix basse, comme s'il se parlait à lui-même :

« Dire que c'est moi qu'ils traitent de fanatique, moi qui fais tout pour les sauver... »

Il avait l'air très malheureux. Le sieur Dieu cherchait une parole de consolation quand le moine se releva d'un coup en demandant :

« Vous tenez vraiment à le voir, votre Eustache Marron ?

— Je lui avais promis de venir un jour.

— Il est un peu abîmé, vous verrez. Mais je n'ai pas pu faire autrement. Peut-être pourriez-vous le raisonner. Il faudrait vraiment qu'il mette de l'eau dans son vin. »

Nicolas Riqueteau se dirigea vers la porte et posa, en passant, sa main sur l'épaule du sieur Dieu qui s'était levé à son tour.

« Venez, dit-il. Je vais vous montrer la bête. »

CHAPITRE 45

C'était un chatouillis qui n'arrêtait jamais. De temps en temps, il provoquait des frissons qui lui couraient des pieds à la tête : des frissons de plaisir.

Tels sont les effets de la pourriture. L'homme célèbre avec elle des noces qui ne finissent jamais. Elle lui est consubstantielle. Il adore se remplir les poumons de ses mauvaises odeurs, fussent-elles pestilentielles. Il aime le picotement de ses caries pour peu qu'il soit supportable. Il se plaît à contempler son pus, qui a la même couleur que la semence de vie.

Qui osera chanter la purulence ? Depuis la nuit des temps, la jouissance creuse les tombeaux de l'homme. Regardez-le, après une nuit de stupre. Il est à vomir ; un ramas qui a le dégoût de lui-même. Au contraire, les joies de la pourriture, certes plus discrètes, ne le ravageront pas. Tant, du moins, qu'elle est contenue. C'est une petite griserie qui éclaire ses jours et aide à supporter la vie.

Cette petite griserie, Eustache Marron la ressentait, au fond de sa geôle, alors que la souffrance fouaillait sa chair, par secousses. Quelque chose émoustillait son corps moulu et l'emmenait au-dessus de lui-même. C'était le chatouillis.

Deux semaines auparavant, l'inquisiteur d'Avignon, lassé par sa mauvaise volonté, avait recouvert son pied droit, celui qui lui restait, de graisse de porc avant de l'enfiler dans une botte qu'il avait ensuite disposée au-dessus d'un petit feu. Eustache Marron avait crié et même supplié. Mais il n'avoua rien.

Il était décourageant, à la fin.

Sa blessure au pied s'étant infectée, le médecin du Palais des Papes avait déposé dessus une armée d'asticots, pour la nettoyer. Ils s'acquittaient de leur tâche avec bonne humeur ; des joyeux drilles. Ils batifolaient et frétillaient dans les suppurations. On aurait dit qu'ils se tordaient tout le temps de rire.

Eustache Marron aimait les sentir grouiller sur la pointe de son pied. C'était à peu près tout ce qui lui restait, comme vie.

Quand l'inquisiteur et le sieur Dieu entrèrent dans sa cellule, Eustache Marron était couché au fond et par terre, sur une jonchée de paille. Il reconnut tout de suite le maître chirurgien, qui eut droit à un large sourire.

« Vous vous sentez comment ? demanda le sieur Dieu en s'agenouillant auprès de lui pour examiner son pied droit.

Le vaudois ne répondit pas. Jehan Dieu de La Viguerie répéta sa question. Eustache Marron ouvrit sa bouche. C'était un trou noir d'où rien ne sortit, sinon un bruit guttural qui ne voulait rien dire ; un râle de mot.

« Je lui ai coupé la langue, expliqua Nicolas Riqueteau. Il m'insultait tout le temps, vous comprenez. »

Le sieur Dieu secoua la tête avec un air accablé. En ce temps-là, l'Inquisition n'acceptait pas que parlent ceux qui niaient la divinité du Christ ou la virginité de Marie, Mère de Dieu. Souvent, elle avait recours au bâillon de bois. En 1534, à Paris, un hérétique, Henri Poillo, avait eu la langue percée puis attachée à la joue avec un fer. Comme la plupart de ses collègues, le père Riqueteau préférait couper purement et simplement l'objet du péché. C'était plus simple et ça évitait les rechutes. Il n'aimait pas les demi-mesures.

« Avec ces pouilles et ces gros mots, il m'empêchait de me concentrer, reprit l'inquisiteur. Je n'arrivais plus à l'interroger.

— Comment allez-vous faire maintenant ?

— Je lui ferai signer des aveux. »

Le sieur Dieu ouvrit son bagage à médicaments et en sortit une pince avec laquelle il retira un à un les asticots du pied d'Eustache Marron.

Quand il les eut enlevés, le sieur Dieu prit une fiole de vinaigre, en aspergea un chiffon et nettoya avec celui-ci le pied du vaudois qu'il enduisit, ensuite, d'huile d'olive bouillie. Eustache Marron grogna à plusieurs reprises, de douleur bien sûr, mais de contentement aussi. Il était comme tous les grands malades. Il était heureux que l'on s'occupât de lui.

Après avoir rangé ses affaires, le sieur Dieu posa sa main sur la poitrine d'Eustache Marron, là où la vie bat son plein. Il regarda le vaudois qui l'observait. Il ne savait pas bien quoi dire. Il ne dit donc rien et l'embrassa sur le front avant de s'en aller.

*
* *

Quand ils sortirent de la cellule d'Eustache Marron, Nicolas Riqueteau prit le sieur Dieu par le bras et lui demanda s'il connaissait le vaudois depuis longtemps.

« Non, répondit le maître chirurgien. Je ne l'avais jamais rencontré avant de l'amputer.

— J'avais l'impression de voir deux vieux amis qui se retrouvaient.

— C'est souvent le cas, entre le médecin et son malade. Ils se comprennent sans se parler.

— Moi, en revanche, j'ai gardé un mauvais souvenir de vous. Avec votre saignée, vous avez failli me tuer.

— Il ne faut pas saigner ni purger à moitié. Sinon, tout est à refaire.

— Et puis, contrairement à ce que vous m'avez dit, je n'ai pas la tumeur du nombril. J'ai vérifié. Mon ombilic est très sain. »

Le père Riqueteau tenait toujours le bras du sieur Dieu. Mais il le serrait très fort, maintenant, comme pour lui dire qu'il était sa chose.

Quand ils arrivèrent à l'escalier, le père Riqueteau lâcha le bras du sieur Dieu et le laissa passer devant.

« J'aimerais vous parler, murmura ce dernier.

— Cela tombe bien. Moi aussi. Venez dans ma cellule. »

Dès qu'ils y furent retournés, l'inquisiteur referma la porte avec un air de conspirateur et demanda tout de go, sur un ton faussement affable :

« En quoi puis-je vous être utile ?

— Je voudrais que vous me disiez ce que vous savez des crimes de petites filles.

— Il paraît que vous vous passionnez pour ça.

— J'ai décidé de retrouver le coupable.

— Les coupables, corrigea l'inquisiteur en faisant signe au sieur Dieu de s'asseoir. Ce sont des crimes rituels de vaudois.

— Les vaudois n'y sont pour rien, vous le savez bien. »

Le père Riqueteau s'affala en soupirant dans sa chaise à bras.

« Ce sont eux, dit-il d'une voix pleine d'hystérie contenue. Ils ont même l'impudence de signer leurs forfaits. N'avez-vous pas remarqué que leurs victimes sont toujours de bonnes catholiques ?

— Cela ne prouve rien.

— Qu'elles soient toutes vierges comme Marie, cela ne prouverait-il rien non plus ? Les vaudois ont la haine de la virginité. Ils vomissent l'abstinence dont ils sont d'ailleurs bien incapables. Ce sont des obsédés du stupre et du branle du loup. »

Nicolas Riqueteau s'arrêta un moment pour reprendre sa respiration. Il était horrifié et congestionné. Il finit par reprendre, mais sans s'emporter :

« Quand je pense aux calomnies que déversent l'infâme Calvin et les vaudois sur Marie, Mère de Dieu, ça me tue les jambes. Ils répandent ces menteries, parce qu'ils ne supportent pas l'idée qu'elle soit pure. Ils voudraient qu'elle ait fauté, comme ils ne cessent eux-mêmes de fauter, ces malades de la chosette. »

Le sieur Dieu décida qu'il était temps d'en venir au fait :

« L'assassin a encore frappé. Deux petites filles en même temps, cette fois. »

Le moine baissa les yeux et laissa tomber :

« Oui, je sais. Baptistine et Honorade. Des petites filles de Puget, que je connaissais bien.

— Vous les connaissiez ? fit l'autre en feignant l'étonnement.

— Je les aimais beaucoup. »

C'est là que Jehan Dieu de La Viguerie commit l'erreur. Il demanda à l'inquisiteur sur un ton dégagé, comme si la question n'avait pas d'importance :

« Où étiez-vous hier matin, quand elles ont été tuées ? »

Le père Riqueteau eut un haut-le-corps :

« Plaît-il ?

— Vous n'avez pas passé la nuit en Avignon, n'est-ce pas ?

— Je n'étais pas en Avignon, c'est vrai. Et alors ? Vous me soupçonnez ? »

Le sieur Dieu secoua la tête en regardant ses chausses. N'est pas lieutenant-criminel qui veut.

« Bien entendu, vous me soupçonnez, reprit l'inquisiteur. Rien ne sert de nier, je lis dans vos pensées. J'aime les enfants, je m'en occupe, je veux leur bien. Donc je suis coupable. N'avez-vous pas honte, pilier d'Enfer ? Vous rendez-vous seulement compte de votre immonde diablerie ? »

Le visage du père Riqueteau grossissait à vue d'œil. On aurait dit une tomate mûre avant qu'elle craque, affolée de soleil. Sous sa peau, le jus poussait, pour sortir. Il se mit soudain à saigner du nez.

Tandis qu'une cascade de sang se déversait sur sa bure, le sieur Dieu ouvrit son bagage à médicaments, sortit un flacon de cendre de crapaud et en prit plusieurs pincées qu'il disposa au milieu d'un mouchoir avant d'appliquer celui-ci contre les narines de l'inquisiteur. Il l'appuya très fort sur le nez, comme pour le faire rentrer à l'intérieur du visage, et la cascade devint ruisseau, puis filet, avant de s'arrêter enfin.

« Merci, soupira le père Riqueteau.

— Je n'ai fait que mon devoir. »

L'inquisiteur se leva en montrant sa robe maculée :

« Je ne peux pas rester comme ça. Il faut que je me change.

— Avez-vous déjà eu d'autres crises comme celle-là ? demanda le sieur Dieu en refermant son bagage à médicaments.

— Oui, souvent.

— C'est mauvais. Il faut vous reposer.

— Je n'ai pas le temps avec tout ce Mal qui chevauche le monde. Il ne songe qu'à embrocher le Bien pour lui faire des petits qui, à leur tour, enfileront tout ce qui bouge. Il faut mettre un terme à tout ça. Mais les journées sont courtes et il y a trop à faire. »

Arrivé à la porte, Nicolas Riqueteau fixa le sieur Dieu droit dans les yeux et murmura en s'essuyant à plusieurs reprises le nez avec sa manche :

« Je vous laisse partir, mais mon petit doigt me souffle que j'aurais dû vous retenir. On m'a souvent mis en garde contre vous et je dois à la vérité de dire qu'il y a quelque chose que je n'aime pas en vous. »

Il hésita :

« Je ne sais trop quoi... Vos façons, votre air supérieur, votre regard accusateur... »

Il hésita encore :

« Sachez en tout cas que je ne suis pas l'assassin que vous prétendez rechercher. Sachez aussi que j'entends, comme vous, mener mon enquête. C'est une affaire qui dépasse la maréchaussée et les chasse-gueux. Elle concerne le Seigneur et le Diable, donc le Tribunal de la Sainte Foi. Vous entendrez donc encore parler de moi. »

Il le salua, d'un geste de la tête, sans le regarder.

CHAPITRE 46

Le vent avançait comme un troupeau mugissant, dans un bruit de cavalcade et de pierres qui roulent. Parfois, il se transformait en meute et poussait des hurlements de loup.

C'était le mistral.

Les plus à plaindre étaient les arbres. Quelques-uns tenaient tête mais la plupart souffraient le martyre, sous les assauts du vent. Pendant qu'il leur tirait les cheveux, ils tournoyaient autour de leur tronc, en poussant des gémissements de fin du monde. Ils fendaient l'âme.

Le mistral s'arrêta d'un coup quand le sieur Dieu arriva à Cavaillon, devant le Luberon qui dormait, couché sur sa plaine. La Provence était, soudain, redevenue elle-même : un mélange de senteurs et de couleurs violentes, qui peuvent faire passer le reste du monde pour une pâle copie. Tout, ici, est plus fort et plus vrai qu'ailleurs, l'odeur des chênes, l'orangé des pierres ou le bleu des cieux. Ce n'est pas un pays que l'on conquiert ; celui-là s'impose à vous. Il entre dans les têtes, se mélange aux gens et coule dans leurs veines.

C'est comme un morceau de Judée que le Seigneur aurait oublié là. Au-dessus, il a même laissé son soleil qui met de l'or partout, jusque sur la peau des nouveau-nés. Il n'a ajouté que la Durance qui taille son chemin dans une vallée d'herbes et de branches. Elle apporte la gaieté, les rires et les oiseaux.

Jehan Dieu de La Viguerie était tout à sa béatitude, sur son vieux cheval, tandis qu'il s'approchait de sa bastide. Elle s'évanouit d'un coup quand il aperçut trois silhouettes devant la porte d'entrée.

C'étaient trois soldats du baron d'Oppède. Bien que Catherine Pellenc leur eût proposé d'entrer, ils avaient préféré rester dehors, pour guetter le retour du sieur Dieu et surveiller leurs chevaux qui broutaient.

« Il faut que vous nous suiviez, dit le plus petit des trois.

— Que me voulez-vous ?

— Nous avons ordre de vous amener à Aix.

— A Aix ?

— Au Parlement de Provence. »

Catherine sortit, le bébé dans les bras.

« Fais ce qu'ils disent, souffla-t-elle.

— Où est Pourcelet ? »

Elle haussa les épaules :

« Parti faire des commissions, comme d'habitude. »

Jehan Dieu de La Viguerie descendit de cheval, embrassa Catherine puis la petite, et remonta en selle, l'air soumis.

« Savez-vous ce qu'on me veut ? demanda-t-il.

— Non, mais c'est très important. »

*
* *

Le palais comtal d'Aix trônait au-dessus de la place des Prêcheurs et avalait pour les dégorger ensuite des flots de traficoteurs, solliciteurs et raseurs en tout genre. C'était la maison du pouvoir. Là se jouaient les nominations, les révocations et les bonnes affaires. Parfois, la vie ou la mort, comme le rappelait la prison installée en son sein.

Le premier président du Parlement de Provence recevait tout le monde. C'était sa tactique. Il aurait bien écrit sur sa porte, comme le poète : « Qui entre ici, me fera honneur ; qui n'entre point, me fera plaisir. » Mais il était convaincu que le pouvoir s'entretient et, pour ce faire, ne ménageait ni sa peine ni son temps, y compris avec les fâcheux. Il savait faire croire à chacun de ses visiteurs que celui-ci était la personne la plus remarquable qu'il eût jamais rencontrée. Il le regardait bien droit dans le fond des yeux. Il lui donnait toujours une réponse, un oui ou un non. Il y a les puissants qui, pour s'affirmer, abaissent ceux qu'ils reçoivent. Il y a les grands qui, au contraire, les élèvent. Jean Maynier d'Oppède faisait partie de la seconde catégorie. C'est pourquoi il était si aimé.

Quand Jehan Dieu de La Viguerie fut introduit dans le cabinet du baron d'Oppède, au premier étage du palais comtal, il lui demanda avec un air plein de méchance :

« Que me veux-tu donc ? »

L'autre sourit, s'approcha et posa sa main sur l'épaule du sieur Dieu. Il savait y faire, pour amadouer.

« Je suis désolé de t'avoir dérangé, dit-il, mais j'ai besoin de toi. Tu as vu que j'ai libéré ton juif comme tu me le demandais.

— Je t'en remercie. Tu sais bien que tu pourras toujours compter sur moi.

— Précisément, je ne me sens pas bien, ces temps-ci. Je n'arrive plus à...

— C'est nouveau. »

Le sieur Dieu avait dit cela avec ironie mais le baron d'Oppède ne se laissa pas démonter. Il retira son bras et soupira doucement :

« Ma pâte ne se lève plus. »

Jean Maynier d'Oppède murmura très vite, comme quand on se débarrasse d'un secret :

« Même quand je cherche à la chauffer, ma pâte reste froide. »

Il était passé du soupir au gémissement. Il émut le sieur Dieu qui lui assura :

« Ce n'est rien. C'est l'usure. Il suffit de changer de dame.

— Je n'arrête pas de changer de dame. Rien à faire. Je voudrais que tu me trouves quelque chose. »

Si le Diable lui avait donné le choix, Jean Maynier d'Oppède, tout bon chrétien qu'il fût, se serait damné pour être à nouveau en mesure de planter son cresson dans la chichourle d'une femme. Tout l'homme est là, dans cette obsession de fruition. C'est le seul animal de la création qui court derrière sa queue. Dès qu'elle lui manque, il perd ses moyens. Le baron les avait perdus.

Jehan Dieu de La Viguerie comprit tout de suite l'avantage qu'il pouvait tirer de la situation. Il demanda tristement :

« Depuis quand as-tu la queue froide ?

— Trois semaines.

— Le mal a donc commencé avec la croisade des vaudois.

— Non. Un peu avant. »

Le sieur Dieu chercha le regard du baron, mais ne trouva qu'une petite brume entre ses paupières mi-closes.

« Je vais te tirer d'affaire, dit-il, mais ça prendra du temps.

— Je ferai ce que tu voudras. »

C'était la phrase à ne pas dire. Les yeux du sieur Dieu s'éclairèrent d'un coup. Il murmura :

« Si je te guéris, je voudrais que tu m'accordes une faveur.

— Que je t'aide dans ton enquête pour retrouver l'assassin des petites filles ?

— Non, cela va de soi. C'est autre chose. Je te dirai quoi en temps voulu. Promets-moi.

— Je ne peux pas te promettre si je ne sais pas. »

Le sieur Dieu répéta sur un ton qui ne souffrait pas la contradiction :

« Promets-moi.

— Es-tu vraiment sûr que je serai en mesure de t'accorder cette faveur ?

— Je n'en doute pas. Promets-moi. »

Le baron d'Oppède tourna la tête et, d'une voix qui n'était pas vraiment la sienne, laissa tomber, très vite et à regret :

« Je te promets. »

*
* *

Il était tard mais le baron d'Oppède entendait commencer son traitement le soir même. Deux étudiants en médecine de Montpellier furent affectés au sieur Dieu pour l'aider à préparer ses poudres et ses électuaires aphrodisiaques. Il leur demanda de se procurer sans attendre tout ce dont il avait besoin : les herbes, les légumes ou les viandes.

Une heure et demie après, le baron prenait un bain de lait dans lequel avaient été mis à tremper du poivre, de la cannelle et des clous de girofle. Rien n'excite la chair, la vivante ou la morte, comme les épices d'Orient. Le sieur Dieu prit une serviette et, après l'avoir mouillée, commença à frotter le corps de Jean Maynier d'Oppède pour bien l'imprégner du jus d'amour dans lequel il marinait.

Il profita de la situation pour engager la conversation sur les crimes de petites filles :

« Mon enquête n'avance pas vite, mais je crois que je tiens une piste. Les deux dernières victimes étaient des connaissances du père Riqueteau. Ne trouves-tu pas ça étrange ?

— Peut-être... Sais-tu qu'il te soupçonne aussi ?

— Moi ?

— Oui, toi. Si c'est lui, il y a un moyen de savoir, un moyen infaillible...

— Ah, oui ?

— L'odeur. S'il est l'assassin, les victimes doivent toutes sentir l'ail, avec toute la purée dont il s'enduit. Est-ce le cas ? »

Le sieur Dieu hésita :

« Je ne sais pas... C'est possible.

— N'as-tu rien remarqué ? »

N'obtenant qu'un silence, le baron d'Oppède rigola :

« Je suis sûr que je ferais un meilleur lieutenant-criminel que toi. »

Après le bain, le premier président du Parlement de Provence dut plonger ses parties génitales dans une décoction de sarriette au vin rouge. Le sieur Dieu les frictionna doucement, comme une femme, sans obtenir le moindre effet. Le vivandier n'était qu'une pauvre chose qui pendouillait entre ses jambes ; un légume bouilli.

Le baron se rhabilla et but une soupe de sauge et de marjolaine que le sieur Dieu avait saupoudrée d'une poudre de gingembre et d'amandes douces. Le malade fut ensuite invité à manger des testicules de coq et de la viande de loutre, avec du riz et des oignons.

Avant d'aller retrouver sa dame et ses amis, le baron demanda :

« Crois-tu que ça pourra marcher ce soir ?

— Mieux vaut ne pas essayer tout de suite. Attends un jour ou deux. »

L'autre avait l'air désespéré. Mais quand Jehan Dieu de La Viguerie lui demanda s'il pouvait rentrer chez lui, il retrouva aussitôt son expression autoritaire de premier président du Parlement de Provence :

« Pas maintenant. Demain matin, si tu veux. Il faut que tu sois ici la nuit. »

Jean Maynier d'Oppède était comme tous les tyrans. Il avait peur la nuit. Le sieur Dieu n'était pas un tyran. Mais il eut peur aussi cette nuit-là. C'est parce qu'il avait lu l'Ancien Testament à la lueur de sa bougie, jusqu'à trois heures du matin : chaque fois, ça lui faisait le même effet, toutes ces guerres, ces razzias, ces massacres d'enfants et ces colères effrayantes de Yahvé. Il tremblait dans son lit.

Le sieur Dieu n'admettait pas qu'il y eût tant de haine dans la Bible. Sans doute était-ce la faute des hommes qui l'ont écrite. On ne connaît pas la version de Dieu. Elle n'est sûrement pas la même.

Sinon, il n'y aurait rien à attendre du monde.

CHAPITRE 47

Quand le sieur Dieu retrouva Catherine Pellenc, le lendemain matin, elle repiquait des salades dans le potager. Il lui prit la main et l'emmena dans la chambre où il la chevaucha sans rien dire, à l'envers et à l'endroit. Elle était sa chose et il était sa chose. Rien ne pouvait plus les séparer l'un de l'autre, que le monde et ses mensonges.

Il faut se méfier de l'amour. Quand il monte trop haut, il arrive qu'on ne puisse plus redescendre : on est refait, sur son petit nuage ; on finit même par y crever d'ennui. Quand on se mélange trop, il est des cas où, après les grands élans, on ne parvient pas à se retrouver : on a beau chercher partout, il n'y a plus personne.

Catherine et Jehan prirent tous les risques. Ils partirent très loin au-dessus de la terre, là où c'est tous les jours printemps. Il leur avait suffi de suivre l'air qui gonflait leur poitrine. Il les tirait vers le haut et ils montaient dans le vent, en frétillant de joie. C'est bon, quand on ne se sent plus. Plus ils s'élevaient, plus leur tête se vidait. Ils étaient devenus le même désir qui bouillait, le même désir et le même sang.

C'était l'amour.

Ils ne regardaient pas en bas, de peur d'attraper le vertige. Ils étaient sûrs d'avoir l'éternité pour eux. Mais l'éternité ne dure qu'un temps, ici-bas. Catherine et Jehan retombèrent d'un seul coup, comme des baudruches. Le bonheur était déjà parti se faire voir ailleurs. Il ne reste jamais. Il n'arrête pas de courir le monde, entre deux escales.

Après avoir donné une dernière caresse sur la croupe de Catherine, il embrassa ses gros tétons et, quand elle se fut allongée, posa son menton sur son bedon, puis murmura doucement, comme s'il parlait à un bébé, mais c'était au nombril :

« Pardon.

— Merci », soupira-t-elle.

*

* *

Un autre crime avait été commis la veille. C'était à Pont-Royal, sur la route de Salon. Une fille de muletier. Thomas Pourcelet, qui venait d'arriver à la bastide, hurla la nouvelle à la cantonade. Le sieur Dieu descendit l'escalier avec sa tête des mauvais jours :

« Où étais-tu encore ?

— En ville, répondit le valet avec une insolence dans la voix.

— Que faisais-tu ?

— J'achetais des provisions, pardi !

— Je veux que tu restes à garder la bastide.

— Elle se garde bien toute seule et il y a quatre ventres à nourrir : ça ne se fait pas tout seul. »

En retournant à Aix-en-Provence, le sieur Dieu passa par Pont-Royal. Les parents de la victime, les Savinard, habitaient une maison basse, au bord de la route. Il frappa longtemps à leur porte ; il n'y avait personne. Il regarda autour et aperçut, au loin dans un champ, un vieillard qui gardait un troupeau de mulets. Il s'approcha.

Le vieillard avait l'œil gros. On aurait dit que le cerveau le poussait par-derrière, hors de l'orbite. Il n'était pas encore tombé, mais la chute semblait imminente.

Le sieur Dieu lui demanda où étaient les Savinard. Il répondit qu'ils enterraient la petite à Mallemort.

« Déjà ? fit le sieur Dieu. Et si elle se réveillait ? »

La question était idiote et le vieillard l'entendit comme telle :

« Il y a peu de chances. Si vous l'aviez vue, la pauvre... C'est le lieutenant-criminel qui a conseillé de la mettre tout de suite en terre. Avec la guerre et toutes les maladies qui se promènent, on ne peut plus honorer les morts. »

Après avoir dit au vieillard qu'il était médecin, le sieur Dieu lui conseilla d'enduire son œil gros d'un mélange de vin, de plantain et de blanc d'œuf. Ensuite, il fila à l'église, puis au cimetière où il retrouva les Savinard en prière devant la tombe de leur enfant.

Il n'était pas question de la déterrer. Le sieur Dieu se présenta aux parents et, après avoir posé quelques questions sur l'état de la victime, leur demanda :

« Sentait-elle l'ail ?

— L'ail ? Mais tout le monde sent l'ail, par chez nous, répondit la mère.

— L'odeur était-elle plus forte que d'habitude ?

— Non, pas vraiment. C'était une odeur plus triste, une odeur qui vous fendait le cœur. »

*
* *

Ce soir-là, Jean Maynier d'Oppède eut droit au même traitement que la veille. Le sieur Dieu avait toutefois ajouté à son régime un verre de sirop d'œillets de jardin. Il n'obtint pas plus de résultat.

Quand il retourna dans sa chambre pour se coucher, le sieur Dieu était tout agité. C'était comme si des forêts poussaient au-dedans de lui. Elles lui cognaient le crâne. Elles cherchaient à sortir.

C'était une nuit à écrire.

Il travailla jusqu'au petit matin sur le livre de ses vies, dont il acheva le chapitre que voici :

L'agnelle de Mahomet
(an 632 de notre ère)

Je ne sais pas ce que j'ai fait au bon Dieu, mais il ne m'a pas gâtée. Depuis que je suis née, je me sens comme un petit tas de chair fraîche que tout le monde regarde en salivant. Des chiens aux enfants, ils n'ont apparemment qu'une chose en tête : me bouffer. La terre n'est qu'un ventre. Nous sommes tous sa ripaille. Sauf que nous, on nous le rappelle tout le temps.

Je ne peux croire que mon derrière, fût-il celui d'un mouton arabe, soit aussi appétissant. C'est le vice qui creuse la panse de nos assassins, pas la faim ni même la foi. Ils trouvent toujours une bonne raison de nous égorger. Parfois, ils nous sacrifient à l'occasion de ces fêtes abjectes où, en l'honneur d'un mariage, ils se goinfrent à s'en crever la panse pour aller la décharger ensuite quelque part dans les herbes. C'est du propre.

Ils nous tuent aussi pour guérir les maladies, appeler la pluie ou féconder les champs. Il n'y a pas de sots prétextes. Quand ils nous saignent, ils sont convaincus de faire plaisir au Tout-Puissant qui, paraît-il, raffole de notre sang. Remarquez que ça peut se comprendre. Il est doux et sucré comme du lait de figuier. Il porte même bonheur. Je connais beaucoup de gens qui, pour s'assurer la protection de Dieu, en badigeonnent les murs de leur demeure. C'est une mode. Je la trouve lamentable.

Tout est la faute de Yahvé. Nos ennuis ont commencé quand il a dit aux Israélites, par l'entremise de Moïse et d'Aaron, qu'ils devaient trancher la gorge d'un mouton et asperger de son sang les linteaux et les montants des portes de leurs maisons, afin qu'ils soient épargnés quand il parcourrait l'Egypte pour tuer les premiers-nés.

Depuis, ça n'arrête pas. Un vrai carnage. Dois-je préciser que la méthode de la saignée n'est pas la plus douce ? Je sais bien qu'il n'est jamais agréable de mourir, mais enfin, on pourrait nous aider un peu. Sous prétexte qu'il est interdit de nous briser aucun os, comme ce fut le cas pour le Christ auquel saint Jean n'a cessé de nous comparer, nos égorgeurs font durer le plaisir. Il y a sûrement d'autres moyens. Encore que je préférerais, bien sûr, expirer de ma belle mort, les pattes en l'air, dans un petit soir tiède, en bêlant au ciel : « Emmène-moi loin d'ici, apprends-moi la paix et le bonheur. » Au lieu de quoi, il me faut attendre le couteau, comme tous les miens.

Je suis de Médine et mon ancien maître, un petit paysan du coin, m'a offert au prophète Mahomet. Un cas, celui-là. Il habite une grande demeure avec des tas de cabanes autour, qui grouillent de femmes, d'esclaves et de guerriers. J'ai eu de la chance. J'étais sûrement destinée à finir sur une broche, à l'occasion d'un nouveau mariage de ce monsieur qui, à ce qu'on dit, est un chaud lapin. Mais je suis arrivée juste au moment où il tombait malade.

Quand je l'ai vu pour la première fois, j'ai tout de suite compris qu'il allait bientôt mourir. Il était blanc comme laine et se tenait la tête entre les mains. Il ne marchait pas droit, non plus. Il prétendait qu'il avait été empoisonné. Par qui ? Par une juive, que voulez-vous que je vous dise. C'est le problème de Mahomet. Il voit des complots partout et en a après la terre entière. On dit qu'il a déjà fait soixante-quatorze expéditions, plus ou moins punitives.

Il n'aime pas qu'on lui marche sur les pieds, ni même qu'on le titille. Il est vrai que l'exemple vient d'en haut. Allah, son Dieu, se dit magnanime, « plus que les univers ». Je demande à voir. L'Unique ne souffre pas les effaceurs, les fraudeurs et les transgresseurs. Il les voue à la Géhenne. Mahomet est pareil. Parfois, il est pris de colères irrésistibles qu'il décharge contre le premier venu. Il paraît qu'un jour, il a fait condamner à mort deux esclaves qui chantaient, les malheureuses, des satires contre lui. Il ne rigole pas.

Il est comme tous les prophètes, cet homme-là. Il prend son travail très au sérieux. Il ne faut pas le chercher, on le trouve tout de suite, le sabre à la main, avec du feu dans les yeux. C'était en tout cas vrai avant. Plus maintenant, depuis sa maladie. Ces temps-ci, il se traîne d'une natte à l'autre, avec du linge mouillé autour de la tête. Il fait de la peine.

Est-ce l'instinct maternel qui pointe en moi ? Il m'a conquise. Moi qui l'ai vu de près, j'atteste qu'il a dans les yeux l'innocence de l'agneau qui vient de naître. Je ne sais comment il fait ; malgré le sang noir qui macule son sabre, il a l'air aussi pur que celui qui ôte les péchés du monde. Je ne peux le jurer sur la tête de personne, car toute ma famille a été égorgée, mais j'entends bien le bêler jusqu'à ma mort à la face du ciel.

En plus, je sais pourquoi. Ce monsieur n'est pas seulement un chef de guerre. C'est un poète, un grand poète. Il prétend qu'il n'est pour rien dans ce qu'il raconte : ça lui serait soufflé par Allah, le Matriciant, le Matriciel, l'Unique, qui communique directement avec lui. Pure modestie. Son Qur'ân descendu de la bouche de son Dieu, je suis sûr qu'il n'est pas tombé tout cuit des cieux, au cas où il serait vraiment venu de là. Mahomet l'a enjolivé. Il lui a mis sa patte et donné sa musique. Elle me grise quand elle retentit dans la mosquée, à l'heure de la prière. A part le silence des étoiles, certaines nuits, je n'ai rien entendu de plus beau.

J'aime quand Mahomet parle d'Allah qui fend le grain et le noyau ou fait sortir la vie de la mort et inversement. J'aime quand il chante la grâce de l'univers, les germes qui poussent ou les fruits qui fruitent. Mais il a souvent l'humeur noire. Il n'arrête pas de mettre l'humanité en garde contre les dangers qui la menacent. Il l'implore de se délivrer du mal au lieu de se ventrouiller dans la richesse, la souillure et la concupiscence, en feignant de ne pas voir les misérables et les orphelins qui ont tant besoin d'elle :

« Qui était aveugle en ce monde
sera aveugle dans l'Autre. »

Même quand il annonce des châtiments, des malédictions ou des supplices terribles, je me laisse emporter par sa mélopée. Il y a de l'infini dedans. Que demander de plus ? Je sais bien que ses versets n'ont pas été conçus pour les moutons. En ce qui nous concerne, le prophète de Médine ne s'intéresse qu'à notre viande, avec un faible pour l'épaule. Il se fiche pas mal de nos états d'âme. Je n'en suis que plus à l'aise pour dire mon accord avec lui. Il est l'ami des faibles et des pauvres. Si j'excepte les malheureux de mon espèce, il ne veut que le bonheur des gens, y compris des chrétiens ou des juifs avec lesquels il s'entend on ne peut mieux tant qu'ils ne lui cherchent pas de noises. Le contraire serait stupide de sa part : si j'ai bien compris, il doit beaucoup à l'archange Gabriel qui est une grande personnalité chez les uns et les autres. Il a fait toutes les religions, celui-là. Ne s'est-il pas présenté à Daniel, à Jérémie et à Marie, à qui il annonça la bonne nouvelle, avant d'apporter à Mahomet la révélation de sa mission divine ? Une belle carrière, excusez du peu.

Mahomet a plein d'amour au-dedans de lui. Il ne supporte pas la méchance des hommes. Il rêve d'harmonie et de ravissement. Je suis sûr qu'il aurait été plus heureux comme mouton. Disons bélier, ça lui va mieux. Car il est très porté sur la chosette. Il a de surcroît du tempérament : ça se voit dans les yeux des dames avec qui il a partagé sa couche ; elles mourraient pour lui.

Jusqu'à présent, pour ce que j'en sais, il changeait de cabane toutes les nuits ou presque, pour honorer chacune de ses femmes. Il en a beaucoup, sans parler des concubines. Un vrai sacerdoce, ma foi. Si le Qur'ân dégouline de semence, ce n'est pas la faute d'Allah, fût-il le Désirable et le Désiré, le Suave et le Tendre. C'est la faute de Mahomet, qui, au passage, a fourré ses phantasmes dans les versets qui lui étaient dictés. Je ne m'en offense pas. Au contraire, je me réjouis qu'il ait remis l'homme à sa place en disant de ce dernier :

« Il a été créé d'un liquide éjaculé
Qui sort d'entre les lombes et les côtes. »

Et après ? Après, si vous voyez une différence avec nous autres moutons, vous m'expliquerez, ça m'intéresse. C'est bien ce que j'ai toujours pensé. Il n'y a pas de gloire à être un homme. Y compris quand on a décidé, comme Mahomet, d'emprunter le chemin descendant, celui qui mène à l'Un.

Je me demande s'il n'a pas compris ça, mon prophète, depuis que la mort lui creuse les orbites. Ce matin, il m'a fait signe d'approcher et m'a donné une galette de son. Pendant que je la boulottais, il m'a caressée avec une tendresse qui, je crois, a vexé Aïcha, la petite chérie de son harem, avec laquelle il passe le plus clair de son temps. Une jolie fille, très amoureuse. Dommage qu'elle soit rongée par la jalousie, comme par un ver.

Toute la journée, je me suis tenue devant la porte de la maisonnette pendant qu'ils priaient, se regardaient ou dormaient l'un contre l'autre. Ils formaient un beau couple. Pour un peu, on aurait dit une agnelle et son vieux bélier mourant.

C'est pourquoi j'ai tant pleuré quand, après avoir parlé une dernière fois à ses fidèles, puis s'être curé les dents, Mahomet rendit son dernier soupir dans les bras d'Aïcha. Finalement, les hommes sont des moutons comme les autres.

CHAPITRE 48

Après deux jours de traitement, le baron d'Oppède n'avait toujours pas d'encre au cornet. Le sieur Dieu décida donc de changer de méthode. Il dégoutta le sang de sept jeunes coqs dans une bassine et le battit dans un fond d'eau-de-vie avant de rajouter une pinte de celle-ci au mélange. Après quoi, il versa dans sa potion des fleurs séchées de jasmin, de la racine de satyrion concassée et une demi-livre de sucre candi en poudre.

Le breuvage n'ayant pas réveillé l'anguille du baron, Jehan Dieu de La Viguerie décida de passer aux grands moyens :

« Il n'y a que le fouet qui puisse te tirer d'affaire.

— Le fouet ? »

Le baron roula de gros yeux.

« Mais je ne veux pas que l'on me batte, Mère de Dieu !

— C'est parfois le seul moyen d'arriver à la volupté. »

Il y avait comme une ironie dans la voix du sieur Dieu. Le baron secoua la tête :

« Je n'y crois pas. C'est une manie de vicieux.

— Non. C'est médical. La flagellation du dos excite le membre viril. »

Jehan Dieu de La Viguerie s'était intéressé à cette pratique après avoir été appelé, une dizaine d'années auparavant, dans un lupanar de Cavaillon. Une fille de joie avait frappé un vieillard avec un martinet dont le bout des cordons était pourvu d'une pointe d'argent. Elle s'était tellement déchaînée sur lui que le pauvre gisait, à demi inconscient, dans son sang. « C'est ma faute, gémissait-elle en se tordant les mains. Il me demandait sans arrêt de taper plus fort. J'ai fait ce qu'il voulait, voilà tout. »

A la suite de quoi, le sieur Dieu avait creusé la question dans les livres. Depuis Aristote, elle a fait couler beaucoup d'encre. Jean Pic, prince de La Mirandole, fut l'un des meilleurs spécialistes de la flagellation et étudia, dès le XVe siècle, les bienfaits du fouet, qui aide les hommes à soutenir les défis de Vénus. Il n'y a pas de quoi rire, la chose a été prouvée.

Pour ne pas effaroucher les bêtes à morale, toutes raidies dans leur camisole de préjugés, Jean Pic de La Mirandole avait d'abord feint de n'en croire ni ses yeux ni ses oreilles : « Se peut-il qu'un homme recherche et trouve les plaisirs de l'amour dans les flagellations les plus cruelles ? » Après ça, il avait constaté, avec sa rigueur toute scientifique : « La femme frappe, le sang coule, et la victime s'enflamme. » On peut la tourner comme on veut, cette observation a l'évidence d'un théorème.

Faut-il penser que le besoin du fouet est une habitude contractée dans l'enfance avec la découverte, dans les pensionnats, de la jouissance des flagellations ? C'était la thèse du prince de La Mirandole. Qui a été fustigé à l'école se souviendra toujours de cette petite peur qui ressemble à s'y méprendre à celle qu'attisent les préliminaires de l'amour ; un mélange d'angoisse, de vertige et de plaisir.

Faut-il croire que la flagellation est un juste retour des choses, comme la nature en a inventé tant ? Le Tout-Puissant n'aime rien moins que la justice ; il donne toujours sa chance à tout le monde. Grâce à ce rite, la femme peut se venger par anticipation, le fouet à la main, des forfaits que l'homme commettra ensuite sur elle, en la fouaillant à la va-comme-je-te-pousse. C'est moral.

Il n'est pas interdit non plus d'estimer que la flagellation a des effets médicaux sur les humeurs, amoureuses ou autres, qu'elle permet de déplacer. C'était la conviction du sieur Dieu. Si l'on fouette les fous, c'est pour leur bien : on n'a encore rien trouvé de mieux pour bloquer le sang dans les lombes, afin qu'il ne se porte pas en trop grande quantité dans le cerveau où il embrouille tout. Même chose pour les prisonniers en maison de correction : en les frappant, on leur vide la tête. Les amoureux aussi ont tout à gagner du fouet, mais pas pour les mêmes raisons : les coups attirent le sang dans le bas du dos et, par les reins, la chaleur gagne tout naturellement la verge, qui se gorge de joie.

Le baron d'Oppède finit par s'incliner devant les arguments du sieur Dieu. Il n'avait pas le choix. Au point où il en était, il fallait bien tout tenter. Mais la femme refusa de le fouetter : Alphonsine de Cabassole, qui faisait office de concubine régulière à Aix-en-Provence, ne supportait pas la vue du sang, ni de la souffrance. Elle craignait de défaillir.

C'est donc au sieur Dieu que fut échue la tâche de fustiger le premier président du Parlement de Provence. L'opération eut lieu dans la chambre, sur le lit, pendant qu'Alphonsine de Cabassole attendait à un autre étage, avec sa femme de chambre, que la flagellation lui rende enfin, en pleine possession de ses moyens, le baron si bien avitaillé qu'elle avait connu il y a quelques semaines encore.

L'heure était grave : le sieur Dieu ne lésina pas. Après avoir frotté le vivandier et les triquebilles du baron avec une poignée d'orties afin de les échauffer, il demanda au patient de s'allonger sur le lit et commença à lui fustiger le dos avec un fouet qu'll avait laissé macérer dans du vinaigre, pour le durcir.

Sous les coups, Jean Maynier d'Oppède poussait des gémissements qui rappelaient, à bien des égards, ceux que procurent les transports amoureux. Souffrir ou jouir : depuis la nuit des temps, tout le monde sait que la frontière entre les deux sensations est si ténue qu'elles n'en finissent pas de se mélanger. C'est bien le problème de l'amour : on ne fait pas de bien sans faire du mal et, n'en déplaise aux dévots qui enterrent l'Eglise sous leurs mensonges, il est sûrement arrivé naguère que le saint, au paroxysme de son martyre, éprouvât quelque fruition.

Le baron n'était pas un saint, mais il avait la fruition. Quelque chose montait en lui ; du baume dans le sang. Il mettait de la sérénité partout dans son corps et le gonflait de contentement. Ne pouvant plus tenir sa peau, il s'éloigna de lui-même et se dispersa dans l'air, sans demander grâce, comme les amoureuses.

Il en redemandait et le maître chirurgien frappait de plus en plus fort. Pendant la croisade contre les hérétiques du Luberon, le baron d'Oppède s'était pris pour l'Exterminateur qui avait tué les premiers-nés d'Egypte ou détruit l'armée de Sennachérib devant Jérusalem. En donnant le fouet, le sieur Dieu éprouvait à son tour la même rage purificatrice. Il était l'ange du Seigneur et sa main vengeait les vaudois massacrés, les femmes, les enfants et tous ceux dont la terre avait bu le jus de vie qui, après le passage des armées royales et papales, s'était écoulé de leur cervelle rose ou de leurs entrailles ouvertes.

Ils avaient tous les deux leur content. Les soupirs qu'ils jetaient pendant que le fouet claquait étaient à peu près les mêmes ; de petits râles d'oiseaux heureux.

Quand le dos de Jean Maynier d'Oppède commença à saigner abondamment, le sieur Dieu s'arrêta d'un coup :

« C'est bon, maintenant. »

Il ne fallait pas perdre de temps. Le sieur Dieu badigeonna le dos du baron d'huile d'olive bouillie, pour favoriser la cicatrisation des blessures, et partit chercher Alphonsine de Cabassole, qui arriva en courant. Elle transpirait de désir, sans pudeur aucune, et sa bedondaine s'imprimait sous sa chemise rouge écarlate. Elle avait hâte de retrouver son homme comme avant, quand ils ne formaient plus qu'une seule bête à deux dos, griffue et dentue.

*
* *

Vingt minutes plus tard, le baron d'Oppède frappa à la porte de la chambre du sieur Dieu. Il tenait une bougie à la main et il y avait plein de bonheur sur son visage, tandis que la flamme dansait dessus.

Le sieur Dieu avait compris. Même si l'homme n'est pas le Christ, il lui suffit de pas grand-chose pour ressusciter ; une petite ivresse et son néant se remplit d'un coup. Le baron d'Oppède venait de renaître, comme ça arrive souvent, dans les bras d'une femme.

« Merci, dit le baron. Que puis-je faire pour toi ?

— Je ne te demande qu'une faveur : la libération d'Antoine Pellenc. »

Il y eut un silence, derrière la bougie. La baron d'Oppède se mordit les lèvres, puis laissa tomber :

« Je crains de ne pouvoir le faire.

— Tu m'as promis, tu dois tenir. »

La voix du baron baissa d'un ton :

« Les inquisiteurs n'y sont pas allés de main-morte, avec lui. Si tu veux mon avis, c'est un peu sa faute. Il a du feu dans la tête, ce gars-là, et il blasphème beaucoup, à ce qu'on m'a dit. Il les a poussés à bout. Je ne suis pas sûr qu'il soit toujours vivant.

— Il est mort ? »

Le baron hésita :

« Je ne sais pas. Je vais prendre mes renseignements. »

Le lendemain, le baron d'Oppède envoya l'un de ses hommes de main à la prison pour vérifier l'état d'Antoine Pellenc. Le vaudois était presque mort, mais bougeait encore. La nouvelle accabla le premier président du Parlement de Provence. Il n'aimait pas l'idée d'avoir à convoquer dans son bureau l'inquisiteur d'Aix-en-Provence pour négocier avec lui. C'était quelqu'un qui le mettait mal à l'aise.

*
* *

Aubin Urbec n'était pas vieux, la quarantaine tout au plus, mais se tenait étrangement, comme si la terre branlait sous ses pieds. Son regard était aux aguets ; un regard de bête des bois.

Il se détestait. C'était écrit au milieu de sa figure sans nez. Tout son drame était là. A cette époque, il arrivait que l'Inquisition arrachât avec des tenailles les appendices nasaux des hérétiques. Ce n'avait pas été son cas, et pour cause. Mais il avait été puni par là où elle péchait.

Il y a quelques années, l'inquisiteur d'Aix-en-Provence avait été attaqué par des brigands qui, n'ayant rien trouvé dans sa coule de grosse laine, lui coupèrent le nez, par dépit. Il partit en Italie où Peraclus, chirurgien de Gênes, s'était fait une spécialité, paraît-il, de refabriquer les appendices nasaux avec la chair du bras de ses patients.

Frère Aubin était un peureux. Il ne supportait pas la perspective d'être charcuté, fût-ce par des mains de renommée mondiale. Il trouva donc un pêcheur de Gênes qui accepta de se laisser arracher, moyennant espèces, un morceau de bras à sa place. L'opération se passa bien : Peraclus était, dans son genre, un artiste. L'inquisiteur s'en retourna à Aix avec son nouveau nez. Si celui-ci était étrange, avec une tendance à la couperose qui virait à la couperouge, il avait au moins, comme le rappelait le moine, le mérite d'exister

Il n'exista pas longtemps. Un jour, il se mit à noircir et tomba en pourriture. Aubin Urbec retourna voir Peraclus qui trouva tout de suite l'explication : le donneur étant devenu gravement malade, sa chair n'avait pas tenu. Le chirurgien proposa à l'inquisiteur de renouveler l'opération, mais l'autre refusa. Puisque ce nez n'avait pas voulu de lui, il entendait désormais prouver qu'il pouvait très bien se passer de nez.

Dans les appartements du premier président du Parlement de Provence où il avait été convoqué dès potron-minet, frère Aubin commençait à manifester les premiers signes de la mauvaise humeur. Il rentrait les lèvres et fronçait les sourcils en mettant le menton en avant. Il y avait bien trois quarts d'heure qu'il attendait Jean Maynier d'Oppède. S'il avait su pourquoi, il en aurait été plus marri encore : à quelques pièces de là, le baron embrochait, pour la troisième fois depuis son réveil, Alphonsine de Cabassole.

Quand le premier président du Parlement de Provence s'amena, les joues rouges de basse danse, l'inquisiteur, peu expert en la matière, ne remarqua rien de particulier. Pour indiquer son mécontentement, il fit à peine semblant de se lever à son arrivée et le salua d'une main distraite, avec un air accablé. L'autre était trop enjoué pour y trouver à redire. A son ton suave, frère Aubin comprit que le baron allait lui demander quelque chose, après les circonlocutions d'usage, et ça ne rata pas. Jean Maynier d'Oppède laissa tomber très vite, comme s'il voulait en finir avec une corvée :

« J'aimerais que vous libériez Antoine Pellenc. »

L'inquisiteur se rembrunit, puis dit d'une voix blanche, l'air abasourdi :

« Ce sac d'injures ? Mais vous n'y pensez pas !

— Il le faut.

— Mais je n'en ai pas le pouvoir, ni l'envie. Nous avons des règles, nous autres. »

Le baron murmura :

« Si vous sortez cet homme de prison, je ferai tout ce que vous voudrez. »

L'inquisiteur secoua la tête :

« J'aimerais vous rendre service, mais Antoine Pellenc est très dangereux. Il dit tout le temps, avec une haine à faire trembler, que Sa Sainteté le Pape est l'Antéchrist et la fontaine de tous les maux. Si j'étais dominicain, comme mon confrère d'Avignon, il y a belle lurette que je lui aurais coupé la langue. Mais en tant que franciscain, je ne peux m'y résoudre. Je crois à la miséricorde du Christ.

— Justement. »

Frère Aubin soupira avec force, pour bien signifier son désaccord :

« La miséricorde n'est pas l'absolution. Si j'aime mon prochain, c'est pour mieux le punir. Antoine Pellenc est désormais le chef des vaudois de Provence. Ils sont finis et ne savent plus à quel saint se vouer. L'Eglise ne peut leur redonner le plus petit espoir en le laissant les reprendre en main, lui ou un autre. Il faut terminer le travail, vous comprenez. »

Après quoi, frère Aubin se lança dans un petit cours sur les vaudois. Il leur reprochait surtout de s'en prendre à l'Eglise et à ses prêtres, qu'ils accusaient d'idolâtrie, de luxure et d'arrogance. Pourquoi cette exécration ? Sans doute avaient-ils quelques excuses, comme celle d'être persécutés. Sur le plan religieux, rien ne vaut le martyre : c'est le baptême du sang. Il leur a donné le nerf de propager leurs idées à travers une bonne partie du continent, en Italie, en Allemagne, en Bohême ou en Pologne. Luther ne s'y trompe pas, qui les célèbre maintenant comme ses frères. Ils disent à peu près la même chose que lui et, en plus, répandent partout les mêmes horreurs contre le clergé, qui prétend donner la bénédiction quand bien même il a péché. On ne peut rien leur dire. Ils ont réponse à tout. Quand l'évêque de Cavaillon leur envoya un théologien pour les confondre en leur montrant leurs erreurs, il fut étonné par les connaissances bibliques de ces gens qu'on lui avait présentés comme des simples ou des analphabètes. Ils connaissaient les Saintes Ecritures sur le bout du doigt. Quelques semaines plus tard, plusieurs docteurs venus tout exprès de Paris firent la même expérience à leur corps défendant. L'Eglise était en danger ; il y avait quelque chose de diabolique dans la science de ces hérétiques, qu'ils retournaient contre le Christ. Il ne faut pas hésiter à tordre le cou à la compassion qui devient un fléau dès lors qu'elle est mal orientée. Mani et les siens avaient l'air de douces créatures, incapables de faire du mal à une mouche. Si on les avait laissés faire, le manichéisme aurait ravagé les têtes et les continents, jusqu'à la déchristianisation du monde. La charité avait consisté à les immoler, comme le siècle immole aujourd'hui la perversion vaudoise, leur bâtarde spirituelle. Grâce à Dieu, elle ne sera bientôt plus, comme l'autre, qu'un fantôme pourrissant qui bredouille à quelques pieds sous terre ses délires et ses bêteries.

Le baron d'Oppède écouta le discours de frère Aubin avec une expression de concentration trop appuyée pour être sincère, mais le moine, tout à ses pensées, n'y vit que du feu. Quand il eut fini, le premier président du Parlement de Provence revint à son mouton.

« Il faut quand même le laisser partir, Antoine Pellenc.

— Mais pourquoi ?

— Pour des raisons que je ne peux pas dire. Des raisons d'Etat.

— Que l'Eglise a-t-elle à voir là-dedans ?

— Je vous le dirai un jour. Vous n'avez qu'à expliquer que votre homme a abjuré.

— D'abord, il n'abjurera jamais. Ensuite, c'est à Dieu de le libérer. Pas à moi.

— Vous pouvez quand même aider Dieu.

— Non, c'est lui qui m'aide. »

Il n'y avait rien à en tirer. A bout d'arguments, le premier président du Parlement de Provence finit par lâcher :

« Eh bien, tuons-le puisqu'il est déjà à moitié mort.

— C'est hors de question. Je vous l'ai déjà dit, nous avons des règles, nous autres. »

Il y eut un silence, que le baron mit à profit pour réfléchir. Il ne savait pas bien quoi dire. Après s'être raclé la gorge, il laissa tomber :

« Voulez-vous que j'en parle à l'évêque ? »

Il avait marqué un point. Tout franciscain qu'il fût, frère Aubin redoutait que la négociation ne se déroulât au-dessus de sa tête. Comme tous les modestes, il était très attaché à son importance ici-bas et il savait bien que la sienne était suspendue à un fil : le bon vouloir de l'évêque, son protecteur. L'Inquisition n'avait pas bonne réputation, dans le royaume de France. Il fallait savoir transiger.

Le baron poussa son avantage, à voix très basse :

« Et puis, j'y pense... Si vous avez du mal à assumer une libération pure et simple, on peut toujours simuler une évasion.

— C'est impossible, on ne s'évade jamais de nos prisons. En plus, il serait bien incapable de s'évader lui-même. On lui a tellement fait violence qu'il ne peut plus bouger. Un abreuvoir à mouches, voilà ce qu'il est devenu.

— On prétendra qu'il a des complices sur place. Ce sera un bon prétexte pour diligenter une enquête parmi vos geôliers.

Je suis sûr que certains d'entre eux ont été contaminés, à force de fréquenter les vaudois. »

Les yeux de l'inquisiteur s'allumèrent, pour la première fois de l'entretien.

« C'est une idée, dit-il. L'hérésie est une maladie contagieuse.

— Comme la peste. Ai-je votre accord ? »

L'inquisiteur hocha la tête avec un air soulagé. Le baron reprit :

« Ce soir, vers dix heures, quand la nuit sera tombée, vous direz qu'il faut conduire de toute urgence votre hérétique à l'hôpital, pour le soigner. Auparavant, vous aurez indiqué à un homme que je vous enverrai les modalités du transport. Nous enlèverons Antoine Pellenc pendant le trajet, ni vu ni connu.

— Je ne veux pas d'histoires.

— Vous n'en aurez pas.

— Si ça tourne mal, il est clair que je n'étais au courant de rien.

— Cela va de soi. Je m'occuperai de tous les détails. »

Après avoir pris congé de l'inquisiteur, le baron fut saisi d'une sensation étrange. Il s'aima. Il savait que ça ne durerait pas longtemps : c'était trop agréable pour ne pas être passager.

CHAPITRE 49

A l'heure dite, les hommes du baron récupérèrent Antoine Pellenc sur son brancard, sans que les deux geôliers qui le transportaient opposent la moindre résistance. Ils disparurent dans la nuit comme des voleurs.

Antoine Pellenc n'était plus qu'une pauvre chose gisante et gémissante. Il avait encore ses bras mais, après la torture de la corde, ils ne lui servaient pas à grand-chose. Les mains liées derrière le dos, il avait été suspendu pendant plus d'une heure à une poulie et jeté plusieurs fois par terre, comme un paquet : ses articulations n'avaient pas survécu.

Il avait encore des pieds, mais après la torture du feu, ils étaient également hors d'usage. Ficelés dans du lard comme des rôtis, ils avaient été mis à griller sur des braises : on aurait dit deux morceaux de charbon.

Quand Jehan Dieu de La Viguerie l'examina à la lueur d'une bougie, dans la grange où il était prévu qu'ils passeraient la nuit, il manqua de défaillir. Antoine Pellenc était comme un asticot, juste bon à ramper et à se tortiller.

« Mais qu'ont-ils fait de toi ! » s'exclama le maître chirurgien.

Antoine Pellenc l'observa d'un regard exalté.

« Ne t'inquiète pas, marmonna-t-il. Je suis vivant et entends bien le rester pour dire au monde ce qu'ils font de nous.

— Mais le monde est comme le Seigneur, répondit le sieur Dieu. Il n'entend jamais que ce qu'il veut bien entendre.

— Eh bien, tant pis. Je me contenterai d'être la haine qui armera ton bras. J'en ai tellement. Je n'ai plus que ça, de la haine.

— Mon bras est fatigué, Antoine.

— Parce qu'il n'y a pas assez de haine en toi. Je vais t'en donner, tu verras. Je t'en donnerai tellement que tu te sentiras pousser des ailes. »

C'est seulement quand la lumière du jour pénétra dans la grange que le sieur Dieu, d'ordinaire insomniaque, ouvrit enfin les yeux. Dans la pénombre finissante, il remarqua tout de suite que quelque chose n'allait pas : Antoine Pellenc avait la langue qui pendait dans la paille, comme un veau crevé.

Il était mort, raide et mort. Le sieur Dieu le chargea quand même dans la carriole jaune que lui avait offerte, avec le cheval assorti, Jean Maynier d'Oppède, pour le remercier de ses bons et loyaux services. Il recouvrit le cadavre de paille pour n'avoir pas à répondre aux questions et, après avoir attaché son canasson à l'arrière, prit le chemin de la bastide.

Il y avait de plus en plus de haine au-dedans de lui. Elle lui faisait peur. Les vrais saints s'en passent très bien, y compris pour combattre le Mal. Il savait qu'elle ne sert à rien d'autre qu'à dévorer les gens. Depuis le temps qu'elle ensevelit le monde, elle n'a même pas sauvé un seul homme.

*
* *

Le lendemain, Catherine et Jehan enterrèrent Antoine Pellenc dans le jardin de la bastide. La bénédiction fut donnée par l'abbé Saumade, après qu'il eut dit une messe dans le poulailler, tandis que le valet faisait le guet.

Rien ne fut laissé au-dessus de la tombe de terre, pour ne pas attirer l'attention : ni pierre ni croix. Le sieur Dieu redoutait qu'une condamnation *post mortem* n'amenât, un jour, l'Inquisition à venir chercher les ossements du vaudois, pour les brûler. C'était une habitude de l'époque.

Dans l'hérétique, tout est bon, pour le Diable. L'Inquisition le brûlait donc jusqu'à la dernière cendre, afin qu'il n'en restât rien à manger. Le temps et l'oubli n'effaçaient pas les blasphèmes, ni les apostasies. Des années après les faits, il arrivait que l'Eglise s'en prît aux squelettes quand, par malheur, elle les retrouvait. Avant de les mettre au feu, elle allait parfois jusqu'à les décapiter, pour le principe.

Catherine Pellenc n'arrêtait pas de pleurer, tout comme la petite Jeanne dans ses bras, mais pas pour les mêmes raisons, cela va de soi. De temps en temps, Jehan Dieu de La Viguerie mettait sa main sur l'épaule de la jeune fille et lui soufflait des mots doux à l'oreille. Sans résultat. Le chagrin rend sourd. Quand le curé fut parti et la petite couchée, il lui vola un baiser et elle le repoussa. Il fit une deuxième tentative. Elle résista encore. La troisième fois fut la bonne. Il l'embrassa longtemps. Catherine avait la peau salée et collante ; son visage gluait comme un escargot. Et après ?

Quand on aime, on aime tout.

*
* *

Balthazar de Blandin adorait déambuler des heures en Avignon, rien que pour respirer l'air de liberté qui courait dans les rues. Elles ne sentaient certes pas la rose : sur les pavages de cailloutis remuait un mélange d'oies, d'ordures, de pourceaux et de chiens errants, ce qui permit à Pétrarque d'écrire un jour que la cité des Papes était « l'égout de la terre ». Soit. Mais ici, les jeunes filles de bonne famille circulaient le cou et la poitrine à découvert. Elles étaient belles comme les Vierges des églises. Elles regardaient même les hommes dans les yeux.

Quand on les voyait passer, il n'y avait plus d'odeurs qui tenaient. C'était ça qui l'enchantait, Balthazar de Blandin : ces jeunes filles qui osaient montrer ce qu'elles avaient de plus beau, à commencer par leurs yeux. Avignon était comme elles. Elle était trop pieuse pour s'enfermer dans la bigoterie, et trop cosmopolite pour n'avoir pas les idées larges. En Avignon affluaient aussi bien les veloutiers de Gênes que les papetiers de Savoie ou les négociants de Catalogne. Sans parler des juifs. Au carrefour, il n'était pas rare de tomber sur une petite troupe de comédiens italiens. Dans cette ville qui se voulait sainte, c'était tous les jours carnaval.

Avignon était si ouverte que, contrairement à tant d'autres villes, elle acceptait les femmes dans la procession de la Fête-Dieu, quand l'Église, les bourgeois et les confréries de métiers défilaient, quatre heures durant, dans un torrent d'emblèmes, de bannières et d'objets sacrés.

Lorsque le sieur du Puyvert se rendait en Avignon, c'était toujours pour aller aux filles. Il les trouvait dans les auberges du port, à côté du pont Saint-Bénezet. Avant de les prendre, il ne manquait jamais de vérifier qu'elles fussent vierges. Depuis la croisade du Luberon, elles pullulaient, avec leur beau regard triste et leur tête rentrée dans les épaules. Elles ne coûtaient pas grand-chose. La pureté est comme le reste. Quand il y en a beaucoup, elle ne vaut plus rien.

Ce jour-là, Balthazar de Blandin avait trouvé une jolie fille de quatorze ans dans un lot de quatre qu'un batelier présentait aux chalands, sur les bords du Rhône ; une petite sauvageonne déjà dodue où il fallait, avec des cheveux partout sur le visage. Elle était comme une fleur. Elle avait même de la rosée sur le bout du nez. Dès qu'il la vit, le sieur du Puyvert eut envie d'elle. C'était à cause de son air malheureux ; il avait tant de bonheur en lui. La propreté de la demoiselle laissait de surcroît à désirer, ce qui ne gâchait rien.

Cette fille, c'était Anne Pellenc, l'une des sœurs de Catherine. Elle avait la même blondeur et les mêmes yeux verts.

Balthazar de Blandin décida qu'il la garderait après l'avoir consommée. Au lieu de prendre le chemin d'une hôtellerie, comme il le faisait souvent, il décida de l'emmener sans tarder au Puyvert et la chargea à l'arrière de son cheval en lui demandant de s'agripper à lui. Il adorait ses petites mains enfantines contre son ventre ; elles vibraient d'innocence et ça l'excitait au plus profond de lui.

Le sieur du Puyvert avait à peine passé la porte Eyguière, devant le pont, qu'Anne Pellenc sauta de cheval et courut en hurlant :

« Au secours ! Au secours ! »

C'était sa faute. Il faut toujours attacher les vierges. Il aurait pu la laisser s'enfuir, en bon bougre qu'il était. Mais elle eut le tort de crier, comme si on l'étripait, et le sieur du Puyvert en fut offensé. Il partit à sa poursuite, machinalement. A pied, c'eût été chose aisée. A cheval, dans les rues étroites, l'entreprise était plus délicate.

Anne Pellenc commit une erreur. Au lieu de disparaître dans la cité, elle décida de se réfugier dans une maison en hurlant :

« Au secours ! Au secours ! »

C'était énervant, à la fin. Balthazar de Blandin descendit de cheval, sortit son épée et entra dans la maison. Anne Pellenc poussait des cris de charcuterie, les cris de la truie devant le tueur :

« Au viol ! Mon Dieu, aidez-moi ! »

Quand on implore Dieu, on a tout le monde de son côté. C'est ce que ne comprit pas Balthazar de Blandin, tandis que les gens s'amenaient de partout, attirés par le raffut. Il était sûr de son bon droit. Il n'avait aucunement l'intention de rembourrer le bas de la fille, du moins à cet instant, dans une demeure qui n'était pas la sienne. Il n'entendait nullement non plus l'envoyer dans l'autre monde, même si l'épée qu'il avait sortie du fourreau pouvait prêter à confusion. Il voulait seulement reprendre son bien, non sans l'avoir auparavant fait suer de peur, comme le méritait cette petite peste.

Un petit homme au regard vide déboula, une épée à la main. Il fallait le mettre hors d'état de nuire. Sans rien dire et avant même que l'autre ait ouvert la bouche, Balthazar de Blandin perça la cuisse du pauvre diable qui, en se tenant celle-ci, s'en alla grincer des dents et maudire le ciel, à l'autre bout de la pièce. Furieux contre lui-même, le sieur du Puyvert chercha alors une victime émissaire, pour se soulager. Elle était toute trouvée. Il frappa le bras d'Anne Pellenc, qui s'époumona de plus belle, mais pour une bonne raison cette fois : elle avait été touchée et saignait abondamment.

Décidé à abandonner la fille et à rentrer seul chez lui, Balthazar de Blandin s'apprêtait à partir sous les yeux noirs d'une petite foule quand deux cavaliers de la maréchaussée et un maître des rues arrivèrent, l'air mauvais. Il n'avait pas le choix. Il courut. Tout le monde aurait fait la même chose à sa place.

Mais tout le monde ne serait peut-être pas tombé sur le dos, rue de la Grande Fusterie, après avoir glissé sur une fiente. Comme il le disait souvent, Balthazar de Blandin était plus habile de ses mains et de son cinquième membre, que de ses jambes, au demeurant trop longues.

C'est ainsi que le sieur de Puyvert se retrouva quelques heures plus tard devant le viguier d'Avignon, tandis qu'un cavalier de la maréchaussée se rengorgeait, en lui tenant la nuque comme s'il allait l'envoyer sauter en l'air :

« Bien sûr que c'est lui, le tueur des vierges.

— Ce n'est pas moi.

— Vous voyez bien que c'est lui, avec sa tête de fornicateur. »

Le viguier sourit, puis laissa tomber :

« On va le donner au père Riqueteau. Il va s'en occuper et il nous apportera la réponse. »

CHAPITRE 50

Ce soir-là, après avoir chevauché Catherine, le sieur Dieu travailla au livre de ses vies avec, pour la première fois, une certaine appréhension. Les phrases couraient trop vite dans sa tête. Parce qu'il avait du mal à les rattraper, pour les coucher sur le papier, il se disait qu'il devait approcher de la fin. Un livre, c'est comme la vie : quand on arrive au bout, tout va de plus en plus vite, pendant que se bousculent les urgences et les remords.

Le sieur Dieu avait même perdu sa belle écriture coulante. Elle était devenue hachée.

La mouche de Zarathoustra
(an 583 avant notre ère)

Si j'avais l'honneur d'être autre chose que ce que je suis, je n'aimerais pas les bestioles de mon espèce. Je sais bien que j'énerve, rien que de vivre et de voler. Quand je sens de bonnes odeurs de sucre ou de pourriture et que je commence à tournicoter autour, ivre de félicité par avance, il arrive qu'une grosse main tente de m'abattre, ou bien une queue crottée. On cherche toujours à me prendre en traître. Or il n'y a pas plus loyale que moi. Je ne me déplace jamais sans cet infernal bourdonnement, qui prévient tout le monde de mon arrivée. Dans la création, elle est assez rare pour ne pas être soulignée, cette façon franche et bruyante de se signaler aux autres.

N'est pas mouche qui veut. C'est un métier qui exige beaucoup d'inconscience et d'abnégation. Trop immondes pour avoir seulement le droit de flatter, nous sommes condamnées à déplaire. On finit par s'y faire. Rien ne sert de protester. Les hommes ont décrété que notre dieu, Belzébuth, était un démon. Ils veillent scrupuleusement, paraît-il, à ce qu'aucune d'entre nous ne pénètre dans le temple de Salomon. Pensez ! On risquerait de le souiller en laissant tomber nos chiures sur l'autel qu'ils abreuvent, pendant les prières, de leurs sales postillons.

Nous autres mouches sommes comme les hommes ou les fourmis : chacune a sa spécialité. Moi, c'est les temples. J'y traîne toute la journée et me bourre volontiers de drâonô, ces hosties de pain azyme qui fleurent bon le nouveau-né. C'est une nourriture douce qui m'apaise. De temps en temps, je bois un peu de vin. Mais je n'en abuse pas. Il me monte à la tête, et il y a déjà trop d'excitation en moi pour qu'il soit nécessaire d'en rajouter. Je préfère me soûler de la sueur qui perle sur le visage de ces messieurs.

La sueur, c'est ce qu'il y a de mieux chez l'homme. J'aime surtout celle du grand prêtre, un vieil homme au regard illuminé, comme tous les gens qui ont vu Dieu. Devant ses ouailles qui boivent ses paroles, il récite, d'une voix forte, des poèmes qui n'en finissent pas. De ma vie, je n'ai encore jamais vu quelqu'un qui connaisse autant d'hymnes et de cantiques. Depuis trois jours, je ne le quitte pas d'une aile.

C'est Zarathoustra.

Il a beaucoup d'ennemis. Avec les hommes, c'est toujours le cas, dès lors que l'on sort la tête de la masse où il faut rester fondu. Ils ne le font pas exprès. Ils n'aiment pas ce qui bouge ni ce qui dépasse. Je peux le dire, j'entends leurs lamentations toute la journée quand, la bouche tordue et l'œil sournois, ils laissent suppurer leur haine. Ils reprochent à Zarathoustra d'en avoir après les sacrifices sanglants. A les en croire, les dieux ont soif et, si on continue à les maintenir au régime sec, ils finiront par se venger, d'une manière ou d'une autre.

« Qui veut gagner le ciel doit offrir le sacrifice. » Jusqu'à présent, c'était la règle qui avait cours. Depuis que Zarathoustra a réformé la religion, les hommes n'éprouvent plus cette griserie affreuse qui les emmenait très haut, quand, après avoir bu le soma, *ce jus d'immortalité au chanvre indien, ils massacraient chèvres, moutons, bœufs ou vaches, entre les quatre murs de l'aire sacrale.*

Zarathoustra est comme tous les prophètes : un grand ascète, qui vomit la magie, le mensonge et l'opulence. Les hommes ont la nostalgie de tous les dieux qu'il extermina comme de la ver-

mine, pour le seul profit d'Ahura Mazdā, le Seigneur Sage. Il n'y a pas si longtemps, le ciel était comme une ruche bourdonnante de divinités. Il s'est vidé d'un coup : le créateur de toute chose a pris toute la place.

C'est peut-être ce que les gens reprochent le plus à Zarathoustra, cette hécatombe qu'il décréta dans le ciel, pour le rendre ennuyeux et silencieux. Il n'y en a plus que pour Ahura Mazdā, maintenant. L'humanité n'y a rien gagné : au contraire, ça l'a rapetissée. L'importance de l'homme est proportionnelle au nombre de dieux. Plus ils sont, moins ils font la loi.

Celui-là n'est de surcroît pas commode. Désormais, il faut se battre pour gagner le ciel. Rien n'est plus donné d'avance. La vie est une bataille. Il s'agit de résister à l'Esprit du Mal, Anro Mainyu, qui envoie ses démons à l'assaut de l'humanité. Contre eux, on ne peut compter que sur Ahura Mazdā. Lui seul peut aider les gens à choisir le Bien et à mériter le salut.

C'est pourquoi les temples sont pleins, en Perse. Tandis que retentissent les chants, les gens se pressent autour du feu perpétuel, qui repousse les démons. Dieu est dedans; il veille sur la terre. Il est sa lumière, sa chaleur, sa puissance. Je ne me hasarderai pas à l'embrasser, de peur de me brûler les ailes, mais ce n'est pas l'envie qui m'en manque.

Je peux passer des heures à vibrionner autour du feu perpétuel en le regardant s'étirer au-dessus de son grand vase de bronze, avant de s'en aller là-haut, au-dessus de Bractes. Il me rassure. Ne riez pas : on a besoin de sa protection dans ce monde où la mort nous attend tous, pour nous dévorer crus. Les humains ne sont pas plus gâtés que nous. A peine refroidis, leurs corps sont emmenés dans la Tour du Silence, à l'entrée de la ville : c'est comme un grand puits qui pue, avec un toit de vautours qui flotte au-dessus. Les corps sont bouffés en moins de rien par ces sales bêtes, aussi répugnantes que les araignées, avant que les âmes soient ravies au ciel, trois jours plus tard.

Je suis allée, un jour, à la Tour du Silence. Je n'ai pas pu rester longtemps. Même pour moi qui ne suis pas bégueule, ça sentait trop mauvais, c'est vous dire. Les gens d'ici ont sûrement raison de croire que le Diable prend possession des corps sitôt que l'âme s'en est allée. Il leur donne tout de suite son odeur.

On peut tourner la chose dans tous les sens : le Bien et le Mal n'ont pas la même odeur. C'est la première différence entre eux. Je ne suis attirée par la pestilence que comme on peut l'être par le Démon ; j'ai toujours honte de répondre à son appel, toute mouche que je suis. N'est-ce pas la preuve de ce que j'avance ?

Si je devais donner une odeur à Ahura Mazdā, je dirais qu'il sent bon le feu, c'est-à-dire la purification. La vérité ressemble au feu. Si elle n'éclaire pas le monde, c'est parce qu'il n'y a pas assez de feu. C'est du moins l'opinion de Zarathoustra, qui le célébrait avec conviction, en se tordant les mains :

« Montre-nous, ô feu, fils d'Ahura Mazdā, la route qui court au monde meilleur, celui de toutes les splendeurs. Nous venons t'implorer avec un esprit pur, une sainteté parfaite. Donne-nous le bonheur de l'âme, toi qui répands la sagesse au loin. »

C'est là que je fus prise d'une affreuse soif, tout d'un coup. Je suis descendue en piqué sur le front humide de Zarathoustra où je me suis mise à boire comme une pochetronne. Il m'a chassée, d'un revers de main, mais c'était trop bon. Je suis revenue aussitôt.

Il changea de tactique. Il fit celui qui ne remarquait rien et continua de réciter sa prière :

« Nous honorons Ahura Mazdā, chef pur du monde pur. Nous honorons toutes les créations pures d'Ahura Mazdā. Nous honorons toute la terre. Nous honorons tout le ciel. Nous honorons tous les feux. »

Je me suis approchée de ses lèvres. C'est l'endroit que je préfère. La sueur y est plus riche, plus épicée, plus parfumée. Quand, par bonheur, on peut tomber sur un filet de salive aux commissures, le plaisir qu'on y trouve a la saveur des baisers d'amour. Or nous aimons l'amour, nous autres mouches. Nous l'aimons tant que nous forniquons partout, jusque dans les airs.

Zarathoustra ne souffre pas qu'on l'embrasse. Il m'a de nouveau chassée en poursuivant sa litanie :

« Viens à notre aide, Seigneur ! Viens à notre aide, toi qui as créé le feu ! »

Sa main est passée tout près de moi, en faisant du vent. Pour un peu, j'y passais. C'est ça qui m'a énervée. Les humains n'arrivent pas à imaginer qu'ils puissent aussi nous provoquer, avec leurs mauvaises manières. Il n'y en a que pour eux : le monde leur appartient, les autres espèces n'ont plus qu'à s'incliner, ces rognures de la terre. Même si la vie leur apprend tous les jours le contraire, ils croient encore, les pauvres diables, que le soleil tourne autour d'eux. Qu'on les agace, je peux le comprendre. Mais on n'est pas le ramas qu'ils croient et ils nous rendent chèvres, si j'ose dire, avec leurs grosses pattes qu'ils agitent en tous sens, pour nous tuer, sous prétexte qu'on prend leur air ou qu'on dérange leur tranquillité.

Je me suis vengée. Je lui ai fait ce qu'on appelle la danse d'orage : une ronde avec des pirouettes, des vrilles et, de temps en temps, des attaques frontales sur le visage. Il est devenu fou. Il me cherchait partout dans les airs sans jamais me trouver. On aurait dit qu'il se battait avec un fantôme. C'est pourquoi il n'a pas vu le guerrier touranien qui arrivait par-derrière, à pas de loup. Ses ouailles ne pouvaient même pas donner l'alerte. Elles avaient toutes les yeux baissés, en signe de recueillement.

Un vieillard à tête de mort fut le premier à les lever quand il entendit un bruit étrange, comme un râle, alors que Zarathoustra interrompait sa prière. Le prophète poussa un cri horrible, puis un nouveau râle. Il avait une épée plantée dans le dos et titubait sur l'autel, avec à la main son rosaire en fer qu'il jeta de toutes ses forces sur le visage du guerrier, qui s'écroula.

Zarathoustra ne tomba qu'après son assassin. Les deux se tortillèrent un moment par terre, au milieu de la foule éplorée. Après avoir goûté les deux, je peux dire que le sang du prophète était de loin le meilleur. Pas trop sucré et sans une goutte d'aigreur, il avait la consistance veloutée du lait de figue. Je me suis bien régalée.

C'est dommage que Zarathoustra soit mort. Je suis sûre que je ne retrouverai jamais plus du sang comme ça.

CHAPITRE 51

Le jour n'était pas levé depuis bien longtemps quand deux soldats du Roi frappèrent à la porte de la bastide. Ils avaient la mine grave, comme les porteurs de mauvaises nouvelles, et demandèrent au sieur Dieu de les suivre, sur un ton solennel : le baron d'Oppède demandait à le voir de toute urgence.

Contrairement à ce qu'on pouvait penser, Jean Maynier d'Oppède n'avait pas fait de rechute. Quand Jehan Dieu de La Viguerie fut amené devant lui, le premier président du Parlement de Provence rayonnait comme un paon, au-dessous de son chapeau à plume mauve. Pour dissiper tout malentendu, il crut bon de souffler à l'oreille du maître chirurgien, en lui montrant son entre-deux :

« Je ne te remercierai jamais assez d'avoir réparé mon outil. »

Il prit le bras du sieur Dieu et poursuivit à voix basse :

« Je te dois une fière chandelle, mon vieux Jehan. C'est pourquoi je tenais à te donner la primeur d'une information qui t'intéressera. Je connais l'assassin. »

Il observa un petit silence, pour ménager son effet, puis reprit :

« C'est Aubry Fredol, le collaborateur le plus proche de Nicolas Riqueteau.

— Qu'est-ce que je disais !

— Le père Riqueteau n'y est pour rien, il n'est même pas au courant.

— Comment le sais-tu ?

— Je le connais depuis très longtemps. »

Le baron d'Oppède mit son doigt sur ses lèvres :

« Pas un mot à personne. Je compte sur toi. »

Il approcha sa bouche, mais ce n'était pas pour l'embrasser, juste pour lui préciser son secret :

« Le jour du meurtre de la petite de Pont-Royal, Aubry Fredol a été vu en train de laver sa coule dans une fontaine. Elle était maculée de sang. Intriguée, une paysanne lui a demandé ce qui s'était passé. Il a répondu qu'un chien l'avait mordu.

— C'est possible.

— Cela m'étonnerait. Il paraît que la blessure était sur la poitrine, au-dessus des tétons. Il aurait fallu qu'elle fût infligée par un grand chien. Or il n'y en a pas dans les alentours. On a vérifié.

— Peut-être s'agissait-il d'un loup ou bien d'un chien errant ?

— Un loup, ça m'étonnerait. Il aurait terminé le travail. Il y a autre chose. La paysanne a remarqué qu'Aubry Fredol grelottait. Il faisait très chaud, pourtant. Tous les possédés ont ces tremblements. Ils sont le signe que le Diable a pris le pouvoir au-dedans d'eux et qu'il se donne du bon temps, en mettant tout sens dessus dessous. »

Quand ils sortirent du Palais comtal, le baron d'Oppède se mit à respirer à grands coups, comme si l'air lui avait manqué. Ils traversèrent à pas lents la place des Prêcheurs, en direction de l'église de la Madeleine.

« Tu m'as dit que tu voulais régler toi-même cette affaire, murmura le baron d'Oppède. Sois heureux. Je t'y autorise.

— Pourquoi ça ? »

Il s'arrêta, regarda le sieur Dieu dans les yeux et lui jeta son haleine dans la figure, une haleine qui, malgré le vent, prenait au nez :

« Aubry Fredol est un cousin éloigné. Il est, depuis des années, l'amant de la marquise de Rochebelin, que je considère comme la femme de ma vie, même si je l'ai un peu délaissée, ces temps-ci. Il est de plus l'homme de confiance de mon confesseur personnel. S'il est arrêté et reconnu coupable, je serai triplement touché par le scandale. Je préfère donc que tu fasses toi-même justice.

— Merci de ta confiance. »

C'est tout ce que le sieur Dieu trouva à dire.

« J'ai réfléchi à la façon dont tu peux procéder, souffla le baron. Avant toute chose, il faut se diligenter : c'est Michel Perruchaud qui m'a donné le nom de l'assassin et je l'ai retenu ici sous le fallacieux prétexte que je voulais un rapport complet sur cette histoire. Il brûle d'aller arrêter lui-même Aubry Fredol et quand il aura terminé son *pensum*, je ne pourrai plus l'en empêcher. Je crois qu'il gardera le secret : c'est son intérêt. Mais tu dois agir vite. »

Ils reprirent leur marche, tandis que le baron d'Oppède poursuivait :

« Je sais où tu peux le prendre. Après-demain, ce sera l'anniversaire de la femme dont je t'ai parlé, Béatrix de Rochebelin. Elle le fête toujours avec le père Riqueteau et sa bande. Tu dois donc te rendre sans tarder chez elle, à Ménerbes.

— Que puis-je avancer comme raison ?

— Je te fais une lettre pour Béatrix. Elle ne souffre pas de voir sa beauté foulée avec tant de crudélité par les années, et passe son temps au lit, d'une maladie à l'autre. Je m'en occupe comme je peux, mais j'ai tant à faire... »

Ils entrèrent dans l'église de la Madeleine. Elle était froide, et sentait le dominicain ; l'odeur du monde quand il n'est plus habité. Sans même songer à regarder *L'Annonciation* où trône encore aujourd'hui l'une des plus belles Vierges du monde, dans sa grande cape d'or, ils s'agenouillèrent devant l'autel et penchèrent la tête en bas en pensant au Très-Haut, avec un air pénétré.

Jehan Dieu de La Viguerie tremblait sur son prie-Dieu. Mais ce n'était pas la peur du Diable. C'était la joie.

*
* *

Après avoir jeté un regard circulaire sur la salle des tortures du Palais des Papes où il venait d'entrer, Balthazar de Blandin annonça d'une voix fière :

« J'avoue tout. »

Son ton n'allait pas. Il est rare que les hommes devancent avec tant de morgue les désirs de leurs accusateurs. Le père Riqueteau, qui s'était levé pour accueillir le prisonnier, eut un mouvement de recul. Il ne savait pas s'il fallait mettre sa déclaration sur le compte de la moquerie ou de la poltronnerie. Pour en avoir le cœur net, il demanda en baissant la tête et d'une voix humble :

« Qu'avouez-vous, mon fils ?

— Les crimes que vous voudrez.

— En avez-vous commis ?

— Certainement, si vous m'en accusez. »

Quand il leva les yeux, à peine de biais, pour surprendre le prisonnier, l'inquisiteur décida que l'autre se fichait de lui et qu'il lui ferait ravaler son ironie sans tarder. Elle n'a jamais rien pu contre la torture. A celle-ci, on ne peut opposer que la foi, l'amour ou la folie. Pas la dérision, qui est la force des faibles.

Il posa encore la même question, sous une forme différente :

« Quelles sont vos fautes ?

— Je ne sais plus. Ne voyez-vous pas que je suis tout conculqué, sous le poids de mes coulpes ? »

L'inquisiteur d'Avignon lui fit signe de s'asseoir sur la chaise qui se trouvait au milieu de la salle. Le prisonnier obtempéra avec un air enjoué. Il transpirait, pourtant. Il flageolait aussi. Il était comme tous les joyeux drilles, le sieur du Puyvert. Il riait au-dehors mais pleurait au-dedans.

CHAPITRE 52

L'air était chaud et la nature ronronnait sous ses caresses. C'était un jour à ne rien faire, un jour qu'il fallait respirer à petites goulées, pour mieux profiter. Les arbres ne se parlaient même pas, contrairement à leur habitude. Non qu'ils eussent rien à se dire. Ils se laissaient aller, tout simplement, en frémissant d'aise, ou d'extase.

La marquise avait passé la matinée dans sa chambre, au sommet de la plus haute tour du château de Ménerbes. Elle était assise devant la fenêtre percée en meurtrière et regardait l'horizon, les yeux mi-clos, avec le sentiment de plénitude qui, le temps aidant, gonflait les vivants ce jour-là.

Le monde se cherche depuis sa création. On aurait dit qu'il venait enfin de se trouver à Ménerbes. Il ne se sentait plus. En pleine béatitude, il se mirait dans le ciel, tandis que le soleil coulait doucement sur lui. Son bonheur était si fort qu'il écrasait les herbes. Elles étaient tout alanguies. Même les mouches se tenaient tranquilles.

Sauf deux ou trois. Elles tournicotaient autour du masque étrange qui recouvrait le visage de la marquise ; une bouillie brune enfleurée de lavande. Elle s'en tartinait la figure chaque fois qu'elle avait décidé de se faire une beauté, ce qui arrivait souvent dans une même journée.

C'était son idée fixe, ce visage. Depuis que le baron l'avait abandonnée pour enfoncer les portes ouvertes sous tous les toits de Provence, Béatrix de Rochebelin entendait redevenir la jeune fille qu'elle avait été, pour le reconquérir à nouveau et l'épouser enfin, comme il le lui avait promis.

La marquise de Rochebelin était l'unique descendante d'une grande famille de France apparentée aux Valois. Même si ce n'était pas tout à fait vrai, le Roi l'appelait « ma cousine ». Il lui avait écrit quelques poèmes d'amour, évidemment médiocres, qu'elle relisait souvent, le soir, avant de se coucher. Elle serait sans doute restée à la cour, dans l'espoir que François Ier l'enfourgonne tous les trois mois, entre deux chasses, comme tant de gourgandines, si elle n'avait rencontré Jean Maynier d'Oppède. C'était un grand choucard, le prince du mamour et du musant; il lui avait changé la vie. Mais il était marié. Elle s'installa dans l'un des domaines familiaux, proche d'Oppède, et décida d'attendre, aussi longtemps qu'il le faudrait, que le baron fût libre pour elle seule. Même si rien ne venait, elle ne se lassait pas. Elle ne doutait pas que son heure viendrait, car elle savait qu'il l'aimait : les hommes aiment toujours les femmes quand elles les aiment comme des mères.

De huit ans sa cadette, Béatrix de Rochebelin avait remplacé, dans l'esprit du baron, sa mère à principes. Elle avait la même intransigeance, la même beauté blanche et diaphane, une beauté fripée de femme trompée, mais qui valait toujours bien un détour, ou un péché mortel. Il s'en rendrait compte un jour.

La servante de la marquise s'amena, de son pas lourd, et dit en restant dans l'embrasure :

« Il y a quelqu'un de la part de messire le baron. Il demande à vous parler.

— Qui est-ce ?

— Je ne sais pas. Je ne l'ai jamais vu.

— Faites-le patienter. J'arrive. »

La marquise prit une serviette et retira son masque, très vite, avec nervosité, avant de passer son visage à l'eau, puis de l'essuyer. Elle avait hâte de rencontrer le messager de Jean Maynier.

Elle ne fut pas déçue. C'était un bel homme avec une peau cuivrée de marin, un front altier et un regard impérieux. Il portait une barbe châtain qu'éclairaient de temps en temps des reflets blonds. Il ressemblait, au moins par l'allure, au Christ bénissant Hérode que Matteo Giovannetti avait peint, en 1347, sur les murs de la chapelle Saint-Jean, au Palais des Papes; la même majesté, la même bienveillance, la même force intérieure.

Elle tomba tout de suite en arrêt devant ses bras puissants; des bras de guerrier. Plusieurs frissons passèrent à travers elle, de part en part, comme des coups de sabre ; une montée de fruition. Elle avait connu beaucoup d'hommes dans sa vie : des grands, des courtauds, des agités, des endormis, des braves. Jamais un homme ne lui avait inspiré confiance à ce point.

« Je suis maître chirurgien et puis aussi un peu médecin, murmura-t-il. Le baron d'Oppède m'a dit que vous pourriez avoir besoin de moi. »

Elle fronça les sourcils :

« Mais je vous connais.

— Oui. Je suis Jehan Dieu.

— Comme vous avez changé !

— Les voyages nous changent. Les malheurs aussi. »

Elle lui raconta ses maladies. Cela dura longtemps. Il y en avait beaucoup.

Elle avait peur. Elle se cramponnait à la vie, comme une bête au-dessus du vide. On était sûr, rien qu'à la voir avec son teint livide et ses yeux exorbités, qu'elle ne tarderait pas à tomber pour de bon. Ce n'était qu'une question de mois, ou de semaines.

Même si rien ne peut résister à l'âge qui vient, la marquise s'y employait avec un bel aplomb. C'était un travail à plein temps. Elle se teignait les cheveux avec une lessive de sarments de vigne, de feuilles de blettes et d'écorces de noix vertes. Ils restaient noirs comme à vingt ans. Elle s'épilait en s'appliquant la nuit des emplâtres de terbentine et de cire blanche, qu'elle arrachait le matin avant de laver les parties purifiées au vin blanc. Elle gardait une peau de bébé.

Chaque fois qu'elle se regardait dans une glace, Béatrix de Rochebelin pouvait cependant constater les ravages du temps qui passe. C'est pourquoi elle avait attrapé la mélancolie, une maladie étrange qui lui prenait la tête. Produite par l'échauffement des hypocondres, les parties latérales du haut de l'abdomen, elle circule dans le sang avant de se ficher dans le cerveau où elle fabrique malheurté et marrisson. Telles étaient du moins les dernières conclusions de la médecine. Le sieur Dieu se fit donc un plaisir de saigner la marquise.

Après quoi, il lui annonça son régime : au lever, une décoction d'anis et de rhubarbe avec un peu d'eau de scolopendres ; le midi, une pomme crue et du jus de rate de bœuf ; avant de se coucher, la même décoction que le matin, après un bain où auraient été mis à tremper de la bourrache, de la mélisse et de la lavande. Entre-temps, il faudrait qu'elle s'applique, au moins une fois par jour, des ventouses sur les hypocondres, qui seraient ensuite oints d'huile de camomille. Elle n'aurait pas droit aux viandes grasses, mais le blanc de poulet serait recommandé, ainsi que le vin d'absinthe.

« Je vois que je ne retrouverai jamais ma gaieté d'autrefois, soupira la marquise. Il y a trop longtemps que je suis triste. »

Le sieur Dieu n'eut pas la courtoisie de la contredire. Il n'éprouvait rien de bon pour elle. La marquise de Rochebelin ne lui inspirait que pitié et dégoût.

La pitié, c'était à cause de son ton : elle avait le parler larmoyant et pleurnichait ses phrases. Le dégoût, c'était à cause de ses mains baladeuses. Dès que le sieur Dieu se trouvait à leur portée, elles se mettaient à le tripoter. Tout y passait : la nuque, la barbe, la chevelure, les mains et les genoux. Il n'aimait pas.

Quand Béatrix de Rochebelin lui demanda s'il voulait rester à souper, le sieur Dieu accepta pourtant sans hésiter. Quand elle lui proposa, sur sa lancée, de dormir au château pour fêter son anniversaire le lendemain, il acquiesça mêmement. C'est dire s'il était prêt à tout pour venger les vierges du Luberon.

CHAPITRE 53

Nicolas Riqueteau était horrifié, comme en témoignait le tic nerveux qui lui secouait régulièrement la paupière droite. Il ne pouvait en entendre davantage. Il comprenait que Balthazar de Blandin fût fasciné par Adam et Eve. Il ne supportait pas cette passion morbide pour la nudité que le seigneur du Puyvert exaltait comme un article de foi.

« Qu'est-ce qu'un homme sans ses habits ? demanda l'inquisiteur. Une bête, rien de plus. »

Le seigneur du Puyvert secoua la tête :

« Non, un être pur et humble, qui sait rendre grâce. Plutarque raconte qu'Auguste, pour supplier le Sénat de ne pas faire de lui un dictateur, se dénuda devant cette assemblée. Le Seigneur ne vaut-il pas le Sénat romain ?

— Le Seigneur n'est pas le Sénat romain. Ne confondons pas. Il ne s'agit pas, pour l'Eglise, d'abaisser l'homme, mais de l'élever, et il s'élèvera d'autant plus aisément qu'il sera pauvre, faible et humilié. Pas s'il est à cru. Imaginez-vous le Christ montant au ciel nu comme un ver, le jour de l'Ascension ? Et la Vierge Marie montrant sa boutique au bon peuple en se laissant aspirer par le Très-Haut ? »

Nicolas Riqueteau tournait autour de Balthazar de Blandin assis. Il faisait de grands gestes des bras en répandant partout son odeur d'ail. Le sieur du Puyvert respirait à peine, pour ne pas l'attraper.

C'est toujours l'ail de l'autre qui sent mauvais. Mais celui-là avait de mauvais relents. La chair de l'inquisiteur marinait depuis trop longtemps dedans. En plus de la gousse, elle empestait aussi la poire blette et le beurre rance, tandis qu'il poursuivait, essoufflé :

« Les Solitaires de Palestine sont allés jusqu'aux limites du possible en matière de pauvreté, de pénitence et de renoncement de soi. Ils vivaient hors du monde. Ils avaient vaincu leurs désirs. Ils pouvaient donc vivre nus. Mais vous, les adamites d'aujourd'hui, vous n'êtes que leurs bâtards dévoyés, leurs imitateurs répugnants.

— Il n'y a pas de pureté sans nudité.

— Il n'y a pas d'homme sans vêtement. Vous n'êtes même pas des hommes. »

Balthazar de Blandin haussa tristement les épaules :

« Je vois que vous nous connaissez mal.

— Je n'ai pas l'intention de chercher à vous connaître. Votre hérésie n'est pas la plus dangereuse, elle est juste la plus dégoûtante, avec son culte de la débauche. Elle ne mérite même pas qu'on s'y arrête. »

Le regard de l'inquisiteur jeta un froid dans tout le corps du prisonnier. Un frisson traversa Balthazar de Blandin, de bas en haut. Il était comme du bois qui craque, le seigneur du Puyvert. Il n'entendait plus chanter son sang. Il avait perdu son sourire.

« Allez, souffla le père Riqueteau en faisant le geste d'écraser une mouche. Ce sera tout pour aujourd'hui. »

Aubry Fredol, qui avait suivi l'interrogatoire en se curant les dents à l'autre bout de la pièce, s'approcha, se gratta, toussa, puis osa :

« Ne croyez-vous pas qu'il faudrait le questionner aussi sur les crimes rituels de petites filles ?

— Je ne crois pas, répondit l'inquisiteur. L'hérésie de la fornication étant avérée, il me semble que le reste coule de source. »

C'est vrai qu'il avait l'air du coupable idéal, Balthazar de Blandin, avec sa couperose et sa trogne de viveur. Il y avait pourtant quelque chose de mystique en lui. Il était ravagé par l'obsession du néant.

Elle le crucifiait.

*
* *

C'est une expérience que les femmes connaissent bien : passer la nuit sous le même toit qu'un être qui vous répugne mais vous convoite. Elle trempe le caractère.

Voilà pourquoi les femmes sont si fortes. Il leur faut résister dès le plus jeune âge. Moins demandés, les hommes ont tendance à se laisser aller. Ils ne savent pas dire non. Parce qu'ils répugnent à tuer ou même à enfermer la bête au-dedans d'eux, ils passent souvent leur vie à la suivre.

C'était la première fois de sa vie que Jehan Dieu de La Viguerie se retrouvait gibier à dame. Il n'en menait pas large, sur son lit, tandis que le désir de la marquise ondulait dans les ténèbres. Il respirait le plus silencieusement possible, et se tenait totalement immobile pour ne pas se faire remarquer. Un geste ou un bruit de trop, et il était refait, comme une femme.

Le désir était partout, sous les meubles, derrière les murs, dans le noir qui enfermait le monde. Il flottait. Il rampait. Il vibrait. Il était la nuit dans la nuit. Il se mélangeait à la tiédeur de l'air.

Aussi incongru que cela paraisse, le sieur Dieu avait peur. Son cœur battit très fort, comme s'il se noyait, quand il entendit frapper à la porte.

« Vous n'avez besoin de rien ? »

C'était la marquise. Elle s'approcha de lui, dans un silence de sépulcre. Il rentra le plus profond qu'il put au-dedans de lui. Mais ça ne servait à rien. Il sentait son souffle qui s'amenait.

« Vous n'avez besoin de rien ? » répéta-t-elle quand elle fut arrivée à son chevet.

Il feignit de se réveiller, s'étira bruyamment et marmonna d'une voix faussement inquiète :

« Qu'y a-t-il ?

— Je suis venue voir si tout allait bien.

— Pas trop. J'ai attrapé la courante.

— Est-ce le dîner ?

— Je ne sais pas. Mais quand je lâche la croupière, je fais de l'eau claire. J'en fais tout le temps, pour tout vous dire. »

Elle hésita, puis murmura :

« Cela ne sent pas.

— Peut-être. Mais y en a partout.

— Mon pauvre...

— Le lit en est plein. Vous voudrez bien m'excuser. »

Le stratagème fonctionna à merveille. Souvent, l'amour

n'a de pire ennemi que la fiente. Elle ramène sur terre. Elle ôte les illusions. Béatrix de Rochebelin déposa les armes et battit en retraite. Quand elle se fut retirée, le sieur Dieu se sentit mieux, soudain; il ferma les yeux et tomba dans le sommeil serein d'une nuit sans désir.

CHAPITRE 54

Le lendemain matin, tout le pays se confondait dans le même bleu, comme si le ciel était tombé par terre, et la chair du monde mitonnait dans une vapeur apaisante où dansaient les oiseaux. Ce n'était pas un temps à s'entretuer, ni même à se quereller. C'était un temps à aimer.

Comme de bien entendu, Béatrix de Rochebelin sauta sur l'occasion. Elle était moins belle que la veille. Les refus enlaidissent. Les déceptions aussi. Mais elle ne s'avouait pas vaincue. Elle prit la main du sieur Dieu et l'invita à la musarde dans le jardin du château. Une promenade ne se refuse pas.

« Nous cueillerons des fleurs », dit-elle en montrant un couteau.

Les iris s'élançaient, par massifs entiers, vers l'azur. Ils étaient pleins de joie, comme des cierges, et les flammes mauves de leurs pétales montaient souvent très haut. Elle les cueillait. Il les portait.

Tandis que ses bras se chargeaient, il lui fallut repousser plusieurs assauts de la marquise. C'était comme s'il avait une meute après lui. Sans arrêt, il sentait son souffle contre sa chair. Il était sa proie. Elle le débusquait. Elle l'acculait. Elle le forçait.

Toujours, il s'échappait.

« Je vais me marier, finit-il par dire.

— Prou vous fasse. Mais ce n'est pas une raison. Il ne faut jamais remettre l'amour à plus tard. »

Elle s'approchait de lui, les lèvres entrouvertes et les yeux marécageux. Il n'avait plus de mains pour la repousser.

« On risque de nous voir, murmura-t-il.

— Et alors ? Ne voyez-vous pas que mes domestiques se donnent aussi du bon temps ?

— Il y a les soldats, insista-t-il.

— Les soldats de mon bien-aimé sont là pour me protéger, pas pour me surveiller. »

Sur quoi, la marquise jeta sa bouche sur la sienne. Il commença à l'embrasser, mais très mollement, du bout des lèvres, de crainte de lui échauffer la caillette.

Apparemment, Jehan Dieu de La Viguerie était né coiffé, sous un bon astre, avec la balle en main : à cet instant précis, Nicolas Riqueteau et sa bande arrivèrent au château, le délivrant ainsi des lèvres de Béatrix de Rochebelin. Ils étaient sept, dans leur coule de dominicain, soit quatorze bras.

Le sieur Dieu décida que ça ne l'impressionnait pas.

*
* *

Ce n'est pas un hasard si Avignon devint Avignon, la seule ville de la chrétienté qui tint tête à Rome, au point d'accueillir, soixante-dix ans durant, des souverains pontifes en son palais apostolique. Elle vivait sous le signe du chiffre sacré que la Bible cite soixante-dix-sept fois. Placée sous sa protection, elle comptait sept palais, sept paroisses, sept hôpitaux et sept portes.

Pour aider la chance, le père Riqueteau se déplaçait rarement sans ses six collaborateurs : Pierre de Glabre, son lieutenant ; Aubry Fredol, l'adjoint de celui-ci ; Honoré Bougerel, le notaire ; Adam Cottin, le vicaire, ainsi que deux assesseurs. L'inquisiteur aimait dire : « Nous sommes sept, comme les sept anges de l'Apocalypse. »

Pour le coup, on aurait dit des Rois mages, tant ils étaient chargés de cadeaux. Le sieur Dieu se débarrassa de son bouquet d'iris auprès de la servante et suivit la marquise qui se dirigeait à grands pas en poussant des cris de pie pour dire sa joie.

Le père Riqueteau, qui avait tout de suite reconnu le sieur Dieu, ne cachait pas sa gêne.

« Bon anniversaire », dit-il en embrassant Béatrix de Rochebelin, avec un regard en coin.

Il lui donna un paquet qu'elle ouvrit fébrilement : un rubis.

« C'est merveilleux, jacassa-t-elle. Moi qui adore les bijoux ! »

Elle l'embrassa. Le sieur Dieu remarqua qu'elle embrassa avec plus de tendresse encore Aubry Fredol, l'adjoint du lieutenant, quand elle découvrit le collier de perles qu'il lui offrait. Il lui glissa un mot à l'oreille et elle rit aux éclats. Ils s'aimaient toujours, ces deux-là, d'un amour très catholique. Le moine était un garçon avec de grands yeux ovales : sans sa boule à zéro, on l'eût pris pour un angelot. Il en avait la beauté fragile, fatale et grassouillette.

En attendant de passer à table, dans la salle à manger du château, tout le monde s'assit sous la treille du jardin : le vert de la vigne était encore clair ; il laissait passer le ciel. C'est là que le sieur Dieu entreprit la conquête du père Riqueteau. Il n'eut pas de mal. Les hommes sont ainsi faits qu'ils ne trouvent de grâce et d'esprit qu'à ceux qui leur laissent le crachoir.

Le sieur Dieu lança l'inquisiteur sur l'hérésie qui menaçait le monde. L'autre ne se fit pas prier, et soupira sur un ton accablé :

« Ce qui m'inquiète le plus, ça n'est pas le délire dogmatique des juifs et des mahométans. C'est le vice des mal-sentants de la foi, qui parasite sournoisement notre Sainte Mère l'Eglise et s'infiltre jusque dans les têtes des croyants, pour les inciter à la fornication ou, pire encore, à la sodomie.

— Vous avez bien raison, opina le sieur Dieu, avec un air faux.

— Saint Augustin nous dit que la sodomie est le plus grand des péchés, juste après l'idolâtrie, mais devant l'inceste. Il a raison. C'est ce vice qui a créé le malaise qui ne cesse de grandir entre Dieu et nous.

— Dieu a toujours honni les sodomites.

— C'est normal. Ils souillent le monde. Ils éclaboussent le ciel. »

Il criait, maintenant. Il criait comme s'il avait mal, tant il prenait le sort du monde à cœur.

« Prenez l'Ancien Testament, poursuivit-il. Si les sodomites, parents et enfants, ont été anéantis par le feu et le soufre, c'était pour purifier la terre avant la naissance de Notre Seigneur Jésus-Christ. Mais les sodomites sont revenus, depuis. Ils salissent à nouveau le monde de leurs crimes. Dans ces conditions, le Paraclet annoncé ne pourra jamais rester ici-bas. Et tout le monde s'en fiche, y compris Rome. »

Le sieur Dieu hocha le chef avec ostentation.

« Les sodomites sont les hérétiques les plus dangereux, poursuivit l'inquisiteur, car ils dégoûtent Dieu de lui-même. A force de les voir forniquer, il n'a plus qu'une envie : partir, fuir ce cloaque de turpitudes qu'est devenu notre monde. Déjà, il s'en détache. Et quand il revient, devant le spectacle de tant de mauvaiseté, il ne songe qu'à semer la terreur, pour se venger, et nous accable de ses fléaux. Vous verrez, si nous continuons, il finira par nous faire ce qu'il a fait à Sodome. »

De loin, Pierre de Glabre et Aubry Fredol semblaient écouter religieusement l'inquisiteur. Mais de près, ils étaient perdus dans leurs pensées, l'air ailleurs. C'était un discours qu'ils devaient connaître par cœur.

La marquise paraissait, elle, au comble de l'émerveillement. Mais les regards éblouis qu'elle portait tour à tour sur le sieur Dieu et frère Aubry laissaient à penser que les propos de l'inquisiteur n'étaient pour rien dans cet état second.

Ses yeux n'arrêtaient pas de s'agrandir ; des yeux de marguerite. Elle embellissait à vue d'œil, comme une fleur au soleil.

« L'homme a inventé beaucoup d'hérésies, continua l'inquisiteur. C'est même une maladie, chez lui. Les nicolaïtes nient que Dieu le Père soit le créateur. Les agnoïtes sont convaincus qu'il ne sait pas tout et que le Fils de l'Homme ignore même le jour du Jugement dernier. Les praticiens prétendent que la chair humaine est l'œuvre de Satan. Les jovinianistes assurent que rien ne distingue une vierge d'une fille de joie. Les réjouis célèbrent le culte du rire. Les circoncellions exaltent le suicide, et le pratiquent volontiers, par amour du martyre. Les bogomiles contestent les pouvoirs de l'eau, donc le baptême, et refusent de croire aux miracles de Jésus. Je pourrais continuer longtemps comme ça.

— Vous n'avez rien dit sur les manichéens, avança le sieur Dieu.

— Parce que c'est une religion que nous avons détruite, avec l'aide des mahométans. Il en allait de l'avenir du monde, vous comprenez. Elle n'exaltait que la pitié et le renoncement. Elle menait une guerre à mort contre l'homme, qu'elle ne songeait qu'à culpabiliser pour le neutraliser. Avant de disparaître, elle a quand même eu le temps de semer de mauvais germes. Ils n'arrêtent pas de repousser. On les retrouve chez tous ces hérétiques qui s'acharnent à se transformer en victimes. Regardez-les : des trembleurs, des lamenteurs et des harasseurs. Ils s'appellent cathares, bogomiles ou vaudois, mais ce sont tous les mêmes. Ils prêchent la pauvreté, bavent la haine de soi et abominent Notre Sainte Mère l'Eglise. »

Le sieur Dieu perdit le fil. Tout en dodelinant de la tête, avec un air passionné, il mettait au point son plan pour envoyer Aubry Fredol dans l'autre monde. La punition n'aurait pas lieu au château : les risques étaient trop grands. Les quatorze bras de moines, il pouvait en faire son affaire. Mais il n'aurait jamais le dessus sur les soldats qui gardaient la marquise, trente gaillards à tête de bourreaux, de violeurs ou d'incendiaires.

Il ne restait qu'une solution : accompagner les moines sur la route du retour en Avignon et tuer frère Aubry en chemin avant de s'enfuir. Après quoi, il s'en irait loin, très loin, avec Catherine, la petite et le valet.

Mais ne fallait-il pas, avant de lui crever la panse, avoir une dernière conversation avec frère Aubry et lui donner au moins une chance de se défendre ? C'est à cette question qu'il tentait de répondre quand le père Riqueteau, assis près de lui, lui tapota l'épaule pour le ramener sur terre :

« Maintenant que nous en avons fini avec l'hérésie vaudoise, ne pensez-vous pas qu'il faudrait s'attaquer en priorité aux sodomites ? Hélas, ils ont beaucoup d'alliés dans le clergé, jusque dans l'entourage de Notre Saint Père le Pape. Même si leur immonde vice a provoqué la colère de Dieu, le quatrième concile du Latran a encore réduit, à ma grande honte, les pénitences que l'Eglise prescrit contre eux.

— C'est incompréhensible, s'indigna frère Aubry. Le Saint Père ne peut pas être au courant.

— Je lui ai déjà adressé un courrier, comme vous le savez, mais il a trop à faire, le pauvre homme.

— Il faut lui pardonner », murmura le sieur Dieu.

Le père Riqueteau le regarda étrangement. Il était en colère ou bien il avait faim. Le sieur Dieu ferma les yeux et se remplit les poumons de fraîcheur. C'était si bon qu'il en sourit.

De sa patte traînante, la servante s'approcha de la marquise de Rochebelin, lui souffla quelque chose à l'oreille, reçut ses instructions et se dirigea alors vers le sieur Dieu.

« Il y a quelqu'un pour vous, lui dit-elle. Il est très énervé. Il veut vous voir tout de suite.

— Qui est-ce ? »

La servante leva les yeux au ciel :

« Est-ce que je sais ? »

Le sieur Dieu se leva mais Nicolas Riqueteau ne s'arrêta pas pour autant. Il continuait de dérouler sa pelote, comme si de rien n'était, les yeux mi-clos, plein de cette hystérie intérieure qui dévore les grands langards, quand un mot entraîne l'autre, à l'infini. Il parlait comme un livre ; un livre qui ne s'arrêterait jamais.

L'importun était Thomas Pourcelet. Il attendait à la loge, dans un état de grande agitation. Le sieur Dieu imagina tout de suite le pire :

« Est-il arrivé malheur ? »

Le valet garda la gueule morte.

« C'est grave ? »

L'autre restait au bout de sa corde, sans desserrer les dents. Il respirait très fort. C'était à cause de l'émotion, de l'effort, de la peur aussi. Le sieur Dieu le prit dans ses bras.

« Dis-moi la vérité », ordonna-t-il.

Thomas Pourcelet resta un moment la bouche ouverte. Il cherchait ses mots. Ils s'étaient cachés au plus profond de lui, là où il n'allait jamais.

« J'écoute », insista le sieur Dieu.

Sur quoi, le valet parla très vite, comme s'il avait hâte de se débarrasser des mots qui venaient de remonter :

« Ils sont tous venus à la bastide, les chasse-gueux, les valets de ville et les cavaliers de la maréchaussée. Ils vous cherchent.

— C'est absurde. Pourquoi ça ?

— Y a eu un nouveau crime à côté de chez nous. La petite Arbaud. Marie Arbaud. »

Jehan Dieu de La Viguerie relâcha son étreinte et mit sa main au front :

« Quelle horreur ! »

Il la revit. Une petite rousse, très élégante, qui s'habillait comme une jeune fille. Elle aimait tenir ses tétons dans ses mains. Qu'elle fût encore vierge à son âge, ce n'était certes pas sa faute.

« Dans quel état l'a-t-on retrouvée ? demanda le sieur Dieu.

— Comme d'habitude. Sauf que, cette fois, la maréchaussée a ramassé deux instruments de chirurgie près des lieux du crime : un bistouri et un scalpel. Elle a tout de suite fait le rapprochement avec vous. »

Le valet avait trop de salive dans la bouche. Il la ravala et reprit :

« Après ça, la maréchaussée a donc déboulé dans la bastide, pour tout fouiller. Et vous ne me croirez jamais... »

Il eut un mouvement de recul, comme s'il craignait que son maître ne le frappe à l'annonce de la nouvelle :

« Un valet de ville a trouvé un foie dans l'écurie. Je ne sais pas comment il est arrivé là.

— On a dû l'y mettre.

— Pour quelle raison ? demanda le valet.

— Pour m'accuser, voilà tout.

— Il y avait là le lieutenant-criminel de Cavaillon, votre ami Paillasse. Il n'a pas pu dire s'il s'agissait du foie de Marie Arbaud, d'une autre fillette, d'un porcelet ou de Dieu sait quoi encore. Mais c'était un foie frais et saignant. Un foie du jour.

— Et Catherine ? »

Quelques gouttes de sueur coulaient autour des lèvres de Thomas Pourcelet. Il les lécha. Il s'était fait la tête de celui qui est là pour écouter. Mais il n'y avait rien à écouter. Il fallait parler.

« Et Catherine ? répéta le sieur Dieu.

— Ils l'ont emmenée.

— Où ?

— A Aix ou en Avignon, je ne sais pas. Elle a dit qu'elle était la fille de son père. »

Le maître posa sa main sur l'épaule de son valet et lui demanda d'une voix brisée :

« Mais pourquoi l'as-tu laissée ?

— Je ne l'ai pas laissée. C'est elle qui s'est livrée. »

CHAPITRE 55

Quand les soldats du Roi et du Pape déboulèrent devant la bastide du sieur Dieu, avec les sergents, les chasse-gueux ou les valets de ville, Thomas Pourcelet s'était préparé, du moins dans la tête. Il les avait entendus venir depuis un bon moment : les sabots des chevaux tapaient fort la peau sèche de la terre, sur un rythme de marche militaire. On ne pouvait pas dire qu'ils arrivaient par surprise.

C'est Exupère Paillasse qui frappa à la porte. Thomas Pourcelet, qui se tenait derrière en tremblant, l'ouvrit aussitôt. Après quoi, il opina profondément et souffla, l'air à moitié surpris.

« Ah ! c'est vous ?

— Oui, c'est moi. Qui voulez-vous que ce soit ? »

Le valet soupira, pour changer de sujet :

« Bon.

— Ce sera moi tant que ce ne sera pas quelqu'un d'autre. »

Heureux de sa formule, Exupère Paillasse rit de toutes ses dents. Comme elles n'étaient plus très nombreuses, il lui fallut ouvrir grand sa bouche, entre ses deux oreilles.

« Bon, répéta le valet.

— Et vous, dites-moi, ironisa Exupère Paillasse, est-ce bien vous ? »

Il rit de nouveau, entra dans la bastide, puis héla le sieur Dieu :

« Jehan, es-tu là ?

— Il n'est pas là, assura le valet.

— Quand reviendra-t-il ?

— Je ne sais pas. Il n'aime pas qu'on lui pose des questions.

— Savez-vous où nous pourrions le trouver ?

— Il est parti du côté de la montagne. »

Par la fenêtre, il montra le Luberon qui bombait son torse, dans le bleuté du jour :

« Quelque part là-bas.

— Cela ne nous avance pas.

— Que lui voulez-vous ?

— On veut lui demander de répondre de ses crimes. »

Thomas Pourcelet roula de grands yeux étonnés :

« Ses crimes ? Mais quels crimes ?

— Il vient encore de tuer une petite fille, bagasse.

— Il ne tue pas les petites filles. Il les soigne.

— Quand vous aurez vu ce qu'il a fait de Marie Arbaud...

— Elle est morte ?

— Oui. Eventrée comme les autres.

— Ce n'est pas lui. »

Le valet avait dit ça comme on pousse un cri du cœur, ou de souffrance. Le lieutenant-criminel sortit de sa poche un bistouri, puis un scalpel, et les lui tendit :

« Et ça ? C'est quoi ? »

Il y avait du sang noir dessus. Après les avoir examinés, Thomas Pourcelet laissa tomber :

« Ces instruments ne sont pas à mon maître. Il les lave toujours quand il s'en est servi.

— Nous, on est sûrs qu'ils lui appartiennent.

— Vous n'avez pas de preuve.

— En plus, il a été dénoncé, votre maître.

— Le paradis est plein d'innocents qui ont été dénoncés. »

Exupère Paillasse fit signe d'entrer aux gens d'armes qui attendaient dehors et dit sur un ton menaçant, en fixant Thomas Pourcelet droit dans les yeux :

« Maintenant, vous allez nous laisser fouiller partout.

— Vous n'avez pas le droit », protesta le valet, d'une voix sans conviction.

Le chien, c'est le courage de l'homme. Il n'y eut plus que Teigne pour tenir tête. Il s'était contenté de grogner devant Exupère Paillasse. Mais il ne pouvait tolérer cette déferlante qui, tout d'un coup, envahissait la maison. Il courut dans tous les sens en aboyant sa rage.

« Faites taire votre chien, ordonna un soldat. Sinon, je le tue.

— Chien qui aboie, ne mord pas.

— Chien qui aboie, m'escagasse. »

Le valet donna un grand coup de pied dans le derrière de Teigne, qui comprit le message. Il partit aboyer dehors contre l'armée, la maréchaussée et le monde entier.

C'est alors que Catherine Pellenc descendit l'escalier. Elle était pieds nus et portait une robe de lin toute simple, qui l'enluminait. Tout le monde s'immobilisa d'un coup. On aurait dit une apparition.

Jehan Dieu de La Viguerie ne doutait pas que Marie de Nazareth revenait de temps en temps ici-bas, sous forme d'une vache ou d'un pied de menthe. S'il avait fallu trouver un nouveau visage à la Mère de Dieu, Catherine Pellenc eût très bien fait l'affaire. Toutes les femmes sont des vierges, plus ou moins. Celle-là l'était davantage.

Il n'y avait qu'à la regarder et on avait compris : c'était elle. Il ne lui manquait même pas son enfant Jésus entre les bras, car elle portait la petite. Les deux ensemble mettaient de la lumière partout autour d'eux.

Deux ou trois marches avant d'arriver en bas, elle s'arrêta et s'écria :

« Vous avez tort d'accuser le sieur Dieu. C'est moi qui ai commis ces crimes. »

Exupère Paillasse sourit avec ostentation, en haussant les épaules. Il n'en croyait pas un mot.

« J'ai commis ces crimes pour me venger de vous, reprit-elle. Tous autant que vous êtes, vous m'avez tuée en tuant ma famille, mes amis et mes voisins. Il était normal que je rende la pareille à vos filles. Je l'ai fait sans plaisir ni crudélité, croyez-le bien, mais pour me conformer à la Loi de la Bible : « Qui frappe un homme à mort, sera mis à mort. » Je sais bien que c'est contraire à la morale des miens, qui prêchent l'amour des autres, y compris de leurs bourreaux. Vous voyez où elle les a menés, leur pitoyable bonté. Moi, je suis la main du Seigneur, le glaive des martyrs, le goël qui, au nom de Yahvé, châtie les enfants de l'Antéchrist. »

Avant de déclencher quelques vagues murmures de désapprobation, son discours fut écouté dans un silence de mort. A la fin, le lieutenant-criminel s'approcha d'elle et lui demanda d'une voix très douce, comme s'il avait affaire à une grande malade :

« Qui êtes-vous ?

— La fille aînée d'Antoine Pellenc.

— L'évadé d'Aix ?

— Oui, c'est ça. »

Le lieutenant-criminel et les soldats la prirent au sérieux, tout d'un coup.

« Je suis prête à vous suivre, dit-elle. Je vous demande seulement de confier ma sœur, avec sa chèvre, à des paysans du Grand Champeau. Des braves, catholiques comme vous. Sauf qu'ils le sont vraiment, ces gens-là : la sainte foi apostolique et romaine n'a pas tué en eux la miséricorde du Christ. »

Thomas Pourcelet l'interrompit d'une voix mal assurée, en prenant Exupère Paillasse à témoin :

« Elle ne sait pas ce qu'elle dit. Elle est complètement folle.

— Soit.

— Vous la croyez ? »

Le lieutenant-criminel n'eut pas le temps de répondre. Un sergent arriva, transpirant et tonitruant, un pot de terre à la main :

« Regardez ce que j'ai trouvé à l'écurie. Si ce n'est pas un foie, je donne ma langue au chat. »

Après avoir examiné le contenu du pot sans dissimuler la répulsion que celui-ci lui inspirait, Exupère Paillasse mit son doigt dedans puis, quand il l'eut retiré, le sentit longuement avec un étonnement grandissant :

« Il y a encore plein de vie dedans.

— C'est toujours ce que dit mon maître, fit Thomas Pourcelet, fier de pouvoir étaler sa science. Chez l'homme, le foie meurt toujours en dernier, bien après la cervelle ou les entrailles. Il a beaucoup de travail, vous comprenez. Il ne veut pas partir avant de le terminer. Il est plus fragile mais plus consciencieux. »

Exupère Paillasse posa sa main sur l'épaule du sergent :

« Bravo, mon vieux. Après ça, je crois qu'on le tient. »

Il demanda à un premier groupe de soldats d'emmener Catherine Pellenc à la prison de Cavaillon, et à tous les autres de rester avec lui pour la chasse au sieur Dieu dans les montagnes du Luberon.

« Vous connaissez ses habitudes, dit-il à Thomas Pourcelet. Vous serez notre guide. »

Comme il voyait que le valait hésitait, le lieutenant-criminel précisa qu'il n'avait pas le choix. S'il ne collaborait pas, il serait traduit en justice, pour complicité, et comdamné à la roue ou à pire encore.

Donc, il collaborerait.

Thomas Pourcelet ne surprit pas outre mesure le sieur Dieu quand il lui annonça, dans la loge du château, qu'il était passé dans l'autre camp. Mais c'était un homme comme les autres. Il restait fidèle à tout le monde. Il avait dit au lieutenant-criminel et à ses soldats que son maître se trouvait à Gordes. Il était parti en éclaireur. Il devait l'attirer dans une souricière, car les autres voulaient l'attraper vivant. En somme, il était l'appât.

C'était du moins ce que le lieutenant-criminel avait décidé. Mais Thomas Pourcelet connaissait son devoir. Sur la route de Gordes, il avait fait un crochet par le château de Ménerbes, pour donner les nouvelles de la bastide au sieur Dieu, afin qu'il en tirât les conséquences.

« Maintenant, il faut fuir, dit le valet.

— Où ?

— N'importe où, loin d'ici. Tout le pays vous recherche. »

Le visage du valet se figea soudain. C'était une pensée qui passait. Sa bouche s'ouvrit de nouveau et laissa tomber :

« Croyez-vous que Catherine puisse être coupable ?

— Et toi ? »

Le valet secoua la tête, puis murmura :

« Mais je ne comprends pas pourquoi elle s'est accusée.

— Pour me sauver.

— Pour vous sauver », fit le valet, l'air absorbé.

Un soldat passait devant la porte de la loge. Il avait un regard sans rien dedans ; deux pierres précieuses dans leur blanc d'œuf. Il s'alluma soudain quand il aperçut Thomas Pourcelet. Il le salua comme s'il le connaissait.

Le valet fit celui qui n'avait rien vu et répéta avec des trépignations intérieures qui lui fronçaient les sourcils :

« Il faut partir.

— Pas tout de suite. »

Le valet baissa les yeux, comme s'il n'aimait pas ce mot.

« Et le bébé ? demanda brusquement le sieur Dieu avec une inquiétude dans la voix. Qu'en as-tu fait ?

— Je l'ai laissé au Grand Champeau, chez les Perrin, comme il était prévu. »

Jehan Dieu de La Viguerie se gratta la tête longtemps, jusqu'au sang, sans que rien le démangeât, puis bougonna avec une expression fataliste :

« Maintenant, il ne me reste plus qu'à libérer Catherine. »

Il n'y croyait pas. Il soupira, comme s'il allait pleurer. Mais il ne pleura pas.

« Je n'ai rien pu faire, protesta le valet, qui avait cru entendre des reproches dans le ton de son maître.

— Je ne te fais aucun grief.

— J'étais seul contre dix-sept. Je les ai comptés. Ils étaient dix-sept.

— T'ai-je dit quelque chose ?

— Ils étaient tous armés jusqu'aux dents, vous comprenez. »

Le valet avait un regard suppliant. Le maître ne pouvait le supporter. Il détourna les yeux.

« Qu'est-ce qu'on va faire, maintenant ? demanda Thomas Pourcelet d'une voix que la peur étranglait.

— Toi, tu retournes avec les autres. Moi, je m'en vais à mon destin. Au cas où tu voudrais de mes nouvelles, tu pourras les demander aux Perrin. Je leur en donnerai de temps en temps. »

Le sieur Dieu prit son valet dans ses bras, le serra et l'embrassa. Il était ému, mais pas autant que son valet, qui se mit à pleurer en faisant la lippe.

CHAPITRE 56

Quand Jehan Dieu de La Viguerie retrouva la marquise et ses invités, ils étaient sur le point de passer à table.

« Nous n'attendions plus que vous », dit Béatrix de Rochebelin, entre deux rires absurdes.

Ils étaient à peine assis que Nicolas Riqueteau donna le coup d'envoi du *benedicite*. Il le récitait très vite, car il avait très faim. Les odeurs qui provenaient des cuisines le creusaient et il se déboutonna le ventre, en toute hâte, comme un amoureux, sitôt la prière terminée.

Comme toujours chez la marquise de Rochebelin, ce fut un repas où les plats se bousculaient, dans le désordre : tourterelles à la broche, bourrées de genièvre et de muscat ; soupe de marron à l'ail, avec des clous de girofle ; civet de lièvre au laurier et à la coriandre ; pâté à la graisse farcie de moelle de bœuf ; porc charbonné à la cannelle ; galettes au lait, parfumées de fenouil ; confiture de coing au moût de raisin et beignets frits au miel.

Chez l'inquisiteur, le bavardage et la gloutonnerie se nourrissaient l'un l'autre. Plus il mangeait, plus il avait envie de parler. Plus il parlait, plus il avait envie de manger. Il menait, bien sûr, les deux activités de conserve, et postillonnait ses aliments, ce qui rendait son voisinage périlleux au cours des repas.

Dès la première bouchée, il recommença à déblatérer contre Sodome. C'était son idée fixe.

« La veille de la punition de Dieu par le feu et le soufre, les gens de Sodome, jeunes et vieux, avaient cerné la maison de Lot. Ils voulaient de la chair crue, les cochons. Ils réclamaient les hommes qui étaient venus chez lui, pour les enfiler. Lot leur proposa ses deux filles. Ils refusèrent. Ils n'avaient faim que de troufignon. De troufignon d'hommes, dois-je préciser. On ne sodomise pas des anges.

— Ce sont les plus convoités, observa le sieur Dieu en regardant la baronne qui rêvassait en mâchant.

— Sans doute. Je connais par cœur les paroles de Lot aux Sodomites : " Je vous en supplie, mes frères, ne commettez pas le mal ! Ecoutez : j'ai deux filles qui sont encore vierges, je vais vous les amener, mais pour ces hommes, ne leur faites rien, puisqu'ils sont entrés dans l'ombre de mon toit. " C'est dans la Genèse. Chaque fois que je m'en fais recors, des frissons me transversent. »

Pour montrer qu'il suivait la démonstration avec passion, le sieur Dieu prit un air horrifié.

« Les pauvres filles, soupira-t-il.

— Elles s'en sont bien sorties, finalement. Les anges aussi. Ils ont empêché les Sodomites d'entrer dans la maison. Ce sont des braves, les anges. On peut toujours compter sur eux. Mais s'ils ne repassent plus nous voir depuis des siècles, ils ont sûrement une raison. Je la pressens et j'en tremble. On les a trop déçus, voilà ce que je pense. On a oublié la parole de Dieu dans le Lévitique : " Tu ne coucheras pas avec un homme comme on couche avec une femme. C'est une abomination. " Cette abomination, les Sodomites l'ont tellement commise que leur pays a fini par les vomir. Si l'on ne veut pas que le nôtre nous vomisse à son tour, il faut que leurs disciples meurent et que le sang retombe sur eux. Alors, les anges reviendront. »

Frères Pierre et Aubry souriaient avec béatitude. Ce n'était pas le propos de l'inquisiteur qui les rendait si heureux. Encore qu'ils en appréciaient la musique. C'était le vin qui les mettait dans cet état ; une légère ivresse les emmenait loin du monde, là où ne règne que l'amour, au-dessus des cris de la terre.

« Dans sa grande magnanimité, continua Nicolas Riqueteau, le Seigneur avait dit à Abraham qu'il ne supprimerait pas le juste avec le pécheur et qu'il était prêt à pardonner à Sodome s'il trouvait seulement dix justes dans la ville. Vous rendez-vous compte qu'il n'y en avait même pas dix ?

— Le vice appelle toujours le vice, observa le sieur Dieu.

— Même pas dix, répéta l'inquisiteur.

— Le mal est plus contagieux que le bien.

— C'est précisément ce que je pense. Les impies ne s'arrêtent jamais de vomir leur fange et leur boue. Comme l'a dit le prophète Isaïe : “ *Impii quasi mare fervens quod quiescere non potest et redundant fluctus eius in conculcationem et lutum.* ” Voilà pourquoi le bien a besoin de nos bras armés. Si on ne l'aide pas, il sera vaincu et nous serons détruits. Nous n'avons pas le choix. Il faut égorger tous ces cochons, avides de fiente, qui brûlent la chandelle par les deux bouts, en tirant gloire de leur vice. »

Les plats succédèrent aux imprécations et inversement, jusqu'au dessert, quand la servante s'approcha de la marquise et lui annonça que le sieur Pantaléon souhaitait lui présenter ses hommages.

Les sept moines prirent un air contrarié. Quant au sieur Dieu, il n'en menait pas large.

Parut Richard Pantaléon, dans un claquement d'éperons.

« Béatrix, s'écria-t-il, les deux bras jetés en avant, bon anniversaire, ma merveilleuse, ma souveraine. »

C'est en lui baisant la main qu'il aperçut Jehan Dieu de La Viguerie. Il se redressa d'un coup et s'écria :

« Mais que fait-il là, celui-là ? N'êtes-vous pas au courant ? »

Il y eut un silence. Tout le monde se regarda avec des yeux comme des salières.

« C'est lui, le tueur de vierges, l'arracheur de foies, l'assassin des bonnes chrétiennes du Luberon. »

Le sieur Dieu se leva. Pour ceux qui n'auraient pas compris, Richard Pantaléon reprit avec emphase, comme oppressé par l'horreur des vérités qu'il proférait :

« Regardez-le. Il est là devant nous, le monstre de Provence, le fils de la Bête, l'éventreur d'innocentes, le nouvel Hérode. »

Richard Pantaléon sortit son épée du fourreau ; le sieur Dieu l'imita. Ils avançaient maintenant l'un vers l'autre, à pas lents, comme pour faire durer le plaisir.

« Alors que je rentrais de ma croisade du jour, après avoir décollé quatre vaudois dans la montagne, reprit le sieur Pantaléon, j'ai rencontré des soldats du Roi et du Pape, sous la conduite de mon ami Paillasse. Il m'a dit qu'ils recherchaient cet individu. »

Il cogna le bout de son épée sur le dallage, pour souligner l'importance de ce qu'il allait dire.

« Je vais vous faire une confidence : ça ne m'a pas étonné.

J'ai toujours su que cet homme était un criminel. Percez sa peau, il n'en coulera qu'un mélange de venin de vipère, de sueur de crapaud et de bave de porc. Je le connais depuis longtemps, vous savez. C'est un apostat de la foi, qui se prend pour un prophète, un imposteur et un blasphémateur. Il ricane tout le temps dans sa barbe, mais le jour est venu de lui faire ravaler ses railleries. »

C'est alors que les sept moines, Nicolas Riqueteau compris, se précipitèrent sur le sieur Dieu pour le ceinturer et le neutraliser. Ils étaient beaucoup plus forts qu'il ne l'aurait cru. En moins de rien, il se retrouva par terre, pieds et mains liés, comme l'agneau du Christ.

*
* *

« Tu fais moins le drôle, maintenant ! »

Richard Pantaléon ricanait au-dessus du sieur Dieu, en promenant la pointe de son épée sur la poitrine du gisant. Il appuyait très fort, mais la lame n'entrait jamais dans la chair.

« Tu sais bien que je suis incapable d'avoir commis ces crimes, grogna le sieur Dieu en remuant. Dis-leur !

— Je pense que c'est toi. Je l'ai toujours pensé.

— Et pourquoi ? demanda le sieur Dieu.

— D'abord, la plupart des crimes ont eu lieu près de chez toi : c'est un premier indice. Ensuite, il y a des années que je te vois tourner autour des enfants : c'est un second indice. »

Le sieur Dieu tenta de se redresser. Mais Richard Pantaléon l'en dissuada en lui pointant son épée contre le front où elle laissa une marque de sang.

« Figure-toi que moi aussi je t'ai soupçonné, observa le sieur Dieu avec un mauvais sourire. Nous avons beaucoup de souvenirs en commun. Mais il y en a un auquel je repense souvent, depuis cette série de crimes. Tu venais d'acheter une petite fille sur un marché d'Ispahan. Te rappelles-tu ? Elle avait sept ou huit ans, pas plus. Mais elle était déjà belle comme une femme, avec de longs cheveux noirs et de grands yeux bruns. Ne t'ai-je pas interdit de lui casser la coloquinte, comme tu en avais l'intention ? Ne nous sommes-nous pas battus à cause de ça ?

— Menteur », hurla Richard Pantaléon.

Après quoi il se mit à moudre la tête du sieur Dieu de coups de pied. Les moines tentèrent de l'éloigner, tandis que la marquise de Rochebelin poussait ses cris d'oiseau. Quand enfin ils y parvinrent, le pauvre avait perdu conscience et gagné une gueule de marmouset.

Sa vie était partie sans lui. Le sieur Dieu courait après, pour le principe, sans se presser de la rattraper. Il ne paniquait pas.

« C'est étrange, ce qu'il a l'air heureux », constata Nicolas Riqueteau qui s'était agenouillé auprès du sieur Dieu et lui tapotait les joues, pour le réveiller.

Richard Pantaléon haussa les épaules :

« C'est normal. Les assassins sont toujours heureux d'être démasqués. Ils se sentent soulagés. S'il était innocent, croyez-moi, il respirerait moins le contentement. »

Le sieur Dieu avait un sourire angélique. Il s'était toujours dit qu'il ne se retrouverait jamais mieux en lui-même que le jour où il se serait quitté.

Apparemment, c'était le jour. Sauf qu'il avait encore beaucoup de choses à faire, ici-bas.

CHAPITRE 57

Quand il se réveilla quelques heures plus tard, Jehan Dieu de La Viguerie se trouvait dans une cellule de douze pieds sur dix, quelque part dans les sous-sols du Palais des Papes, en Avignon. C'était un de ces endroits où il fait continuellement nuit, en toute saison ; un mouroir.

Ici, tout était fait pour vous détacher du monde. Par exemple, on n'avait pas le droit de parler à ses voisins de cellule. La maigre lumière qui s'insinuait par un petit soupirail se perdait aussitôt dans la pénombre. Les bruits de la terre n'arrivaient que sourdement dans ce trou : un ronronnement qu'interrompaient de temps en temps les cloches des églises.

Pour vous raccrocher à la terre, il n'y avait que l'odeur : un mélange de fiente, d'urine et d'humidité. Le sieur Dieu l'estima plus forte qu'à son dernier séjour en prison. Il est vrai qu'il se trouvait dans une autre aile du Palais, non loin de la Tour des Latrines avec ses deux étages de chaises d'aisances qui déversaient leur mortier dans une fosse où aurait pu tenir une armée.

S'il avait fallu trouver un lieu pour y installer l'Enfer, c'eût été là. Tout y était, en plus de l'odeur : le noir, la peur, le silence et la mort lente. Quand le cauchemar est ici-bas, mieux vaut disparaître sans attendre. Le sieur Dieu ferma les yeux, bien décidé à retourner là où il était heureux. Mais il n'y arrivait pas. Quelque chose le ramenait tout le temps vers ce caveau où il gelait, dans le noir. C'était un sentiment affreux qui enflait en lui et dont il avait honte : la haine.

Tandis qu'elle montait, sa chair se retrempait, son sang s'échauffait, son cœur sonnait matines. Il se sentait renaître au monde.

Il ne faut pas avoir peur de la haine : elle rend l'homme supérieur. L'animal en est dépourvu et tout son malheur vient de là. S'il en était doué, il est si nombreux qu'il aurait conquis la planète depuis longtemps, au lieu d'être perpétuellement piétiné, égorgé, dévoré ou humilié.

Il n'est pas de grandeur sans violence, fût-elle intérieure. Le tout est que la haine se porte où il faut, à bon escient. Elle donne alors à l'homme la force de se dépasser soi-même. Elle arme ses bras. Elle lui apprend l'héroïsme. C'est la meilleure alliée de l'amour.

Dans sa petite geôle, le sieur Dieu ne fut bientôt plus qu'un grand spasme qui se déployait au-dessus de lui-même, là où rien n'arrête jamais personne. Un jour, c'était juré, il tuerait Aubry Fredol et ses complices.

*
* *

Après avoir été conduite à la prison de Cavaillon, Catherine Pellenc fut récupérée par Michel Perruchaud, le lieutenant du sénéchal d'Aix. Il ne supportait pas que le Comtat Venaissin s'appropriât tous ces meurtres. Il n'y avait pas de raison : certains n'avaient-ils pas été commis dans le Comté de Provence ?

Partisan de la paix des maréchaussées, le baron d'Oppède avait fait un geste et donné Catherine Pellenc comme un os à ronger à Michel Perruchaud, qui la refila à l'inquisiteur d'Aix, Aubin Urbec. A l'instar d'Exupère Paillasse, il n'arrivait pas à croire qu'elle fût coupable des crimes dont elle s'accusait. Elle était trop exaltée pour n'être pas innocente. C'est ce que pensa le franciscain la première fois qu'il la vit. Mais il ne lui rendit pas sa liberté pour autant.

« Je vais essayer d'aller au fond de vous, lui annonça-t-il. Ce sera un long voyage. Je compte bien que vous en reviendrez vivante.

— Je ne pense pas.

— Faites-moi confiance. »

Elle ne croyait pas aux mots. Elle ne croyait qu'aux visages. Après avoir longtemps scruté la face du moine, avec ce bout de groin en guise de nez, elle se dit qu'elle pouvait peut-être le croire.

*
* *

Parfois, le malheur est une habitude. Catherine Pellenc l'avait contractée le jour où elle était venue au monde. Depuis, elle s'accommodait de tout.

C'est le bonheur qui l'étonnait. Devant lui, elle devenait une petite fille. Elle ne se sentait pas à la hauteur. Il lui faisait peur.

Il y a des gens comme ça. Ils sont plus aguerris au malheur qu'au bonheur. A tout prendre, Catherine préférait peut-être même le premier. Elle le connaissait mieux ; il ne lui réserverait pas de mauvaises surprises.

Sa détention à Aix-en-Provence ne l'avait donc pas trop affectée. C'était à croire qu'elle avait toujours vécu dans une prison. Son visage ne laissait pas poindre la plus petite ombre d'inquiétude.

Juste de la tristesse. C'était normal. Le bébé lui manquait. L'homme de sa vie aussi. Elle avait un grand vide dans le ventre. Elle savait bien qu'il ne partirait pas, ce vide, et qu'il faudrait vivre avec.

En attendant, ça ne l'empêchait pas d'aimer les gens et de chercher à les aider. Elle partageait sa cellule avec Esther Parladin, une fille de joie, et sœur Marthe, une religieuse. La première était accusée d'hérésie vaudoise ; la seconde, de blasphème. Elles risquaient toutes deux le bûcher. Il fallait les consoler.

Sœur Marthe, surtout. Elle ne comprenait pas bien ce qui lui arrivait. Elle ne souffrait pas que l'inquisiteur et ses assesseurs la déshabillent, pour un oui ou pour un non. Il suffisait qu'ils lui retirent sa robe de toile pour qu'elle avoue tout ce qu'ils voulaient.

Ils ne s'en privaient pas. Non pour faire du spectacle, qui n'était, en l'espèce, pas glorieux. Sœur Marthe avait beaucoup maigri pendant son séjour en prison. Ses os avaient tout mangé et ils flottaient au milieu des bourrelets de peau qui pendouillaient comme des habits.

Quand elle rentrait de ses séances chez l'inquisiteur, à l'étage au-dessus, elle était souvent prise de grandes crises de larmes qui n'en finissaient pas. Le jour où Catherine arriva dans la cellule, sœur Marthe n'était qu'une flaque qui s'écoulait par terre, sous l'œil noir d'Esther Parladin.

« Mais qu'avez-vous ? demanda Catherine en s'asseyant à côté d'elle.

— J'ai fauté avec un cheval.

— Avec un cheval ? Comment avez-vous fait ?

— Je ne l'ai pas fait, je l'ai avoué.

— Il faut vous rétracter.

— Si je fais ça, je subirai la torture du feu et j'avouerai de nouveau. Cela ne sert à rien. »

Elle éleva la voix, tout d'un coup :

« Je voudrais qu'on me juge, maintenant. Je ne peux plus attendre. Cela fait quatre mois que ça dure. Quatre mois que je confesse tout ce qu'on me demande.

— Peut-être confessez-vous trop de péchés, fit Catherine.

— Mais c'est ce qu'ils veulent !

— Si vous vous accusez de tout, ils ne peuvent pas croire que vous êtes innocente. »

Catherine passa son bras sur les épaules de sœur Marthe, attira son visage vers elle et l'embrassa avec amour.

C'est ça qui permettait à Catherine de faire face en se dépassant elle-même : l'amour. Elle n'avait aucun mérite. Elle en débordait.

C'était mécanique. Elle avait peur de garder tout cet amour au-dedans d'elle : ça l'aurait noyée, à force. En se donnant, elle se soulageait, finalement.

Catherine Pellenc était autant gonflée d'amour que le sieur Dieu était enflé de haine. Mais le résultat était le même. Ils étaient comme deux ballons, pleins à en crever, qui, du fond de leur geôle, commençaient leur ascension vers les cieux.

CHAPITRE 58

Le lendemain, deux gardes emmenèrent le sieur Dieu au rez-de-chaussée de la Tour des Trouillas où l'attendaient Nicolas Riqueteau et ses six moines, avec des hommes de main au visage patibulaire.

Le sieur Dieu fut tout de suite invité à se dévêtir. Après quoi, les moines l'observèrent avec soin. Il était si bien emmanché qu'il se prêta sans mauvaise grâce, malgré le froid, à cet examen anatomique.

« Il n'est pas circoncis, observa Pierre de Glabre en tripotant son prépuce. C'est déjà ça. »

Nicolas Riqueteau se pencha :

« On ne vérifie jamais assez. Pour circoncire les chrétiens qu'ils judaïsent, les juifs ne tranchent pas tout le prépuce. Ils se contentent de n'en couper qu'une moitié. Parfois un quart.

— Pourquoi ça ?

— Pour mieux les repérer ensuite. »

En l'espèce, il ne manquait rien au cabochon de rubis du sieur Dieu. Après avoir constaté la présence d'une colonie de verrues sur le dos de l'accusé, Pierre de Glabre lui demanda de se rhabiller. Il l'amena ensuite jusqu'à une petite chaise, au milieu de la salle, là où se rejoignaient les compartiments d'ogives qui soutenaient la voûte.

La chaise craqua affreusement quand le sieur Dieu s'assit dessus. Il se releva d'un trait :

« Excusez-moi.

— C'est bon, dit Pierre de Glabre. Elle est comme tout le monde. Elle crie toujours un peu au début, et puis elle finit par s'habituer. »

Face à la chaise, un grand siège à bras était juché sur une

estrade, au pied du pilier central. C'est là que prit place Nicolas Riqueteau.

Aubry Fredol apporta une bible au sieur Dieu et le père lui demanda de prêter serment :

« Je jure par Dieu et par la Croix, et par les Saints Evangiles que je touche de ma main, de dire la vérité. Que Dieu me vienne en aide si je tiens serment, et qu'il me condamne si je parjure. »

Le sieur Dieu jura.

Le père Riqueteau lui jeta un regard amical. C'était un grand inquisiteur, bien plus efficace que Jean de Roma ou Bernard Berardi. S'il n'a pas laissé son nom dans la postérité, c'est qu'il n'aimait que l'ombre. Il détestait la foule, et ses cris. Il refusait les honneurs et leurs impostures. Malgré sa science et ses succès, il n'avait pas écrit de manuel de l'Inquisition, comme tant d'autres, toujours prêts à faire les paons sur le dos du Christ. Il exerçait son métier avec humanité mais sans défaillance, loin des regards du monde.

Pour amener les hérétiques à se démasquer, le père n'utilisait la torture qu'en dernier recours, quand il avait affaire à des cabochards ou à des blasphémateurs. A la force, il préférait la *christiana mansuetudo,* qui avait généralement raison des plus endurcis. C'était un pilier de patience.

L'arbre ne tombe jamais au premier coup : comme la plupart des inquisiteurs, le père Riqueteau savait mettre le temps qu'il fallait pour arriver à ses fins. La stratégie consistait d'abord à conquérir la confiance de l'hérétique pour le prendre, ensuite, par surprise. Il feignait volontiers la compassion. Il s'inquiétait de sa santé. Il le laissait recevoir des visites.

L'accusé ne devait pas avoir la moindre idée de son chef d'inculpation. Le père Riqueteau, qui prenait toujours un malin plaisir à brouiller les pistes, le lançait sur le général avant de l'amener peu à peu au particulier. Il savait jouer du silence qui conduit l'hérétique à parler, pour tromper sa peur. Il suffisait alors d'un bout de fil et il tirait toute la pelote, mais en douceur, sans jamais forcer. Quand tombait un aveu, il feignait de ne pas l'avoir entendu pour revenir dessus, l'air de rien, quelques jours plus tard. Il se comportait, du moins dans une première phase, comme un ami aux petits soins.

Même s'il était plein de préventions à son endroit, le sieur Dieu sentit sa haine refluer, pendant que l'autre l'observait avec un bon sourire.

« Quel âge avez-vous ? demanda le père Riqueteau.
— Quarante ans environ.
— Où êtes-vous né ?
— A Cadenet.
— Vos parents sont-ils toujours en vie ?
— Non.
— De quoi sont-ils morts ?
— Mon père, d'une fièvre orientale. Ma mère, elle, a eu le mal.
— Quel mal ?
— Le mal des jambes. Elle n'a pas voulu que je les coupe.
— Que faisait votre père ?
— Maître chirurgien. »
Le père Nicolas Riqueteau s'arrêta et sourit :
« Comme vous.
— Comme moi.
— C'est un beau métier. Si j'avais eu un fils, j'aurais aimé qu'il soit maître chirurgien. »
Il sourit encore.
« Depuis quand exercez-vous ? reprit-il.
— Depuis 1541.
— C'est récent. Que faisiez-vous avant ?
— Des études et des voyages.
— Des voyages, répéta le père. Où donc êtes-vous allé ?
— Très loin, sur l'autre versant du monde.
— En Terre Sainte ?
— Bien après la Terre Sainte. Là où la terre pleure tout le temps, sous la pluie.
— Là où notre Seigneur n'est jamais allé ? »
Le sieur Dieu perçut un piège :
« Rassurez-vous. Je l'avais amené avec moi. Je ne voyage jamais sans ma foi.
— Qu'êtes-vous allé faire là où vous dites ?
— Chercher une nouvelle race de vers à soie.
— Vouliez-vous élever des vers à soie ?
— Non. J'étais parti en chercher pour le compte d'une grande famille d'Avignon.
— Quelle famille ?
— La famille Bellemère. »
Le père ferma les yeux et fronça les sourcils.
« Connaissez-vous bien cette famille ? » demanda-t-il.

Le sieur Dieu flaira une nouvelle ruse :
« Je ne la connais pas. J'ai simplement travaillé pour elle.
— Quel genre de travail ?
— Ce que je viens de vous dire. »
Après avoir dévisagé le sieur Dieu avec douceur, Nicolas Riqueteau se leva et soupira :
« Vous me semblez bien tendu, mon fils. Il faut vous laisser aller. »
Il tourna autour du sieur Dieu toujours assis, posa ses mains sur ses épaules et lui demanda, maternel :
« Ne vous plairait-il pas de goûter mon *aqua vitae* de noix ? »
Frère Pierre se précipita aussitôt avec une bouteille. Il était suivi par frère Aubry qui tenait un gobelet dans chaque main.
« Vous m'en direz des nouvelles, s'écria Nicolas Riqueteau sur un ton faussement enjoué. J'ai mis les meilleures noix du Luberon dans la meilleure eau-de-vie de Bordeaux. Si après ça je n'ai pas obtenu la meilleure *aqua vitae* du monde, c'est à n'y plus rien comprendre. »
Le sieur Dieu et le père Riqueteau burent longtemps. A la santé du Pape, du cardinal, de la Très Sainte Vierge, et de Notre Sainte Mère l'Eglise. A la seconde bouteille, l'inquisiteur et son prisonnier communiaient dans la même béatitude.
Quand le sieur Dieu fut ramené dans sa cellule, ce soir-là, toute sa haine était partie. Tel est l'homme. Il a besoin d'alcool pour se laver l'esprit et recommencer sa vie à zéro. S'il boit, ce n'est pas par vice, ni bêterie, mais pour venir à nouveau au monde, tout simplement.
Jehan Dieu de La Viguerie se sentait comme l'agneau qui vient de naître. Il n'y avait plus de marrisson en lui. Il n'arrêtait pas de ressusciter, ces temps-ci.

CHAPITRE 59

C'était Nestor Perrin. Il avait les yeux qui sortaient de leurs trous. Il frappait de tous ses poings, à la porte de la bastide, comme s'il y avait le feu.

« On vient », grogna Thomas Pourcelet.

Quand il ouvrit, le chien fonça sur le fermier du sieur Dieu, puis s'arrêta net en grondant, la gueule basse, comme devant un grand malheur.

« Un crime horrible, hoqueta Nestor Perrin. On vient de tuer Jeanne. »

Le valet fit signe au fermier d'entrer et demanda d'une voix blanche :

« Comment est-ce arrivé ?

— Chez nous, au Grand Champeau, pendant qu'on était dehors, en train d'arroser les pommiers. On l'a éventrée.

— A son âge ? protesta Thomas Pourcelet.

— Je ne sais pas quoi faire, gémit Nestor Perrin. En plus, notre maître n'est même pas là. Il lui était si attaché, à ce bébé.

— C'est affreux. »

Ils se regardèrent un moment en silence. S'ils avaient pu, ils auraient pleuré. Mais chez ces gens-là, on ne pleurait pas, ou peu.

« Y a vraiment quelque chose qui ne va pas, finit par dire Thomas Pourcelet, avec la gravité de la conviction.

— C'est l'époque.

— Ou le pays. »

Apparemment, le Tout-Puissant ne savait pas quoi penser de ce coin du monde. Parfois, c'est sûr, il l'abominait. Quand, par exemple, un vent de glace s'en allait mourir, dans d'effroyables hurlements, sur les flancs de la montagne à tête chauve. Le phénomène se répétait souvent en hiver. Mais il pouvait faire hiver en toute saison, même en été, quand dévalaient les orages d'août, après les ravages du soleil. Dans ces moments-là, le doute n'était pas permis : le Très-Haut en personne s'acharnait sur la terre, jusqu'à en faire cette pauvre chose malade, couverte de plaies et d'escarres, qui attendait la mort. Tels sont les effets de l'hérésie. Ne pouvait-elle pas laisser le monde enfin tranquille ?

Il arrivait aussi que Dieu aimât la Provence. Le Tout-Puissant s'insinuait alors dans les plis du vent et parcourait le pays en filant sa chansonnette. Il enjambait les murs, éclairait les recoins, entrait dans les têtes et fleurissait les champs. Il amenait partout sa bonne odeur de ciel, de thym et de romarin. Il remplissait l'air d'une griserie qui arrachait de sa torpeur la chair feuillue de la montagne. Il semait le bonheur.

Mais il n'enlevait jamais la peur. Elle tordait de plus en plus le ventre de Thomas Pourcelet. Il allait si mal qu'il prit appui au mur avant de s'étaler de tout son long, sur le carrelage.

« Qu'est-ce qu'y a ? demanda Nestor Perrin en le secouant.

— Rien, répondit l'autre. Il faut que j'aille faire un tour. »

*
* *

La deuxième fois qu'il vit Catherine Pellenc, Aubin Urbec la trouva très belle, d'une beauté stupéfiante. C'est peut-être pourquoi il respirait mal en regardant son visage reposé et ses cheveux tirés en arrière, ce qui lui allait bien.

Quand il lui fit signe de s'asseoir, elle s'exécuta avec grâce, en redressant une mèche de cheveux et sans rien perdre du petit sourire triste qu'elle affichait depuis l'instant où elle avait franchi le seuil de la salle, pour son premier interrogatoire.

« Etes-vous bien Catherine Pellenc, de Mérindol ? demanda l'inquisiteur en articulant chaque mot, alors qu'un mélange d'amour et de compassion mettait tout sens dessus dessous au-dedans de lui.

— Oui, c'est bien moi. »

Elle s'inclina et ajouta d'une voix toute faible :

« Je suis vaudoise, comme mon père.

— Merci de me le dire tout de suite. Nous ne perdrons pas de temps.

— Mais je ne suis pas hérétique.

— Vous êtes hérétique. Si vous voulez avoir la vie sauve, il faudra que vous abjuriez.

— Je verrai si je peux.

— Vous pourrez. Je vous aiderai. »

Toujours dans son démènement intérieur, il laissa passer un silence, puis murmura en évitant de la regarder :

« Considérez-moi comme votre ami. Ce n'est pas après les vaudois que j'en ai, mais après ce Démon qui les inspire et sème la zizanie dans les champs du Seigneur pour étouffer les blés de la foi.

— Je comprends, dit-elle, la bouche sèche.

— Je ne veux que votre bien. Ma mission est de sauver de leur vivant les âmes des accusés. Même si nous avons des différends dans les prochains jours, souvenez-vous que je ne songe qu'à vous éviter l'Enfer. »

On ne pouvait douter de sa sincérité. Aubin Urbec était un bon berger qui voulait seulement remettre les brebis dans le droit chemin, sans les estropier. Rien ne l'abominait plus que d'envoyer les hérétiques au bûcher. C'était la sanction d'un échec, qu'il se reprochait toujours, comme un péché, bien qu'il fût véniel. Il y en avait, comme sœur Marthe, qui ne savaient pas ce qu'ils disaient. Ils avouaient tout et n'importe quoi. Ceux-là, il les gardait généralement le plus longtemps possible sous l'autorité de la Sainte Foi, pour les contraindre à abjurer.

Parfois, le Démon était incrusté si profond au-dedans d'eux que rien ne pouvait l'extirper, ni la corde, ni l'eau, ni les charbons ardents. Il fallait se résigner à les éradiquer. Pour Aubin Urbec, le bûcher était certes contraire à la doctrine de l'Eglise, mais ce mal contribuait quand même au bien public en terrorisant le peuple : *ut alii terreantur*. Sans quoi, il se serait cru tout permis.

Le peuple est comme tout le monde. Pour qu'il soit gentil, il faut qu'il ait peur. C'est la Bible qui le dit.

CHAPITRE 60

Quand Thomas Pourcelet se présenta à lui, Nicolas Riqueteau sut tout de suite qu'il pourrait l'utiliser. Le visage affaissé du valet exprimait un mélange de fatigue et de fatalisme ; un éboulement intérieur. Il y avait quelque chose de veule en lui, comme l'indiquait sa lèvre inférieure qui pendait au-dessus du vide, prête à tomber. Il ne se tenait même pas droit. Il avait la posture de ces gens qui semblent toujours à la recherche d'une chaise, pour s'affaler.

Après que Thomas Pourcelet lui eut annoncé le meurtre de Jeanne, l'inquisiteur d'Avignon laissa passer un silence qu'il mit à profit pour manger quelques bouts de peau qui l'agaçaient, sur les bordures des ongles.

« Et alors ? finit-il par dire entre deux mastications. Cela ne prouve rien.

— Mon maître n'a pas pu commettre ce crime. Il était en prison.

— C'est vrai. Mais je ne l'accuse pas de ce crime-là. Je l'accuse des autres.

— S'il n'a pas commis celui-là, pourquoi aurait-il commis les précédents ? »

L'inquisiteur répondit à voix basse, comme s'il confiait un secret :

« Ce crime n'a pas les mêmes caractéristiques. D'abord, la victime est vaudoise...

— Non, catholique.

— Elle est bien la fille d'Antoine Pellenc ?

— Mais elle a été baptisée. Deux fois. D'abord, par le sieur Dieu lui-même.

— C'est comme si elle n'avait pas été baptisée.

— Puis par le curé de Mallemort. »

Le père Riqueteau soupira, puis reprit :

« Vous savez, on peut très bien imaginer que votre maître ait fait des émules. C'est souvent ce qui arrive, avec les hérétiques. »

Thomas Pourcelet ouvrit de grands yeux de bœuf :

« Mais mon maître n'est pas hérétique !

— Il présente tous les signes de l'hérésie.

— C'est un bon chrétien.

— Cela ne veut rien dire. Souvent, l'hérétique se cache sous le bon chrétien, comme le Diable sous la femme pure. C'est même là qu'il faut aller le chercher.

— Mon maître ne dit jamais de blasphèmes, il fait carême et il va à la messe le dimanche. »

L'inquisiteur soupira en observant le valet avec consternation :

« La messe, les hérétiques y vont tous. Pour souiller les églises. »

Il y eut de la colère dans ses yeux, tout d'un coup. Le valet comprit qu'il ne fallait pas insister. Mais il était trop tard.

« Ce que je ne comprends pas, reprit l'inquisiteur, c'est que vous n'ayez pas dénoncé votre maître. Vous auriez dû nous prévenir depuis longtemps. »

Son regard était comme un couteau qui fouaillait au-dedans du valet, à l'intérieur de sa cervelle :

« Vous aussi, vous travaillez pour le Démon. »

Thomas Pourcelet objecta d'une voix tremblante :

« J'ai toujours abominé l'hérésie.

— Jurez-le, tonna l'inquisiteur.

— Je le jure, au nom du Christ et de la Très Sainte Vierge. »

S'il jurait, c'est qu'il n'était pas vaudois. Mais il n'inspirait pas pour autant confiance au père Riqueteau.

Après avoir toussé, Thomas Pourcelet remua les bras, les jambes et les pieds : ça ne partait pas. Il sentait toujours ce couteau fiché au-dedans de lui.

« Je voudrais maintenant que vous m'aidiez à sauver le monde, et puis aussi le sieur Dieu de La Viguerie. N'ayez pas peur. Ce ne sera pas long. J'ai seulement quelques questions à vous poser. »

Thomas Pourcelet sentit le sol se dérober sous ses pieds et releva la tête avant de la baisser à nouveau, de telle sorte que l'inquisiteur put croire qu'il l'avait hochée.

Nicolas Riqueteau se leva et posa sa main sur l'épaule du valet :

« Je vous remercie du fond du cœur. »

*

* *

Le matin, le sieur Dieu demanda une plume, de l'encre, du papier et une bougie. Le père Riqueteau, dans de bonnes dispositions, les lui fit parvenir aussitôt, avec un tabouret et une tablette.

Ce n'est pas le sieur Dieu qui écrivit la lettre. Ce fut sa main. La pensée suivait, non sans mal. Il avait trop de choses dans la tête. Il n'arrivait pas à contrôler leur cours, qui dévalait de lui à la vitesse du torrent.

Ma reine,

Quand cette lettre te parviendra, je ne sais pas où tu seras. Sache seulement que je serai près de toi. Rien ne nous séparera jamais plus, mon amour. J'aurai d'autant moins de mal à te suivre partout que je me suis donné congé. C'est le grand événement que je voulais t'annoncer. Il s'est produit le jour où j'ai été arrêté. Je n'ai aucun mérite : dans ma condition, la seule façon de se supporter, c'est de partir de soi.

Voilà. J'ai vidé mon âme pour que Dieu puisse s'y installer. Un homme qui m'a appris la vie dit que l'obéissance passe avant toutes les vertus. Il a raison : elle grandit tout ce qu'elle touche. Quand on décide de renoncer à soi-même pour se laisser habiter par la volonté de l'au-delà, on commence enfin à ressembler à quelque chose. On vaut mieux que soi-même.

Fais-en l'expérience. Si tu ne veux plus rien pour toi, c'est Dieu qui le voudra pour toi. Il sera dans ta chair comme tu es, grâce à lui, dans la mienne. Il me possède, désormais. Je n'ai pas à le chercher. Il parle, il brille, il pense, il aime, il fleurit en moi.

L'Evangile nous apprend que la misère est, avec la simplicité, un atout pour entrer dans le Royaume des Cieux : « Bienheureux les pauvres en esprit. » Quittons nos maisons, nos idées, nos parures. C'est quand l'homme s'est dépouillé de tout que le Seigneur peut, enfin, affluer.

Si tu sors à ton tour de toi-même, je n'aurai plus à te pour-

chasser jour et nuit. Nous nous retrouverons en Dieu, pour des baisers qui dureront toute la vie, et même après. Amour et Foi sont les deux faces d'une même force. Ne la laisse pas rancir en toi. Donne-lui cette chance. Tu verras, son envol délivrera ton cœur et nous serons comme les arondes qui nagent dans leur ciel, en se moquant du monde.

L'amour s'ébroue, quand la chair agonise. L'amour entend, à mille lieues sous la terre. L'amour voit, jusque dans la nuit des sépulcres. L'amour rit, tandis que le ciel pleure. L'amour parle, sous les bâillons ou les suaires. Rien, ici-bas, n'a encore résisté à l'amour. Rien ne nous résistera jamais. Rejoins-moi. J'embrasse amoureusement la groseille de tes tétons et l'abricot de ta fenêtre. Je m'excuse de ne pouvoir t'adresser les roses que tes yeux méritent, mais je couvre cette lettre de baisers que tes lèvres pourront me rendre pour les siècles des siècles.

Ton Jehan.

CHAPITRE 61

Le jour où le baron d'Oppède apprit que le sieur Dieu avait été arrêté, dans son château de surcroît, il piqua une colère dont, bien sûr, il ne montra rien. Elle resta au-dedans de lui, provoquant toutes sortes de dégâts dans la tête et les entrailles : l'exercice du pouvoir lui avait appris à ne pas laisser apparaître ses faiblesses, sous peine d'exciter les rats et les chiens qui rampaient à ses pieds, déguisés en vils et serviles courtisans.

Pierre Ghinucci n'était pas de ceux-là. L'évêque de Cavaillon était un homme faible, mais droit. Jean Maynier d'Oppède ne le méprisait pas assez pour le craindre. Alors qu'ils soupaient ensemble à la viguerie, avec Oisille de Frangipanis pour unique témoin, le baron lui dit le fond de sa conviction :

« Cette histoire m'embête, car Jehan n'est pas l'assassin des vierges. Je le connais depuis longtemps. Il ne ferait pas de mal à une mouche.

— Eh bien, justement, objecta l'évêque. J'ai toujours trouvé ce garçon bizarre. Sa sensiblerie n'est pas normale et il se passionnait beaucoup trop pour cette affaire.

— C'est normal. La première victime était, je crois, sa demi-sœur. Il a été très affecté. Tout le monde l'aurait été à sa place. »

L'évêque de Cavaillon lui aurait répondu tout de suite s'il n'avait été tenté par la patte de canard qui luisait dans son assiette. Il ne pouvait plus résister. Il l'engouffra, décrocha la chair de l'os, qu'il suça soigneusement, puis marmonna, la bouche pleine de viande :

« Le père Riqueteau est convaincu que c'est lui.

— Je suis sûr qu'il se trompe. Cet homme a été mon médecin personnel. Je le connais bien.

— N'a-t-on pas retrouvé des instruments de chirurgie auprès d'un cadavre d'une des victimes ?

— Je le sais. Ce sont même mes hommes qui les ont découverts. Mais cela ne prouve rien. »

Pierre Ghinucci avala d'un trait la viande qu'il avait dans la bouche. Il n'avait pas le temps de mâcher. Il y avait comme une urgence. Il avait faim de pattes et il lui en fallait une autre, sur-le-champ. Il la prit directement dans le plat.

« Heureusement que ce n'est pas Carême », murmura-t-il en clignant son gros œil.

Il engloutit la patte en moins de rien et s'en servit une nouvelle. Sa faim n'était pas humaine ; elle était métaphysique.

« Le prophète a dit que le jeûne ne saurait être un substitut à nos devoirs envers Dieu, reprit l'évêque. Ce n'est qu'un complément, un petit complément.

— C'est surtout l'ostentation des hypocrites.

— L'ostentation est la bonne conscience des hypocrites. Moi, je fais comme saint Paul. Je n'abuse pas du jeûne. »

Il pouffa, content de lui. Jean Maynier d'Oppède revint à ses moutons :

« Je peux tout croire, sauf que cet homme est hérétique.

— Mais ne cachait-il pas une vaudoise chez lui, une fille Pellenc par-dessus le marché, qui s'accuse maintenant de tous les crimes ?

— Oui, mais je suis sûr qu'elle va abjurer. C'est une brave fille, à ce qu'on dit.

— En attendant, c'est toujours une hérétique. Jehan Dieu le savait quand il l'a logée chez lui.

— Sans doute.

— S'il la cachait, c'est qu'il est coupable.

— Non, complice.

— Coupable. Il lui a donné le gîte pour qu'elle échappe aux mains de Notre Sainte Mère l'Eglise. C'est un crime. Il sera excommunié. On démolira sa maison et on confisquera ses biens.

— Penses-tu qu'il s'en sortira ? »

Le baron d'Oppède avait posé la question sur un ton solennel. L'évêque de Cavaillon leva les yeux au plafond, mais n'y trouva pas de réponse. Après être resté un moment en attente, il finit par soupirer :

« Je ne sais pas. Je ne crois pas. »

Le baron repoussa son assiette et murmura :

« Tout ça me coupe l'appétit.

— Moi non, dit l'autre. Même mort, j'aurai encore faim.

— J'ai fait ce que j'avais à faire. La Provence ne peut plus offenser le Seigneur. Il reste bien encore quelques souillures dans les recoins, mais si on veut continuer à la purifier indéfiniment, on ne réussira qu'à la réduire en cendres. Ne crois-tu pas qu'il est temps d'arrêter tout ça, maintenant ?

— La purification est un combat qui ne doit jamais s'arrêter. Rien que de vivre, on salit, on cochonne, on profane. Regarde-moi. »

Il s'esclaffa et profita que sa bouche était ouverte pour engloutir une nouvelle patte de canard.

« On n'a rien à gagner à terroriser les gens, dit le baron d'Oppède. Il faut les laisser vivre, aimer, respirer, travailler. Sinon, c'est tout le pays qui va s'appauvrir et nous avec.

— Tu n'as pas tort, mais je crois que nous n'y pouvons rien. Le monde est un serpent et il se mord la queue. Il tourne en rond. Quelqu'un a dit ça mieux que moi. »

Pierre Ghinucci se dressa soudain, la bedaine en avant, fouilla dans la poche de sa robe et en sortit un livre qu'il montra au baron.

« Je suis en train de lire ça », dit-il.

C'était *La Comédie de Fatale Destinée* de David Missant, qui avait été gouverneur de Dieppe. Après s'être rassis, l'évêque s'essuya les mains, tourna quelques pages et lut, enfin, d'une voix tonitruante :

« Paix engendre Prospérité ;
De Prospérité vient Richesse ;
De Richesse, Orgueil, Volupté ;
D'Orgueil, Contention sans cesse ;
Contention la Guerre adresse ;
La Guerre engendre Pauvreté ;
La Pauvreté, Humilité ;
D'Humilité revient la Paix.
Ainsi retournent humains faits. »

Quand l'évêque referma le livre, Jean Maynier d'Oppède émit un soupir de soulagement, puis dit d'une voix railleuse :

« C'est bien ce que je pensais. Nous ne sommes pas condamnés à la guerre. Il y aura la paix un jour.

— Je n'ai pas dit le contraire. Mais je crois qu'il faut prendre de la hauteur par rapport aux événements. L'avenir, c'est du passé qui recommence. L'histoire du monde n'est qu'une rengaine de bègue. Elle tourne en rond.

— Peut-être, mais c'est Dieu qui a écrit les paroles.

— Je ne suis pas sûr. Nous l'ennuyons et nous le dégoûtons. Il nous prend de très haut, maintenant. C'est pourquoi nous devons tout faire pour l'attirer à nouveau dans nos bras. Pour cela, il nous faut être propre et vertueux, comme la femme qui veut plaire à son homme. »

Il se tourna vers Oisille de Frangipanis et poursuivit d'une voix mielleuse :

« Puisse le monde vous ressembler un jour. »

Jean Maynier d'Oppède ne savait pas comment prendre ça. L'évêque était aussi lourd que vicieux. Pour manifester son humeur, le baron tapa du poing sur la table et dit d'une voix qui ne souffrait pas la contradiction :

« J'irai quand même dire un mot au père Riqueteau.

— Tu as raison, approuva Oisille de Frangipanis. Il faut lui dire un mot. »

*
* *

Quand Thomas Pourcelet pénétra dans le cachot du sieur Dieu, il tremblait de la tête aux pieds. C'était la peur. Rien ne tenait plus en place, au-dedans de lui : les éboulements succédaient aux effondrements ; un séisme ambulant. Sa voix même semblait sortir des décombres quand il dit, alors que le garde refermait la porte derrière lui :

« Je suis heureux de vous revoir. »

Une ombre se leva. Son visage se mélangeait à la pénombre. Il valait mieux.

« Moi aussi, je suis heureux, murmura le sieur Dieu.

— Je voulais des nouvelles.

— Elles ne sont pas très bonnes, comme tu vois.

— Les moines vous ont fait du mal ?

— Non. Pas encore. »

Thomas Pourcelet respirait à petites goulées. Il avait du mal à supporter l'odeur. C'était celle qui émanait du pot de terre cuite dans lequel le maître lâchait son ventre. Depuis qu'il était en prison, le sieur Dieu chiait la haine et le malheur. Le valet se dit qu'il avait beaucoup de haine et de malheur.

« Que voulez-vous que je fasse ? demanda le valet.

— Rien, pour le moment », répondit le maître.

Il montra la porte au valet, pour lui rappeler que le garde écoutait derrière.

« Rends-toi utile, chuchota-t-il. Essaie, si tu peux, de trouver du travail au Palais. Auprès de l'inquisiteur et de ses assesseurs, par exemple. J'ai remarqué qu'ils n'avaient pas de valet. »

Il s'approcha de l'oreille du valet et souffla :

« Je me chargerai des gages pour eux. »

Thomas Pourcelet observa son maître avec étonnement.

« Ne dis rien, surtout, poursuivit l'autre. Si tu restes ici, tu pourras continuer à travailler avec moi, tu comprends. J'ai besoin de toi. »

Le valet sentit des larmes lui monter aux yeux. Mais elles ne coulèrent pas.

« Je compte sur toi », insista son maître.

Il aurait peut-être fini par pleurer si le verrou de la geôle n'avait crissé à cet instant : le garde entrouvrit la porte, pour annoncer que l'entretien était terminé.

CHAPITRE 62

Ce jour-là, le sieur Dieu sentit une odeur de brûlé descendre dans sa geôle. Il ne s'en inquiéta pas tout de suite. La fumée s'accrut peu à peu. Elle ne repartait pas ; elle resta là, à s'additionner. C'était un mélange de bois calciné et de cochon grillé. Quand il se sentit suffoquer, il frappa à grands coups à la porte de sa geôle pour appeler le gardien.

« Y a le feu, cria-t-il.

— Au secours », hurla un autre prisonnier.

Tous l'imitèrent bientôt, vociférant et tambourinant sur leurs portes.

Le geôlier finit par arriver et brailla :

« Ne paniquez pas, suppôts de Satan ! C'est juste un bûcher. On est en train de brûler Eustache Marron et ses complices. »

C'était le 11 juillet 1545. Ce jour-là, Eustache Marron fut brûlé vif devant le Palais des Papes, pour l'édification du peuple. Le condamné était souvent étranglé avant son supplice, quand il ne faisait pas son monsieur jusqu'au bout et manifestait au moins quelques remords à la vue du bûcher. Mais, contrairement à deux de ses compagnons dont le châtiment fut adouci de la sorte, l'amputé de Cabrières secoua la tête avec de la haine dans les yeux, quand le père Riqueteau lui demanda, les mains jointes et la tête baissée, sur le ton le plus humble qu'il put trouver, s'il regrettait ses agissements. Le vaudois gueula même quelque chose qui donna des frissons à l'inquisiteur ; un cri de bête, peut-être le cri de la Bête :

« Raoua... »

Il y avait des moments où le père Riqueteau était fier de son travail. Ce fut un de ces moments-là. Le feu élimine les souillures, toutes les souillures. Pour que les choses soient bien claires, des immondices avaient été placées aux pieds des hérétiques avant que soit allumé le bûcher : des épluchures, des chiffons et de la fiente de chien. On ne pouvait pas plaindre les vaudois. Ils n'avaient que ce qu'ils méritaient. Ils se prenaient pour des martyrs. Ils n'étaient que des damnés.

« Raoua », gueulait toujours la bête.

Quand on entendait ça, on ne pouvait que se féliciter du châtiment qui lui était infligé. Saint Thomas d'Aquin l'a bien dit : le bûcher des hérétiques renvoie au feu infernal qui attend les damnés. C'est, si l'on ose dire, un avant-goût de l'Enfer. Il empêche la résurrection des suppliciés, le jour du Jugement dernier, et condamne leur âme à errer jusqu'à la nuit des temps. Il interdit aussi à leurs congénères de récupérer restes ou ossements pour entretenir leur culte.

Pour avoir la conscience tranquille, le père Riqueteau donna une seconde chance à Eustache Marron et à ses compagnons. Quand le bûcher commença à brûler, il hurla à son adresse pour couvrir les cris du feu :

« Te repens-tu ? »

L'autre ne bougea pas. Ses compagnons non plus. En un sens, c'était mieux. Jadis, le vaudois Pietro di Martigo avait commencé à se repentir quand les flammes léchaient déjà son corps. Il fallut le détacher, *semicombustus*, et le soigner ensuite, aux frais du Tribunal de l'Inquisition. En pure perte, cela va de soi. Il mourut dans d'atroces souffrances.

Si Eustache Marron s'était repenti à cet instant, le père Riqueteau l'aurait quand même sorti du bûcher. Il était comme le Seigneur Tout-Puissant, l'inquisiteur d'Avignon : sévère mais juste.

*
* *

Jehan Dieu de La Viguerie avait bêtement confié à son geôlier sa lettre à Catherine Pellenc. Elle arriva directement sur le bureau de Nicolas Riqueteau qui, après l'avoir lue, décida de la faire étudier par les frères Pierre et Aubry. Ils en avaient tiré les mêmes conclusions que l'inquisiteur.

Le lendemain du supplice d'Eustache Marron et de ses compagnons, le sieur Dieu fut amené devant le père Riqueteau pour une explication de texte. L'inquisiteur avait sa tête des mauvais jours. On le sentait exaspéré et pressé à la fois, comme s'il avait le sentiment de perdre son temps. Quelques plaques rouges s'étaient allumées sur son visage.

Après avoir fait asseoir le sieur Dieu, il exhiba la lettre et l'agita devant lui, comme un chiffon sale :

« Je ne comprends pas ce que vous avez écrit là-dedans.

— C'est une lettre d'amour.

— Vous aimez une hérétique ?

— J'aime une femme.

— Ne répondez pas à côté. Je suis habitué à ce genre de ruses. Je répète donc ma question : vous aimez une hérétique ?

— J'aime cette femme que vous dites hérétique.

— C'est déjà mieux. Pensez-vous que le Seigneur nous autorise à aimer les hérétiques ?

— Jésus a dit : " Tu aimeras ton prochain comme toi-même. " Hérétique ou pas, j'aime cette femme plus que moi-même.

— De mieux en mieux... »

Nicolas Riqueteau lut la lettre à haute voix, en articulant bien chaque mot, pour mieux en souligner l'horreur. Quand il eut fini, il soupira et demanda sur un ton accablé :

« Pourriez-vous jurer que cette lettre n'est pas entachée d'hérésie ?

— C'est à vous de le dire. »

L'inquisiteur sourit. Le sieur Dieu était un client comme il les aimait, sinueux et sournois ; une couleuvre glissant sur tout.

« Votre lettre aurait très bien pu être écrite par Maître Eckhart, dit-il. Le connaissez-vous ?

— C'était un dominicain comme vous. Il fut provincial de Saxe et vicaire général de Bohême. Il a vécu longtemps en Avignon.

— Pas très longtemps, corrigea le père Riqueteau. A Cologne, il était très attaqué pour ses idées bizarres. Il est venu plaider sa cause au tribunal de la Curie. Mais il n'a pas convaincu Sa Sainteté Jean XXII. L'avez-vous lu ?

— Oui. J'aime son idée que nous nous transformions en Dieu et que nous nous mélangions à lui.

— Vous n'auriez pas dû le lire. Une bulle de Sa Sainteté Jean XXII a condamné, en 1329, une grande partie des théories de Maître Eckhart. Cet homme-là voulait en savoir plus qu'il ne convenait. Il refusait d'admettre que la connaissance a des limites qu'il ne faut pas dépasser. »

Le sieur Dieu opina, avec un air de bon chien.

« Il prétendait aussi que le monde a été créé de toute éternité, reprit l'inquisiteur. Etes-vous d'accord avec cette proposition ?

— C'est le Seigneur qui peut le dire.

— Mais que dit la Bible ?

— Qu'il l'a créé.

— Donc, il l'a créé. Il n'y a pas de doute là-dessus. »

Le sieur Dieu opina de nouveau, mais il n'en pensait pas moins. La Bible disait-elle toute la vérité ? Rien n'autorisait à croire que l'esprit du Seigneur avait toujours été derrière la main des hommes qui l'écrivirent. Quand bien même cela aurait-il été, on pouvait se demander s'ils n'avaient pas ensuite enjolivé la parole divine, pour le plaisir.

L'homme a écrit la Bible. Sinon, il n'aurait pu la comprendre. C'est pourquoi il ne fallait pas toujours prendre le Livre à la lettre.

La voix du père Riqueteau devint soudain plus agressive :

« Nous avons trouvé chez vous plusieurs exemplaires de certains livres de Maître Eckhart. En faisiez-vous commerce ?

— Je suis libraire à mes heures perdues.

— Colporteur ?

— Non, libraire. Mais je n'exerce plus vraiment. »

L'inquisiteur insista :

« Je veux la vérité. Que faisiez-vous de ces livres ?

— Je les collectionnais.

— En donniez-vous ?

— Cela m'est arrivé.

— Vous avez offert des livres de Maître Eckhart à Richard Pantaléon, par exemple.

— Oui.

— C'est ce qu'il nous a dit. Saviez-vous que ces livres sont entachés d'hérésie ? »

Jehan Dieu de La Viguerie hocha la tête. Le père Riqueteau prit un air dégoûté, pour qu'il n'ignore rien de la répugnance que lui inspirait son prisonnier à cet instant.

« Qu'est-ce qui vous attire tant chez Maître Eckhart ? demanda l'inquisiteur.

— Il dit des choses que je ressentais au-dedans de moi sans les penser vraiment. Maintenant, je peux les penser.

— A quelles choses songez-vous ?

— Au détachement, par exemple. Il purifie l'âme, et il éveille l'esprit. Quand vous avez renoncé à tout, vous contraignez Dieu à venir à vous. Vous pouvez alors vous confondre avec lui. C'est aussi simple que ça. »

Nicolas Riqueteau eut un geste d'impatience :

« J'ai là votre lettre. Inutile de me la réciter encore.

— Ce n'est pas de l'hérésie. Augustin lui-même a dit que l'âme ne pouvait avoir accès à Dieu que par le néant.

— Mais Dieu n'est pas le néant.

— Dieu est le suprême détachement.

— Maître Eckhart prétend que Dieu, c'est le néant. Il est allé chercher ça chez saint Luc, qui écrit dans Les Actes, après la chute de Paul, sur le chemin de Damas : " Paul se releva, et de ses yeux ouverts, il ne vit rien. " Mais il ne vit rien parce que la lumière divine l'aveuglait. Il ne faut pas en tirer conclusion que Dieu n'est rien, car il est tout. Il n'est ni ceci ni cela. Il n'est ni par ici ni par là. Il est tout, et rien d'autre. »

Nicolas Riqueteau développa longtemps sa thèse avec l'autorité de la compétence, avant de réfuter plusieurs propositions de Maître Eckhart. Quand, par exemple, il nie toute distinction en Dieu alors que le Seigneur Tout-Puissant est composé de trois Personnes qui, bien sûr, ne font qu'un. Quand il prétend que la gloire du Seigneur, notre Dieu, brille dans le bien comme dans le mal, ce qui est une façon de banaliser le crime. Dans un cas, il se recommandait de saint Bernard ; dans l'autre, de saint Augustin. Il avait toujours un saint dans la poche, ce lustucru à tête d'âne ; il ne comprenait simplement rien à rien.

Le sieur Dieu n'écoutait pas. Il était tout à ses rêveries...

CHAPITRE 63

C'est pendant son voyage de l'autre côté du monde, avec Richard Pantaléon, que Jehan Dieu de La Viguerie découvrit l'œuvre de Maître Eckhart. Il lui avait fallu aller loin, très loin, pour rencontrer une vérité qu'il aurait pu trouver dans une bibliothèque du Comtat Venaissin ou du Comté de Provence, parmi les livres que l'on cache derrière les autres, dans la rangée du fond, pour qu'ils ne tombent pas entre toutes les mains.

C'était l'été. Il pleuvait tant que le ciel et la mer, à force de se vomir l'un l'autre, se mélangeaient dans la même bouillasse. Elle était jaune comme l'urine et creusait les blessures quand elle ne les causait pas. Elle entrait jusqu'au-dedans de la chair des gens qu'elle mangeait tout crus. Voilà pourquoi ils sont si décharnés dans le golfe du Bengale ou autour de la mer d'Andaman où, depuis des siècles, c'est chaque année la même chose : après les ravages de la mousson, il ne reste plus aux humains que la peau et les os.

Même les bateaux n'étaient pas tranquilles, sous cette pluie : elle s'attaquait à leur carcasse. L'embarcation des deux sieurs était ainsi toute rongée et tremblait comme une feuille. Elle ne flottait pas. Elle nageait entre deux eaux, celles du ciel et celles de la terre.

Un jour, Richard Pantaléon s'inquiéta. « Il faut retourner à la terre ferme, dit-il au sieur Dieu, avec l'air de celui qui a beaucoup réfléchi. Le bateau n'en peut plus, il va finir par couler.

— Il a déjà coulé, ironisa le sieur Dieu.

— Regarde, insista l'autre. Le ciel et la mer lui tombent dessus en même temps, comme deux mâchoires. Un jour, ils vont l'avaler. »

C'est ainsi que Richard Pantaléon et Jehan Dieu de La Viguerie se retrouvèrent quelques jours à Sittwe, entre l'Inde et la Chine, dans un pays qui était vert comme un paradis. Sous la conduite de leur guide, un jeune homme de Calcutta qui parlait toutes les langues de la région, ils visitèrent plusieurs élevages de vers à soie. Des gros, des petits, des moyens.

Jehan Dieu de La Viguerie et Richard Pantaléon ne se déplaçaient jamais sans les cocons vides qu'ils avaient apportés d'Avignon. Chaque fois qu'ils les comparaient avec ceux qu'on leur montrait, c'était la déception. Ici, ils n'étaient ni plus dodus ni plus compacts, et n'inspiraient ni l'envie ni l'enthousiasme.

Les deux hommes finirent par décider de se rendre dans l'empire de la soie, cette Chine qui leur faisait si peur. Mais le guide les en dissuada. Il venait d'entendre dire, sur le port de Sittwe, que l'on pouvait trouver les plus gros cocons du monde dans un élevage de vers à soie à Mrauk U ; des cocons comme des œufs de poule.

Les sieurs prirent donc le bateau pour entrer à l'intérieur des terres, par le canal d'Aungdat. Malgré la mousson, ils se sentirent grisés en traversant ce paysage de temples, de pagodes et d'éléphants, tandis que résonnaient dans le ciel des psalmodies et des sonneries de cloches.

Quand ils arrivèrent à Mrauk U, la capitale de la Terre des Ogres, les Rakhines, ils furent éblouis. Malgré l'eau bourbeuse que déversaient les nuages à grands flots, la ville du roi Minbin scintillait comme une étoile. C'était logique. Elle attirait tout ce qu'il y avait de plus beau dans le pays : les statues, les parures, les femmes, la soie et l'or.

Les villes sont comme les humains. Quand elles rêvent d'éternité, elles se couvrent d'or. Mrauk U en dégoulinait. Il fallait plaindre la lune lorsqu'à la belle saison la capitale de la Terre des Ogres se mariait au soleil, dont elle gardait les rayons jusqu'après la tombée du soir : même la nuit, il y faisait jour.

Richard Pantaléon et Jehan Dieu de La Viguerie n'avaient pas perdu leur temps. A l'autre bout de la ville, ils découvrirent un élevage de vers à soie où les cocons, s'ils étaient plus petits que des œufs de poule, restaient les plus gros qu'ils eussent jamais vus ; des boules géantes qui, après la cuisson et le dégommage, produisaient un fil parfait, comme ils purent le vérifier.

Etaient-ce les chenilles ou les feuilles qu'elles boulottaient ? A tout hasard, les sieurs Dieu et Pantaléon achetèrent un sac entier d'œufs frais de chenilles et plusieurs plans de mûrier. Ils allaient repartir quand les héla, sur le port de Mrauk U, une grande perche au regard perçant ; un homme comme on en voit très peu dans une vie.

C'était le père Forda. Il portait une barbe de jardinier, avec des bouquets dans tous les coins. Il était franciscain et portugais, mais parlait un français impeccable, qu'il avait appris lors d'un séjour à Rouen. Il n'avait converti personne à Mrauk U, et s'en moquait. En conduisant les deux sieurs et leur guide dans sa maison de bois et de chaume, où il les avait invités à partager son riz gluant et sa soupe aux nouilles, il leur expliqua que le christianisme et le bouddhisme avaient la même morale, sinon la même essence.

« L'important est que les gens croient, dit-il. C'est ainsi qu'ils seront sauvés.

— Le Christ serait donc venu pour rien ! protesta le sieur Dieu.

— Bien sûr que non. Il est venu dire sa vérité, six siècles après Bouddha, et c'était la même.

— Vous n'allez pas prétendre que le Christ a copié Bouddha !

— Je dis simplement qu'il nous a transmis le même message. C'est signe que ce message est le bon. »

Il rit. Quand ils arrivèrent dans sa maison, le père Forda se précipita vers une malle, près de sa couche. Il l'ouvrit et en sortit plusieurs livres de Maître Eckhart, comme *Les Instructions spirituelles, Du détachement* ou *L'Homme noble*, ainsi que le *Dhammapada*, les stances de la loi bouddhiste.

« Tout est dans ces livres, dit-il en faisant signe à ses invités de s'asseoir par terre. Ils défendent la même idée : notre salut est dans le vide ; il n'y a pas d'autre façon d'accéder à l'infini. »

Il déclama quelques stances du *Dhammapada*, lentement, car il traduisait en lisant :

« Celui qui n'espère rien de ce monde-ci, qui n'espère rien du monde au-delà, qui est guéri de tout espoir, libre de toute entrave, voilà un Parfait ! »

Puis :

« Celui qui renie toute impulsion de la volonté et, sans foyer, chemine solitaire, qui a tué la soif du vouloir, voilà un Parfait ! »

Et encore :

« Détourné du plaisir et des douleurs, ne s'attachant en aucun lieu, éteint, vainqueur de tous les mondes, voilà un Parfait ! »

Quand il eut terminé sa lecture, le père Forda dit, avec un sourire qui lui tordait la bouche :

« Franchement, je ne vois pas la différence entre un saint et un Parfait. Le chrétien et le bouddhiste cherchent tous deux à tuer l'homme charnel qui est en eux. Ils veulent sortir d'eux-mêmes.

— Il y a ascèse et ascèse, objecta le sieur Dieu. Saint Paul a dit qu'il est bon pour l'homme de ne pas toucher à la femme, de ne pas manger de viande et de ne pas boire de vin. Mais il ne ménageait pas son corps quand il fabriquait ses tentes, pour gagner sa vie. Il était même dur à la tâche.

— Les moines bouddhistes aussi travaillent, qu'est-ce que vous croyez ? Mais ils n'ont pas le droit de recevoir de l'argent. Ils sont condamnés à mendier leur pitance, dans la rue, pour tuer l'orgueil en eux. J'aimerais bien les y voir, nos évêques, gueusant de porte en porte, le bol à la main. Ça leur rabattrait le caquet. »

Après quoi, le père Forda prit l'un des livres de Maître Eckhart et proclama :

« Et l'homme qui demeure ainsi dans un total détachement est tellement emporté dans l'éternité que rien d'éphémère ne peut l'émouvoir, qu'il n'éprouve rien de ce qui est charnel, et il est dit mort au monde, car il n'a de goût pour rien de terrestre. C'est ce que pensait saint Paul : " Je vis et pourtant je ne vis pas : le Christ est en moi. " »

Il sauta quelques lignes et reprit :

« Dieu est Dieu à cause de son détachement immuable, et c'est aussi du détachement qu'il tient sa pureté et sa simplicité et son immutabilité. Et c'est pourquoi, si l'homme doit devenir semblable à Dieu, dans la mesure où une créature peut avoir une ressemblance avec Dieu, ce sera par le détachement. »

La nuit dura longtemps, jusqu'au petit matin. Le franciscain raconta aux deux hommes comment, après la mort des deux moines qui avaient ouvert la mission avec lui, il avait décidé de croire à toutes les religions en même temps. Dieu était partout le même. Pourquoi lui fallait-il une religion sur chaque continent ? Le Seigneur ne devait plus s'y retrouver, dans ce vacarme de volière qui montait jusqu'à lui. Il était temps de lui simplifier la tâche.

C'est là, sous le toit du père Forda, que tout bascula dans la tête du sieur Dieu. A partir de ce jour, il vit le Seigneur partout, non plus seulement dans le haut du ciel, mais aussi dans les plus petites choses de la terre, jusqu'au-dedans de lui-même.

Richard Pantaléon aussi. Les deux sieurs étaient convaincus d'avoir enfin trouvé la vérité, quand ils partirent en bateau pour Calcutta afin de reprendre la route de la soie, par Bénarès, Peshawar et Ispahan. Le bonheur resplendissait dans leurs yeux.

Il pleuvait toujours à verse. Il n'était cependant pas question d'attendre la fin de la mousson avec le sac d'œufs qui allait révolutionner la soierie française. La gloire attendait les deux sieurs ainsi qu'une flopée d'écus. Ils avaient donc mis au froid, dans la cale, le précieux trésor qui les coudrait d'or, avant que Melchior de Bellemère ne s'engraisse dessus. Ils lui rendirent souvent visite, pendant la traversée, pour le couver des yeux, à la lueur d'une bougie. Ils étaient comme des mères pour lui.

Les trombes s'espaçant, le voyage ne se déroula pas trop mal jusqu'à Calcutta. C'est quand ils arrivèrent au port, à la nuit tombante, que se produisit l'événement qui allait séparer les deux hommes à jamais. A peine le bateau avait-il accosté que le guide sauta sur les planches du quai, avec un baluchon et la claire intention de les planter là.

Richard Pantaléon partit aussitôt à sa poursuite, en poussant de grands cris. Il avait de la chance. C'était un de ces pays où les pauvres courent moins vite que les riches, même quand ils sont jeunes et bien portants. Ici, ils n'avaient la force ni de gueuler ni de voler. Ils étaient juste bons à mendier. Ainsi la société peut-elle se conserver dans son jus, pour les siècles des siècles.

Quand il rattrapa le guide, Richard Pantaléon le terrassa, lui prit la gorge d'une main et la lui trancha de l'autre. Jehan Dieu de La Viguerie arriva trop tard.

« Mais qu'as-tu fait ? protesta-t-il.

— Justice. »

Le guide se tordait sur le quai, en tenant de ses deux mains sa gorge tranchée, pour arrêter le sang qui pissait. On ne le voyait presque pas, dans la nuit. Il valait mieux. Richard Pantaléon était à peine relevé que le sieur Dieu se jetait sur lui en hurlant :

« Assassin ! »

Ils ne se battirent pas ; Richard Pantaléon demanda tout de suite grâce :

« Je suis désolé, Jehan. »

Ce pardon n'était qu'un prétexte. Richard Pantaléon avait hâte de récupérer le gros baluchon qu'ils avaient poussé dans la bagarre et qui pendait au-dessus des flots, accroché à une planche. Quand ils l'ouvrirent, de retour au bateau, ils y trouvèrent leurs économies, des statuettes en or, des pierres précieuses, les plans de mûrier et le sac d'œufs.

Tout occupé à compter et à recompter son argent, Richard Pantaléon ne remarqua pas que le sac d'œufs était mouillé. Quand il s'aperçut, quelques semaines plus tard, à Ispahan, que la pourriture avait gagné le fond, il fondit en larmes. Il pleura longtemps sur lui et sa fortune perdue.

Entre les deux sieurs, désormais, il y avait un crime, des œufs pourris et des écus évanouis. Ils ne pouvaient pas se comprendre. Richard Pantaléon ne supportait pas l'indifférence du sieur Dieu devant leurs malheurs communs.

Malgré ses efforts, Richard Pantaléon n'avait pas fait le vide en lui. Contrairement à l'autre sieur, il ne s'était donc pas transformé et changé en Dieu, comme le pain, dans le sacrement, en corps du Christ.

Il n'était qu'un homme, comme la plupart des gens.

*
* *

Il n'y a pas de mérite à faire le bien. C'est qu'on n'a peur de rien, ni de soi ni du monde. Richard Pantaléon avait peur de tout, de lui-même et des autres. Comme tous les anxieux, il chercha son salut dans l'avarice et la rapacité.

Quelques mois plus tard, alors qu'ils étaient revenus au pays, Richard Pantaléon s'en expliqua avec le sieur Dieu :

« Chacun a une force en soi, qui finit par prendre l'avantage sur les autres. Toi, c'est ton destin, ta mission ici-bas. Blandin, c'est la luxure, contre laquelle Calvin nous met en garde, à juste titre.

— Il me fait pitié, le pauvre Balthazar.

— Mais il a de la chance. Si l'adultère et les paillardises les plus graves étaient punies de la peine capitale, comme Calvin le recommande, il serait déjà mort des milliers de fois. »

Il regarda le sieur Dieu avec un air contrarié :

« Je continue. Moi, enfin, c'est après l'argent que je cours, en sachant bien qu'à force de l'amasser je finirai par me boucher les portes du paradis.

— Souviens-toi de Salomon. Comme il avait demandé au Tout-Puissant d'être doté de la sagesse, il reçut en plus la richesse et la gloire. Dans son palais pavé de cristal, il accumula les trésors : de mémoire d'homme, on n'avait jamais vu autant de faste et d'or. Il finit même par se croire. Il s'adonna à la magie et convoqua les esprits. Il sacrifia à Moloch et Chemos. Peut-être même à Lucifugé, Sargatanas et Glasybolas. A la fin de sa vie, il avait quitté les voies du Seigneur, qui se retira de lui. Penses-y, Richard. »

Il n'y pensa jamais. Il continua à trafiquer, à détourner, à amasser. Mais il n'aimait pas les regards de l'Eglise sur lui. Ils étaient noirs. C'est pourquoi il se mit en tête de donner le change. Le sieur Dieu rompit définitivement avec Richard Pantaléon quand, quelques années avant le massacre de Mérindol, ce dernier commença à persécuter les sorciers, les hérétiques et autres mal-sentants de la foi. Il dispersait leur bétail et brûlait leur champ, lors d'expéditions punitives qu'il organisait lui-même. Parfois, il en tuait un. Là encore, c'était la peur qui guidait son bras. Redoutant d'être démasqué, il n'avait pas trouvé d'autre moyen de faire croire qu'il était un bon catholique comme tout le monde.

S'il y avait moins de peur ici-bas, Satan y serait moins à l'aise. Jehan Dieu de La Viguerie décréta une fois pour toutes que Richard Pantaléon était un personnage diabolique, comme tous les pleutres. A en croire les spécialistes, il y a dans l'univers 6 légions de démons comprenant chacune 66 cohortes composées de 666 compagnies avec 6 666 individus chacune : ce qui fait 1 758 064 176. C'est bien le diable si, à chaque génération, il ne se glisse pas un homme ou deux dans le tas.

CHAPITRE 64

Quand frère Pierre lui annonça à voix basse que le baron d'Oppède demandait à le voir de toute urgence, le père Riqueteau sut tout de suite pourquoi.

« Où est-il ? demanda-t-il.

— Dans votre cellule. Il vous attend. »

L'inquisiteur s'excusa auprès du sieur Dieu, puis sortit, laissant son prisonnier sous la garde de ses moines.

Quand il entra dans sa cellule, Jean Maynier d'Oppède se leva avec empressement pour le saluer, et dit d'une voix suave :

« Je suis venu vous voir pour une affaire grave. Vous seul pouvez comprendre. »

On a beau n'être dupe de rien, connaître l'Ecclésiaste par cœur et mépriser la médiocrité du monde, *vanitas vanitatum*, on n'en éprouve pas moins une secrète jouissance à voir se ventrouiller devant soi les solliciteurs, surtout quand ils sont puissants et que, perdant toute dignité, ils lèchent le sol de leur langue emmiellée. Le père Riqueteau éprouvait cette jouissance, à cet instant, devant le baron d'Oppède.

« Je comprends tout, dit-il, énigmatique. Mais je ne pardonne pas tout.

— Comme vous êtes mon confesseur, je vous parlerai librement : le sieur Dieu n'est pas coupable des crimes dont on l'accuse. J'en ai l'absolue certitude. »

Le père Riqueteau prit un air surpris :

« Avez-vous des preuves de ce que vous avancez ?

— Deux crimes ont été commis depuis que vous l'avez arrêté. Le premier au Grand Champeau ; le second, ce matin, à Saint-Phalez. Il ne peut pas en être l'auteur. »

L'inquisiteur fit signe de s'asseoir au baron, qui se laissa retomber dans son fauteuil en soufflant comme une vieille vache. Il se planta alors devant lui et murmura, sur le ton de la confidence :

« Je suis d'accord avec vous. Il ne peut pas avoir perpétré les deux meurtres que vous dites. Mais son cas me paraît réglé. Son dossier est trop lourd pour qu'il puisse s'en sortir.

— Je suis sûr qu'il n'est pas l'homme que nous recherchons.

— Si ce n'est pas lui, c'est Balthazar de Blandin ou bien un autre. Mais ça n'a pas d'importance : ce personnage est plus que criminel, il est hérétique.

— Mais c'est un ami !

— Je le répète : votre ami est hérétique. »

Le père Riqueteau observa avec dégoût le baron qui, après sa croisade, révélait sa vraie nature, celle d'un faible qui n'avançait que d'une fesse. Le premier président du Parlement de Provence ne pouvait aller jusqu'au bout du renoncement que commande le service du Seigneur.

« Dans la guerre que nous menons pour Dieu, dit l'inquisiteur en feignant l'affliction, il n'y a pas d'amitié qui tienne. »

*
* *

Le père Riqueteau marchait de long en large en posant ses questions, tandis que le sieur Dieu, assis sur sa chaise, semblait plongé au plus profond de lui-même, là où seul le Seigneur entend ce qu'on dit. Il répondait quand même à l'inquisiteur, mais avec un air distrait, comme s'il pensait à autre chose.

« Croyez-vous que Dieu est le créateur de toutes choses ? demanda le père Riqueteau.

— Comment pourrais-je ne pas y croire ?

— Sachez que je vois toujours la queue du renard quand il veut la cacher. Je veux que vous me répondiez clairement. Y croyez-vous, oui ou non ?

— Je crois ce que doit croire un bon chrétien. »

L'inquisiteur se rapprocha, avec son haleine alliacée :

« Ne jouez pas au plus malin avec moi. Je suis comme l'apôtre, celui qui disait : “ Rusé, je vous ai pris par la ruse. ” Si vous ne croyez pas que Dieu est créateur de toutes choses, autant me l'avouer tout de suite. Vous vous épargnerez bien des tourments. »

Le sieur Dieu parut sortir enfin de ses rêveries.

« Je crois en Dieu, dit-il d'une voix forte, et je crois qu'il est créateur de toutes choses. »

Le père Riqueteau secoua la tête à plusieurs reprises, avec un sourire jaune. Il n'était pas convaincu. Il connaissait les stratégies des hérétiques. Les plus vicieux d'entre eux étaient précisément ceux qui, comme le sieur Dieu, arrivaient devant lui la tête baissée, le regard humble et l'air ailleurs.

Il se disait que le sieur Dieu entrait dans cette catégorie. Pour le confondre, il décida de poser la question qui, dans le passé, lui avait souvent permis de démasquer les hérétiques les plus retors.

« Croyez-vous en une seule sainte Eglise catholique ? »

Jehan Dieu réfléchit, puis laissa tomber, sur un ton de très grande lassitude :

« Je crois en Dieu et en son Eglise.

— Vous finassez. Je vous répète ma question : croyez-vous en une seule sainte Eglise catholique ?

— Je crois en la sainte Eglise.

— La mienne ?

— La vôtre, la mienne, celle de tous les hommes.

— Tous les hommes n'ont pas la même Eglise.

— Non, c'est vrai. Mais tous ont le même Dieu. »

Tout d'un coup, une lueur de joie se mit à danser dans chacun des yeux de l'inquisiteur, celle du marchand qui, après avoir longtemps attendu, vient enfin de trouver un client.

*
* *

Quand il vint revoir Nicolas Riqueteau comme ils en étaient convenus, Thomas Pourcelet n'était pas dans son assiette. Il voulait plaire à tout le monde, à l'inquisiteur, au maître, au Seigneur Tout-Puissant et, accessoirement, à lui-même. Mais il savait bien que c'était impossible. Il souffrait le martyre d'avoir à choisir.

Thomas Pourcelet choisit de plaire d'abord à l'inquisiteur, en attendant mieux :

« J'ai cherché partout, dans ses affaires et dans mes souvenirs, mais je n'ai rien trouvé d'intéressant. Sauf ça, peut-être... »

Il sortit du sac qu'il avait à la main un paquet de feuilles ficelées sous un carton où était écrit :

« À BRÛLER APRÈS MA MORT »

Le père Riqueteau prit le paquet, dénoua la ficelle et compulsa les feuilles :

« Qu'est-ce que c'est que ça ?

— Je ne peux pas vous dire, car je ne sais pas lire. Mais il travaillait beaucoup dessus, jusque tard dans la nuit. Il y tenait tant qu'il lui avait trouvé une cachette dans le mur de sa chambre. Il ne m'a jamais dit où il le mettait, mais on ne peut pas avoir de secret pour son valet : les trous de serrure ne sont pas faits pour les chiens. »

L'inquisiteur sourit. Il était amadoué, maintenant. Mais en le voyant tourner fiévreusement les pages du manuscrit, le valet s'inquiéta :

« Est-ce grave ?

— C'est possible », répondit l'autre.

Le moine l'examina avec attention, avant de demander sur le ton de la confidence, comme s'il était un vieil ami :

« Finalement, vous le détestez, votre maître ? »

Thomas Pourcelet ne répondit pas. Il baissa la tête pour prendre congé, puis glissa, au détour d'une phrase, qu'il n'avait plus ni travail, ni logis, ni manger, ni rien. L'inquisiteur l'observa d'abord avec intérêt, en relevant légèrement les sourcils pour signifier qu'il avait reçu le message, puis avec bonhomie, en souriant, parce qu'il acceptait la proposition.

« Cela tombe bien, dit l'inquisiteur. Nous avons besoin de quelqu'un.

— Je ferai ce que vous voulez.

— J'y compte bien. »

Le père Riqueteau se leva, s'approcha du valet et posa sa main sur son épaule, avec mansuétude.

« Tu peux aller en paix », souffla-t-il.

C'est ainsi que Thomas Pourcelet se retrouva au Palais des Papes, à nettoyer les chambres de ces messieurs, à vider leur seau de nuit, à laver leur linge sale et à courir la ville pour leur ramener les pains, les gâteaux, les fruits, les liqueurs et les vins qu'ils lui réclamaient sans arrêt.

Le père Riqueteau et ses moines mangeaient beaucoup, mais ça ne leur suffisait jamais. Il est vrai qu'ils n'arrêtaient pas. Alors que la plupart des moines de ce temps se contentaient de célébrer le Très-Haut, de l'abreuver de louanges, de chanter les psaumes et de lire la Sainte Ecriture, ceux-là devaient, en plus, traquer le Diable au-dedans des gens pour l'extirper de la surface de la terre. C'était tuant, si l'on ose dire, et ça creusait...

CHAPITRE 65

Frère Aubin avait aimé beaucoup de femmes dans sa vie. Certains jours, il n'arrêtait pas d'avoir des coups de foudre ; un grand frisson qui tombait du ciel et le transperçait de la tête au pied, pour l'enflammer. Les hommes sont comme les arbres. Ils paraissent indestructibles, et, soudain, ils s'embrasent.

Aubin Urbec s'embrasait souvent, mais ne mourait jamais. C'était un pur esprit. Il ne rêvait pas de planter son engin dans le jardin de ses femmes. Il ne songeait qu'à les protéger contre le mal et les malheurs. Ce qu'il aimait d'abord chez elles, c'était leur faiblesse. Rien ne l'émouvait comme les bras d'une pauvre lavandière battant des draps, la croupe tremblante d'une servante en train de border un lit, ou encore la nuque vierge d'une souillon à genoux balayant les toiles d'araignée sous les meubles.

Catherine Pellenc aussi l'émouvait. Il l'interrogeait sans relâche, du matin au soir. Elle persistait dans l'erreur qui, en l'espèce, était un crime. Traitant Notre Saint-Père le Pape d'Antéchrist, elle s'accrochait comme une teigne à tous les dogmes de l'hérésie vaudoise, en continuant à s'accuser, contre toute évidence, des crimes de vierges. Elle semblait désirer de tout son être cette mort que frère Aubin voulait lui épargner. Elle l'attendait sans crainte, et même avec exaltation.

Les saints sont comme ça. Ils ne le font pas exprès. Ils ne veulent rien entendre. Ils ne démordent jamais de leur idée. Ils ont hâte d'affronter le martyre qui, enfin, les révélera à eux-mêmes.

Frère Aubin avait décidé que Catherine Pellenc était une sainte, dans son genre. Elle en avait l'humilité, la sérénité, le front lisse et jusqu'aux yeux légèrement exorbités par l'au-delà qui pénétrait en elle.

Il n'arrivait pas à croire qu'elle fût hérétique. Il se refusait donc à enregistrer ses aveux. S'ils avaient été connus du Tribunal de l'Inquisition, elle eût tout de suite été abandonnée au bras séculier. Il fallait la protéger contre elle-même, et l'inquisiteur d'Aix avait demandé à son notaire de ne plus l'assister. Il préférait l'interroger en tête à tête.

« Je ne vous comprends pas, dit-il après deux jours d'interrogatoire. Voulez-vous donc mourir ? »

Catherine Pellenc hocha douloureusement la tête. Il soupira :

« Rien ne vous retient-il en ce monde ?

— Si. Un homme. Mais vous allez le tuer.

— Vous ne pouvez quand même pas lier votre sort à un assassin de petites filles, protesta Aubin Urbec.

— Vous savez bien qu'il ne peut être l'auteur de ces crimes puisqu'il s'en commet toujours.

— Donc, ce ne peut être vous non plus. Mais les dominicains d'Avignon ont l'explication : c'est un rite vaudois, auquel il s'adonnait. Voilà pourquoi il se poursuit sans lui.

— Mais Jehan n'est pas vaudois.

— Un maître chirurgien qui exerce son art dans des terres infestées par l'hérésie est lui-même hérétique. Tout le monde sait ça depuis le concile de Toulouse.

— Il est catholique et pourtant il est innocent », ironisa-t-elle.

Après quoi, elle jeta sur lui un regard illuminé, le regard de la femme aimante, et dit à fleur de lèvres, d'une voix qui n'était pas tout à fait la sienne :

« Je préfère mourir avec lui que vivre sans lui.

— Vous parlez bien, mais vous ne savez pas ce que vous dites, mon enfant. Il faut vous reposer. »

Il se leva, prit sa chaise, la posa juste devant elle, s'assit à nouveau, et approcha ses lèvres des siennes, comme s'il allait l'embrasser. Elle n'eut pas à protester. Il s'arrêta à temps et murmura, en expédiant dans les narines de la jeune fille quelques bouffées de son souffle tiède :

« Je ne veux qu'une chose, dit-il. C'est votre salut.

— Vous n'aurez le mien que si vous lui donnez aussi le sien.

— Quand bien même le voudrais-je, il me serait impossible de le lui donner. Il ne dépend pas de moi. »

Elle rit, d'un rire hystérique qui jeta un malaise :

« Eh bien, en ce cas, vous devez me condamner.

— Je ne vous condamnerai pas.

— Je vous y obligerai. »

Elle avait compris qu'elle pouvait l'obliger à tout. L'amour de frère Aubin s'était trahi, avec toute cette douceur qu'il avait mise dans l'air. Il était pur. Il n'attendait pas de retour. Il ne ferait de mal à personne, sauf à lui-même.

Son amour était très fort. Il avait la pertinacité des chiens errants, toujours pleins d'espérance, qui reviennent à la charge sitôt qu'ils sont repoussés, sans jamais se lasser. L'amour à un aime mieux que l'amour à deux.

Catherine Pellenc n'aimait pas frère Aubin, mais elle sut, à cet instant, qu'elle pouvait aimer son amour.

*
* *

Le sieur Dieu n'ignorait donc pas que sa première lettre à Catherine Pellenc n'était pas arrivée à destination. Il en écrivit quand même une autre qu'il décida de ne confier qu'à Thomas Pourcelet, la prochaine fois qu'il lui rendrait visite.

Ma reine,

Hier, alors que je rentrais de mon interrogatoire, c'était le crépuscule, un de ces crépuscules qui n'en finissent pas, quand le soleil n'arrive pas à mourir. J'ai demandé au geôlier qui me raccompagnait à ma cellule si l'on pouvait regarder le spectacle un moment et, en le contemplant, j'ai compris soudain que le ciel était en train de raconter notre histoire, celle de toutes les grandes amours. Rien ne distingue le jour et la nuit. Ils sont indissolublement liés. L'un n'est rien sans l'autre et inversement. En même temps, ils restent toujours séparés. Quand l'un arrive, l'autre s'en va. S'ils se mélangent, ce n'est jamais pour longtemps. Ils sont comme nous deux, finalement : éternellement ensemble et perpétuellement à part. C'est comme si nous avions la même âme dans deux chairs différentes. On est donc sûrs de se retrouver un jour. J'attends ce jour avec sérénité et couvre cette lettre de petits baisers, afin qu'ils perlent sur toi, ma rose.

Jehan.

Il relut cette lettre à deux reprises. Elle ne lui plaisait guère. Elle était obscure et grandiloquente ; une déclaration d'amour. Ce n'était plus de mise. Mais il ne pouvait rien dire d'autre. Il n'allait quand même pas lui raconter les détails de sa vie au Palais des Papes. Ils étaient trop affreux.

Il plia la lettre en quatre, puis en huit, et la dissimula entre deux pierres d'un mur de sa geôle.

CHAPITRE 66

Le père Riqueteau était assis dans son lit, la tête sous un bonnet à pompon, un bol de bouillon de poulet dans une main et plusieurs feuilles de papier dans l'autre. Il lisait un chapitre du livre des vies de Jehan Dieu de La Viguerie, tandis que passaient tour à tour sur son visage l'étonnement, le dégoût et la souffrance intérieure.

L'araignée de Jésus
(an 30 de notre ère)

Si vous observez bien les tableaux des grands maîtres qui représentent le Christ en croix, vous me reconnaîtrez tout de suite : c'est moi, le petit point noir au-dessus du genou droit. Parfois, on me situe sur le bras gauche de Jésus, ou même sur sa main, près du clou qui la transperce. Je me souviens en effet être allée par là, attirée par les mouches. Mais je ne suis pas restée longtemps : sa paume ouverte pissait le sang et je ne voulais pas être emportée par le courant qui dévalait. Après ça, je suis retournée à mon poste d'observation.

Pendant que j'y suis, je m'inscris en faux contre les farceurs qui m'ont fait figurer sur le visage du Christ, près de ses yeux ou de ses lèvres. De la part d'une mouche, c'eût été normal. Pas d'une araignée. Nous avons de l'éducation, nous autres. Pour rien au monde, je ne lui aurais fait ça, à ce monsieur. Il m'inspirait trop le respect, que voulez-vous.

Je suis une bonne bête, n'en déplaise aux femmes de ménage. D'abord, je fais disparaître les verrues quand je les mords. Laissez-moi faire, vous m'en direz des nouvelles. Ensuite, les fils que je dégorge pour attraper les mouches accélèrent la cicatrisa-

tion des plaies, quand elles n'arrêtent pas les hémorragies. Enfin, je tiens à profiter de l'occasion qui m'est donnée ici pour rendre hommage à mes ancêtres qui ont sauvé l'Enfant Jésus : ça leur aurait arraché le bras, aux apôtres, de raconter que pendant la fuite en Egypte, la Vierge et son petit, pourchassés par l'armée du roi Hérode, n'ont dû leur salut qu'aux toiles que les miens avaient tissées pendant la nuit, devant la grotte où ils dormaient. Les voyant boucher l'entrée, les soldats ont cru qu'elle était vide. Ils passèrent leur chemin.

Supposez que nous n'ayons pas tissé nos toiles devant la grotte. On n'aurait plus entendu parler du fils de Dieu. Je ne suis pas sûre que l'homme s'en serait relevé. Il n'aurait rien su des vérités que Jésus allait lui jeter à la figure, lors de ses tournées de prédicateur en Galilée ou en Judée. Il aurait peut-être même été damné.

Je ne galèje pas. Si la descente sur terre du Seigneur, notre Dieu, s'était terminée ce jour-là au fond d'une grotte, rien ne dit qu'il serait revenu une seconde fois annoncer à l'humanité l'avènement imminent de son règne. Permettez-moi de vous le dire : sans nous, elle aurait été dans de sales draps.

Donc, nous avons sauvé l'homme. Moi, hélas ! je n'ai pas sauvé Jésus. On dit parfois que j'ai adouci ses dernières heures en tissant des toiles au-dessus de ses plaies, pour empêcher les mouches d'approcher. Mais il s'agit encore d'une légende, comme les hommes en ont inventé tant, à propos de la crucifixion du Christ, pour soulager leur conscience. Soit dit en passant, après ce que j'ai vu sur le mont Crâne, je comprends qu'ils l'aient mauvaise.

Quand j'ai tissé mes toiles sur ses deux pauvres pieds cloués l'un sur l'autre, son sang était noir et il avait déjà expiré. Essayez d'étendre vos fils au-dessus d'une blessure qui saigne, j'aimerais vous y voir. Je ne peux pas travailler en terrain humide, ni même y vivre, au demeurant. Je ne me sens bien que sur le dur et le solide.

Sur le genou du Christ, par exemple. De là, j'avais une très belle vue. Il faut que je vous raconte tout, puisque j'ai tout vu. C'était un de ces jours où il fait si beau qu'on ne sait plus bien où est la terre, ni le ciel. Sans doute faisaient-ils l'amour dans les champs d'oliviers, à l'ombre des nuées. J'aurais été en extase si je n'avais eu à mes pieds tant de dames qui pleuraient, notamment Marie, Mère de Dieu, et Marie de Magdala ; de belles femmes voilées, avec des regards à fendre les cœurs et même les pierres.

C'est Jésus qui les consolait. Encore une chose que les apôtres ont oublié de raconter. Sur sa croix, le fils de Dieu souffrait le martyre, mais n'en montrait rien. Il n'avait pas peur. Ni de la mort, ni de la douleur. Bien qu'il ait refusé de boire le vin à la myrrhe que l'on donne aux suppliciés pour atténuer leurs souffrances, on aurait dit que rien ne le démangeait ni ne le tourmentait. Il avait l'air reposé et apaisé.

Vous me direz qu'il est plus facile de mourir quand on est fils de Dieu, avec le Père en soi et soi dans le Père. Je le crois bien volontiers. Mais je peux témoigner, j'étais sur place : jusque dans les grelottements de l'agonie, cet homme a plaint les hommes, au lieu de se lamenter sur son sort. Il a même fini par dire, d'une voix assez forte et en articulant bien, pour que cela reste écrit dans les livres : « Père, pardonnez-leur : ils ne savent pas ce qu'ils font. »

Sans doute ne voyait-il pas les hommes comme ça, dans son ciel. Il n'imaginait pas cette méchance, cette canaillerie et cette crudélité qui gluent sur la terre. Ils lui ont tout fait, après son procès, quand ils l'emmenèrent à la mort, sur le mont Crâne. Je me trouvais sur l'une des branches de jujubier qui ont servi à tresser la couronne d'épines dont il fut ceint, sous les sarcasmes et les quolibets. En atterrissant sur ses cheveux, j'ai eu la peur de ma vie. Pendant qu'il avançait, les gens lui crachaient dessus, le frappaient à coups de roseau, lui faisaient des croche-pieds et s'agenouillaient devant lui pour lui rendre de faux hommages.

« Salut, roi des juifs », ricanaient-ils.

S'il avait été un roi, il aurait été celui des chiens battus. Mais il portait beau. Il n'entendait ni ne sentait rien. Malgré tout ce qui pleuvait sur nous, il allait son chemin, fièrement. Les gens continuèrent à se moquer de lui, longtemps après qu'il fut crucifié. Ils le mettaient au défi de descendre de la croix et proféraient des insultes affreuses en lui faisant des grimaces. Il s'en fichait pas mal. Il les regardait dans les yeux, avec sérénité, et tentait même de les raisonner.

Plus ils sont dans l'Histoire, moins les gens la voient : c'est une loi qui se vérifia encore ce jour-là. Les apôtres n'avaient pas conscience de l'importance de l'événement qu'ils étaient en train de vivre. Ils allaient et venaient, éplorés, oubliant de boire les paroles que le Christ laissait tomber goutte à goutte, d'une bouche de plus en plus sèche. C'est ce que je leur reproche le plus, à ces esprits évolés : cette nonchalance qui leur a fait perdre quelques grandes phrases que l'humanité eût gagné à méditer. Ah ! les étourdis !

Pour leur relation des dernières paroles du Christ, force est de constater que les apôtres ne se sont pas foulés. Jean lui fait dire : « J'ai soif. » Puis, juste avant d'expirer : « C'est achevé. » Luc a une autre version : « Père, en tes mains je remets mon esprit. » Marc et Matthieu, qui se sont copiés l'un l'autre, ont, eux, relevé : « Mon Dieu, mon Dieu, pourquoi m'as-tu laissé ? »

J'ai entendu le Christ dire ça et le reste. Mais si les apôtres avaient eu la patience d'attendre au pied de la Croix avec la Vierge et les autres femmes, au lieu d'aller faire les importants alentour, ils auraient eu de quoi écrire plusieurs belles pages de l'Evangile. Sans doute Jésus délirait-il, sur la fin. Mais ce n'en était que plus beau et je ne vois pas au nom de quoi il aurait fallu le censurer.

Il a beaucoup parlé. Il a rappelé ses commandements. Le premier : « Ecoute, Israël, le Seigneur de notre Dieu est l'unique Seigneur, et tu aimeras le Seigneur ton Dieu de tout ton cœur, de toute ton âme, de tout ton esprit et de toute ta force. » Le second : « Tu aimeras ton prochain comme toi-même. » Il a répété que « nul n'aura laissé maison, femme, frères, parents ou enfants, à cause du Royaume de Dieu, qui ne reçoive bien davantage en ce temps-ci, et, dans le monde à venir, la vie éternelle ». Il a annoncé une nouvelle fois l'arrivée d'un nouveau Paraclet. Si je peux me permettre, il faudra que les hommes essaient de ne pas le tuer, celui-là : ça finira par énerver le Tout-Puissant si on le renvoie dans l'au-delà chaque fois qu'il descend ici-bas.

Il a dit beaucoup d'autres choses. A la fin, on n'entendait plus bien ce qu'il disait. Ses lèvres faisaient des mots qui ne sortaient pas de sa bouche. Il n'y avait pas de salive dedans, malgré l'éponge trempée dans le vinaigre qu'on le laissa mâchouiller un moment.

Moi-même, je ne faisais plus bien attention. J'avais senti la présence d'une femelle, non loin de là, au pied de la croix, et la fruition montait en moi, comme un vertige. Nous sommes tous pareils, bêtes ou pas : quand l'amour est là, il passe avant tout le reste.

Après un silence, Jésus a poussé un grand cri. C'est là qu'il est mort. C'est là aussi que je suis parti, pour culbuter ma promise, vite fait, sans m'attarder, de peur qu'elle ne me bouffe : nos femelles sont dangereuses ; une fois qu'elles ont eu leur content, il faut qu'elles vengent leur gent contre tous les mâles du monde. On peut les comprendre, mais je ne vois pas pourquoi je ferais les frais de l'impéritie masculine. J'ai donc l'amour furtif. Je file sitôt mon devoir accompli. Résultat, j'ai raté la résurrection du Christ. En un sens, je ne m'en plains pas. Je ne sais pas ce que j'aurais fait au ciel, sauf à tisser mes toiles entre les nuages. Mais il n'y a pas de mouches là-haut. Il n'y a que des anges. C'est moins nourrissant.

CHAPITRE 67

Le lendemain, quand le sieur Dieu fut conduit jusqu'à la salle des interrogatoires, au rez-de-chaussée de la Tour des Trouillas, l'inquisiteur était seul et tenait une corde à la main.

« Je crois que nous avons assez tourné en rond, dit le père Riqueteau. Il faut agir, maintenant. »

Le vent soufflait fort, dehors. C'était un jour à mistral, quand le ciel tombe sur la terre pour casser les arbres, enlever les toits, emporter les enfants et chasser les âmes.

« Je vais vous faire subir la première épreuve, reprit l'inquisiteur. Croyez bien que ce n'est pas de bon cœur. Cette décision me coûte et j'aurais préféré m'en dispenser. Mais vous m'y obligez, pour l'amour du Christ. »

Le vent cognait à la fenêtre, désormais. Il cognait à grands coups, comme s'il réclamait qu'on lui ouvre de toute urgence.

Le père Riqueteau regarda la fenêtre avec un air exaspéré. Voilà ce que l'homme avait fait, à force de vices et de turpitudes, du monde que le Tout-Puissant lui avait donné : ce fatras absurde où personne n'avait prise sur rien, au milieu des éléments déchaînés.

« J'ai beaucoup réfléchi cette nuit », dit le sieur Dieu d'une voix forte.

L'inquisiteur leva un sourcil interrogateur.

« Je veux bien tout vous dire, poursuivit le sieur Dieu. Mais auparavant, il faudra que vous me disiez tout.

— Tout sur quoi ?

— Sur les crimes. »

Le père Riqueteau l'observa avec curiosité.

« Ah ! oui, les crimes, répéta-t-il pour lui-même.

— Les crimes de vos moines.

Le père Riqueteau haussa les épaules et le sieur Dieu répéta, mais en élevant la voix :

« Les crimes de vos moines.

— Pardon ? » demanda l'inquisiteur en s'approchant du sieur Dieu, l'air menaçant.

Planté devant lui et tripotant sa corde, il resta un bon moment à examiner le visage de son prisonnier. Ses petits yeux allaient et venaient sur lui, comme s'ils ne trouvaient pas ce qu'ils cherchaient.

Jehan Dieu de La Viguerie comprit qu'il était allé trop loin et n'obtiendrait rien par cette méthode. Il amorça un recul stratégique :

« Je ne voulais pas vous offenser. J'ai simplement besoin de connaître la vérité. Si vous me la dites, je ferai ce que vous voudrez. Je suis même prêt à vous donner mon âme.

— Je crains de perdre au change. Votre âme ne vaut pas tripette et je peux déjà en disposer comme je l'entends.

— Je vous donnerai mes biens.

— C'est déjà plus intéressant, mais ils ne vous appartiennent plus. Ils seront confisqués dès que la sentence sera rendue. Le Tribunal de l'Inquisition doit rentrer dans ses frais, vous comprenez. Les temps sont durs. »

Jehan Dieu de La Viguerie baissa la tête et dit sur un ton de grande humilité :

« Vous n'avez rien à perdre. Je délierai ma langue si vous acceptez de répondre à quelques questions sur les crimes. »

Le moine réfléchit. Le vent était de plus en plus en colère. Il ne savait pas ce qu'il disait. Il hurlait ses obscénités dans les couloirs et les escaliers du Palais des Papes. Il s'en prenait même à la porte qui tremblait.

« C'est une idée, finit par dire le père Riqueteau. Nous nous échangerons nos vérités chacun notre tour. Mais vous serez vite déçu par les miennes. Nous n'avons rien à voir avec ces crimes, mes assistants et moi. Vous le savez bien, d'ailleurs, puisque vous les avez vous-même commis. »

Le prisonnier secoua la tête.

« *Propter peccata tua venient tibi adversa*, murmura l'inquisiteur. Je vous plains. »

Il avait regardé le sieur Dieu avec humanité.

« Maintenant, dit-il, nous allons voir votre vraie nature. »

Il ouvrit la porte derrière laquelle attendait le geôlier, la mine grave. C'était un courtaud qui, pour se donner de l'importance, faisait beaucoup de bruit avec ses clefs. Quand il se déplaçait, on aurait dit qu'elles sonnaient la messe. Il entra, en même temps que le mistral, et donna une grande tape dans le dos du sieur Dieu pour lui signifier qu'il fallait sortir.

*
* *

Après être sortis du Palais, ils marchèrent jusqu'au bord du Rhône, descendirent vers le pont Saint-Bénezet et s'arrêtèrent devant un réservoir d'eau couvert de planches, où les attendaient Pierre de Glabre, Aubry Fredol, le notaire, un assesseur et deux hommes de peine.

Pendant que le père Riqueteau implorait le Tout-Puissant d'exercer son jugement par l'eau, comme il l'avait fait naguère pour le peuple d'Israël quand il le laissa passer la mer Rouge, Pierre de Glabre et Aubry Fredol déshabillèrent le sieur Dieu, avant de nouer un linge autour de ses reins pour cacher son vivandier. La chose à forniquer reste une insulte pour les yeux qui nous regardent dans le ciel. En ce temps-là, chacun éprouvait déjà le besoin d'exhiber la sienne. Il n'y avait pourtant pas de quoi se vanter, y compris dans le cas d'espèce.

Pierre de Glabre présenta la Bible au sieur Dieu et lui demanda de l'embrasser. Le prisonnier s'exécuta, sans ostentation, avec dignité. Il ne savait pas trop ce qui se tramait, mais il était prêt pour tout, pour le baptême comme pour la mort.

Après quoi, Nicolas Riqueteau donna la corde à Pierre de Glabre qui, avec Aubry Fredol, attacha ensemble les pieds et les mains du sieur Dieu, la main droite au pouce du pied gauche et la main gauche au pouce du pied droit, afin qu'il ne puisse plus bouger.

Le sieur Dieu s'écria :

« Mais qu'allez-vous faire de moi ? »

Tandis que les deux hommes de peine se saisissaient de lui, la voix du père Riqueteau répondit :

« Vous démasquer... »

Il n'entendit pas la suite. Il avait été jeté à l'eau comme un paquet au bout de sa corde, en moins de temps qu'il ne faut pour le voir. On ne lui avait même pas laissé le temps de respirer.

Il tomba au fond du réservoir et y demeura un bon moment, alors que tout son corps tentait de sortir de lui-même pour remonter à la surface. Son cœur cognait à briser les côtes. Ses poumons couraient en tous sens dans sa poitrine. C'était la révolte des entrailles. Il avait beau donner des ordres, elles n'écoutaient pas.

Pierre de Glabre et les hommes de peine tirèrent enfin la corde pour le ramener à l'air. Quand il fut sorti de l'eau, le père Riqueteau lui dit :

« L'eau, purifiée par le baptême, rejette le coupable à la surface. Mais elle garde l'innocent dans sa profondeur. Pour elle, il n'est pas un corps étranger, mais une partie d'elle-même. Il peut se mélanger à elle. »

Jehan Dieu de La Viguerie était donc innocent. Bonne nouvelle. Jeté à terre comme un paquet mouillé, il se sentait mieux, tout d'un coup.

« Ne vous réjouissez pas trop vite », dit le père Riqueteau.

Il se pencha et reprit avec une voix pleine de compassion :

« Après cette épreuve, nous savons que le Démon n'est pas en vous à cet instant. Mais peut-être y était-il auparavant. Rien ne dit que vous n'avez pas commis les fautes dont vous êtes accusé. Il arrive que les purs soient impurs au fond d'eux-mêmes. »

Aubry Fredol, qui dénouait la corde liant les mains et les pieds du sieur Dieu, ajouta sur un ton pénétré :

« Il arrive aussi que les impurs soient purs au fond d'eux-mêmes.

— Sans doute, approuva le père Riqueteau. L'homme n'est ni Dieu ni Diable. Il n'est donc ni blanc ni noir. Il est gris. Le tout est de savoir si le gris vire au clair ou au foncé. »

Jehan Dieu de La Viguerie se leva et se remplit du vent qui hurlait.

« Vous allez me libérer ? demanda-t-il.

— Non. Nous savons maintenant que vous êtes plutôt du côté des purs. Il reste qu'il y a beaucoup d'impuretés en vous. Il va falloir les trouver et les extirper, avec votre aide, pour l'amour du Christ.

— Mais vous venez de constater que je suis innocent.

— Vous faites erreur. J'ai simplement dit que l'eau vous avait jugé innocent. Mais elle ne détient pas la vérité toute seule. Je vais maintenant vous faire subir une autre ordalie pour savoir si le feu vous déclare innocent. On ne vérifie jamais assez.

— Si l'ordalie du feu confirme celle de l'eau, qu'allez-vous faire ? »

L'inquisiteur éclata d'un grand rire :

« Mais m'occuper de votre âme, pardi ! »

Le sieur Dieu préféra ne pas lui demander ce qu'il entendait par là. Il avala une autre grande bouffée de vent qui gonfla sa poitrine et l'emmena très haut, là où on ne pense plus à rien. Le mistral faisait le vide en lui. Il le faisait partout.

Ce jour-là, en Avignon, le vent était comme un chien après ses moutons. Il chassait tout, les hommes, les choses et les pensées, en poussant des cris de l'autre monde. Même le vieux Rhône avait peur. Tandis que le mistral lui gueulait dessus, il courait comme un jeune torrent, trébuchant sur les pierres. La peur rajeunit toujours.

La terre n'était qu'un grand spasme, et le sieur Dieu une petite chose qui tremblait au milieu. Il était comme tout le monde, pour une fois.

*
* *

Après l'épreuve de l'eau, le père Riqueteau et ses hommes emmenèrent le sieur Dieu à la Tour de Campane, dans une grande pièce basse dont les murs et le plafond étaient noirs de suie. On y avait allumé des feux par terre. On en voyait encore les restes charbonneux sur le sol.

A un bout de la pièce, une corde pendait sur une poulie. A l'autre, un banc étrange, très haut sur pied, se dressait à côté d'un seau. Il paraît que les siècles vivent sous terre. Les souffrances, elles, vivent dans les murs. Ils suintaient le malheur, l'injustice et l'humidité.

C'était la salle des tortures.

« Qu'est-ce que vous allez me faire ? demanda le sieur Dieu, tandis que le père Riqueteau lui faisait signe de s'asseoir.

— L'ordalie du fer chaud, qui m'a toujours permis de démasquer les hérétiques. C'est la meilleure méthode. »

Le père Riqueteau se méfiait du jugement de l'eau. Les fraudes étaient toujours possibles. Pour être sauvé, il suffisait que le patient respire comme il fallait, c'est-à-dire n'aspire pas d'air avant d'être jeté à l'eau. Si, au lieu de l'expirer, il retenait son souffle comme le lui dictait son instinct, il était condamné, fatalement.

« Vous avez expiré au moment où on vous jetait à l'eau, n'est-ce pas ? »

L'inquisiteur pointa dans la direction du sieur Dieu un index accusateur avec un ongle noir au bout. Le sieur Dieu prit un air niais :

« Je ne me souviens pas.

— Ne saviez-vous pas qu'il fallait aller au fond de l'eau et, pour ce faire, vider l'air de ses poumons ?

— Je ne l'avais pas entendu dire.

— Vous mentez, comme les vaudois. »

Pendant que les deux hommes parlaient, les assistants de l'inquisiteur avaient rallumé un feu sur lequel ils avaient mis un fer à chauffer. Quand il commença à rougir, Pierre de Glabre annonça au père Riqueteau avec une mine de conspirateur :

« C'est prêt. »

Le sieur Dieu fut amené près du feu, que le père Riqueteau exorcisa en invoquant saint Laurent. Il psalmodiait à voix basse, comme pour s'assurer que le prisonnier n'entendrait pas.

Quand il eut terminé, l'inquisiteur demanda au sieur Dieu de prendre le fer chaud et de le garder dans sa main en marchant neuf pas, jusqu'à l'autre bout de la salle.

Jehan Dieu de La Viguerie s'exécuta sans rien dire. Il serrait les dents pour ne pas crier, pendant que montait à ses narines une odeur de chair brûlée. Il avait bien trop peur que le moindre bruit de sa part, fût-ce une plainte, fût considéré comme une nouvelle preuve de son hérésie.

Ses neuf pas accomplis, le sieur Dieu jeta le fer par terre et se pressa le poignet pour faire partir la douleur. Mais elle était comme un feu. Elle se propageait partout, jusque dans le creux des os.

Pierre de Glabre lui demanda de s'approcher, prit sa main brûlée, l'examina attentivement, puis la mit dans un sac de peau qu'il scella ensuite.

« Vous ne devez ouvrir ce sac sous aucun prétexte, dit l'inquisiteur. Sinon, nous considérerons ça comme une preuve d'hérésie.

— Devrai-je le garder longtemps ?

— Vous verrez bien. »

L'inquisiteur n'arrivait pas à croire que le sieur Dieu ne fût pas au courant de cette épreuve, que le Saint-Office de la Foi pratiquait volontiers sous son magistère, bien qu'elle soulevât de plus en plus d'objections dans le clergé. Les franciscains osaient même parler de superstition.

Il décida donc que Jehan Dieu de La Viguerie ne devait pas sortir de sa geôle ni recevoir de visite tant que le sac n'aurait pas été ouvert, après trois jours et trois nuits. Il savait bien que l'ordalie ne disait pas toujours la vérité. Mais il avait passé l'âge de rechercher la vérité.

Elle est trop fuyante. C'est toujours quand on croit l'avoir attrapée qu'elle réussit à s'échapper. En ce qui concerne le Seigneur Tout-Puissant, il la connaissait, bien sûr. Pour le reste, il préférait se dire qu'il verrait plus tard. Mais dans son métier, il fallait tout le temps décider, trancher, frapper, avec bonne conscience si possible. Il croyait donc aux signes.

Ce serait la main dans le sac.

CHAPITRE 68

Depuis quelques jours, frère Aubin souffrait, pour la première fois de sa vie, d'un mal qui ne le quittait plus, ni quand il priait, dormait ou pissait. Parfois, ça le tristait. Il arrivait aussi que ça l'emporte au troisième ciel.

Il ne savait plus où il habitait. Il éprouvait en même temps, ou alternativement, une peur et un bonheur. C'était le mal d'amour.

Il ne marchait plus très droit. Il souriait plus que d'ordinaire, notamment aux miroirs. Malgré ce bout de chair à la place du nez, il se trouvait beau. C'est le miracle de l'amour. Il met de la beauté partout, même sur les poils ou les pustules.

Sous prétexte de l'interroger, Aubin Urbec passait des heures avec Catherine Pellenc, à la contempler et à chercher son regard. De temps en temps, il posait une question. Elle lui répondait, mais d'une voix traînante, comme à son corps défendant. Elle était toujours ailleurs, même quand elle le regardait. Elle voyageait. Elle ne reviendrait plus jamais : c'était écrit sur sa figure absente.

Souvent, Aubin Urbec lui lisait des pages de la Bible. Elle aimait bien et en redemandait sans cesse. Jusqu'au jour où, pour s'ouvrir à elle, au cas où elle n'aurait pas compris, il débita un passage du Cantique des Cantiques :

> « Que tu es belle, que tu es charmante,
> ô amour, ô délices !
> Dans ton élan, tu ressembles au palmier,
> tes seins en sont les grappes.
> J'ai dit : Je monterai au palmier,
> j'en saisirai les régimes.

Tes seins, qu'ils soient des grappes de raisin,
le parfum de ton souffle, celui des pommes;
tes discours, un vin exquis! »

Il s'arrêta là car elle avait lâché la bonde aux larmes. Il savait pourquoi. Rien n'est plus déchirant qu'une femme qui pleure, fût-ce pour un autre. On se damnerait pour elle; on lui donnerait le monde.

« Je vais vous aider », dit-il.

Elle murmura quelque chose à travers ses sanglots, mais elle avait la voix coupée. On n'entendait qu'un clapotis.

« J'irai parler au père Riqueteau, reprit-il. J'essaierai d'arranger ça. »

Elle le remercia des yeux et il baissa les siens, de peur de pleurer à son tour.

« Il faut que vous le sachiez, poursuivit-il, je vais bientôt quitter Aix pour Strasbourg. Mon successeur sera sûrement moins patient. Réfléchissez-y. »

*
* *

Le pape Alexandre III avait jadis décidé que l'aveu d'hérésie devait être volontaire, et non extorqué par des instruments de torture. Dieu merci, l'Eglise avait, depuis, multiplié les dérogations et tout était à peu près permis, pourvu que l'accusé ne fût pas mutilé, ni mis en danger de mort.

Le père Riqueteau avait infligé tous les tourments possibles à Balthazar de Blandin, sans jamais se laisser émouvoir par ses hurlements. C'est que cet homme incarnait à ses yeux tous les vices du monde. Il surnommait ainsi le seigneur du Puyvert « Saligia »; un mot formé avec la première lettre des sept péchés capitaux : *superbia, avaricia, luxuria, ira, gula, invidia, acedia.*

Un jour que frère Aubry lui flagellait le ventre avec un chat à neuf queues, un fouet à longues cordelettes garnies de gros nœuds, Balthazar de Blandin lui demanda soudain d'arrêter :

« J'ai une révélation à faire. Une révélation très importante. »

« Saligia » avait résisté à tout; pas au chat à neuf queues, pourtant moins douloureux que les charbons ardents. Chaque homme a son point faible, qui est rarement le même. Voilà pourquoi l'inquisition est un art, ou une science.

Frères Pierre et Aubry prirent chacun le seigneur du Puyvert par un bras et le traînèrent aux pieds du père Riqueteau où il demeura sans bouger. La question aidant, « Saligia » avait perdu l'usage de ses membres. Ce n'était plus qu'une chose molle et blanche ; une grosse larve.

« Je vous écoute, dit le père Riqueteau avec un air de grande attention.

— Je suis le « Saligia » que vous croyez, mais, en plus, je fréquente depuis des années une sorcière. Une bonne sorcière catholique, qui déteste les vaudois. »

Le père Riqueteau fronça les sourcils avec un air mécontent. Il n'aimait pas que l'on se moque de lui.

« Une bonne sorcière catholique, dit l'inquisiteur, je n'ai jamais entendu parler de ça.

— C'est pourtant le cas. Elle prétend depuis longtemps que l'hérésie enragera les catholiques et que, du coup, ils ravageront le pays. Donc, elle est contre. »

Le seigneur du Puyvert parlait lentement, sur un ton gémissant, et ça exaspérait le père Riqueteau, impatient d'en savoir plus.

« Comment s'appelle-t-elle ?

— Denise Vaujouines. Elle habite Saint-Cannat. Je vais souvent la voir. Je suis quelqu'un de très malheureux, vous savez. Tout me triste.

— Vous n'allez pas encore me raconter votre vie, protesta l'inquisiteur en tapant du pied. Je la connais par cœur !

— C'est pour que vous compreniez. Quand j'ai le marrisson, je lui rends visite et elle me donne un gobelet d'une soupe immonde, qui cuit nuit et jour dans son âtre. Un bouillon de foies d'oiseau, de crapaud, de poulet et de chevreau, avec de l'orge, du cumin et du vinaigre blanc. J'en connais la composition par cœur. Elle me l'a confiée. Il paraît que le jus de foie cru est plein de mélancolie. Mais cuit, il met de la joie partout. Chaque fois que j'avale son brouet, ça me redonne du bonheur et des couleurs au visage.

— Es-tu sûr qu'elle met aussi des foies de vierge dans sa soupe ? »

Balthazar de Blandin ne répondit pas.

« Est-elle le monstre que nous recherchons, et toi, es-tu son complice ? »

L'autre ne disait toujours rien. Le père Riqueteau lui donna un petit coup de pied pour le ramener sur terre, mais le seigneur du Puyvert ne réagit pas. Alors, l'inquisiteur se pencha et regarda ses yeux. Ils étaient blancs. « Saligia » s'était encore évanoui ; une manie. Cet hérétique ne s'aimait pas et s'assumait encore moins. Il était tout le temps parti.

« Vous savez ce qui vous reste à faire, dit Nicolas Riqueteau à ses moines. Ramenez-moi vite cette Denise Vaujouines. »

*
* *

Jehan Dieu de La Viguerie avait changé de cellule. Après l'épreuve du feu, il avait été conduit à l'autre bout de la prison, sous la Tour des Cuisines, dans une petite loge humide où on ne pouvait entrer qu'à quatre pattes ; une cage. Après qu'il se fut assis, le geôlier lui posa des anneaux aux pieds et aux mains. Les ennuis commençaient. Il fallait partir. Jehan Dieu de La Viguerie s'enfuit par les odeurs de bonne chère qui descendaient des cuisines, par le maigre rayon de lumière qui rampait devant lui comme une chose malade, ou encore par les bruits qui couraient en tous sens au-dessus de lui, dans le monde des vivants.

Rien n'est plus facile que de partir ; il suffit de s'oublier. Il n'y a que deux moyens pour cela : l'amour ou le détachement. Entre l'un et l'autre, le sieur Dieu hésitait souvent. Il était tenté par le premier, bien sûr, mais n'ignorait pas que Maître Eckhart, son maître à méditer, plaçait le second au-dessus de tout, avec un raisonnement d'une évidence aveuglante.

Il le connaissait par cœur : « Ce que l'amour a de meilleur, c'est qu'il me force à aimer Dieu, alors que le détachement force Dieu à m'aimer. Mais il est bien plus noble de forcer Dieu à venir à moi que de me forcer à aller à Dieu, parce que Dieu peut plus intimement s'insérer en moi et mieux s'unir à moi que je ne puis m'unir à Dieu. »

Le Tout-Puissant est comme la nature. Il a horreur du vide. Si l'on s'affranchit de soi pour accéder au néant, il entre en vous, forcément. C'est mécanique. Tout le monde peut essayer. On se sent bien mieux après, quand il vous remplit. Le plus dur, bien sûr, est de le garder. C'est un combat de tous les instants. On le perd souvent.

L'amour grandit tout ce qu'il touche. Mais il avive les souffrances. Il prend la tête. Il inquiète. Le détachement, lui, apaise. Il vide le cervelet. Il supprime même la douleur.

C'est normal. S'il n'y a plus personne en vous, il n'y a plus de douleur. Elle s'en est allée avec le reste. On peut donc porter sa croix en toute tranquillité. Tels sont les effets du détachement.

Il n'y avait pas si longtemps, le sieur Dieu avait écrit tout cela, dans le livre de ses vies.

Le chat de Bouddha (an 476 avant notre ère)

Voulez-vous que je vous dise ? Je suis un bon chat. C'est vrai que je ne suis pas très beau. Eh bien, ça compense. Tigré par mon père et angora par ma mère, je ne suis ni racé ni commun. Mais pour être bâtard, je n'en suis pas moins vigoureux. J'ajoute que je suis propre et obéissant. Ne me reprochez pas de faire l'article. Je n'ai pas le choix. Je cherche un maître depuis l'histoire que je vais vous raconter.

J'ai toujours été la terreur des souris. En ce temps-là, deux ou trois fois par jour, rarement plus, pour ne pas tuer le métier, j'en attrapais une que j'apportais au maître que je m'étais choisi. Il était mon dieu et c'était mon offrande.

Chacun son culte. C'était le mien. Il arrivait que le sacrifice à mon dieu durât des heures, car, chaque fois que je le pouvais, je me contentais de briser les vertèbres de la souris afin de pouvoir jouer avec elle. Quand elle avançait, la malheureuse, c'était avec les pattes avant, comme en nageant. Les bêtes sont comme les gens. Elle pensait toujours qu'elle allait s'en sortir. Moi, je faisais mine de m'assoupir et la laissais filer en riant dans mes moustaches. Puis, quand elle se croyait tirée d'affaire, je déboulais et me mettais à jongler avec. C'était bien mieux qu'une balle. C'était doux, chaud et vivant.

Chaque fois qu'il me voyait avec une souris, mon maître vérifiait si elle était morte et, quand elle ne l'était pas, l'écrasait avec son pied. Il lui fallait du courage. Il ne portait pas de sandales. C'était un principe. Il prétendait ne rien posséder, même pas moi. Sous sa robe, il entendait rester nu comme quand il était sorti du ventre de sa mère. C'était respectable, mais ça n'était pas nourrissant. Quand on vivait sous son toit, les araignées avaient tout le temps de tisser leur toile entre les dents. Pour ne pas être contraint à manger mes offrandes, j'allais donc me remplir les boyaux chez une vieille voisine, qui avait toujours du riz pour moi.

Sans doute m'aurait-elle adopté si j'avais insisté. Mais j'aimais trop mon maître pour l'abandonner. Il savait caresser : sa patte de velours réveillait ce qui dormait en moi. Il arrivait même qu'il me fasse miauler de plaisir, je ne plaisante pas. On ne quitte pas un tel homme.

Il méditait beaucoup. Il semble même qu'il méditait tout le temps. Y compris quand il parlait. C'était comme une maladie. Mais c'était sa religion.

Il s'appelait Ananda et travaillait pour un gros bonhomme qui était d'humeur gaie, malgré son grand âge, et qu'on appelait le Bouddha. Tout le monde s'inclinait devant lui, avec respect. Il ne possédait pourtant rien, lui non plus. Il faisait même profession de pauvreté. C'était un prince qui avait tout quitté, sa famille et son royaume, pour tenter de comprendre le monde.

Apparemment, il l'avait compris. Les gens arrivaient de partout pour écouter sa version. Elle plaisait bien. Le Bouddha n'arrêtait pas de prononcer des paroles très belles qu'Ananda, son disciple et cousin, buvait avec ravissement, les yeux fermés, pour mieux les assimiler.

Un jour que mon maître et le sien partirent en voyage, je les suivis longtemps en miaulant. Ce n'était pas pour le manger que je voulais rester avec eux, on l'a compris, mais, je répète, pour la douceur de la main d'Ananda. Je ne pouvais pas vivre sans elle. Mes cris fendirent l'âme du Bouddha et il demanda à son disciple de m'emmener avec eux. C'est ainsi que je me retrouvai ballotté dans un baluchon, entre un bol et une marmite de bois.

Je vous passe les détails du voyage. C'était la fin de la saison des pluies, mais il arrivait bien qu'une averse tombe, de temps en temps. Dans mon baluchon, je prenais le bouillon. Quand nous arrivâmes à Pâpâ, j'étais trempé comme une soupe. Ananda me déposa près d'un feu et me frictionna avec un chiffon que lui avait prêté le maître des lieux.

Après quoi, tout le monde se remplit la panse de « régal de porc ». Je n'aime pas cette viande. Elle est fade, filandreuse et finalement humaine. Un cochon, c'est un homme qui n'a pas réussi. Il ne me viendrait pas à l'idée de manger mon maître.

Mais en l'espèce, je n'avais pas le choix. J'aurais pu me rabattre sur les mangues, mais je hais les fruits. Ils ne respectent rien. Avec leur jus, ils ont une façon de vous éclater à la figure qui m'insupporte.

Les voyages creusent. Après avoir fait bombance à m'en crever la panse, je ressentis très vite les premiers effets de mon inconduite. Ma porte de derrière n'arrivait pas à fermer et lâchait sans arrêt de grands coups de vent. Sans parler des remords incongrus qui s'arrachaient de mon estomac pour prendre congé. J'étais gêné. Je sentais l'homme.

Je ne fus pas le seul à être incommodé. Le Bouddha ne supporta pas non plus le « régal de porc ». Il est vrai qu'il avait mangé comme un chancre, ce qui n'est pas raisonnable à quatre-vingts ans. Mais à cet âge, on ne se refait pas. Pour sage qu'il fût, cet homme était un grand gosier qui, s'il avait pu, aurait engoulé la mer et les poissons.

Quand nous repartîmes de Pâpâ, il était tout en nage et battait le tambour avec ses dents. Après ça, je ne vis plus rien, car Ananda me plongea à nouveau dans le noir de son baluchon. Je peux seulement dire que nous nous arrêtâmes souvent en chemin. Une vingtaine de fois au moins. Le Bouddha décida même de se baigner dans la rivière pour reprendre des forces. Je crois bien que c'est ce qui l'acheva.

Il reprit la route, mais d'un pas très lent. Je sentais, du fond de mon baluchon, que nous n'irions plus bien loin. Le Bouddha soufflait de plus en plus fort. A un moment, il toussa si affreusement que je me demande s'il ne cracha pas un peu de vie aussi.

Lorsqu'il recommença à tousser, je n'en doutai plus : sa vie s'en allait. Quand la vie commence à se défiler, rien ne la retient plus. Ananda s'arrêta un moment, puis posa son baluchon. Je vis, par l'orifice, qu'il préparait la couche du Bouddha entre deux arbres sâla, des sortes de chênes à l'écorce verdâtre et aux feuilles luisantes. Tout le monde se pressait autour de celui qu'on appelait le Bienheureux et qui souriait, le dos contre un tronc, tandis que la mort tombait sur lui.

Quand la couche fut prête, plusieurs bras portèrent le Bouddha dessus. Il s'assit en lotus et prononça ses dernières paroles. Je ne le vis pas, car un mur de dos humains s'était subitement élevé entre le Bienheureux et mon baluchon. Mais j'entendis à peu près ceci :

« Il n'existe dans tous les univers, visibles et invisibles, qu'une seule et même puissance, sans commencement, sans fin, sans autre loi que la sienne, sans prédilection, sans haine. Elle tue et elle sauve sans autre but que de réaliser le Destin. La Mort et la Douleur sont les navettes de son métier, l'Amour et la Vie en sont les fils. »

Il soupira, puis reprit :

« Mais n'essayez pas de mesurer l'Incommensurable avec des paroles, pas plus que de plonger la corde de la pensée dans l'impénétrable : celui qui interroge se trompe, celui qui répond se trompe. »

La tête lui tourna. Il s'essuya le front et poursuivit :

« N'attendez rien des dieux impitoyables, eux-mêmes soumis à la loi du karma, qui naissent, vieillissent et meurent pour renaître, et ne sont pas arrivés à rejeter leur propre douleur. Attendez tout de vous-mêmes. »

Après, je n'ai pas tout entendu. Le vent est arrivé et les arbres ont commencé à parler entre eux. Quelques-uns pleurnichaient. D'autres se lamentaient. La forêt s'est mise à ruisseler sous leurs larmes. J'ai même reçu des gouttes sur mon baluchon. La nature avait au moins autant de chagrin que l'assemblée des disciples qui sanglotaient en écoutant le Bienheureux. Il était très aimé, comme sage.

De temps en temps, sa voix parvenait à se frayer un chemin jusqu'à moi, entre les plaintes et les implorations. De la fin de son sermon j'ai pu retenir à peu près ceci :

« Ne te laisse pas abuser, Ananda. La vie est une longue agonie, elle n'est que douleur. Et l'enfant a raison de pleurer dès qu'il est né. »

J'aurais aimé voir la tête de mon maître à cet instant. Ce n'était quand même pas rien que le Bouddha s'adressât directement à lui pour son ultime enseignement.

« La douleur ne vient que du désir, reprit le Bienheureux. L'homme s'attache éperdument à des ombres : il s'engoue de rêves, il plante au milieu un faux Moi et il se construit un monde imaginaire. »

Le Bouddha en vint alors à son idée fixe, qui était la cessation de la douleur :

« Tu ne l'obtiendras, Ananda, qu'en triomphant de tous les amours que tu portes et en arrachant de ton cœur les dernières passions qui peuvent y rester encore. Alors, tu vivras au-dessus des dieux. »

Il avait bien raison. C'est la supériorité de la bête sur l'homme. Elle a compris ça depuis longtemps. Elle ne voit pas l'infini dans les yeux du premier venu. Elle ne tourne pas en rond, à l'intérieur de son propre désir. Elle ne fait pas l'amour à tout bout de champ, quand ça lui chante, mais seulement à bon escient, quand il le faut. Elle ne fait pas de caprices, ni de colères, ni de guerres. Elle n'a pas de vapeurs, ni de palpitations, ni de migraines métaphysiques. C'est pourquoi elle vit, comme moi, au-dessus des dieux.

Quand le Bouddha demanda à la foule de le laisser, je pus le revoir de nouveau à travers mon orifice. Il était allongé entre ses deux arbres et son visage était empreint d'une douce sérénité. Pour un peu, on aurait dit qu'il avait retrouvé le sourire que lui avait fait perdre le « régal de porc ». En tout cas, il n'avait pas l'air de penser que l'heure était grave.

Il marmonna quelque chose d'une voix éteinte :

« Toute chose arrive à sa fin, même si elle dure une éternité. »

Ananda et les quelques disciples qui étaient restés autour du maître approuvèrent avec ostentation, en hochant la tête à plusieurs reprises.

Il murmura encore plusieurs phrases, mais sur un ton si faible que je ne les compris pas, puis se gratta la tête et proclama avec une force retrouvée, comme s'il était bien conscient de s'adresser à la postérité :

« Tout ce qui est composé a pour destin de périr. »

Ce furent ses derniers mots. Je sais bien que d'autres versions ont été données, mais j'étais là, vous pouvez me croire. Après quoi, le Bouddha se coucha sur le côté droit, le meilleur pour dormir et pour mourir. L'émotion n'est pas mon fort. Quand je compris ce qui arrivait, je lâchai mon écluse du bas rein et me soulageai dans le baluchon. Pendant que j'y étais, je posai aussi un pruneau. Je ne vous dis pas la tête d'Ananda quand, le matin suivant, il vint récupérer sa marmite pour se faire cuire Dieu sait quoi. Eh bien, ce serait un œuf, pour la peine. Il n'avait eu que ce qu'il méritait. Il m'avait oublié. Je m'étais oublié. Tel chat, tel maître.

Sans doute aurais-je pu l'avertir que j'allais faire sous moi. Mais l'agonie du Bouddha m'avait tellement tourneboulé que je n'avais pas eu le réflexe de miauler. De surcroît, je n'étais pas un chien. Ces bêtes-là ont toujours besoin de mettre la terre entière au courant de leurs derniers états d'âme. Pas moi. Il ne faut pas confondre.

Ananda prit la mouche et même la chèvre. Je ne l'avais jamais vu comme ça. Le feu lui monta au visage et il me donna un coup de pied dans l'arrière-train en jetant la marmite sur moi. C'était beaucoup pour un seul chat. En plus, il me crachait des pouilles dessus, comme si j'étais pour quelque chose dans la mort du Bienheureux. Quand on me cherche, on ne me trouve pas. Je ne suis pas du genre à m'imposer.

Je vous l'ai déjà dit, c'est moi qui avais choisi ce maître. Je décidai, à cet instant, d'en changer et filai dans la forêt sans demander mon compte.

CHAPITRE 69

« Mais qu'est-ce que c'est que cette histoire de Bouddha ? Vous prenez-vous pour un chat, maintenant ? Ou une orange ? Ou une araignée ? Que vous est-il arrivé, pour l'amour du Christ ? »

Le père Riqueteau allait et venait dans la salle des tortures, quelques feuillets à la main, en faisant le groin. Le sieur Dieu ne disait rien. On pouvait penser que son silence valait assentiment. Il hochait même la tête de temps en temps, avec lassitude, comme pour signifier qu'il comprenait l'humeur de l'inquisiteur. Il ne plaida cependant pas coupable.

« Ce n'est pas moi qui ai écrit ça, murmura le sieur Dieu, la tête baissée. C'est ma main. »

L'inquisiteur exulta.

« Bien sûr, c'est votre main. Ce n'est pas la mienne, ni celle du Pape. Donc, vous avouez !

— Non, je veux dire que j'ai écrit tout ça sous la dictée.

— Voilà, nous y arrivons. Vous avez un complice.

— Je n'ai pas de complice.

— Qui vous a dicté, alors ?

— Je ne sais pas. C'est arrivé comme ça. »

Nicolas Riqueteau s'avança vers lui, la lippe en avant, gracieux comme un fagot d'épines.

« Je voudrais que vous me disiez, murmura-t-il du bout des dents, pourquoi vous avez écrit cet avorton de livre dont la tête est un blasphème, le tronc une insanité et la queue une abomination. »

Jehan Dieu de La Viguerie releva la tête et regarda l'inquisiteur droit dans les yeux :

« Je l'ai écrit pour savoir ce qui se trouve dedans. Je l'ai écrit pour le lire.

— N'avez-vous pas été horrifié par le venin et le poison que votre main abjecte a répandus sur cette terre ?

— Elle n'a répandu que de l'encre.

— Rien que pour cette menterie, je devrais demander que l'on coupe cette main qui a fait couler tant de fiel. Mais nous verrons plus tard. Ce soir, je lirai votre livre en entier et je vous dirai, demain, s'il a été écrit avec l'esprit pur, dans la clarté du Royaume des Lumières, ou sous le ministère de Satan, pour déshonorer l'Eglise. Je crois, hélas, que je connais déjà la réponse.

— Vous verrez que c'est un livre d'amour.

— Si c'est de l'amour, c'est celui de la Bête qui clabaude contre Dieu le Père et pousse l'humanité sur la mauvaise pente afin de la précipiter dans l'abîme.

— Non. C'est l'amour du monde. »

Le père Riqueteau s'affala dans son fauteuil. Tant de mauvaise foi l'accablait.

« Quand je lis des pages comme celles-là, dit-il en montrant les feuillets, l'Enfer me repasse sans arrêt devant les yeux. J'entends le crépitement des flammes éternelles et les mugissements des ennemis du Seigneur qu'elles dévorent et purifient.

— Je n'ai fait que rapporter ce qui me passait par la tête.

— Mais l'homme est-il venu sur terre pour rapporter ce qui lui passe par la tête ? Pour dévoiler les turpitudes qui rongent son esprit et réchauffent ses entrailles ? Pour dégorger l'égout qui macère au-dedans de lui ? Pour conchier ses péchés à la face du ciel ? »

Il avait secoué la tête après chaque interrogation. Il leva les yeux et reprit, l'air inspiré :

« L'homme est venu sur terre pour aimer et servir Dieu, notre secours, sous la protection de la Vierge Marie, notre bonne mère. »

Le sieur Dieu chercha les yeux de l'inquisiteur et, faute de les trouver, toussota pour se signaler à son attention. Mais l'autre les avait toujours au plafond. Il ne les décrochait pas. Il réfléchissait.

« Je ne suis pas un hérétique, finit par dire le sieur Dieu, d'une voix virile.

— Mais avez-vous vu votre main ? »

Le prisonnier ouvrit sa main et regarda sa paume. Une blessure écarlate la traversait de part en part.

« C'est une main qui ne trompe pas, dit Nicolas Riqueteau. Une main esclave de la Bête dont elle retranscrit les sacrilèges. Une main d'hérétique. »

Un quart d'heure plus tôt, quand il avait descellé puis ouvert le sac de peau où se trouvait la main brûlée du sieur Dieu, l'inquisiteur avait semblé rassuré.

« C'est bien ce que je pensais, souffla-t-il. *Portato ferro, combustus est.*

— Je n'avais aucune chance.

— Détrompez-vous. Le fer n'était pas rouge au moment où vous l'avez pris. Vous pouviez fort bien vous en sortir. Je connais beaucoup d'individus sur lesquels il n'a pas laissé de traces, pas même la plus petite ampoule. L'ordalie est comme notre Seigneur. Elle ne ment jamais. »

C'était une méthode qui remontait aux Wisigoths et qu'avait avalisée le concile de Reims, en 1157, avant que le pape Innocent III ne la prescrive, en 1206. Elle avait fait ses preuves. Mais plusieurs voix s'élevèrent contre elle ; des bonnes âmes. L'Eglise eut des pudeurs. Déjà, elle suivait le monde, même s'il allait à vau-l'eau ; elle n'entendait ni le guider ni le précéder. Donc, elle capitula. Pas le père Riqueteau. Quand il était sûr de tenir un hérétique, il lui faisait subir l'ordalie de l'eau puis, si elle lui était favorable, celle du fer chaud. C'était bien le diable si le bougre, tout madré qu'il fût, ne succombait pas à l'une ou à l'autre.

Le sieur Dieu avait succombé. Il ne songeait plus qu'à se venger : la haine montait de nouveau en lui, en même temps que l'envie d'égorger frère Aubry dès qu'il serait à sa portée. Il était comme tous les prophètes. Sa charité s'arrêtait là où son honneur commençait. Sa morale n'y changeait rien, ni sa raison. Il était redevenu l'ange exterminateur qu'il n'avait jamais cessé d'être. Sauf que, désormais, il ne pouvait plus faire peur à personne.

*
* *

Thomas Pourcelet ne nia pas. Quand Jehan Dieu de La Viguerie lui demanda s'il était celui qui avait donné le livre de ses vies à l'inquisiteur, le valet répondit sans hésiter :

« Bien sûr que c'est moi ! Maintenant, il va pouvoir constater que vous êtes un saint homme. Je pense que c'était la meilleure façon de vous sortir de là. »

Un silence passa, qui trista l'air. Le sieur Dieu finit par le briser pour soupirer :

« Mais qu'as-tu fait ?

— Mon devoir. J'ai voulu que le père Riqueteau puisse vérifier de ses propres yeux que vous n'êtes pas un hérétique. »

Le sieur Dieu était assis dans sa loge, à l'étage inférieur de la prison, avec des chaînes aux pieds et aux mains. Il ne pouvait guère bouger. D'un signe, il demanda à Thomas Pourcelet de s'approcher tout près de lui et, quand l'autre fut à ses genoux, il posa sa main sur son bras, en baissant la tête.

On aurait dit un geste de pardon. Il éveilla les soupçons de Thomas Pourcelet :

« N'aurais-je pas dû lui donner le livre ?

— Peut-être pas.

— Pensez-vous qu'il va l'utiliser contre vous ?

— Je le crains. »

Thomas Pourcelet se colla tout contre son maître en roulant sur lui des gros yeux de merlan frit :

« Vous avez écrit des choses contre notre Seigneur ?

— Non, mais j'ai écrit. Tout ce que vous écrivez, même pour vous absoudre, est toujours retenu contre vous. »

Comprenant qu'il valait mieux changer de sujet, Thomas Pourcelet prit la main brûlée et l'examina. Il ne voyait pas grand-chose dans les ténèbres du cachot, mais il feignit d'être impressionné par la blessure :

« Puis-je faire quelque chose ?

— Je ne crois pas. Encore que si tu m'apportais une fiole d'huile d'olive, j'en trouverais sûrement l'usage. C'est le meilleur onguent. Avec l'amour. »

Le valet s'était levé et allait prendre congé, quand le sieur Dieu lui demanda de récupérer la lettre à Catherine qu'il avait cachée dans le mur de la cellule qu'il occupait auparavant, dans l'autre tour.

« Je n'aurai pas de problème pour ça, dit Thomas Pourcelet. Le geôlier n'a rien à me refuser.

— Pourquoi ça ?

— L'argent.

— Quel argent ?

— Ce matin, je lui ai donné les pièces d'or que je gardais sous le plancher, dans ma chambre.

— Tes économies ?

— C'est ça. Il m'a dit que, désormais, il allait bien s'occuper de vous. »

Ce soir-là, en effet, Jehan Dieu de La Viguerie ne fut plus au pain et à l'eau, comme il l'avait été jusqu'à présent. A l'heure où son ordinaire arrivait, le geôlier s'amena avec un pot où fumait un ragoût de bœuf qui fleurait bon le thym et le romarin. Il pensa à Catherine.

« Pardonnez-moi, dit le sieur Dieu en refusant le pot.

— Mais ça vient directement des cuisines du Palais. Le vice-légat mangera la même chose au dîner.

— Je ne mange pas de viande.

— Souvent, les hérétiques ne mangent pas de viande.

— Ils ont raison.

— La Bible célèbre la viande à toutes les pages. Jésus nous a demandé de nous en priver le vendredi pour faire pénitence. C'est donc qu'il faut en prendre les autres jours si l'on veut être un bon chrétien. »

Le geôlier tourna les talons en soupirant et claqua la porte du cachot. C'était un va-de-la-bouche avec une grosse bedaine, pleine à craquer, qui se balançait au-devant de lui. Il était fils de berger et avait beaucoup sué pour en arriver là, en charge de la prison du Saint-Office de la Foi. Il ne supportait pas que l'on fasse le délicat devant la bonne chère.

Quelques instants plus tard, le geôlier revint néanmoins avec un fromage de chèvre coiffé d'une branche de sarriette et deux tranches de gros-guillaume, noir comme la nuit mais chaud comme le jour. C'était le pain des domestiques. Ils avaient de la chance.

Souvent, il suffit d'un repas pour croire à nouveau en soi. Le sieur Dieu crut à nouveau en Catherine. Il faut que les gens meurent ou s'éloignent pour qu'on ne les quitte plus, parce qu'ils vivent en nous.

Il ouvrait les yeux ; elle était là. Il les fermait ; elle était toujours là. La Genèse a tout dit là-dessus : « Voici l'os de mes os, et la chair de ma chair, et ils seront deux en une seule chair. »

*
* *

Le jour suivant, Pierre de Glabre et Aubry Fredol revinrent sans sorcière de leur excursion à Saint-Cannat. Et pour cause : Denise Vaujouines était morte un an plus tôt d'une fièvre putride. Le père Riqueteau en conclut qu'il fallait laisser en paix Balthazar de Blandin, le temps qu'il reprenne ses esprits, et se consacrer davantage à l'interrogatoire de Jehan Dieu de La Viguerie, qui avait encore tant de crimes à dégorger.

Le matin, Richard Pantaléon, tout de blanc vêtu, était venu rendre visite à l'inquisiteur. Il lui remit deux lettres que lui avait adressées naguère le sieur Dieu, puis l'avertit :

« Si vous ne confondez pas cet homme, c'est l'Enfer qui va nous tomber sur la tête. La Viguerie est venu ici-bas pour jeter sur nous son soufre et son venin.

— Vos relations ne se sont pas améliorées, à ce que je vois, ironisa le père Riqueteau.

— Vous n'avez pas compris. Je le connais très bien. Il a de grandes ambitions, il prétend refaire le monde.

— C'est notre cas à tous, observa l'inquisiteur avec un sourire d'avocat du diable.

— Sauf qu'il est, lui, capable de tout. Y compris de tuer des vierges pour sa cause. C'est un illuminé. »

Le sieur Pantaléon baissa la voix :

« Il est très dangereux. Il a failli me convertir à ses bêteries, vous savez. Il s'en est fallu de peu.

— Voilà pourquoi vous lui en voulez tant. Il y a une part de vous que ses fredaines attirent, irrésistiblement. C'est elle qui veut sa mort, pour conjurer le sort. Je suis sûr que vous n'êtes pas un pur chrétien au-dedans de vous. Sinon, il ne vous ferait pas si peur.

— Et vous ? N'avez-vous pas peur des hérétiques ?

— Non, j'en ai pitié. »

*
* *

Cette nuit-là, le sieur Dieu se réveilla au milieu de son sommeil, décidé à tout avouer. Depuis le temps, il était fatigué de porter tous les péchés du monde. Il avait toujours été coupable. Il n'y pouvait rien : c'était comme ça. Les hommes ne le font pas exprès. Même les assassins du Christ ne savaient pas la faute qu'ils commettaient, ainsi que Jésus l'a reconnu lui-même.

Il était comme tout le monde, le sieur Dieu. Pour l'homme, le péché commence le jour même de sa naissance quand il défonce le ventre de sa mère, dans le sang, au milieu des cris de souffrance. Il se perpétue ensuite dans la vie, qui sème partout la mort sur son passage, sans penser à mal, juste pour suivre son cours.

Jehan Dieu de La Viguerie avait beaucoup vécu, donc beaucoup péché. Ses mains étaient sanguinolentes, comme toutes les mains du monde, mais plus encore depuis les crimes de vierges, auxquels il ne pouvait penser sans trembler.

Il était prêt à se dénoncer. Il fallait qu'il paye pour les douleurs et les chagrins.

CHAPITRE 70

Le lendemain, quand il fut amené dans la salle des tortures où l'attendait le père Riqueteau avec tous ses auxiliaires, notaire apostolique compris, le sieur Dieu ne songea plus à sa résolution de la nuit. Ils lui faisaient tous un mauvais visage. Il ne leur donnerait donc pas le plaisir d'avouer.

L'inquisiteur s'avança vers lui et lança avec ironie :

« Bonjour, messire le Chat ! »

Pour toute réponse, le sieur Dieu baissa la tête avec un air soumis.

« Je croyais que vous étiez vaudois. Après avoir lu votre manuscrit, je me demande si vous n'êtes pas cathare. Cet amour des chats ne trompe pas. En avez-vous beaucoup ?

— Un seul.

— C'est déjà trop. Que faites-vous avec lui ?

— Je le caresse.

— Je suis sûr que vous lui embrassez aussi l'anus avant de vous ventrouiller dans la fornication. C'est ce que font les cathares.

— Non, je n'ai jamais fait ça.

— Qui se ressemble s'assemble. Le chat est un animal luciférien. Il abomine la croix du Christ, dont la simple vue lui donne des maladies. Il sodomise les petites filles, les nuits de pleine lune. Et il suffit de le faire bouillir pour faire venir le Diable. Ne sont-ce pas des preuves accablantes ? »

L'inquisiteur s'arrêta un moment et observa le visage du sieur Dieu. Apparemment, il n'y avait personne dedans. Le regard était éteint ; un regard de mort vivant. Le père Riqueteau fit un signe à Pierre de Glabre, qui emmena le prisonnier à l'autre bout de la salle, devant la corde qui pendait à la poulie.

« La nuit, reprit l'inquisiteur, quand les matous miaulent leurs blasphèmes, c'est qu'ils font sabbat avec leurs congénères. Mais les chattes aussi sont dangereuses. Souvent, ce sont des sorcières qui ont pris cette forme pour mieux nous abuser et se livrer, en toute quiétude, à leurs maléfices nocturnes. Dès que le soleil descend, elles commencent à tourner autour des remparts, les sales bêtes. Elles s'introduisent dans le Palais. Les traces de griffes sur les murs de la chapelle Clémentine, ce sont elles, je le sais. Elles croient nous intimider. Mais elles ne font que renforcer ma foi dans le Tout-Puissant. »

Pierre de Glabre prit la corde de la poulie et noua par-derrière les poignets du sieur Dieu.

« Est-il nécessaire de serrer la corde si fort ? demanda le prisonnier.

— Je suis désolé », murmura Pierre de Glabre.

Le lieutenant de l'inquisiteur dénoua la corde et rattacha les poignets en laissant du mou. Le sieur Dieu sentit de la compassion passer dans ses mains. Il en fut étonné.

Entre-temps, le père Riqueteau avait continué, d'une voix de plus en plus exaltée :

« Que vous ayez pu vous identifier aussi à une mouche, à une orange, à une courge, à une vache ou à un jujubier, ça montre bien que vous avez le cerveau malade. Vous n'avez même pas l'excuse d'être comme ces barbares d'Egyptiens qui se prosternent devant des oignons. Ils se sont éblouis à la lumière obscure du charbon brûlant que l'Enfer a vomi pour les tromper. Vous, vous avez résisté à la clarté de la Foi. Mon cœur me saigne quand je pense à l'abomination de vos péchés. »

D'un geste, le père Riqueteau indiqua à Pierre de Glabre qu'il pouvait tirer l'autre bout de la corde pour hisser le prisonnier jusqu'à la poulie. Le lieutenant se fit aider par un assesseur et le sieur Dicu s'éleva dans les airs, les bras derrière le dos, en poussant un hurlement rauque, qui lui arrachait la gorge.

Le père Riqueteau s'assit dans son fauteuil à côté du notaire apostolique qui, à son bureau, la plume à la main, se tenait prêt à écrire.

« Croyez-vous qu'il soit péché de prêter serment ? » demanda l'inquisiteur.

Le sieur Dieu ne répondit pas. Il continuait à hurler.

« Si cette question ne vous plaît pas, reprit l'inquisiteur, je vous en pose une autre. Selon vous, le Christ est-il né d'une vierge ? »

Suspendu près de la poulie, le sieur Dieu s'époumonait toujours. Comprenant qu'il n'en obtiendrait pas davantage, le père Riqueteau signifia à son lieutenant qu'il pouvait laisser retomber le patient.

Jehan Dieu de La Viguerie dégringola d'un coup, à un demi-pied du sol, en criant de plus belle.

Le père Riqueteau se leva et s'approcha :

« Je ne veux que votre bien, mon fils. Convenez que vous ne m'avez pas beaucoup aidé. Je voudrais que vous collaboriez, pour l'amour du Christ. »

C'est à cet instant qu'un moine au menton en galoche entra dans la salle des tortures. Il se dirigea vers le père Riqueteau avec une mine de conspirateur, et lui chuchota quelque chose à l'oreille.

« Qu'il entre », grogna l'inquisiteur.

Le menton en galoche repartit comme il était venu, avant de refaire son apparition, un moment plus tard, avec un autre moine.

C'était Aubin Urbec.

*
* *

Les dominicains et les franciscains ne s'aimaient pas. Les premiers recherchaient la pureté au-dedans d'eux et au-dehors, sur la terre comme aux cieux. C'étaient les soldats du Christ. Jour et nuit, les pieds nus, ils s'acharnaient à extirper toutes les souillures qui encombrent cette bauge qu'on appelle le monde. Au début du XIIIe siècle, saint Dominique, le fondateur de leur ordre, avait été l'un des pionniers du combat contre les hérétiques, qu'il confondait et convertissait à tour de bras, dans le diocèse de Toulouse. Il avait même mis au point une pénitence nouvelle pour les abjurants : le port d'une croix cousue sur les habits.

Apparus à la même époque, les franciscains recherchaient

moins la pureté que la désappropriation. Ils entendaient renoncer à tout, y compris à eux-mêmes. Ils se prenaient plus ou moins pour Jésus en personne, qui avait dit à ses douze apôtres quand il les avait envoyés en mission : « Ne vous procurez ni or, ni argent, ni menue monnaie pour vos ceintures, ni besace pour la route, ni deux tuniques, ni sandales, ni bâton. » Ils étaient parfois allés si loin dans leur détestation des richesses, à commencer par celles de l'Eglise, qu'ils en étaient devenus hérétiques, comme une de leurs branches, les Spirituels, qui, face aux Conventuels, prétendaient appliquer à la lettre les préceptes de saint François, fondateur de leur ordre.

Chacun avait apporté sa pierre à l'Eglise. Saint Dominique lui avait donné son rigorisme ; saint François, son ascétisme. Les franciscains furent souvent affectés, par la suite, d'un complexe de supériorité face aux dominicains, que le pape Grégoire IX appelait les chiens du Seigneur, *domini canes.* Ils étaient comme tous ceux qui n'ont rien. Ils se sentaient plus près de Dieu.

Nicolas Riqueteau, le dominicain, ne supportait pas la condescendance d'Aubin Urbec, le franciscain, quand ce dernier daignait s'adresser à lui, du haut de sa pureté intérieure. Mais ce jour-là, le franciscain était descendu de ses grands chevaux. Il ne faisait pas tant de façons.

Frère Aubin se transporta à pas lents, le dos légèrement courbé, en signe d'humilité, jusqu'au père Riqueteau qui s'était levé pour aller à sa rencontre.

« Je m'excuse de vous déranger, dit le frère Aubin.

— Vous ne me dérangez jamais. »

Aubin Urbec souffla quelques mots à l'oreille de Nicolas Riqueteau, qui répondit à voix haute :

« Nous pouvons en parler ici. Je n'ai pas de secrets pour mes assistants. »

Le père Riqueteau ordonna à son lieutenant de relâcher la corde. Le sieur Dieu tomba par terre où il se tortilla en gémissant. Il cherchait la bonne position, celle où il ne souffrirait pas, mais il ne semblait pas qu'il y en eût.

Après avoir jeté un regard méprisant sur la chose qui gigotait au bout de sa corde, le père Riqueteau clama :

« Dites maintenant tout haut ce que vous m'avez demandé tout bas. »

Le franciscain jeta un regard circulaire, se racla la gorge, puis se lança :

« Je suis venu vous demander de relâcher le sieur Dieu. J'ai recueilli beaucoup d'informations à son sujet et elles concordent toutes. Cet homme n'est pas un hérétique. »

Il aperçut quelques sourires parmi les auxiliaires.

« Ne souriez pas, reprit-il en se redressant soudain. Notre office nous interdit l'erreur. Et vous êtes en train d'en commettre une. Je voulais vous prévenir. »

Le père Riqueteau rit jaune comme farine :

« N'est-ce pas le baron d'Oppède qui vous envoie pour plaider sa cause ?

— Non, répondit le franciscain.

— Il vaut mieux. Il a déjà tenté de m'attendrir. Je n'ai pas cédé. Le baron est peut-être un bon chrétien, mais ce n'est pas un homme bon.

— On n'est jamais l'un sans l'autre.

— Il est la preuve vivante que c'est possible. »

Le dominicain se dirigea vers le bureau derrière lequel était assis le notaire, prit le manuscrit du sieur Dieu qui était posé dessus et le montra au franciscain :

« Toute l'hérésie de cet infâme personnage est là-dedans. Rien que de toucher ces feuilles de papier, mes mains me brûlent. Il est plein de bêtes, mais à travers elles, c'est la même Bête qui vomit ses fleuves de blasphèmes contre le Seigneur. »

Pointant son doigt en direction du sieur Dieu, couché sur son dallage, le père Riqueteau poursuivit :

« Il croit qu'il a déjà vécu d'autres vies sous la forme d'animaux ou de plantes. Si ce n'est pas une hérésie, que l'on me pende. »

Il prit le franciscain par le bras et l'amena jusqu'au gisant :

« Si vous le souhaitez, je vous propose de l'interroger avec moi. Vous verrez que j'ai raison. »

CHAPITRE 71

Le visage du sieur Dieu n'exprimait rien, sauf une absence. Il s'était quitté. Il ne restait de lui qu'un ramas fantomatique qui gisait par terre, les bras ballants. Si la torture de la corde avait continué, ils eussent été disloqués et n'auraient plus servi à rien ; des ailes cassées. Tels étaient les effets de l'estrapade. Mais le père Riqueteau supportait mal, en dépit des apparences, le spectacle de la souffrance. Il avait arrêté le supplice à temps.

Après que Pierre de Glabre eut dénoué la corde qui attachait les mains du prisonnier, Nicolas Riqueteau et Aubin Urbec prirent place sur un banc qu'apportèrent les auxiliaires. Le dominicain laissa le franciscain ouvrir le feu :

« Mon fils, avez-vous eu des vies antérieures ? » demanda le père Urbec avec un air passionné, comme s'il ne doutait pas que ce fût vrai.

C'était la ruse habituelle des inquisiteurs. Ils feignaient toujours d'abonder dans le sens des hérétiques, pour mieux les démasquer. Le sieur Dieu ne répondit pas. Il bougea la tête, de telle façon qu'on ne savait pas s'il la hochait ou la secouait. Il avait un air étrange. Il semblait renaître peu à peu au monde, pour s'en moquer.

Le père Riqueteau formula différemment la question de son confrère :

« Prétendez-vous avoir déjà vécu sur terre sous la forme d'un animal ou d'une plante ?

— Je ne prétends rien, j'ai simplement écrit une histoire.

— Est-ce la vôtre ? » demanda frère Aubin d'une voix trop douce pour être honnête.

Une grimace traversa le visage du sieur Dieu. Elle aurait pu passer pour un sourire. C'était un mélange de douleur et de mépris.

« Les histoires que l'on raconte, murmura-t-il, sont toujours un peu les nôtres.

— Vous voyez, il avoue ! exulta le père Riqueteau.

— Je n'avoue rien, protesta le sieur Dieu. J'ai la bouche bien trop sèche pour parler ou pour avouer.

— Apportez-lui de l'eau », ordonna le père Riqueteau en se retournant vers ses assistants.

Un auxiliaire accourut avec une cruche et un gobelet. Il servit à boire au prisonnier, qui avala l'eau à petites goulées, en fermant les yeux pour mieux profiter.

Après quoi, le sieur Dieu demanda des nouvelles de sa « reine » :

« Comment va Catherine Pellenc ?

— Bien.

— Ne la faites-vous pas souffrir ?

— Non. Je l'aime bien.

— Moi, beaucoup. »

Quand le sieur Dieu rouvrit les yeux, il y avait de nouveau quelque chose dedans ; le miroitement de la vie. Frère Aubin revint à la charge :

« Mon fils, qu'avez-vous voulu montrer en écrivant ce livre ?

— Rien. Je n'ai fait que retranscrire ce qui parlait en moi. Il est venu à moi tout seul, comme le Coran à Mahomet. »

Etait-ce du lard, du cochon ou une affreuse mystification ? Le père Riqueteau feignit de ne pas comprendre et demanda sur un ton dégagé :

« Etes-vous mahométan ?

— Non, mais je crois que Dieu s'adresse à nous à travers toutes les religions. Chacune essaie de le prendre pour soi, en refusant de le partager. Seulement, il n'appartient à personne.

— Que voulez-vous dire ? demanda Aubin Urbec en écarquillant les yeux pour signifier son intérêt.

— Un exemple. D'où vient l'amour de saint François d'Assise pour les animaux et les plantes ? Je ne crois pas qu'il l'ait inventé tout seul.

— De qui s'est-il inspiré ?

— Du Bouddha. »

Les deux inquisiteurs, qui faisaient mine de boire ses paroles, répétèrent avec une sorte d'exaltation :

« Du Bouddha ? »

Ils n'avaient pas l'air de connaître, mais semblaient fascinés.

« C'était un prince du Népal, qui s'était retiré de tout, souffla le sieur Dieu. Bien avant saint François, il chanta l'eau, le ciel, la vie et tous nos frères inférieurs. Par une bizarre coïncidence, il lui est même arrivé, dix-huit cents ans plus tôt, la même aventure qu'au fondateur de votre ordre. »

Il baissa encore sa voix et murmura, comme un secret :

« Je crois que saint François s'en est beaucoup inspiré. »

Le dominicain sourit et le franciscain s'insurgea :

« Insinuez-vous que saint François a plagié votre faux dieu ?

— Avant de renoncer au monde, le Bouddha avait fait quatre rencontres : un vieillard, un lépreux, un cadavre et, enfin, un moine mendiant. François d'Assise, lui, en a fait deux : une bossue et un lépreux. On retrouve encore la même histoire dans la légende du prince indien Joasaph, qui prit le chemin de Dieu après avoir croisé un lépreux, un aveugle et un vieillard. Dans le calendrier catholique, on l'honore le 27 novembre, sous le nom de saint Josaphat. Ce saint, c'est Bouddha, j'en suis sûr. Vous le voyez bien, tout est dans tout. »

Le père Riqueteau éclata de rire ; un rire nerveux, faux et postillonnant, qui lui secouait le ventre. Il se tourna pour vérifier que le notaire apostolique transcrivait bien l'interrogatoire, puis demanda :

« Qu'est-ce que vous nous racontez ? Que vous êtes... bouddhaïque ?

— Je le répète encore, je ne suis pas hérétique.

— D'accord, consentit le dominicain, mais vous croyez quand même que nos âmes sont réincarnées.

— Ce n'est pas moi qui le dis. C'est le Bouddha. Il aurait eu quatre cent vingt-sept vies antérieures, des vies d'animaux ou des vies d'humains. »

Le dominicain riait toujours. Mais il en faisait trop. Il risquait de troubler le prisonnier, qui semblait bien parti pour faire des aveux complets. Il le comprit et redevint sérieux tout d'un coup :

« Quatre cent vingt-sept vies, dites-moi, c'est un record, le Tout-Puissant lui-même n'a pas eu cette chance !

— Le Bouddha prétend que c'est la même chose pour tout le monde et que notre vie présente est la conséquence de ce que nous avons fait dans nos vies passées.

— Dans ce livre, en bon bouddhaïque que vous êtes, vous avez donc raconté vos vies antérieures. Est-ce que je me trompe ?

— Le Bouddha n'aurait jamais admis qu'un homme soit réincarné dans une plante ou un légume.

— Etes-vous hérétique à Bouddha ?

— On peut dire que mon livre l'est. Mais l'hérésie est une notion totalement étrangère au Bouddha. Il est au-dessus de ça. »

Il souriait, maintenant, avec un air farceur. Le père Riqueteau soupira :

« On en apprend tous les jours avec vous. *Fas est ab hoste doceri.* »

Il y eut un silence. Frère Aubin tourna machinalement les pages du manuscrit de Jehan Dieu de La Viguerie et tomba sur le passage suivant.

La courge de Confucius
(an 479 avant notre ère)

Même quand il fait soleil, il pleut en moi; une bonne pluie tiède. C'est pourquoi je suis toute mouillée à l'intérieur. Je suis comme une goutte qui n'arrêterait pas de grossir, une goutte enceinte du monde, et mon âme navigue au milieu, pleine d'amour.

Souvent, il me semble que je suis tout en même temps : le ciel et les oiseaux, la mer et les poissons, la femme et les enfants. Je fus même une fleur, jadis. Mes lèvres ouvertes, j'ai offert mon pollen à la terre entière. Le vent me l'a pris. J'espère bien qu'il en a fait quelque chose.

Nuit et jour, je me gorge de moi-même. Je ne peux pas dormir ; j'aurais bien trop peur de me noyer. Mais je ne suis pas fatiguée. C'est à cause de la joie que j'éprouve à me gonfler sans arrêt au-delà de mes propres limites, tandis que mes pépins grouillent en moi, comme des hordes d'étoiles prêtes à peupler le cosmos.

L'autre jour, deux sandales sont venues se planter devant moi. Une main est descendue du ciel et m'a caressée avec tant de douceur que je transpirai de plaisir. Après quoi, elle m'a pris dans sa paume et a tourné la tige qui me donnait la vie, pour la briser et m'arracher à moi-même. J'ai fini au-dessus de la porte de la maison de mon propriétaire, dans la principauté de Lou, quelque part du côté du T'ai chan, la montagne aux cèdres verts.

Les courges n'ont pas le choix. Ou bien elles finissent dans les paniers à crottes de l'humanité; ou bien elles lui servent de porte-bonheur. Ici, elles sont considérées comme les reines du potager. A juste titre. Nous sommes les cornes d'abondance en personne. Tout ce jus qui coule en nous, c'est de la félicité à l'état pur. Rien n'incarne mieux que nous la fécondité, donc l'immortalité.

J'ai tant de bonheur en moi; il était normal que l'on m'assignât d'en apporter aux autres. Si j'étais restée sur terre, je suis sûre que j'aurais fini par éclater comme une bulle sous sa pression, et il aurait été perdu pour tout le monde.

J'aimerais bien en donner à mon maître. C'est un grand barbu très posé, avec un gros nez comme une patate écrasée et deux incisives qui sortent tout le temps de ses lèvres pour dire bonjour. Il s'appelle Confucius. Il ne sort plus guère de chez lui ces temps-ci.

C'est un de ses employés qui a eu l'idée de me fixer au-dessus de la porte d'entrée, pour éloigner les mauvais esprits. Si ça pouvait redonner le moral à mon maître, j'aurais au moins servi à quelque chose. Je ne demande rien d'autre. Mais depuis que je suis venue au monde, il ne va pas fort, mon Confucius. Il se renferme au-dedans de lui. Il prétend qu'il a fini son œuvre.

Ses disciples ne sont pas d'accord. Ils défilent toute la journée, pour le regonfler, et repartent avec des phrases de lui, qu'ils répètent avec des airs inspirés. Ne dites pas que j'écoute aux portes : là où je suis, sur ma poutrelle, je ne peux faire autrement qu'entendre. Pour autant que je puisse en juger, Confucius ne dit que des choses très sensées. Il exhorte les gens à s'aimer les uns les autres. Il déconseille les excès en tout genre et préconise de s'en tenir au juste milieu. Il célèbre le jen *(l'humanité) et le* yi *(l'équité). Il entend rétablir l'autorité de ceux qui, pour respecter les règles de la morale, doivent être considérés comme les vrais « nobles » de la société. Il exalte la rectitude qui fait tant défaut aux humains : « Si on n'est pas droit, on a beau donner des ordres, on n'est pas écouté. »*

Il a compris que, pour vivre heureux et s'intégrer au monde, il faut modérer ses désirs : toutes les courges savent ça. C'est un sage. Il n'a donc pas de défauts. Sauf, peut-être, un goût un peu trop prononcé pour l'étiquette et le formalisme. Il ne parle jamais en mangeant. Il ne montre rien du doigt. Il ne perd pas son temps à bavarder avec les gens qui ne sont pas de son rang. Il est très tateminette, pour tout dire.

C'est du moins ce que j'entendais ses disciples dire, depuis ma poutrelle. Je m'y plaisais bien. Je serais bien restée comme ça toute ma vie. Mais un soir, l'un de ses visiteurs m'a prise et fourrée dans ses habits. Un beau jeune homme, qui inspirait confiance. Il m'avait observée un moment. Je croyais qu'il m'admirait. Mais il hésitait à me voler. Je me suis tout de suite sentie rassurée quand il me serra très fort sous son aisselle. Rien n'est plus doux que d'être désirée.

Quand le disciple arriva dans sa cachette, non loin de là, il se précipita tout de suite sur l'âtre, alluma un feu et me mit à bouillir sans prendre la peine de m'éplucher, mais après m'avoir coupée en rondelles. Il n'y a pas à dire, la sagesse, fût-elle confucéenne, ne nourrit pas son homme, et il faisait peine à voir, avec ses boyaux qui gigotaient au-dedans de lui, criant vengeance. Il n'a même pas attendu que je fusse prête pour me faire honneur. Pour un peu, il m'aurait mangée vivante.

Même si je lui ai brûlé le gosier, je fus heureuse de me couler en lui et de lui offrir cette chair qui lui appartenait, comme elle appartenait au monde. J'étais comme la montagne de Confucius : « Les biens sont à tous. Tout le monde peut venir les chercher. »

Je ne sais si c'est un hasard, mais Confucius mourut le lendemain.

CHAPITRE 72

Frère Aubin n'eut pas envie d'en lire davantage. Il y avait trop d'ironie dans ce texte, et il n'aimait pas l'ironie. De plus, le père Riqueteau parlait tout le temps et trop fort pour qu'il pût se concentrer plus longtemps dans sa lecture.

C'est ainsi depuis le début du XIIIe siècle. Les dominicains parlent toujours très fort. On n'entend plus qu'eux, sous prétexte qu'ils ont la science infuse. Nicolas Riqueteau en était une caricature. Il était toujours en croisade et pour rien au monde, ce jour-là, il n'aurait lâché son os.

Cet os, c'était la réincarnation. En matière d'hérésie, le père Riqueteau n'avait encore jamais rien entendu de pareil. Il songeait déjà au livre qu'il allait écrire sur la question. Il était comme le savant qui vient de faire une découverte, quand il résuma d'une voix vibrante :

« Si je vous ai bien compris, nos âmes se promènent à travers les siècles. Dans nos vies antérieures, nous avons été quelqu'un d'autre, une bête ou même une plante, et nous sommes appelés à le redevenir, selon nos fautes et nos mérites. Est-ce bien cela ? »

Le prisonnier ne répondit rien, mais l'inquisiteur ne se découragea pas.

« Au cas où cette théorie se vérifierait, reprit le père Riqueteau, la Vierge Marie serait donc vivante parmi nous, aujourd'hui, sous la forme d'unc truie, d'un artichaut ou de Dieu sait quoi encore. Suis-je sur la bonne voie ? »

Le sieur Dieu resta obstinément silencieux, mais l'autre commença à s'échauffer :

« Et le Christ, comment le voyez-vous ? En cloporte ou en citrouille ? »

Jehan Dieu de La Viguerie regarda l'inquisiteur avec un air ahuri. Ses lèvres remuaient mais ne disaient rien. Ou bien il réfléchissait profondément. Ou bien il pensait à autre chose. Ou bien, enfin, il se moquait du monde. Nicolas Riqueteau opta pour la troisième hypothèse et dit du bout des dents, en se penchant vers le prisonnier :

« Vous devriez collaborer, mon fils. »

Le prisonnier fit le signe de croix avec sa tête.

« C'est votre intérêt, reprit l'inquisiteur. Parlez. »

L'autre ouvrit la bouche, enfin :

« Credo in Deum. »

Il sourit, d'un pauvre sourire triste, avant de murmurer en fixant le père Riqueteau :

« Je ne peux donc espérer que vous accédiez à la requête de frère Aubin et que vous me libériez.

— Non. Le Saint-Office ne libère pas les hérétiques. Il les rend aux flammes éternelles, où est leur vraie place. »

Le sieur Dieu fit une moue et se tourna vers Aubin Urbec :

« Je veux bien avouer tout ce que voudra le père Riqueteau, mais à une condition : que vous me promettiez de libérer Catherine.

— Vous n'avez pas compris, dit le franciscain. Je veux la libérer, moi aussi. C'est elle qui refuse.

— Comment cela ?

— Elle a décidé de lier son sort au vôtre. Elle refuse donc d'abjurer et se couvre de tous les péchés. Elle m'a dit qu'elle garderait cette attitude tant que vous ne seriez pas libéré. C'est un affreux cas de conscience, pour moi. Je suis convaincu de son innocence et je ne peux rien faire. Nous avons nos lois, au Saint-Office. Si elle n'entend pas raison, elle sera livrée au bras séculier : dans deux jours, je quitte mon office d'Aix, et le moine qui me remplacera n'est pas du genre à s'attendrir. Voilà pourquoi je suis venu ici demander que l'on vous laisse partir. »

Jehan Dieu de La Viguerie fondit en larmes. Frère Aubin aussi, avant de se lever en disant :

« J'aurai fait ce que j'ai pu. »

Il partit très vite, comme un voleur, en évitant de regarder la chose qui sanglotait par terre, contre le mur.

*
* *

Jehan Dieu de La Viguerie était assis sur un banc, maintenant. Il avait un entonnoir vissé dans la bouche et, tandis que trois auxiliaires lui maintenaient les bras, les jambes et la tête, Pierre de Glabre le remplissait d'eau, comme un tonneau.

On aurait dit qu'ils avaient décidé de lui faire engouler l'océan. Apparemment, il n'était pas trop petit pour lui. Ses bras égarés étaient déjà noyés et ses jambes velues barbotaient, tandis que, dans son ventre, la marée montait à la vitesse du cheval au galop.

Le sieur Dieu n'était plus rien qu'un trou sans fond, qui pompait l'eau. Mais il ne sentait pas l'infini au-dedans de lui. Il restait comme tout un chacun : le lit par lequel s'écoule le fleuve du monde, dans un perpétuel recommencement.

L'océan ne restait pas en lui ; il ne faisait que passer. Le banc sur lequel il se trouvait allongé était creux, et un petit orifice qui donnait sur un bout de tuyau permettait aux urines de se déverser dessous dans un seau disposé à cet effet. Le prisonnier pouvait donc faire pleurer son aveugle autant qu'il pouvait. Il ne se gênait pas.

L'eau appelle l'eau. Rien ne remplit la vessie comme son contact. C'est ce qui arriva à Pierre de Glabre. Il eut envie d'aller lâcher ses écluses et demanda à Aubry Fredol de prendre son relais à l'entonnoir.

Aubry Fredol avait des traits de statue antique. Tout en continuant à mûrir le projet de le tuer, le sieur Dieu admirait son visage, tandis que l'autre le remplissait. Soudain s'éleva de son dos une douleur qui lui déchira tout. C'était à cause de la barre de bois sur laquelle s'appuyaient ses vertèbres. Il poussa un premier cri et entendit la voix mielleuse du père Riqueteau, tout près de lui :

« Etes-vous prêt à reconnaître vos péchés, mon fils ? »

Pour toute réponse, le sieur Dieu poussa un second cri, toujours étouffé et glougloutant, comme s'il provenait du fond de l'océan.

C'est à cet instant qu'il vit la croix.

Elle était en argent, avec des bouts arrondis, exactement comme la sienne et comme celle qu'il avait offerte à la petite

Jeanne pour son baptême. Elle sortait de la robe d'Aubry Fredol qui se penchait sur lui, pour le gaver d'eau.

*
* *

Le soir, quand il fut amené à son cachot, le sieur Dieu était très mal en point. Au-dedans de lui, il n'était plus qu'un sac de chair pendante, dévasté par l'océan qui l'avait dépouillé de tout. Il savait qu'il ne retrouverait pas de sitôt sa panse et ses boyaux. Il passerait peut-être le restant de ses jours à les chercher.

Mais ce n'était pas le plus grave. Son dos était comme crucifié. Il sentait des clous dans chacune de ses vertèbres, et ils dansaient dans ses os quand le geôlier s'amena avec une assiette où fumait une omelette aux herbes. Le sieur Dieu la refusa avec une grimace.

« J'ai bu pour plusieurs siècles.

— Essayez, insista le geôlier. Il ne faut pas rester le ventre vide.

— Mais je n'ai plus de ventre. »

Le sieur Dieu se laissa convaincre, accepta l'assiette et demanda au geôlier, alors qu'il prenait congé, d'aller lui chercher Thomas Pourcelet.

Même s'il l'avait voulu, le sieur Dieu n'aurait pas pu manger l'omelette. Sa carcasse endolorie lui interdisait le moindre mouvement. Il lui fallait se sustenter, pourtant, s'il voulait faire justice. Les bonnes causes donnent faim et la sienne lui rendait peu à peu ses entrailles. Tels sont les effets de la haine.

Il revenait ainsi à la vie quand son ancien valet entra, avec une figure de circonstance.

« Ne prends pas cet air de chien battu, grommela le sieur Dieu. Je ne suis pas encore mort. Je voudrais même que tu me rendes trois services. »

Thomas Pourcelet baissa religieusement la tête.

« D'abord, dit le sieur Dieu, il faut que tu me prépares une soupe avec du papier que tu auras déchiré, puis bouilli. Quand tu auras obtenu une sorte de colle dans ta casserole, tu mettras dedans deux cuillerées de poudre de rhubarbe et tu viendras me la servir. Ce mélange devrait me réparer le ventre. Après ça, tu me donneras l'omelette à manger. Je ne crois pas que je puisse me nourrir tout seul. Enfin, quand tu en auras fini avec moi, tu retourneras à tes nouveaux maîtres et tu ne lâcheras plus Aubry Fredol d'une semelle. C'est lui, l'assassin des petites filles. »

Thomas Pourcelet béa de surprise et roula de gros yeux.

« Comment le savez-vous ? demanda-t-il.

— Je le soupçonnais. Maintenant, je n'ai plus aucun doute. Il porte la croix que j'ai offerte à la petite Jeanne.

— En êtes-vous sûr ?

— Comme saint Thomas. Il n'y a pas d'autres croix comme ça dans le pays. Sauf la mienne. Je les ai toutes deux achetées à Alep, en Orient. »

Thomas Pourcelet s'assit au pied de son ancien maître et poussa plusieurs soupirs avant de l'interroger encore :

« Croyez-vous qu'il ait commis ses crimes tout seul ?

— Je n'en sais rien.

— Cela expliquerait l'acharnement du père Riqueteau contre vous.

— En tout cas, tu ne dis rien. Tu ne dois rien dire.

— Il ne faut pas qu'ils se doutent que nous les soupçonnons. »

Thomas Pourcelet se gratta la tête un moment, puis laissa tomber :

« Mais auprès de qui va-t-on les accuser ?

— On a le temps de voir.

— Si je puis me permettre, il faut réfléchir à cette question. »

Il était fier de lui, Thomas Pourcelet. Certes, il ne se sentait pas de taille à mener l'enquête. Mais il venait de mettre le doigt sur une vraie question. Apparemment, son ancien maître n'y avait même pas songé. Il n'avait pas changé : c'était un évolé, toujours dans sa lune.

« Si l'on veut réussir, résuma le sieur Dieu, il n'y a pas cent façons. Simule et dissimule... »

Thomas Pourcelet posa sa main sur le genou du sieur Dieu et plaisanta, en le tapotant doucement.

« Je sais faire. Je suis valet. »

CHAPITRE 73

Souvent, la nuit, dans sa cellule de prison, Catherine se réveillait avec plein de lumière au-dedans d'elle. Quand elle ouvrait les yeux, tout était noir, et dès qu'elle les refermait, il faisait jour. Elle se demanda longtemps si c'était l'amour ou la mort, cette clarté qui coulait partout à l'intérieur d'elle même, jusque dans l'ombre de son ventre.

Elle se disait maintenant que c'était le sieur Dieu qui passait. Il ne restait jamais longtemps. Il ne pipait mot non plus. C'était son signe de reconnaissance. Avec elle, il avait toujours cultivé l'éloquence du silence. L'amour n'est pas grand diseur, car il ne fait qu'un. Quand on se parle, c'est qu'on est deux. Son homme était donc en elle, fort comme le jour, et elle ôtait les nuages de ses cheveux, essuyait le vertige sur ses joues, retirait le vent de ses bras, avant de se fondre en lui.

Désormais, Catherine était sûre que rien, jamais, ne tuerait leur amour. Surtout pas la mort. Ils vivaient déjà dans l'invisible. Il les avait cloués ensemble.

Quand le père Urbec lui annonça l'échec de sa mission en Avignon, son visage n'exprima aucune réaction. Elle le complimenta pour le nez en fer qu'il s'était acheté rue de la Grande Fusterie, puis murmura d'une voix douce :

« Je vous remercie, mon père, pour la peine que vous vous êtes donnée.

— Je veux vous sauver.

— Vous ne me sauverez qu'en me laissant m'en aller avec lui.

— L'amour n'a jamais sauvé personne, protesta l'inquisiteur.

— Peut-être, mais il nous permet de partir loin d'ici. C'est tout ce que je demande. »

Elle avait des yeux d'illuminée. L'inquisiteur se leva, s'approcha d'elle, assise, et posa sa main sur son épaule. Il sentit le sang palpiter au-dedans d'elle. Il s'imagina, un moment, emporté dans cette petite poitrine qui se soulevait si doucement pour ne pas déranger le monde.

Dieu ne lui suffisait plus. Ce n'était qu'un coup de vent qui ne s'arrêtait nulle part. Le Tout-Puissant ne surveillait plus son monde, comme au temps jadis. On aurait dit qu'il craignait de s'impliquer, ou de se compromettre.

Selon qu'il avait ses lunes ou pas, il soufflait le chaud et le froid. On ne pouvait plus se fier à lui. Il changeait trop souvent de poil.

Mais il n'était pas question de le dire. Il fallait continuer à faire semblant de croire en lui, même s'il ne croyait plus en nous. C'est pourquoi frère Aubin était si malheureux.

« J'ai beaucoup d'affection pour vous », murmura-t-il.

Elle baissa la tête et un frisson le parcourut ; un frisson tout à fait pur. Mais il eut peur du suivant et s'éloigna précipitamment, en proie à une agitation intérieure.

« Il faut vous dépêcher de réfléchir, dit-il en se retirant. Je pars demain, et mon successeur abomine les vaudois. Avec lui, je ne réponds plus de rien. »

Elle se retourna pour dire quelque chose, mais il était déjà sorti et le geôlier arrivait avec un auxiliaire pour la ramener à sa cellule.

Frère Aubin prenait toujours congé d'elle comme s'il était en faute, sans même un au revoir.

*
* *

Thomas Pourcelet suivait à la lettre la consigne du sieur Dieu. Il ne lâchait plus Aubry Fredol d'une semelle. Pour que l'autre ne se doutât de rien, le valet avait tenté d'en faire son ami. Il était devenu son esclave. Le regard éperdu et la louange aux lèvres, il était toujours aux petits soins, prêt à bondir à la moindre injonction. On ne résiste jamais à ceux que l'on fascine.

Aubry Fredol ne résistait pas. Il emmenait Thomas Pourcelet partout avec lui et le valet connut bientôt ses habitudes. Le moine ne sortait jamais de l'enceinte du Palais des Papes. Quand il ne se recueillait pas à la Chapelle du Tinel, où se déroulaient jadis les délibérations puis les votes des cardinaux, il aimait monter au sommet de la Tour de la Gâche, la plus haute de toutes, et regarder la ville en dessous.

Sur cette tour, il y avait un « trompette ». C'était un garçon à la peau brûlée et craquelée comme une écorce. Il avait un cheveu sur la langue et, à la main, un cornet dans lequel il soufflait dès qu'il voyait un incendie éclater. Il voulait toujours faire la conversation, car il s'ennuyait beaucoup loin du monde. Le ciel est comme l'éternité. C'est toujours la même chose. On s'en fatigue vite.

Aubry Fredol eût été au-dessus de tout soupçon s'il n'avait pris le pli de disparaître chaque vendredi après-midi, pour ne reparaître qu'au petit matin suivant, l'air hagard et les habits pleins de poussière.

La première fois que Thomas Pourcelet lui demanda où il était parti, le moine répondit sur un ton détaché, sans le regarder :

« Le vendredi, je prie.

— Ne priez-vous pas tous les jours ?

— Oui, mais le vendredi, je ne prie pas comme les autres jours. »

La prière du vendredi devait être éprouvante : chaque fois, Aubry Fredol donnait le sentiment de revenir du bout du monde, avec quelques années de plus à l'entour des yeux. Ses vendredis rongeaient son visage.

Le jour où le valet lui demanda s'il pouvait l'accompagner dans son équipée du vendredi, le moine se rembrunit et répondit quelque chose en latin, qu'il ne comprit pas :

« *Ignoros et illiteratos suspendere.*

— Je pourrais vous aider. »

Le moine secoua la tête et laissa tomber :

« Je sais très bien prier tout seul. »

Pour percer le mystère du vendredi, il n'y avait pas d'autre moyen que de suivre le moine à son insu. Thomas Pourcelet n'y parvint jamais. Aubry Fredol s'éclipsait toujours en moins de temps qu'il n'en faut pour l'écrire. Il ne partait jamais à la même heure et se gardait toujours de sortir par la même porte.

Un jour, alors que le valet était monté au sommet de la Tour de la Gâche pour prendre l'air, le « trompette » lui apprit qu'il avait vu le moine se rendre dans un bâtiment proche du Palais, d'où il était ressorti revêtu d'un habit noir et sur un cheval de la même couleur.

« Où est-il allé ? demanda le valet.

— Il part souvent comme ça, au galop. On a du mal à suivre. »

Le garçon plissa les yeux, pour réfléchir, puis reprit :

« Je crois qu'il va vers les montagnes, par là-bas. Dans le pays des hérétiques. »

Le « trompette » montra le Luberon qui, au loin, trônait dans un mélange de brume et de bonheur.

CHAPITRE 74

La salle des tortures sentait la fumée et la cuisine. Avec l'aide de deux auxiliaires, Pierre de Glabre maintenait près du feu les deux pieds du sieur Dieu, qui avaient été enduits de graisse de porc pour exciter les flammes.

On aurait dit qu'ils préparaient des grillades. Sauf que la bête était vivante. Si les cris ne mentent pas, le sieur Dieu n'était plus qu'une bête, en effet. Il avait perdu toute dignité. Tandis que ses pieds rôtissaient, il aboyait après la mort, à pleins poumons, sans rien articuler. Il n'était même plus en état de blasphémer.

Le père Riqueteau n'aimait pas ces cris, ni cette odeur de viande. Il était comme l'Eglise. Il n'aimait pas la torture. Mais il fallait bien en passer par elle si l'on voulait extirper du monde les mauvaises graines que le Diable y avait semées. L'Ange des Ténèbres avait déjà enfanté Luther, Calvin et tant d'autres. Il était capable de tout. Il fallait l'être aussi, pour lui résister.

La torture est de toutes les époques. Bien qu'il ne s'en vante pas, l'homme s'en sert souvent, y compris pour rendre sa justice. Il lui est même arrivé de la légaliser. Le droit romain en justifiait la pratique. La loi des Wisigoths aussi. L'Eglise la traita d'abord avec des pincettes. Elle se garda longtemps d'en prononcer le nom, *quaestio*. Mais il lui fallut bien, le temps aidant, en reconnaître l'utilité. Même saint Augustin, qui condamnait l'usage du chevalet ou des tenailles ardentes, reconnaissait les bienfaits de la fustigation, qui ouvre les bouches et incite aux aveux.

C'est mécanique. Le père Riqueteau avait sa théorie là-dessus. L'esprit et le corps sont trop entremêlés pour que l'on puisse y voir clair dans les têtes. Il faut les séparer si l'on veut percer la vérité des hommes. Pour cela, il n'y a qu'une méthode : frapper. De même que le fléau bat les blés pour en récupérer le grain, la torture tourmente la carcasse pour mettre l'âme à nu. Quand les chairs ont souffert mille morts, elle ne peut plus se cacher. Elle apparaît dans son évidence.

Au bout d'une vingtaine de minutes, le père Riqueteau demanda à Pierre de Glabre et aux deux auxiliaires d'arrêter de torturer le sieur Dieu :

« Il a eu son compte. »

Ils se servirent à boire, tandis que l'accusé se tortillait par terre, selon son habitude.

« Tu es ver et tu retourneras ver, ricana Aubry Fredol.

— Il a peut-être soif », dit le père Riqueteau.

Le sieur Dieu hocha la tête. Pierre de Glabre lui apporta un gobelet d'eau et en versa le contenu dans sa bouche.

Le père Riqueteau se rapprocha avec un tabouret sur lequel il s'assit, puis dit d'une voix pleine de compassion en posant sa main sur la tête du gisant :

« Je crois qu'il serait temps d'être sérieux. Nous tournons en rond depuis trop longtemps. »

Il se pencha sur la chose à terre et caressa ses cheveux huileux.

« Je voudrais vous apporter la paix, maintenant. Mais il faut que vous me répondiez. »

Le regard du sieur Dieu tourna autour de l'inquisiteur sans arriver à se fixer; un regard vide comme un trou.

« Je dirai tout, finit par marmonner le sieur Dieu, si vous me promettez que ma bien-aimée sera relâchée.

— Je veux bien, mais elle refuse d'être libérée tant que vous ne l'aurez pas été vous-même. C'est un cercle vicieux.

— Si je réponds à vos questions, je n'ai aucune chance de m'en sortir.

— Si vous n'y répondez pas non plus... »

L'inquisiteur se leva et fit un signe à Pierre de Glabre qui, avec ses deux sbires, remit à cuire les pieds du sieur Dieu. Cette fois, le père Riqueteau resta debout auprès d'eux. Il plaçait ses questions entre les cris. Elles étaient sans rapport les unes avec les autres :

« Croyez-vous que le Pape ait une autorité égale à celle de saint Pierre ? »

Le sieur Dieu n'était plus qu'un grand époumonement qui montait au ciel. Il était trop haut. Il ne pouvait rien entendre ici-bas.

« Y a-t-il une résurrection de la chair ? »

L'autre n'était toujours pas là. Quand il cherchait son regard, le père Riqueteau ne trouvait que des yeux affolés qui sortaient de leurs orbites.

« Le Christ a-t-il été conçu dans le ventre de la Bienheureuse Toujours Vierge Marie par l'œuvre du Saint Esprit ? »

Il se passa quelque chose. Le sieur Dieu fut saisi d'un tremblement qui pouvait dire oui ou non. Il ne savait plus où il en était. On aurait dit que le Seigneur et le Démon se battaient au-dedans de lui. Le père Riqueteau répéta sa question et, n'obtenant pas de réponse, passa à la suivante :

« Qui vous a endoctriné ? »

Le sieur Dieu avait toujours le même tremblement, qui voulait sûrement dire quelque chose. Son regard était même revenu. Il s'agissait maintenant de savoir qui avait gagné le combat en lui, du Seigneur ou du Démon. Le père Riqueteau demanda à Pierre de Glabre et à ses deux assistants d'interrompre le supplice. Ils tirèrent l'hérétique jusqu'au mur, où il pantela, comme de la viande fraîche. Sans le laisser se remettre de ses émotions, l'inquisiteur demanda sur un ton informé :

« Ne vous prenez-vous pas pour un nouveau prophète qui apporte la lumière au monde ? »

Le père Riqueteau prit son tabouret et s'assit tout près du sieur Dieu.

« Dites-moi la vérité, reprit-il. Vous ne m'abuserez pas, je sais déjà tout de vous. Je ne veux que des confirmations de votre propre bouche. Faites un effort. Je n'ai pas envie de continuer à vous torturer. C'est dégradant et il n'en sort jamais rien de bon. *Scientes quod quaestiones sunt fallaces et inefficaces.* »

Il posa à nouveau sa main sur la tête de l'accusé, avec un mélange de tendresse et de compassion.

« Mon fils, dit-il, je ne crois pas que je pourrai vous absoudre des crimes que vous avez commis. Toute la miséricorde du monde n'y suffirait pas. Vous êtes allé trop loin, en cherchant à inventer une nouvelle religion.

— Une nouvelle religion ? gargouilla le sieur Dieu.

— Vous l'avez écrit, mon fils.

— Mais ce n'est qu'un conte, le livre de mes vies.

— En êtes-vous sûr ? On écrit les livres avec ce qu'on a dans la tête. La vôtre est pleine d'hérésies et de menteries. Même si vous vous repentiez humblement et demandiez d'abjurer, vous seriez condamné à la damnation éternelle. Je ne peux pas sauver votre âme : vous avez défié Jésus-Christ avec cette rapetasserie de blasphèmes. »

Le sieur Dieu se racla la gorge. Même ce petit effort lui pesait. Il fit une affreuse grimace.

« Je suis un bon chrétien », finit-il par souffler.

Le visage du père Riqueteau s'obscurcit. Il se leva et dit en pointant son index sur l'hérétique allongé :

« Votre livre est accablant, mon fils. Vous vous prenez pour le Messie, mais vous n'êtes qu'une larve, qui est en train d'infecter le monde. C'est pourquoi je serai obligé de vous détruire. Je le ferai avec douceur, mais sans pitié. »

La larve se trémoussa ; un mélange d'inquiétude et de douleur.

« Vous ne verrez jamais le soleil qui a enfanté la vérité du monde, poursuivit le père Riqueteau. Les hérétiques sont comme les hiboux : la clarté les éblouit. Ils sont donc aveugles au Bien. Vous n'êtes bon qu'à errer dans les ténèbres, avec les coquins de votre espèce, en calomniant le Seigneur de votre langue vipérine. Mais vous aurez beau cracher vos offenses à la face du ciel, elles vous retomberont dessus sans que vous réussissiez à ébranler l'Eglise, l'épouse du Tout-Puissant et notre mère à tous. De votre bave blanche, elle fera un linceul dans lequel elle vous brûlera. »

Le père Riqueteau eut honte de lui, soudain : c'était toujours le même discours qu'il resservait. Il se serait bien arrêté là, mais le sieur Dieu laissa tomber d'une voix qui venait du fond du ventre :

« Brûlez-moi une fois pour toutes et qu'on n'en parle plus.

— Je vous enverrai en Enfer quand vous aurez avoué.

— J'avouerai quand vous aurez sauvé Catherine. »

C'était l'heure des vêpres. Le père Riqueteau prit congé d'un petit geste du menton, sans regarder personne. Dès qu'il fut sorti, Pierre de Glabre et Aubry Fredol se jetèrent sur l'accusé, lui lavèrent les pieds à l'eau vinaigrée avant de les enduire d'huile d'olive bouillie. Après quoi, ils le portèrent, avec le geôlier, jusqu'à son cachot.

Même s'il avait toujours envie de tuer frère Aubry, le sieur Dieu le trouva, ce jour-là, gentil à pleurer. C'est pourquoi il pleura.

CHAPITRE 75

Les accusés sont comme les grandes œuvres. Il faut les laisser reposer de temps en temps, pour les reprendre après : avec le recul, on les perce mieux. C'est ce que fit le père Riqueteau avec le sieur Dieu.

Six jours plus tard, alors que ses pieds commençaient à cicatriser, un jeune homme fut introduit dans le cachot du sieur Dieu. Il avait les cheveux bouclés, un regard doux et un sourire étroit qu'illuminait le petit rayon de lumière qui descendait du soupirail. C'était Aaron Braitberg.

Il s'agenouilla près du sieur Dieu, lui serra la main très fort, puis dit à voix basse :

« Je n'ai pas oublié ce que vous avez fait pour moi.

— Mais je n'ai rien fait.

— Vous avez beaucoup fait. Il y a trois semaines que je supplie le père Riqueteau de me laisser vous rendre visite. Il m'a dit que c'est à vous que je dois ma libération.

— C'est possible », finit par consentir le sieur Dieu.

Le jeune homme observa la chose enchaînée avec compassion. Le sieur Dieu n'aima pas ce regard ni ce ton attendri quand Aaron Braitberg murmura :

« Que puis-je faire pour vous ?

— Me sortir d'ici, pour l'amour du Christ ! »

Aaron Braitberg était un jeune homme réfléchi. Il comprit tout de suite pourquoi il agaçait le sieur Dieu. Il perdit donc son air apitoyé.

« Vous sortir d'ici ? » répéta-t-il, songeur.

Il hésita, puis murmura :

« Vous auriez pu y penser avant.

— Mais j'y pense tout le temps.

— Il suffit de payer, vous savez.

— Vous parlez comme Richard Pantaléon.

— Tout s'achète, dit Aaron Braitberg. Surtout la liberté. Le sieur Pantaléon pourrait vous en apprendre très long là-dessus. »

Par l'homme qui tenait les livres de comptes de Richard Pantaléon, Aaron Braitberg savait que celui-ci avait négocié son châtiment après que le Tribunal de l'Inquisition l'eut condamné, quelques mois plus tôt, à la purgation canonique, une peine de principe. Tout ascètes qu'ils fussent, les dominicains ne pouvaient résister à l'appel des espèces sonnantes et trébuchantes : leur mission coûtait beaucoup, avec tout ce personnel qu'il fallait entretenir, mais elle rapportait peu.

C'était la faute de l'Eglise. Depuis 1252, la décrétale *Ad extirpam*, promulguée par Innocent IV, stipulait que les biens confisqués des hérétiques revenaient à la ville, ainsi qu'à l'évêque et à l'inquisiteur. Après le partage, les moines s'estimaient souvent grugés, non sans raison, par les autorités épiscopales et municipales. Ils avaient fait tout le travail et n'en recueillaient que les miettes. Ils ne dédaignaient donc pas de traiter directement avec les hérétiques, en leur infligeant des amendes ou en marchandant des arrangements.

Jehan Dieu de La Viguerie ouvrait les yeux tout grands devant ces nouveaux horizons. Il objecta toutefois, mais sous la forme interrogative :

« Croyez-vous que l'Eglise va m'absoudre maintenant, après tout ce qu'elle m'a fait ?

— Qu'à cela ne tienne, on paiera les geôliers pour que vous vous évadiez. »

Aaron Braitberg avait réponse à tout et n'était pas du genre à tourner autour du pot :

« Vous avez de l'argent ?

— J'ai ce qu'il faut.

— Alors, tout s'arrangera. Vous m'expliquerez où je peux le trouver et je m'occuperai de votre évasion. Ainsi, nous serons quittes. »

Le sieur Dieu ferma les yeux et laissa sa tête reposer contre le mur du cachot.

« Vous-même, demanda-t-il, avez-vous tenté de soudoyer la viguerie ou la maréchaussée pour sortir de la prison de Cavaillon ?

— Non. Mais j'étais accusé de meurtres. Il est beaucoup plus facile de monnayer les crimes spirituels. On dirait même qu'ils ont été inventés pour ça. »

Le jeune homme rit et le sieur Dieu se sentit bien, tout d'un coup. Il lui fit signe d'approcher. Il avait à lui parler et il lui parla longtemps de Catherine qu'il fallait libérer, mais aussi de Moshé, Mani, Bouddha, Jésus et des autres.

*
* *

Bernard Percepied ne perdait jamais de temps. Le jour où il prit le relais d'Aubin Urbec rappelé dans son couvent de Strasbourg, le nouvel inquisiteur d'Aix organisa le procès de Catherine Pellenc et, devant son refus d'abjurer, la fit condamner à être livrée, dans les plus brefs délais, au bras séculier.

Avec onze autres vaudois, Catherine Pellenc se rendit le lendemain à son bûcher de paille et de gros bois. Elle garda la tête haute quand le bourreau l'attacha à son pieu. Elle n'hésita même pas à blasphémer une dernière fois, quand le feu commença à courir autour d'elle.

Jusqu'à son dernier souffle, la fille d'Antoine Pellenc fit preuve de cette douce intransigeance qui mettait le doute partout, jusque dans la tête des plus croyants. Rien n'est plus dangereux que le doute. D'abord, il se fait tout petit, s'insinue, rampe, rase les murs, puis il prend de l'assurance, se pousse du col, élève la voix, jusqu'à ce qu'un jour on se réveille pour découvrir qu'il a tout pourri et que la foi du Christ crève sur son cadavre. C'est le pire ennemi de l'Eglise.

Elle était condamnée à sévir, rien que pour survivre. Elle n'avait pas le choix. Saint Thomas d'Aquin a dit dans sa *Summa theologica* qu'il fallait exclure l'hérétique de l'Eglise, par l'excommunication, et du monde, par la mort, sous prétexte qu'il commettait le pire des crimes en s'attaquant à la foi, c'est-à-dire à la vie de l'âme. Que l'Eglise l'exhorte à la repentance au nom de la miséricorde du Christ, soit. Mais il lui fallait, s'il persistait, l'abandonner sans attendre au bras séculier, sous peine de répandre le doute.

C'était fait.

Quand il apprit la mort de Catherine Pellenc, quelques jours plus tard, à Strasbourg, Aubin Urbec éclata en sanglots. Il pleura une journée entière et demeura inconsolable. Il remplit si mal son office qu'il fut relégué aux cuisines comme homme à tout faire, et passa ce qui lui restait de vie à éplucher les légumes, laver la vaisselle et nettoyer les sols.

*
* *

Jehan Dieu de La Viguerie n'avait pas réagi comme Aubin Urbec quand Thomas Pourcelet lui annonça la nouvelle. Il fut saisi d'un grand frisson, non de peur ni d'émotion, mais de haine, et dit d'une voix tremblante :

« Nous n'avons que trop tardé. »

Le valet approuva, à tout hasard.

« Nous sommes vendredi aujourd'hui, reprit le sieur Dieu. Tu suivras frère Aubry ce soir et tu le tueras avant de l'éventrer comme les vierges l'ont été. Nous nous retrouverons demain matin à la bastide.

— A la bastide ? répéta le valet.

— Oui, chez moi. »

Thomas Pourcelet béa d'étonnement, puis demanda :

« Qu'est-ce que cette histoire ? »

Même enchaîné dans son cachot, le sieur Dieu ne souffrait pas cette familiarité.

« Tu verras bien », dit-il.

Maintenant qu'il pouvait de nouveau marcher, le sieur Dieu s'évaderait cette nuit-là : c'était décidé. Mais il préférait n'en rien dire au valet, hurluberlu à la langue trop pendue, qui l'aurait vendu sans penser à mal, par vantardise ou distraction. Aaron Braitberg, qui avait tout organisé, de la corruption du geôlier à la mise au point de l'itinéraire, lui demandait de garder un secret absolu. Il s'y tenait.

Le prisonnier était donc d'humeur légère, ce jour-là, quand il fut interrogé par le père Riqueteau sur ses relations avec Balthazar de Blandin.

« Je le connais depuis longtemps, admit-il. Il vaut mieux que sa réputation. Le soupçonnez-vous toujours pour les crimes de vierges ?

— Non. Nous l'accusons d'un crime bien plus grave encore : la sodomie avec préméditation et récidive. Il sera donc brûlé demain. C'est un hérétique de la pire espèce, un pourceau fornicateur qui ne croit qu'en un seul saint : saint Foutin. »

Saint Foutin était le grand homme de Varages, sur la route de Nice, où sa statue trônait dans l'église, au milieu d'une forêt de matourets. Nu comme un ver, il n'incarnait pas la pureté, comme Marie, ni la force comme Paul, mais le foutre, tout simplement. Pour qu'il portât bonheur, il suffisait de lui offrir des fourbis en cire, avec le membre et ses olives, ou bien de laver son outil dans du vin qui se transformait aussitôt en saint vinaigre. Le père Riqueteau n'était pas le dernier à penser que l'Eglise se salissait en le révérant.

Le sieur Dieu prit la défense de Balthazar de Blandin :

« Il ne faut pas lui jeter la pierre. Je crois qu'il cherche la grâce dans l'amour.

— Dans le stupre, voulez-vous dire.

— Peut-être la trouvera-t-il là-dedans. Elle est partout. »

L'inquisiteur trouva que son prisonnier avait la bouche sèche. Il fit signe à frère Aubry de lui porter à boire.

Quand le moine fut devant lui, le sieur Dieu observa la croix en or qui se balançait au-dessus de sa coule. Frère Aubry remarqua son regard et dit :

« Elle est belle. »

Le sieur Dieu hocha la tête et frère Aubry reprit, avec un sourire d'angelot :

« C'est Thomas Pourcelet qui me l'a offerte. »

*
* *

Cette nuit-là, Jehan Dieu de La Viguerie ne dormit pas. Quand il entendit s'approcher les pas du geôlier, puis s'ouvrir la porte du cachot, son cœur faisait de grands bonds au-dedans de lui.

Le geôlier posa sa lanterne aux pieds du sieur Dieu et retira ses chaînes sans rien dire. Il aida ensuite le prisonnier à se relever et, quand ils furent sortis du cachot, lui remit une coule de dominicain qu'il l'aida à enfiler. Après quoi, il le tonsura à la grosse et à la hâte avec de vieux ciseaux, puis chuchota :

« Maintenant, sais-tu ce que tu dois faire ? »

Le sieur Dieu donna un coup de poing dans la figure du geôlier ; une pichenette eût été le mot approprié. A lire la déception sur le visage du moine, ça n'avait rien à voir avec ce qui avait été convenu entre eux.

« Ce n'est pas comme ça qu'on fera croire aux autres que j'ai été assommé, dit le geôlier. Je ne suis pas une dame. Il m'en faut quand même plus. »

Le moine s'approcha du mur et s'y cogna la tête, de plus en plus fort. Quand le sang se mit à pisser, il demanda à voix basse et avec un sourire comme une grimace :

« N'est-ce pas mieux comme ça ? »

Jehan Dieu de La Viguerie hocha la tête et le geôlier s'assit par terre, la tête rentrée dans les épaules. Sans le regarder, il fit signe au prisonnier qu'il pouvait aller.

La lanterne du geôlier à la main, le sieur Dieu sortit dans le jardin de Clément IV, longea la Tour des Latrines et entra dans la Tour des Cuisines. Il n'y avait pas âme qui vive à cette heure-là. Le prisonnier marchait à grand-peine, en transpirant de tous ses pores. Il descendit un escalier à vis, ouvrit une petite porte et rampa dans l'égout qui passait sous l'enceinte pour ressortir sur les bords du Rhône.

Quand il se retrouva à l'air libre, le sieur Dieu n'était qu'une pauvre chose boitillante, qui avançait à tâtons, comme les vieux ivrognes. Il n'y avait que la haine qui le faisait avancer, la haine du Mal.

Il remonta jusqu'à la place du bûcher et retrouva Aaron Braitberg qui l'attendait, à l'avant d'une carriole bourrée de foin. Jehan Dieu de La Viguerie entra sous les herbes sèches comme dans les couvertures du lit qui lui manquait depuis si longtemps.

*
* *

Tout s'était passé comme prévu et le sieur Dieu s'endormit, confiant, dans le foin de la carriole qu'Aaron Braitberg avait rangée au pied du pont Saint-Bénezet, le temps que le jour se lève.

Ils repartirent au petit matin pour Mérindol. C'est seulement quand la carriole passa Cavaillon que le sieur Dieu sortit de son fourrage pour s'asseoir à côté d'Aaron Braitberg. Qui, désormais, oserait demander des comptes à un moine, dominicain de surcroît ?

La nuit avait laissé sa sueur partout et le pays scintillait comme un soleil. S'il avait été autre chose qu'une grande douleur vivante, le sieur Dieu eût été ébloui par cette explosion de lumière, quand le ciel et la terre se mirent l'un dans l'autre, dans un concours de beauté. Mais il ne pouvait rien voir, ni rien aimer, sous les coups que lui donnait la pierraille de la route, en chahutant la carriole.

Thomas Pourcelet n'était pas au rendez-vous, devant la bastide. Elle avait été vidée de tout. Il ne restait plus ni portes ni fenêtres. Mis à part l'escalier, le carrelage, les murs et la toiture, rien n'avait résisté au pillage, pas même le chien et le chat. Dans l'écurie, le sieur Dieu récupéra quand même, sous des fagots où il les cachait, des médicaments et des instruments de chirurgie. Par terre, sous un arbre, il trouva aussi une chausse de Catherine Pellenc, qu'il fourra dans la poche de sa coule.

Les deux hommes attendirent le valet toute la journée, Aaron Braitberg perché sur la carriole, à écouter la Durance dans le vent, et le sieur Dieu dissimulé dans un fourré, de peur que les soldats du Pape partis à sa recherche ne surgissent à l'improviste.

Quand les premières nuées annoncèrent la montée du soir, ils prirent la direction du Luberon. Après avoir salué les Perrin qui les comblèrent de victuailles, ils élirent domicile dans la forêt de chênes verts qui surplombait les ruines de Mérindol. C'est cette nuit-là, juste avant de s'endormir sur le matelas herbeux de la montagne, que le sieur Dieu proposa à Aaron Braitberg de rester avec lui, pour la vie :

« Je suis comme une femme grosse, je porte une vérité. Je voudrais l'enfanter, mais la force m'abandonne. J'ai besoin d'un homme comme vous pour m'aider. »

Aaron Braitberg ne dit rien. Il ne savait pas trop quoi penser.

« Ce n'est pas le monde qui désespère du Seigneur, reprit le sieur Dieu. C'est le Seigneur qui désespère du monde.

— Je comprends, souffla Aaron Braitberg qui ne comprenait précisément pas où le sieur Dieu voulait en venir.

— On ne doit pas laisser le Seigneur aux bigots, aux médiocres et aux fanatiques. Il faut le rendre à tous.

— Je comprends, répéta Aaron Braitberg, d'une voix pleine de perplexité.

— Je suis venu au monde pour lui dire que le Seigneur est unique pour tous. Qu'il se soit annoncé sous différents noms et qu'il ne dise pas partout la même chose, cela ne change rien, il a toujours un seul visage. Pour que sa volonté soit faite, il faut que les religions cessent de se laisser ronger par la lèpre de la division. Le jour où nos prières se mélangeront au lieu de s'annuler en se combattant, je crois qu'il nous entendra mieux, là-haut dans son ciel. »

Jehan Dieu de La Viguerie baissa la voix, pour signifier qu'il se livrait à une confidence de la plus haute importance :

« Je suis arrivé au bout de ma vie, maintenant. Je voudrais fonder l'Eglise universelle et puis mourir, pour retourner d'où je viens. Mais les jours me sont comptés et je sais que vous êtes capable d'assurer la relève. »

Aaron Braitberg lui fit répéter sa profession de foi, car il avait cru entendre une vague ironie dans le fond de la voix du sieur Dieu. Avec cet homme-là, on se demandait sans arrêt s'il ne fallait pas prendre ses prophéties à la farce. Il ne parlait pas au premier ni au second degré, mais toujours aux deux en même temps.

Quand le sieur Dieu eut tenu de nouveau le même discours, Aaron Braitberg ne fut pas plus avancé.

« Pourquoi moi ? demanda-t-il.

— Sans Israël, nous serions encore dans les ténèbres. Le Seigneur n'aurait ni passé, ni avenir.

— Je ne suis pas Israël.

— Mais vous avez lu tous ses livres. »

Entre eux, il y eut un silence qui dura longtemps, mais que remplit le vent. Aaron Braitberg finit par accepter. Depuis toujours, il avait scrupuleusement observé les règles qu'avaient suivies avant lui ses parents, ses grands-parents, ses arrière-grands-parents et ainsi de suite, jusqu'à Abraham. Mais il ne croyait pas en Dieu, ni en rien de ce genre.

Il avait envie de croire, tout d'un coup.

CHAPITRE 76

« Etes-vous là ? »

C'était la voix de Thomas Pourcelet. Elle se perdait dans le vent qui gueulait contre la montagne, la forêt et le monde entier.

« Ohé, ne m'entendez-vous pas ? C'est moi, Thomas ! »

Le sieur Dieu et Aaron Braitberg allèrent à sa rencontre. Assis sur une mule que tirait Nestor Perrin, le valet se tortillait comme un diable. Son visage avait le gris du ciel et il pleuvait dessus des cordes de sueur.

« Je n'en peux plus, s'écria-t-il en apercevant le maître et son disciple. Aidez-moi !

— Qu'est-il arrivé ? demanda le sieur Dieu.

— Je suis blessé.

— L'as-tu tué ? »

Thomas Pourcelet opina, avec un affreux rictus, puis souffla :

« Mais il s'est bien défendu, le bougre.

— Avant de mourir, frère Aubry a-t-il au moins manifesté des remords ? »

Le valet soupira avec affectation et répondit sur le ton du connaisseur :

« Les scélérats de ce genre n'avouent jamais leurs crimes. »

Il se mit à gémir, tout d'un coup. Il ne pouvait en dire plus. Il avait trop mal.

Arrivés à la grotte où le sieur Dieu ruminait depuis la veille les fondements de sa religion, Aaron Braitberg et Nestor Perrin descendirent le valet de la mule et l'étendirent par terre, devant l'entrée. Il se lamentait comme s'il perdait ses tripes.

Le sieur Dieu lui retira son haut-de-chausses, aussi précautionneusement qu'il put, dans un concert de braillements, puis examina ses blessures avec soin. Thomas Pourcelet avait une plaie au bas-ventre, de la longueur de deux travers de doigt, et une tumeur au testicule gauche, de la grosseur d'un œuf de caille.

« C'est un coup d'épée et un coup de pied, diagnostiqua le sieur Dieu.

— Un coup de sandale, précisa le valet. Quand il a vu que j'avais l'avantage, il s'est attaqué à mes bourses.

— Elles sont très atteintes. Tu risques la gangrène ou la fistule. Il faut opérer sans attendre. »

Le valet secoua la tête. Il n'en était pas question. Même s'il n'avait guère l'usage de ses olives, il ne pouvait accepter de s'en séparer : son immortalité se trouvait dedans ; sans elles, il n'était rien que du néant. Après avoir exprimé son refus, il poussa un piaulement, puis un hurlement de souffrance, avant de se mettre sur le côté pour hoqueter et vomir des humeurs glaireuses, comme celles que suppurent les vieilles blessures.

« Tu vois ! dit le sieur Dieu. Je n'ai pas le choix. Si je laisse faire, tu auras bientôt une boule de chair comme un poing qui s'accrochera à tes vaisseaux spermatiques, et elle grossira jusqu'à tout faire péter : un sarcocèle ou une horreur de ce genre. Après, tu mourras dans d'atroces souffrances.

— Je ne veux pas mourir, ni souffrir.

— Donc, il faut extirper le mal. Il n'y a pas de temps à perdre. »

Le sieur Dieu savait comment lui parler. Il disposa ses instruments de chirurgie sur une pierre, puis demanda à Nestor Perrin de tenir le bras du valet, et à Aaron Braitberg de bloquer ses jambes.

« Vous me garderez bien un coucourdon, au moins un, implora le valet.

— Je ne sais pas », dit le sieur Dieu en se penchant sur l'aine, le bistouri à la main.

Il ouvrit la peau ridée du coffret à bourses qu'on appelle le scrotum, puis noua un fil de chanvre ciré autour du cordon de chaque testicule, avant de couper le vaisseau à un demi-pouce au-dessous de la ligature.

Il y avait beaucoup de sang. Le sieur Dieu l'essuya avec le bas du pantalon de Thomas Pourcelet, avant de recouvrir la plaie du bas-ventre d'un mélange de vinaigre et d'huile d'olive bouillie. Il demanda ensuite à Nestor Perrin de lui donner sa chemise, en coupa une partie en petits morceaux qu'il appliqua comme des compresses sur le scrotum et se servit des manches comme d'un bandage qu'il serra fort. Il procéda enfin à une sévère saignée du bras, pour le principe. Elle laissa le castrat stupide et stupéfait. Il n'avait même plus la force de fermer les yeux.

Quand tout fut terminé et que les autres eurent enveloppé Thomas Pourcelet dans des couvertures, Jehan Dieu de La Viguerie se pencha et lui souffla à l'oreille :

« Dors bien et à tout à l'heure. Nous avons, je crois, beaucoup de choses à nous dire. »

Le sieur Dieu s'approcha plus près encore de l'oreille du valet et murmura d'une voix à peine perceptible :

« Il arrive parfois que le loup tombe dans la gueule du loup. C'est aujourd'hui ton cas. »

Les lèvres de Thomas Pourcelet se mirent à trembler comme les feuilles des chênes de la forêt, de douleur peut-être, mais de peur sûrement.

*
* *

Quelques heures plus tard, alors que le vent se mourait doucement dans les brumes du soir, Thomas Pourcelet toussa à plusieurs reprises, d'une toux sèche et nerveuse, comme pour montrer qu'il était vivant et réveillé. Jehan Dieu de La Viguerie vint à son chevet, suivi d'Aaron Braitberg, avec un gobelet et une cruche de vin rouge qu'il avait tiré du tonneau que Nestor Perrin venait de lui apporter.

« Je suis désolé, dit-il. Nous n'avons qu'un seul gobelet, Aaron et moi. Nous partageons tout. »

Le sieur Dieu remplit le gobelet de vin, en but une petite gorgée, le passa à Aaron Braitberg qui avala plusieurs grandes lampées, puis le tendit d'une main à Thomas Pourcelet en l'aidant de l'autre à se redresser sur son séant.

« J'ai très mal, soupira le valet.

— C'est normal.

— La mort frappe à ma tête. »

Il buvota, les yeux mi-clos, dans le gobelet que le sieur Dieu tenait pour lui.

« La mort, reprit-il, c'est comme la fatigue, mais en plus fort. »

Le sieur Dieu avait l'air grisé. C'était un soir si beau qu'on avait envie de l'écouter, de le respirer très fort et de le garder pour la vie. Le bonheur était de retour, dans le ciel ; il avait chassé la grisaille et le marrisson. C'est pourquoi le vent restait si calme, maintenant. Il n'avait plus rien à faire.

« Pourquoi as-tu commis ces crimes ? » demanda le sieur Dieu d'une voix très douce.

Le valet ne répondit rien. Il feignait de n'avoir pas entendu ni compris, pour gagner du temps.

Le sieur Dieu répéta sa question sur le même ton puis ajouta, avec l'autorité de la conviction :

« Je sais que c'est toi, l'assassin des vierges. Frère Aubry n'a jamais tué personne. Il était juste amoureux de la marquise de Rochebelin, qu'il allait voir une fois par semaine, le vendredi.

— Elle ne l'aimait pas.

— Bien sûr. Elle n'a aimé et n'aimera jamais que le baron d'Oppède.

— Non. Elle m'aime aussi. »

Le sieur Dieu ricana :

« Toi ?

— Oui, moi. Je la connais très bien, figurez-vous. Au cas où vous daigneriez vous intéresser à ma pauvre personne, ce qui serait nouveau, sachez que j'ai une vie en dehors de vous, une belle vie bien remplie.

— Tout le monde a une autre vie. Au moins dans sa tête. Mais ça n'a jamais obligé personne à tuer des vierges.

— Vous ne savez même pas qui je suis. »

Le valet s'arrêta net et fronça les sourcils, comme s'il avait peur de ce qu'il allait dire.

« Vous ne savez même pas que je suis le frère bâtard du baron d'Oppède, reprit-il.

— Comment ça ?

— Nous avons le même père, Jean et moi. Ma mère était servante chez le baron de Martaguet quand elle rencontra Accurse Maynier d'Oppède, qui l'engrossa et la prit à son service, au château.

— Je croyais qu'Accurse était très prude.

— Non, très prudent, ce qui n'est pas la même chose. Il n'a guère touché à sa femme, c'est vrai, mais il est allé planter le cresson ni vu ni connu dans tous les bas pays de Provence et d'ailleurs. Il a au moins laissé une quinzaine de bâtards dans mon genre. Moi, j'ai eu droit à un traitement particulier parce que j'avais le même âge que Jean. Nous avons été élevés ensemble.

— Mais tu n'as pas d'éducation ?

— Plus que vous le pensez. J'ai simplement appris, contrairement à vous, à ne pas en faire étalage. Disons que Jean et moi, nous avons beaucoup joué ensemble, si vous préférez. Depuis, nous ne nous sommes jamais perdus de vue. Je peux compter sur lui et il peut compter sur moi.

— Que veux-tu dire ?

— Si vous vous souvenez bien, c'est sur la recommandation de Jean que vous m'avez pris comme valet. Il y a quelques mois, je me suis engagé à veiller, comme il me le demandait, sur la marquise de Rochebelin, qu'il se reprochait de délaisser.

— C'est vrai que tu parles bien, pour un valet. »

Thomas Pourcelet se rengorgea, les yeux pleins de ciel. Aaron Braitberg, qui n'appréciait pas le tour badin que prenait la conversation, demanda avec brusquerie :

« Comment avez-vous pu tuer toutes ces vierges innocentes, les violer et les éventrer ? »

Il avait de la haine dans la voix, Aaron Braitberg. Thomas Pourcelet attendit un moment, qu'il mit à profit pour s'humecter les lèvres. Après quoi, il répondit lentement, en pesant bien chaque mot :

« Je n'ai pas fait ça par méchance mais par amour, pour la marquise.

— Elle t'avait demandé de faire ça ? souffla le sieur Dieu sur un ton vaguement interrogatif.

— Elle ne m'a jamais rien demandé. Mais je l'ai fait pour elle.

— Pourquoi ?

— Pour qu'elle reste belle, heureuse et jeune. »

Thomas Pourcelet se redressa et demanda à boire. Il but un gobelet entier, mais lentement, en s'arrêtant souvent.

« La tête me tourne, dit-il quand il eut terminé. Croyez-vous que je vais mourir ?

— Je ne sais pas.

— Dites-moi la vérité comme je vous la dis. »

Le sieur Dieu hésita, puis :

« C'est très possible en effet.

— Il vaut mieux que ça finisse, soupira le valet. N'est-ce pas qu'il vaut mieux ? »

Il y eut un silence. Le sieur Dieu aida à s'allonger Thomas Pourcelet, qui se mit ensuite à réfléchir, si l'on pouvait en croire son expression de concentration.

« Vous ne pouvez pas me comprendre, finit par dire le valet, les yeux fermés, comme s'il se parlait à lui-même. Nous n'avons pas la même vision du sang. Vous en êtes resté au Lévitique.

— Je crois, comme le Lévitique, que le sang est l'âme de la chair, mais la part mauvaise, avança le sieur Dieu. Je me refuse donc à en manger : ça porte malheur. »

Aaron Braitberg, qui avait des lettres, cita le Lévitique : « Quiconque en mangera sera retranché. »

Le valet soupira :

« Justement. Moi, je considère que le Vieux Testament a été écrit par les juifs, pour les juifs. Je ne me sens concerné que par le Nouveau, qui s'adresse à nous, les vivants d'aujourd'hui. Or on peut y lire que Jésus a dit, avant sa crucifixion : « Celui qui mange ma chair et mon sang a la vie éternelle ; et je le ressusciterai au dernier jour. » S'il faut manger le Christ à la messe, comme nous l'enseignent les prêtres, quel mal y a-t-il à faire bon usage de la chair et du sang de bonnes petites vierges catholiques ? »

Une grimace passa sur ses lèvres, qu'on aurait pu prendre pour un sourire. Mais il souffrait trop pour avoir le cœur à plaisanter.

« Que faisais-tu de leur foie ? » demanda le sieur Dieu.

Au lieu de répondre, le valet reprit son fil, tranquillement. Le sieur Dieu n'insista pas. De l'inquisiteur d'Avignon, il avait appris qu'un aveu en appelant un autre il valait toujours mieux laisser l'écheveau des coulpes se dévider tout seul.

« Il est temps que le monde tourne la page du Lévitique, dit Thomas Pourcelet, et reconnaisse les bienfaits du sang. Souvenez-vous de ce qu'a dit Jésus, au repas de la Cène, en tendant sa coupe de vin à ses disciples : “ Ceci est mon sang. ” Il entendait le répandre et le partager. Ce n'était pas tombé dans l'oreille d'une sourde. Car je suis sûr que Marie Madeleine écoutait aux portes, ce jour-là. Je ne sais si vous regardez de près les tableaux représentant la Crucifixion, mais on la voit très souvent au bas de la croix, les mains autour des pieds du Christ et la bouche pleine du précieux sang qui coule. Elle ne perd pas le nord, celle-là. Elle le boit, sans pudeur aucune. Tout le monde sait qu'il guérit les maladies, féconde la terre et apporte l'immortalité. Voilà pourquoi l'humanité recherche, depuis, la coupe du Graal où fut recueilli le sang du Christ. En attendant, il faut nous contenter du sang des vierges et de leur foie, qui est la mère des entrailles. »

Thomas Pourcelet s'interrompit tout d'un coup. La langue lui collait à la bouche. Il n'avait plus assez de salive pour continuer à parler.

« J'ignorais que tu savais tant de choses », dit le sieur Dieu d'une voix mielleuse, pour l'encourager.

Le valet ferma les yeux de contentement, juste un instant, puis demanda encore à boire. Le sieur Dieu l'aida à se redresser de nouveau et Aaron Braitberg posa une caisse derrière lui afin qu'il puisse s'y adosser. Les deux hommes étaient aux petits soins, impatients d'entendre la suite. Ils n'y eurent droit qu'une fois le gobelet terminé :

« Si j'ai choisi du sang et de la chair de vierges, c'est parce que leur intimité avec le Seigneur est plus grande. J'ai tendance à penser qu'elles vivent en union avec le Christ, comme Marie. La preuve en est qu'elles rallument, rien qu'en la touchant, une bougie qui s'éteint. Je sais désormais qu'elles rallument mêmement, chez les femmes, la jeunesse qui s'éteint. »

Le sieur Dieu répéta la question à laquelle, un moment plus tôt, Thomas Pourcelet n'avait daigné répondre :

« Que faisais-tu de leur foie ?

— Je préparais une crème de rajeunissement avec une fiole de sang, de l'huile d'amande, du jus de marjolaine et une décoction de lavande : ça lui faisait du bien, à la marquise. Dès que je lui apportais mes pots, elle s'en tartinait le visage et presque tout le corps. C'est pour ça qu'elle est toujours si belle, si merveilleusement belle. »

Le sieur Dieu et Aaron Braitberg le regardaient avec des yeux exorbités.

« C'est horrible, laissa tomber Aaron Braitberg.

— Te rends-tu compte de ce que tu as fait ? » demanda le sieur Dieu.

Thomas Pourcelet ferma les yeux. Jehan Dieu de La Viguerie posa sa main sur son bras et demanda sur un ton détaché, comme s'il s'agissait d'une question sans importance :

« La marquise de Rochebelin connaissait-elle la composition des pots de crème ?

— Non, protesta le valet. Je ne la lui ai jamais dite.

— Prétends-tu qu'elle ne fut pour rien dans ces crimes ?

— Pour rien du tout. Elle pensait arracher son rajeunissement au Tout-Puissant en allant se recueillir devant les saintes reliques du précieux sang, à Mantoue. Mais quand elle constata que mes pots faisaient de l'effet, elle décida de rester à Ménerbes. Je ne voulais pas qu'elle parte, comprenez-moi. J'étais prêt à tout pour l'en empêcher.

— Tu l'aimais, opina le sieur Dieu avec une fausse compassion digne du père Riqueteau.

— Je l'aime. Chacun vient ici-bas pour accomplir quelque chose. Ma mission, je l'ai comprise la première fois que je l'ai vue. C'était de l'aimer comme personne n'a jamais aimé, en me fichant de tout le reste. »

Le valet toussa, toujours sans raison apparente, puis soupira d'une voix mourante :

« L'amour sans retour est le seul amour qui vaille. C'est l'amour des mères. C'était le mien, et je sais qu'elle aimait mon amour.

— Elle aimait aussi Aubry Fredol. C'est pour ça que tu t'es arrangé pour le faire accuser en lui offrant la croix en or de Jeanne.

— J'ai même fait mieux. Un jour que j'avais été mordu par une vierge à la poitrine, une sale petite vicieuse de Pont-Royal, je me suis présenté aux gens du village comme étant Aubry Fredol. En plus, je portais une coule de moine...

— Donc, tu étais jaloux de lui.

— Comme Jean Maynier.

— Le baron d'Oppède était-il au courant de tes agissements ?

— Non. S'il avait su, il m'aurait tué sous prétexte que je salissais son nom, que je ne porte d'ailleurs pas. »

Un nouveau silence passa, tandis que le soir bleuissait tout, et Thomas Pourcelet se mit à claquer des dents. Ce n'était pas le froid. C'était la fièvre. Le sieur Dieu lui versa un autre gobelet de vin qu'il but goutte à goutte, en reprenant sans arrêt le souffle qu'il était en train de perdre.

Il s'arrêta au milieu du gobelet et gémit d'une voix d'outre-tombe :

« La mort vient. »

Il n'avait plus envie de parler, alors que tremblait dans sa bouche le grelot de ses dents. A force d'insistance, Jehan Dieu de La Viguerie et Aaron Braitberg parvinrent quand même à lui extorquer le récit de quelques chevauchées, quand il parcourait le pays, attrapait les vierges, souvent par les cheveux, les assommait aussitôt pour les empêcher de pousser ces cris qu'il ne supportait pas, puis les fourrait dans un grand sac, avant d'aller les éventrer en lieu sûr. S'il les violait parfois, c'est quand elles étaient belles et qu'il ne pouvait leur résister. Mais il n'était pas un fol, ni un monstre. Il était un amoureux, voilà tout.

« Pourquoi as-tu commencé par Edmée Baudure ?

— Parce qu'elle était pure et jolie. Je ne savais pas que vous lui étiez si attaché. Si j'avais su... »

Il ne termina pas sa phrase. Le sieur Dieu remarqua que ses mains et ses bras étaient saisis de secousses étranges, comme s'ils reprenaient leur liberté.

« Et Jeanne ? Pourquoi as-tu tué Jeanne ? »

Thomas Pourcelet émit un bruit de bouche, mais ne répondit pas tout de suite.

« C'est affreux, finit-il par gargouiller. Un si joli bébé.

— Comment as-tu pu ?

— Je ne savais plus ce que je faisais. C'était l'amour, vous comprenez. J'ai tellement honte, maintenant. Je ne m'en suis pas remis.

— Elle non plus. »

Il pleura comme un enfant.

« Après tout ça, murmura le sieur Dieu, je ne comprends pas pourquoi tu es venu ici nous retrouver.

— Je pensais que vous ne m'auriez pas démasqué. Je comptais aussi sur vous pour me soigner. Et puis je voulais rester à votre service, que voulez-vous. »

Il jouait du tambour avec ses dents, maintenant, et sanglotait doucement. Mais il ne résista pas longtemps au silence et à la nuit qui dégringolaient du ciel. Il finit même par se fondre peu à peu dedans.

C'est ainsi qu'il mourut, vaincu par le ciel.

CHAPITRE 77

Le lendemain, après qu'ils eurent enterré Thomas Pourcelet, une vaudoise s'amena dans une robe de lin bleu. Elle était vieille, sale et maigre, mais marchait comme une princesse, la tête droite et le buste fier.

Le sieur Dieu la reconnut tout de suite : Judith Rostagnol. Elle faisait partie du petit groupe de vaudois qui, lors du massacre de Mérindol, s'était réfugié dans la grotte que les soldats du Roi enfumèrent. Avec deux filles Pellenc, Anne et Madeleine, elle avait rampé, en grattant la terre, jusqu'à une autre sortie, en contrebas, sous un mamelon du Luberon. C'était un endroit qu'elle connaissait par cœur pour y avoir souvent joué quand elle était petite.

Toutes trois avaient ensuite erré plus d'une semaine autour de Saint-Phalez, sur la route de Cavaillon. Anne et Madeleine furent attrapées un jour par des hommes à cheval : des « maquereaux » qui ramassaient les filles pour les revendre en Avignon, à Marseille ou à Carpentras. Elles étaient trop belles, les deux petites, pour rester sur la montagne à crever sur pied sans servir à personne. Depuis, Judith Rostagnol n'avait plus de nouvelles d'elles.

Bien sûr, Judith Rostagnol s'en voulait pour elles et les autres. Des mois après, elle n'arrêtait pas de pleurer son mari et les vaudois, grillés dans la grotte. C'est la tragédie de ceux qui s'en sortent : les survivants se sentent toujours coupables, plus ou moins. Il n'y a que les cadavres pour avoir bonne conscience. On ne devrait pas les plaindre.

Judith Rostagnol fut la première personne à rejoindre le sieur Dieu et Aaron Braitberg. Trois jours plus tard, ils avaient déjà onze disciples. C'était bien assez. Les deux hommes n'entendaient pas fonder une Eglise, mais jeter les bases de la religion que tout le monde attend depuis si longtemps et qui mélangera les paroles de tous les envoyés du Tout-Puissant ici-bas. Ils n'avaient peur de rien, pas même de braver le ridicule de leur ambition.

Bien que le livre de ses vies fût entre les mains de Nicolas Riqueteau, qui le brûlerait sans tarder dans son feu purificateur, Jehan Dieu de La Viguerie voulait en écrire le douzième chapitre. Il mit plus d'une semaine pour le terminer. Il passait trop de temps à méditer devant la petite pierre sous laquelle gisait la chausse de Catherine Pellenc, ou bien à prier au-dessus des ruines de Mérindol, les yeux perdus dans le bleuté de l'horizon. Sans compter que l'inspiration ne bouillait plus en lui comme autrefois.

Il peina donc beaucoup, assis à la table que lui avait apportée Nestor Perrin, et récrivit plusieurs fois son chapitre.

Le brin d'herbe de Pierre Valdo
(an 1189 de notre ère)

Je prenais tranquillement le soleil entre les fougères quand deux doigts m'ont pris et coupé en deux avant de me soulever si haut que je fus saisi d'un hoquet de vertige. J'eus si peur que je pissai le jus de vie, qui coule dans mon ventre comme le sang des hommes. On aurait dit que le ciel m'avait ravi. Mais c'était juste une bouche, la bouche ridée d'un vieillard en haillons, noircie par la poussière des routes, qui s'est mise à me sucer comme un bonbon.

C'est là que j'ai compris. Quelqu'un était en train de mourir, derrière cette bouche, et s'accrochait à ma moelle, m'entraînant avec lui dans cet au-delà où tout se mêle, les êtres et les choses, dans un encombrement d'âmes et de rêves. Au fur et à mesure que ses lèvres et sa langue tiède m'emmenaient au-dedans de lui, le bonheur montait en moi. Je savais que je m'accomplissais enfin.

On naît tous pour quelque chose ou quelqu'un. C'est pour lui que j'étais né.

Jehan Dieu de La Viguerie mourut quelques heures après avoir écrit cette dernière version. Un soir, son dîner terminé, il tomba dans un sommeil dont il ne se réveilla jamais plus, sans un mot ni un soupir. Comme Pierre Valdo, comme Mani, comme tant d'autres, il quitta ce monde sur la pointe des pieds, avec l'humilité de l'héroïsme.

Après l'avoir enterré au-dessus des ruines de Mérindol, Aaron Braitberg reprit son flambeau pendant plusieurs jours, jusqu'à ce que Richard Pantaléon et ses hommes, passant par là, ne le décollent, lui et quelques-uns de ses disciples. Ils exposèrent ensuite leurs têtes coupées sur la place du bûcher, en Avignon.

Il suffit d'un rien pour que meurent les grandes idées. Richard Pantaléon fut ce rien. Même s'il avait poursuivi seul la croisade contre les vaudois afin de donner des gages à l'Eglise, il sentait toujours le fagot. Le Tribunal de la Foi finit par prendre ombrage de sa rapacité, de ses mauvaises lectures et de ses affreuses extravagances. On découvrit chez lui, cachées dans un mur, des lettres de Jean Calvin, qu'il reconnut avoir rencontré une fois, à Genève. Il fut condamné comme relaps au feu, en 1549.

La même année, Henri II, fils et successeur de François Ier, ordonna une enquête sur le massacre de Mérindol. Le procès s'ouvrit en 1551 devant la Grand-Chambre du Parlement de Paris, où, après avoir passé deux ans en prison, Jean Maynier d'Oppède subit la charge de Jacques Aubéry, procureur du Roi, qui parla au nom des milliers de vaudois massacrés. Mais le baron le mangea comme il avait jadis mangé les hérétiques.

A Jacques Aubéry qui l'accusait d'avoir été le cerveau de l'opération, Jean Maynier d'Oppède rappela qu'il avait « servi l'ordre du Roy » contre une nation qu'il lui avait été « commandé d'exterminer ». Il convainquit ses juges dès les premiers mots de son plaidoyer : *« Judica me Deus et discerne causam de gente non sancta. »* En le condamnant, ils auraient condamné Dieu, notre Seigneur, l'Eglise, notre Mère, et François Ier qui, de 1531 à 1545, n'avait jamais cessé de multiplier les édits et les lettres missives ou patentes contre les vaudois, auxquels il ne laissait le choix qu'entre l'abjuration et l'extermination.

Le pape Paul III avait nommé le baron d'Oppède chevalier de Saint-Jean-de-Latran et comte palatin. Le Royaume de France décida de l'absoudre et de le réintégrer dans sa charge de premier président du Parlement de Provence.

Seul Guillaume Guérin, procureur d'Aix et accusateur du

baron d'Oppède, fut reconnu coupable et condamné à la décapitation pour des faits d'ailleurs étrangers au massacre de Mérindol.

Jean Maynier d'Oppède ne sut jamais la vérité sur les crimes de vierges du Luberon, pas plus que Béatrix de Rochebelin, qui termina sa vie dans un couvent. Le baron mourut à Aix, le 19 juillet 1558. Sa tombe fut longtemps fleurie par les croyants. La sépulture de Jehan Dieu de La Viguerie n'a, elle, jamais été retrouvée, mais il est partout. On le rencontre dans le regard des bergers. Il palpite dans les herbes de la Provence. Il gît jusque dans la chair de la montagne. Il habite même le vent qui passe.

Les prophètes ne meurent jamais. Ils reviennent toujours.

REMERCIEMENTS

Le roman consiste à faire du vrai avec du faux, et inversement. Celui-là n'aurait rien été sans les livres anciens de ma bibliothèque qui me ramènent régulièrement aux siècles passés : les études religieuses, les traités de chirurgie, les manuels en tout genre, et puis *Histoire des vaudois* de Jean-Paul Perrin (1619), *Histoire de l'exécution de Cabrières et de Mérindol et d'autres lieux de Provence* de Jacques Aubéry (1645) ou *Histoire générale des vallées du Piémont ou vaudoises* de Jean Léger (1669). Grâces soient rendues aussi à ceux qui, aujourd'hui, font revivre les vaudois : Gabriel Audisio, leur historien, auteur de plusieurs ouvrages fondamentaux, dont *Les Vaudois du Luberon, une minorité en Provence (1460-1560)*, publié en 1984 par l'Association d'études vaudoises et historiques du Luberon, et Marc Venard, qui a écrit une somme, *Réforme protestante, réforme catholique dans la province d'Avignon (xvie siècle)*, parue en 1993 aux éditions du Cerf. Je les remercie tous deux pour les observations qu'ils ont bien voulu me faire, après avoir lu mon manuscrit. Je veux également dire ma gratitude à Jean Favier et à Emmanuel Le Roy Ladurie pour avoir accepté d'être, avant la publication de ce roman, mes lecteurs attentifs.

Achevé d'imprimer en avril 1998
par la SOCIÉTÉ NOUVELLE FIRMIN-DIDOT
Mesnil-sur-l'Estrée
et relié par Diguet-Deny
à Breteuil-sur-Iton

Édition exclusivement réservée aux adhérents du Club
Le Grand Livre du Mois
15, rue des Sablons
75116 Paris
réalisée avec l'aimable autorisation des Éditions Grasset

Imprimé en France
Dépôt légal : avril 1998
N° d'impression : 42069
ISBN : 2-7028-1895-1